20th

1998-2017

太阳鸟文学年选

2017
中国最佳
中篇
小说

主　编｜王　蒙
分卷主编｜林建法
　　　　　林　源

辽宁人民出版社

© 林建法　林源　2017

图书在版编目（CIP）数据

2017中国最佳中篇小说 / 林建法，林源主编. —沈阳：辽宁人民出版社，2018.1
（太阳鸟文学年选 / 王蒙主编）
ISBN 978-7-205-09158-3

Ⅰ. ①2… Ⅱ. ①林… ②林… Ⅲ. ①中篇小说—小说集—中国—当代 Ⅳ. ①I247.5

中国版本图书馆CIP数据核字（2017）第277598号

出版发行：辽宁人民出版社
　　　　　地址：沈阳市和平区十一纬路25号　邮编：110003
　　　　　电话：024-23284321（邮　购）　024-23284324（发行部）
　　　　　传真：024-23284191（发行部）　024-23284304（办公室）
　　　　　http://www.lnpph.com.cn
印　　刷：辽宁星海彩色印刷有限公司
幅面尺寸：170mm×240mm
印　　张：18
字　　数：350千字
出版时间：2018年1月第1版
印刷时间：2018年1月第1次印刷
责任编辑：高　丹　艾明秋
装帧设计：丁末末
责任校对：赵　晓　赵　跃
书　　号：ISBN 978-7-205-09158-3
定　　价：56.00元

太阳鸟文学年选
编辑委员会

滴水入海，海湾已成回音壁：
2017年中篇小说观察

金　理

"悄悄的，不知不觉的，又是一年沉落到永恒中去了，好像一滴水落在大海里！"[1] 别林斯基回望"一八四五年的俄国文学"，以如诗的语言开篇。2017年的中篇小说创作，如果以文学史为度量，几近"滴水入海"。但检阅年度作品未必没有意义，还是别林斯基说的，"当前正是归结过去、筹划未来的时候"[2]，哪怕在后人眼中，这项工作如同王安忆小说中所言，"海湾已成回音壁"……

1

1983年，中国社科院文学研究所当代文学研究室的专家们联合推出《新时期文学六年》，如同一部微型的文学断代史，对1976年至1982年的文学流程作"基于一定的研究之上的鸟瞰与评论"。该著中篇小说的章节内，以三页的篇幅介绍了"一位引人注目的文坛新秀"——王安忆。当时王安忆发表了《尾声》《归去来兮》《流逝》等六部中篇，"作者以单纯的、善良的心和敏锐的目光，去感知生活和探索人生的命运"，"用她的客观、冷静、细腻、含蓄的笔触写她独

---

[1] 别林斯基：《一八四五年的俄国文学》，《别林斯基选集》（第六卷）第105页，辛未艾译，上海译文出版社2006年12月。

[2] 别林斯基：《一八四六年俄国文学一瞥》，《别林斯基选集》（第六卷）第368页。

特发现的生活，但如果在她固有的风格中增添一些炽热的因子，其作品必将加强那种如同醍醐灌顶的撼人心灵的艺术力度"①。抚今追昔，重读上述评价，着实让人感慨。如果站在1983年的时间节点上展望未来，估计很少有人会预见，日后王安忆会写出《小鲍庄》、"三恋"、《纪实与虚构》《长恨歌》《富萍》《天香》……这是一位创造力多么丰沛的作家，永远向着未来敞开不可预见的可能性。2016年，她以《匿名》登临抽象叙事的巅峰，而2017年又通过以《红豆生南国》为代表的三部中篇，重回日常生活叙事的绵密与细水长流。

不过且慢，上面这样的说法也不稳当，似乎强行将形上与形下、超越与日常、抽象与具体、历史社会与个人生活断为两截，这并不符合王安忆的创作图景。伍尔芙早就提示过，现代文学日益朝着"散文的方向"发展，"须知散文是如此地地位低下，因为能够走到任何地方去，没有一个地方是那么低下那么污秽那么简陋，它能够用它长长的粘胶似的舌头把事实的最微小的碎片舔干净"。然而伍尔芙追问散文是否能够说出那些"巨大的简单事情"，比如"我们对于像玫瑰和夜莺、黎明、日落、生命、死亡、命运这样的事情所怀有的情感。我们并非完全忙碌于个人的关系，并非我们的所有精力都被用于谋生。我们渴望获得思想、获得梦想、获得想象、获得诗的意境"。在散文与诗意之间，我们是否能够获致一种中道、均衡的现代小说，它"长长的粘胶似的舌头"扫向人世间的泥沙俱下，但同时又可以"对生活的某些重要面貌获得一个更大的视野"②。

《红豆生南国》第三章，写主人公"他"与劳拉母亲见面，从"三件头洋服的装扮"、半岛酒店的环境，到谈话时你来我往的词锋……这一路写来，巨细靡遗。然后写见面后心情失落的"他"，"暴躁地脱下西服外套，扯去领带"，坐上海边的水泥台，这时，风吹着脸，渐起凉意，平静下来，从先前密密实实物质的、"散文的"世界中超脱出来，举目望去，开始抒情（不要忘了，"他"本是文艺青年，而"文艺专是为培育有情人的"）——"填地日益增阔，地上物堆垒，天际线改变，变成几何图形，等到天黑，将大放光芒，此刻还封闭在新型

① 中国社科院文学研究所当代文学研究室：《新时期文学六年 1976.10—1982.9》第220、222页，中国社会科学出版社1985年1月。

② 伍尔芙：《狭窄的艺术桥梁》，《伍尔芙随笔全集》第1561、1563页，石云龙等译，中国社会科学出版社2001年4月。

建材的灰白里。汽笛声被夹岸的楼宇山峦吃进去，吐出来的是回声，海湾已成回音壁。这是香港吗？他都不认识了！他似乎身在异处，连自己都脱胎换骨，成另一个人……"当年随养母偷渡香港，最初的落脚点即新填地街，那是五六十年代的晦暗困顿岁月，但晦暗中也有百废待兴的勃勃生机；而现在已是世纪末，天际线被拔地而起的楼宇不断切割、改变，"等到天黑，将大放光芒"，那是人人惯见的繁华夜香港。可这还是"他"的香港吗？往昔与今日之间，终于化作沧海桑田的一声喟叹。"他"前番还斤斤于世俗儿女情，一转身就生出近乎"子在川上"般的省悟……这是王安忆的艺术手段，每每从市井烟火气的"散文世界"中兀地转上一层，透出精神性的庄严。

王安忆的小说有一种整体性，接近雷蒙德·威廉斯所谓"现实主义小说传统包含辩证的整体观"：生活环境、社会和个人都不占据优先地位，而彼此之间又有着内在统一，"在完全是个人的领域里，整体生活恰恰显得最为重要。我们全力以赴地关注整体生活的每一方面，而价值的中心却总是落在作为个体的人身上——不是任何一个孤立的人，而是构成整体生活实体的许许多多的人"。正是在对个人与社会之间的关系持续加深理解的过程中，小说的形式才真正成熟起来。然而威廉斯指出，在1900年之后，现实主义传统分裂成"社会小说"和"个人小说"。在"社会小说"中，有着对整体生活亦即作为聚合体的人群的精确观察和描写，但因为欠缺血肉丰满的人物，整体生活也往往沦为抽象的存在；而在"个人小说"中，有着对单位个体的精确观察和描写，但因为社会总是割裂般地外在于人物，从而"认识不到一种整体生活方式的具体内容能在多大程度上积极地影响到最内在的个人经验"。总之，以上两类小说中，"个人和社会被割裂成了截然相对的两极"。想想当下的中国文坛，触目可见的不就是这两种类型的小说？然而，"真正具有创造性的努力是为各种关系而进行的斗争，这种努力是全体性的，可以认为它既是个人的努力也是社会的努力，是在实践当中学习如何扩展各种关系。有着伟大传统的现实主义是这方面的一块试金石，因为它具体地展现了那种生气勃勃的互相贯通……"[①] 王安忆小说的整体

① 参见雷蒙德·威廉斯：《漫长的革命》第295~304页，倪伟译，上海人民出版社2013年1月。

性，就是个人与社会之间"生气勃勃的互相贯通"，诚如论者所言："在五十年代'南来'难民的困苦生活，六七年的反英抗暴，八四年签署的中英协议，九七金融风暴与楼市崩盘，究竟不是'什么都没有发生'的香港回归之外，对于香港左翼运动的浮沉，报纸副刊文化与本土文艺的观照，皆以更加隐晦的方式编织进来。这些绵密的人文历史，与主人公的'少年心事'和'罗曼蒂克消亡史'暗中精密贴合，读来让会心者惊喜；但又能在讲故事的表面做到不着痕迹。"[1]《红豆生南国》写一位文艺青年，在被刻板目为文化沙漠/物质丛林的香港社会中的"有情"一生。在个人与社会背景之间，既有艰难的损耗、磨合，对应一段香港左翼从广场隐入民间的心史；也有如盐入水般的融合，正因为有一个个"他"，才支撑起市井社会的情义天地。小说卒章点题，"他"来到台南丛林中，此生的"恩欠""愧受""困囚"最终化作"相思"，其实可以再直截了当地化作一个字——"报"，这是中国社会关系的基础[2]。我们读到小说结尾，再回想起小说中时常出现的语句（"自己何德何能，得这一份馈赠"），不难明白《红豆生南国》的主题便是恩欠与报还，由此组织出来的伦理关系从四面八方包围着"他"（小说起首第一句是"身前身后都是指望他的人"），要"他"担负义务。联系到小说中地域的流转（大陆，中国香港、台湾，为什么最后要跑到台湾才明白"相思"呢？），这义务，是否已可从个人过渡到家国认同了？

在以"80后"为代表的年轻作家中，哪一位接近前辈王安忆的气象？这个提问或许显得粗率，但我还是愿意给出一个答案——张悦然。当年和张悦然一起横空出世的那批少年成名的作家，有的早已转行，有的在文坛销声匿迹。张悦然不同，她没有在挥霍完青春才气之后小成即堕，在写作历程的关键节点上，总能再提起一口气，奋力上出，和王安忆一样，张悦然也是"长跑型选手"。我认同大多数论者的看法，以长篇《茧》、中篇《大乔小乔》为标志，张悦然的创作发生了某种转型；但我并不认同那种在《茧》中只看到"文革"、在《大乔小乔》中只盯住计划生育的读法。卡夫卡生活在一个动荡的时代，当时

---

[1] 刘欣玥：《海湾已成回音壁：〈红豆生南国〉与王安忆的香港故事》，微信公号"同代人"，2017年4月21日。

[2] 参见杨联陞：《报——中国社会关系的一个基础》，段昌国译，收入氏著《中国文化中"报""保""包"之意义》，中华书局2016年9月。

"大多数作家都卷入了社会事件之中，卷入了外部世界的活动。他们要求自己必须成为见证，……卡夫卡的作品中，几乎没有任何这种东西"①。写作的成熟、作品的优秀和题材选择没有关系。小说挂靠重大历史事件，未必能给文学自动加分，甚至处理不慎，一来会沦为上文所引分裂的"社会小说"，二来容易限制住作家的创造力，如同布罗茨基认为，巨大的悲剧经验、"叙述一个大规模灭绝的故事"，往往会限制作家的能力与风格，"悲剧基本上把作家的想象力局限于悲剧本身，……削弱了，事实上应该说取消了作家的能力，使他难以达到对于一部持久的艺术作品来说不可或缺的美学超脱。事件的重力反而取消了在风格上奋发图强的欲望"②。计划生育也许比不上战争的酷烈惨重，但作为一项得到严格执行的基本国策，显然影响到几代中国人的生活，同样具备"事件的重力"。以此而论，我认为《大乔小乔》实则比《茧》更为出色。《茧》中的"文革"，如同小说中那枚钉入人脑的铁钉，还只是符号般的"抽象的存在"。而计划生育所引发的原罪与宿命、荒诞（"多余的人"）与错位（"合法生的姐姐死了，不合法出生的妹妹倒是活下来"），通过张悦然与"事件重力"的美学搏斗，如盐入水般化入小说内在的艺术构造。

最让人动容之处，莫过于乔琳逝后，许妍躺在乔琳床上，发出"可以撤销那个愿望吗"的忏悔，以及最后的洗心革面（"她想，现在她有机会做另外一个人了"）。张悦然在《大乔小乔》中拒绝任何来自外力的救济，权贵阶层的良心发现无法挽回乔琳的生命，而法制建设又总是迟滞（所以小说中人才会说"犯不着打官司，这种事找对了人，就是一句话的事"），不借助于任何外在的、客观力量的解救之道，而执意地内在化，磨难在此，救赎也在此。从先前的"生冷怪酷"③，走到今天对生活中的款曲委婉有更复杂的理解，对人性幽微的皱褶有更温厚的体贴与善意——相比于题材的转型，我更愿意将此视作张悦

---

① 克里玛：《刀剑在逼近：卡夫卡灵感的源泉》，《布拉格精神》第248页，崔卫平译，2016年1月。

② 布罗茨基：《空中灾难》，《小于一》第235页，黄灿然译，浙江文艺出版社2014年9月。

③ 这是邵燕君教授对张悦然早期作品的评语，见邵燕君：《由"玉女忧伤"到"生冷怪酷"》，《南方文坛》2004年第6期。

然的成熟。

2

翻译家闵福德（John Minford）在翻译了《鹿鼎记》与《红楼梦》之后，两相比照，发表一番看似石破天惊的言论：原来翻译《鹿鼎记》比《红楼梦》更为困难，因为后者"具有全球性"，而前者却"植根于中国传统"[①]。其实我们都知道，在曹雪芹写作《红楼梦》的时候，根本不会想到他在发扬一个本土或民族的写作传统，根本不会意识到他在书写"中国气派"。也就是说，曹雪芹根本不需要用"中国性""中国故事"来为自己的创作背书。但今天的中国文学却似乎无所逃于这个问题。2017年6月，我赴日内瓦大学参加一个关于中国当代文学的学术研讨会，会上一位法国年轻学者，发布论文的主题是中国的科幻文学，洋洋洒洒从晚清讲到当下，完了之后一位瑞士学者提问：什么是科幻文学的"中国性"？法国学者有些支支吾吾……茶歇时我与这位法国朋友聊天，安慰他回答不了这个问题实属正常，因为想必在他过往的研究经历中肯定还没遇到过类似问题，因为不会有任何人去追问一位法国作家，"你笔下的'法国性'体现在哪里？"然而今天的中国文学似乎被逼迫着要来回答这样的问题，我们注定要背负这样的"焦虑"！

如何讲好"中国故事"？在评论家们从理论的角度拆解这个难题之前，作家们早就以创作积极作出了回应。比如方方《花满月》这样的作品，完全诞生于中国现实的土壤，其思考问题的逻辑与历史和当下的中国完全扭结在一起，在和中国的历史处境、现实血肉和读者关切的持续互动中来产生。

田耳的中国故事将读者带到中国广袤内陆的某座小城，《一天》聚焦发生在24小时内的一场风波，起因是高中女生在宿舍跳楼，然后迅速以家属、学校为对峙双方集结阵营。随着各色人等加入双方阵营，这场纷争也持续推向高潮，可高潮又是毫无意义的，在责任认定纠纷的背后，在人情与法理的尽头，说白

[①] 这个故事及讨论参见田晓菲：《"瓶中之舟"：金庸笔下的想象中国》《走向我们已在的地方：〈少林足球〉〈大话西游〉及其他》，收入《留白》，天津人民出版社2009年1月。

了，就是针对赔偿金的扯皮，可是任何公式都无法换算出一条生命的等价金额。然而这篇小说的意义不在结局，而是过程，就像门罗说的那样："一篇小说不是一条要走下去的路……它更像是一座房子。你走进去，在里面停留一会儿，左右转转，在你喜欢的地方停下来，去发现那些房间和走廊如何互相连通，去体会窗外的世界从窗内观察有何改变……"[1] 左右转转，在喜欢的地方停下来，小说不是笔直到底的通衢，而应当"是一道流水，大约总是向东去朝宗于海，他流过的地方，凡有什么汊港湾曲，总得灌注潆洄一番，有什么岩石水草，总要披拂抚弄一下子才再往前去，这都不是他的行程的主脑，但除去了这些也就别无行程了"[2]——借这段周作人对废名行文的譬喻，我们也可以说，《一天》的意义不在"朝宗于海"，而是但凡流经的地方，总舍不得轻轻放过，必得"灌注潆洄""披拂抚弄"。小说中各色人等在介入这场纷争的过程中，带出鲜活多样的性情、气质、形状，带出每一个人沉浸于挣扎于其生命现场而积淀出的那部分世故、原则与智慧，带出每一个人在各自生存境况中具体琐屑甚至鸡零狗碎的信息。比如，病房里忽然闯入一位老者和四个着护工服的妇女，原来他们承包了丧葬一条龙服务，"这四个女人，身体总有一突出的部分，比如说，斜肩、罗圈腿，或者并非怀孕而凸起的将军肚……长相纵有差别，神情却意外地统一：虚白脸色，垂塌的眼皮，还有五官七窍处处皆在的呆滞"，带头的老者苦苦哀求家属："这毕竟是……毕竟不是人人都愿意干的事情。我们先前也不打招呼，闯进来，确实冒犯了你们。但是，就连这种别人厌弃的营生，我们还要想尽办法争取到手。你们看看这几个女的，全是猪不吃狗不要的剩货，她们只要能找到别的事情，哪肯来干这个？天天干这个，你以为男人不嫌弃，儿女出门不丢脸？只是为吃一口饭。"我们在"习焉不察的日常生活中"，可曾注意过这份职业、这类人？他们被时代所淹没，但恰恰又是"时代的广大的负荷者"啊。

《一天》表现的事件是哀苦的，但是除了少数几处情感的宣泄外（比如跳楼女孩的父亲以砖砸手），田耳的叙述节制而不动声色。仿佛电影中的长镜头，客

---

① 芭芭拉·伦戴尔：《爱丽丝·门罗："用心去看"》，林源译，《东吴学术》2014年第1期。
② 周作人：《莫须有先生传序》，《苦雨斋序跋文》第111、112页，河北教育出版社2002年1月。

观呈现存在于眼前的事物，尊重在特定时空中登场的各色人等，自由地让每一个展示其意愿、心态与选择——哪怕他们出于对立立场而彼此冲突；而在这长镜头的背后，我们看到政治、经济、生活方式、人际关系、伦理道德等一切如何对个体施加改变的力量。借上文所引门罗的譬喻，田耳"左右转转"，悉心打量"房间和走廊如何互相连通"、"窗内"和"窗外"的世界"有何改变"……这些改变的讯息也许是细微、缓慢的，所以经常为旁观者所忽略，小说中每位登场人物的篇幅也着实有限，然而田耳在举重若轻中以管窥天，让我们拼凑、抢救出几乎被淹没的、每个人的"一个人的史诗"。

3

特里林曾提示过一类"艺术小说"的结构——"这是一种关于诗人和世界的故事，而其中的诗人永远敏感而正确，世界却总是迟钝而错误"[①]。这类"艺术小说"，或者说"艺术家小说"，兴许是浪漫主义时代的余绪吧。在今天这样一个"谈到某一位画家不谈其艺术造诣如何，而是一尺卖了多少万"（《水墨》中某人物的感慨）的时代里，艺术家早就无法自外于世界，甚至早就成为世界败象的构成部分。尤凤伟的《水墨》精心营造出荒诞感——有才华的画家努力一辈子默默无闻，却因涉入一起盗窃案件而平步青云；原告拼命为被告洗刷罪名，而辩护的关键是作为原告的画家，其画作究竟价值几何——以此直击时代的精神疑难。但让我略感不满的是，《水墨》似乎又与当下现实"贴"得太近，我们完全可以想象到小说中以美术界为代表的艺术界的腐败，完全可以想象到工地上的农民工在受伤致残后却找不到渠道来捍卫正当权益，完全可以想象到居高位者早已结成坚固的利益集团，甚至也可以想象到原本高洁的画家在成名过程中不得不低头参与种种利益交换……每一位读者都可以就近从周围的生活中指认出如小说所描绘的"现实"。然而文学是不是就只能如此"俯就"现实呢？或者说，当我们津津乐道于上面这些现实时，是否可以匀出些许笔力，去

footnote
———————
① 莱昂内尔·特里林：《约翰·多斯·帕索斯的美国》，《知性乃道德职责》第7页，严志军、张沫译，译林出版社2011年9月。

关注另外一部分人和事——比如小说中那位如隐者一般的王老师。

这是一个有意思的问题——我们能不能将神龙见首不见尾的王老师塑造为主人公，围绕他写出一部"可信又可爱"的小说？好多年前，叶芝这样描绘"上帝死了"给世界造成的混乱图景："一切都四散了，再也保不住中心，世界上到处弥漫着一片混乱，血色迷糊的潮流奔腾汹涌，到处把纯真的礼仪淹没其中，优秀的人们信心尽失，坏蛋们则充满了炽烈的狂热。"[①] 20世纪的文学家和思想家对历史与伦理领域的人性开掘达到了前所未有的深度，以致作家艾伟曾经坦陈："我们这一代写作者确实擅长描写丑陋的事物，擅长揭示所谓的人性之恶。"但是艾伟下面这段话更发人深省："我在《天涯》杂志上看了关于徐本禹的资料，我很感动，像他这样的人，真是近乎圣人。我们的小说里没有这样的人，如果把这个人物写到小说里，我猜大概也没有人会相信。我们似乎没有能力对这类人物有令人信服的叙述。"[②] 这是件奇怪、糟糕而又让人黯然神伤的事：在眼下的现实生活中，我们已经很难理解像徐本禹这样无私奉献的人；与此同时，在我们的小说里，"要写出人性的温暖，并且要有深度"，也变得日渐困难，叶芝诗中的预言如此灵验，"优秀的人们信心尽失"。作家在高贵的人物面前无能为力，恰恰证明了文学话语的精神贫血以及这个时代内在的精神病症——这显然是一体两面的。

然而，既然对生活的疑虑、失望影响了今天文学的基本面貌，那么我们可不可以再通过改变文学处理生活的方式，来重树我们对生活的信仰？再退一步，即便生活的雾霾真的已经让我们艰于呼吸，文学就一定要屈从于这样的"现实"么，难道文学就不能在困窘与逼仄中选择打开新的空间，鼓舞我们的勇气不在生活面前垂头丧气，滋润我们的精神不在暗夜中就此枯竭？幸好，尤凤伟提供了王老师这个形象，暗夜中透出了一丝光亮，哪怕只是短暂一瞥，他的存在或消失，终究是不同的。毕竟，文学虽然无法提供社会进步的解决方案，但对人性坚定的扶持、让王老师身上那束微光发扬光大，从来就是文学题中应有之义。

---

① 叶芝：《基督重临》，《朝圣者的灵魂》第150页，袁可嘉译，王家新编选，东方出版社1996年10月。

② 艾伟：《对当前长篇小说创作的反思》，《当代作家评论》2006年第2期。

然而，道德书写的难度在于，文学需要通过多重矛盾的纠缠和心灵辩证法的真切演绎，来展示崇高的道德力量与"灵魂的深"。这一惊心动魄又无法化约的纠缠与演绎，被D.H.劳伦斯比作一架"颤动不稳的天平"："现在我们看出小说之美及其伟大价值何在了吧。哲学、宗教和科学都忙于把事物固定住，以求获得一种稳定的平衡。宗教只有一个在说'你应该，你不应该'的上帝，每次它都击中要害，哲学的概念是固定的；科学有自己的'定律'。这些东西总是想把我们钉在这棵或那棵树上才罢休。可小说却不这样。小说是人类迄今发现的揭示其细微内在联系的最高典范……如果你想在小说中把什么钉住，那么，不是你把小说害了就是小说自己站起来带着这枚钉子一走了之。小说中的道德是颤动不稳的天平。一旦小说家把手指按在天平盘上按自己的偏向意愿改变其平衡，这就是不道德了。"[1] 在这个意义上，《在豆庄》中最有艺术内涵的人物可能是韩进，他"坚毅"而"慌张"的脸，"粗糙"而"蛮狠"的手……似乎都在显示"颤动不稳的天平"。文学中的道德判断不是自我封闭、拒绝解释的"本质"，如果它永远只在人的身外、心外发出训诫的力量，那么这样的力量是软弱的，甚至无意义的。"天平"之所以"颤动不稳"，恰恰显示出韩进的理想与抱负，正在同残酷现实肉搏，这一搏斗甚至深入到了人物心灵空间的内部，这才是文学朝向的"灵魂的深"。

2017年9月30日改定

---

　　[1] D.H.劳伦斯：《道德与小说》，黑马译：《劳伦斯文艺随笔》第230页，漓江出版社2004年5月。

花满月

◎方　方

1

到处兵荒马乱。

花满月还在牌桌上。

她的脸通红，亢奋中她心无旁骛。出牌的啪啪和洗牌的哗啦啦像是火上的柴，一直在燃烧她。似乎几次有人叫她，她都只是袖子一摆，说，一边去！然后继续她的牌局。最后一次，是家里的车夫王四。王四嗫嚅着说，老爷太太等不及，都走了，叫我过来接你。直接到码头会合，今天有船去上海。

花满月隐约听到王四的说话，却没回头，只是大声道，不是说好了打满一百圈吗？现在才一半哩。王四急得跺脚，甚至伸手拉了一下她的衣服。花满月怒了，反手一掌拍在王四脸上，依然没有回头。花满月厉声道，你好大胆，居然敢拉我的衣服？王四捂着脸说，老爷发了脾气，说是接不到小姐，就永远不让我进花家屋。现在家里人都走好远了，我怕误船。花满月说，你进不了花家屋，关我屁事。他们要走，走就是了，反正我不走。王四无奈，又是叹气又是跺脚，见花满月依然全身心扑在牌桌上，便只好蹲在一边的墙角等候。

牌桌上响起一片夸赞花满月的声音。说花满月有豪气，这份豪气才是牌场最紧要的。又说难怪花满月总是赢家。花满月很开心。家里早不许她打麻将，关了她好多天，她吵闹发誓，以自杀威胁，终是靠了弟弟花满天的帮忙，才被放出。爹妈给的条件是：再打五十圈，从此永不摸牌。花满月觉得用五十圈买她一辈子的快乐，太不划算，不肯，依然闹。花满天帮她加到一百圈。爹妈倒也同意了，却又加了更严酷的条件：如果一百圈打满还不收手，就采用家法，或砍手或逐出家门。二者选一。花满月为求自己能马上出门，只好配合发了毒誓：如果打满一百圈，再要想打，不用砍手或赶出家门，直接罚死好了。

一想到这次出了牌场就再不能进去，花满月便心怀悲愤。她想，不把这一百圈打足，我怎么对得起我自己？

　　花满月完全不知昼夜，不清楚时间过了多久，也不清楚其间是否有人找过她。正打得昏天黑地，门里门外突然有大喧哗。她不禁拍桌子发起了脾气。起身叫骂间，这才发现，情况有些不对头。

　　冲进来的人都端着枪，他们叫解放军。花满月一时发了蒙，牌友们都吓得冷不丁站起，不敢吭气。对面的一个，竟然还钻了桌子底。花满月突然意识到了什么，她叫了一声，我还没打完哩！

　　是的，她还有二十八圈没有打完。

　　两个端枪的解放军走过来，板着面孔说，解放了，还打什么麻将？都回家去！

　　整个牌馆的客人便都一哄而散。花满月想回一句嘴，可是看到他们手中的枪，也不敢吭气了。她悻悻然出门，四下找王四的车，却见不到王四人在哪里。她吼叫着：王四！王四！

　　叫出好多声，才见王四跌跌撞撞迎面跑来。花满月骂道，不找时，像个苍蝇在眼边晃；找你时，你倒是躲到井底下了？王四说，满街都是大兵哩。花满月说，回家！车呢？王四胆怯道，被大兵征去拉伤员了，我追去要，他们没给。花满月怒道，你倒是大方，我家的车，要你做主？没了你赔得起吗？老爷这个小气鬼，不扒你一层皮？我大哥心狠手辣，他饶得过你？王四嗫嚅道，可是当兵的手里端了枪，不给不行呀。花满月见他回嘴，更生气了，说，崩了你才叫是个好！

　　没有车，花满月只好步行。当初她好容易争得机会出门，只恨不得早一分钟去牌馆，也无心打扮，一件旧花褂子随意地套在身上。鞋虽然是双半高跟的，可也旧到没有了看相。街上的石板路，一格一格，又错着排列。花满月走了几步，鞋跟便被卡掉一只。她低头看了一下，也懒得捡，由着自己高一脚低一脚地朝家里走。

　　王四跟在她的身后，想搀扶一把，又觉得不合适，便只是佝着腰，跟在后头。见她鞋跟脱落，忙替她捡起。心想都怪自己没能看好车，害她如此。他不停地说，那个解放军很客气，只说借用一下，让我晚上去医院拿哩。

花满月懒得理他。

街上果然有川流不息的大兵来来去去。虽有满脸征尘，倒也满面带笑。花满月初始有些紧张，遇上几拨后，见他们喜欢斜眼瞟她，全无恶意，便放松了身心，也朝他们微笑。

离花家屋的大门还有十几米，王四突然发现门口有岗哨。便在花满月身后说，怎么有大兵在花家屋站岗呢？花满月便得意了，说，我爸是什么人？花天霸呀！我大哥是什么人？花无敌呀！新官来县上任，首先得来我花家屋拜门子。出了我花家屋，才敢去衙门，这就是规矩！

这些王四当然知道。城里几乎所有的达官贵客，他都在花家屋见过。老爷花道安被称花天霸，大少爷花满山被称花无敌，这都不是空说的。全城一条街，花家的店铺占了半条，街名都叫了花半街。

但是，花家的小姐花满月这次却被大兵的枪挡在了外面。大兵一脸严正，说，什么人？不准进。花满月吃了一惊，说，你是什么人？你杵在我家门口，倒问我是谁？我是这花家屋的小姐，我要回家。大兵说，新社会，不再有少爷小姐。这家人全家逃跑掉了，留下的空房被我们征用。现在是县城临时保卫部，请你们赶紧离开。

花满月叫了起来，说，那我住哪儿？你们凭什么霸占我家的房子？大兵面孔板了下来，说，你胡说吧？你有什么证据证明这房子是你的？花满月说，王四作证，他是我家车夫。

说话间，屋里出来一个人。花满月一看，是她家的厨子阿贵。她忙叫着，阿贵，你来得正好。兵大哥，你看，他是我家厨子，他可以证明。阿贵，你跟他说，这里是我家。

大兵有些疑惑地望着阿贵。阿贵乍见花满月，先是惊愕，脸上似有害怕神情。但见大兵和花满月都望着他，犹豫片刻，仿佛做了个恶狠狠的决定。他走了过来，看都没看花满月，脸朝着大兵说，全城人都晓得，花家逃得一个不剩，哪里还有什么小姐？这个男的倒是王四，不过……这女人像是他的相好。他们谋算好久了，就想趁花家没人，好占他们家的房子。

花满月一听便炸了，她大声一"呸"，一口痰朝着阿贵喷去。阿贵避让不及，痰落在裤腿上。他对着大兵叫道，你、你、你，你看她像花家小姐吗？人家花家小姐哪里会这样……泼？

王四早已吓得腿软，但也大大地怔着了。他想不到这个做饭的阿贵怎会说出如此一番话，顿时张口结舌。花满月跳起来大骂，甚至想要扑过去击打阿贵。阿贵躲闪在大兵背后。大门里又出来一个人，个子很高，样子颇有威严。他对守卫的大兵厉声道，吵闹什么？正在开会，还不把这些闲人轰走？

守卫的大兵便端起了枪，大声道，赶紧走开！阿贵似乎特别怕见那高个子，他吓得直哆嗦，对着花满月和王四说，你、你、你，你们还不快点走？快走呀！快走呀！他冲着王四又是挤眼又是努嘴，王四仿佛看出有点名堂，不顾花满月还想继续辩解，一把抓着她的胳膊，把她拖离了花家屋对面的街角。

花满月咬牙切齿说，我连自己的家也不能回吗？我家人都去哪儿了？难道家里没人了？王四哭丧着脸说，小姐打牌的时候，老爷太太大小少爷都一起走了，用人带的带走，回的回家，老爷发话让我直接送你到江边哩。花满月说，那你怎么不早说？王四说，我说了，可你正在牌桌上，不肯听哩。王四说着，摸了一下自己的脸。

花满月想了起来，自己还给过王四一个巴掌。这时候，她有一点小小后悔。

这天晚上，花满月被王四带到了他的家里。

王四住在城墙根下一条小巷里。小巷很窄，却有一个雅名，叫西月巷。王四说，这名字是花老爷起的。好多年前花老爷在此给家里的下人盖了几间板壁屋。盖好过来看时，天还没黑，但西边有淡淡一点月亮出来。花老爷说，迟早要成巷子，就叫它西月巷吧。后来这里果然成了巷子。

王四的板壁屋很小，只一个房间，房里有一个低矮的阁楼。王四平常与老娘一起住。正房老娘住着，王四则住在阁楼里。王四带了花满月回家，老娘听说是花家小姐，高兴得下巴都要脱落下来。巴结着笑了半天，又特意为她炒了一个鸡蛋。王四穷，家里真没什么可吃的。

天黑时，阿贵悄然而来，带了一碟烧肉。花满月怒目相视，待他走近，伸手便是一巴掌，阿贵没挡。挨了巴掌后，递上肉，方哭丧着脸说，小姐你要听我讲呀。

阿贵说他被老爷留下看家。天没亮，有一伙人冲了进来，一个领头的说，他弟弟是被花老大打死的，他要报仇。结果家里人都走空了，他们什么人也没找到，就只是砸了一些东西。天大亮后，又来一拨人，就是那个高个子领的头，大家都叫他政委。他是个大官，见花家没了人，便说征用房子。知道阿贵是厨子，又说厨子是穷人，还留他当伙夫。阿贵并不知小姐留在城里。他听到高个子接电话，像是有人跟他说，花家有个小姐还没走，如果发现，就扣住，把她送到省城去。他听了很害怕，想出去看看有没有人可以带个信给小姐，叫她千万别回来。结果一出门，恰恰见到小姐和王四正在门口，吓得他魂都碎了。

花满月惊道，扣我做什么？阿贵说，找你家报仇的人应该不少吧？老爷和大少爷的仇人也很多哩。先来的那个要报仇的就是顾湾的，顾木根，王四你记得不？王四说，记得记得，是被大少爷一枪崩的那小子。阿贵说，来的是他三哥，是个游击队长。

花满月不作声了。她知道她的大哥做过不少荒唐事，包括打死这个叫顾木根的勤务兵。其实就是装饭时，不小心摔碎了碗。大哥那天心情不好，一撒气，拔枪便扣扳机，刚好打中要害，当场就没了气。靠了她父亲上下打点，他大哥猫到省城避了几个月，之后回来像什么事都没有发生过。

阿贵说，所以我不能说小姐是花家的人，小姐你明白了吧？花满月点了点头，心里对阿贵有几分感激。王四说，那……往后怎么办？花满月说，我明天就坐船去省城。王四说，到省城你去哪里呢？老爷说他们当天就会去上海。花满月说，我到了省城也去上海。阿贵说，你怎么走？你走去哪里？你身上有多少钱？外面到处都还在打着哩。

花满月怔住了。外面打仗她倒是不怕。关键是，她去哪里，能找到谁，以及她哪有钱出门。

阿贵说，我看不如先住下，等老爷他们回来。不要叫原先的名字，免得被抓走。好在西月巷这边只几个花家店铺里的伙计，也没什么人见过小姐。王四说，是呀是呀，这样安妥一点。不然老爷回来，我也没办法交代哩。阿贵说，有王四照看，老爷一家都会放心。回头老爷一定会重赏王四，给王四一间新屋都说不定。阿贵说时环顾了一下四周。

王四的老娘脸上笑开了花。忙不迭地说，小姐尽管放心住在我家。我们阿四虽然笨，挣个饭钱还是可以的。

花满月没有说话。她想了想，觉得这其实就是她唯一的路。吃点苦就吃点苦吧，好在，花满月想，她的牌还没有打完，等她爸妈回来时，她不光可以打完，或许还可以力争多打几次，毕竟他们要为她吃的苦做些补偿。

花满月想完，痛快地说，行了，别啰嗦了，就这样吧。我现在先叫岳满花好了。我爸回来，我一定叫他重赏你们两个。

这天夜晚，花满月就跟王四的老娘睡一张床。她也累了，甚至感觉不到时间。一觉睡到天亮，醒来时，远近都有小孩的歌声，激昂欢快。恍然间，她意识到，世界真的变了。

2

现在，花满月这个人已经没有了。县里挨家逐户登记时，花满月亲自报出了岳满花这个名字。

王四和他的老娘不知怎么称呼她为好。叫小姐不能，叫名字不敢。倒是岳满花自己满不在乎，说，你们叫我满花就好，反正又不是我自己。

这样，王四和他老娘都叫她满花。阿贵偶尔来小坐一下，也跟着这么叫。开始有些别扭，但叫着叫着，也就顺了口。

岳满花和花满月的生活自是不能相比。花满月的日子，每一天都是喷香扑面，而岳满花的日子，则每一天都臭气烘烘。岳满花最初不明白家里这臭气从何而来，并且每到晚上就愈发显臭。后来发现它们竟来自王四老娘的脚。王四老娘是裹了脚的，一个月难得洗一次。那些捆扎变形的皱褶里，塞满了不知什么年代的污垢，就算是洗，也洗不到那些深褶中去。岳满花为此发了一次脾气。王四辩解说，我老娘八岁裹脚，算起来裹了一个甲子，就算是拼了命去掰，也掰不开呀。

这次的脾气，让王四的老娘不高兴了。当然，不高兴的主要原因还不是她的脚臭不臭，而是大家似乎有些明白，花家屋的老少主人回来的可能性已经很小很小了。他们所认识的有钱人死的死抓的抓逃的逃，差不多一夜之间，全不见人影。而今是新社会，穷人当家作主。就算王四一个拉车的，也再没有人敢欺负他。花家屋的正房已成粮食局，其他偏屋，全都改作了粮库。后面的花园，划给了隔壁小学当了操场。老少爷们儿如回来，自己都没地方住。更何况，连目不识丁的王四老娘都知道，新社会，没有了地主，没有了富人，他们即便回来，也得跟王四一样，出门干活，赚钱养家。如此这般，王四想要的重赏怎么可能会有？这一切都没有了，他们白白养着一个小姐在家做什么？居然她还嫌臭！

这么想着，王四老娘的脸色便慢慢摆了出来。她开始对岳满花挑三拣四。说岳满花懒得抽筋呀，又说岳满花不劳动吃白食呀，最可恶的是，还说岳满花吃得太多。岳满花当惯了小姐，一向是人家看她的脸色，她何曾看过别人脸色？她想，我都已经忍了你的臭，难道还要我忍你的脸色？于是，她的脸色摆得更加难看，一旦听王四老娘唠叨，便以刻薄话来还击。王四老实，从未遇到过如此复杂局面，一头是老娘，一头是小姐，他夹在中间，不晓得如何应对。

王四便去找阿贵讨主意。阿贵也觉得此事复杂。他说，我老婆跟我老娘闹别扭，我揍她一顿，她就老实了，晚上还得服侍我。这满花小姐不侍候你，还不能揍，确实难办。王四说，所以求你帮我想想法子。阿贵转了下眼珠，突然说，要不你把她变成你老婆？王四吓了一大跳，说，这、这、这，这哪里行？老爷回来，我的人头就得落地呀。阿贵说，你是他女儿的恩人。生米煮成熟饭，就算老爷万一回来了，你就是他花家女婿，他要杀你，小姐会让他杀？杀了你她当寡妇？再说了，看新社会这火红，老爷回得来吗？老爷不回来，你赚个老婆不也蛮好。王四说，这个、这个，我不敢。阿贵说，你反正没老婆，小姐虽然又懒又馋，但她到底也是金枝玉叶对不对？王四说，我老娘肯定不会准我找这样的媳妇。阿贵说，那你就光棍一辈子吧，然后还要养一辈子这个老小姐。

王四说，哪能呢。过阵子，让小姐走，我妈就会给我说一个。阿贵说，城里哪个不晓得她是你王四的人？满花小姐不是在你家登记的吗？登记时她是你的老婆，你不娶她，她嫁得出去？而且你又怎么娶得回人？你想犯法？

王四吓了一跳，想想也是。政府登记名册时，恐怕花满月身份暴露，就以他老婆名义写了岳满花，以为就是临时的事，哪里想过老爷回不来？一想到因为有岳满花，他就不可能娶老婆；而不娶别人，娶她岳满花，他又何曾敢有这个念头。这样想来想去，他便很有些郁闷。

转眼就是春节了。岳满花在王四家也住了小半年。除夕这天，岳满花跟王四老娘又吵了起来。原因是嫌王四买回来的肉太少，鱼太小，根本不够三个人好好吃一顿。王四老娘大为生气，觉得儿子靠拉车挣点钱不容易，就算过年，有点鱼味肉香就可以了，哪能跟有钱人家那样大鱼大肉地吃？岳满花说，又不是要你做满汉全席，到底是过年，吃好点总应该吧？两人就这样吵来吵去。王四老娘动了心要赶走岳满花。可是赶她出门，她又往哪儿去呢？王四不忍。王四老娘又来骂儿子没用。而岳满花则责骂王四为什么不按她爸爸的要求把她及时送到码头。王四哪头都不是，被吵得心烦意乱后，便逃出家门。

王四不知道两个女人怎么过的这个除夕夜，他自己则猫在城南寡妇的小店里喝闷酒，一直喝到半夜，寡妇要关门了，死活把他撵了出去。王四醉醺醺地回到家里，上了阁楼倒头就睡。睡到半夜醒来，才发现床上还有岳满花。岳满花身体散发出来的气味，让王四心比身醉，这是他从未闻过的味道。他想起了阿贵的话，觉得阿贵说得很在理。便觉得眼前这女人，命中注定就是他的。他情不自禁地把岳满花抱在怀里。岳满花孤单已久，又日日受气，迷糊之间被人拥抱，倍觉温暖。半蒙眬半清醒地意识到，其实这个男人就是她眼前唯一的依靠。因此，无论王四做什么和怎么做，她都心甘情愿了。

早上醒来，岳满花流了眼泪，说，想不到我一个大小姐，现在竟成了你的人。王四有点慌，忙说，这是没办法的事。不然你嫁不出，我也娶不了。我保险对你好就是了。如果你爸妈回来，不满意，你要走，我也是没话说的。现在我们算是搭个伴好不？

岳满花想想，人一生，不就这样吗？她潦倒如此，有个伴或许还是幸运哩。

说起来也简单，花满月，不，岳满花就这样成了王四的老婆。

外人早已认定他们是夫妻，所以酒席都是不方便摆的。只由王四的老娘点头认可，两人跪下对她磕了头，就算是正式夫妻。王四的老娘之所以答应这桩婚事，是她心知，如果王四不娶岳满花，这辈子也不能迎娶其他女人。王四老娘想抱孙子，再不情愿，也得同意。这样，王四老娘、王四以及岳满花都觉得这个婚结得真是恓惶，但他们全都没奈何。

岳满花的肚子还真争气，第二年就给王四生了个儿子。王四老娘乐得嘴歪，岳满花坐月子那些天，她也着实对岳满花好了一阵。孩子出世后，阿贵来家看孩子，紧张地说，乡下开始土改了，万万不可以暴露身份，弄不好会枪毙的。

这话不光吓着了岳满花，连王四母子也都吓得不轻。于是岳满花缩在家里带孩子，根本不敢出大门。其实生了孩子的岳满花是没有人认识的，她因完全没有活动的缘故，身材肥胖得很快。原先的衣服一件也穿不下，便把王四的破衣服随意地套在身上。那种破陋，谁都不会想到这就是当年花家的千金小姐。直到有一天，花家当年的女佣来找王四借钱，岳满花正想跟她打招呼，结果她却指着岳满花对王四说，这就是你乡下带来的婆娘？王四怔了一下，说，是呀。她连正眼都没看一看岳满花，跟王四说了一通话就走了。岳满花这时候才知道，那个叫花满月的人，是真正地消失了。

孩子开始长大。靠王四的拉车钱，明显不够用。尤其社会主义要求人人自食其力，自然也主张人人自己走路，坐车的客人便越来越少。终于有一天，王四加入了一个运输站，将拉人的行当变成了拉货。只是，这一变更，人越发辛苦，而钱越发少了。

让王四松口气的事是：迫于无奈，岳满花得出门上班了。大跃进，消灭闲人，居民会动员女人参加工作，出门劳动。岳满花未满三十，正是做事的年华，就算她再不想出去干活，可上门动员的人隔三岔五就有一拨，硬犟下去，也是问题。岳满花知道自己必须面对现实，于是去找阿贵。阿贵问岳满花想做什么。岳满花说，最想到牌馆去，当杂役也行。阿贵说，现在哪里还有牌馆，早卸了招牌，改成土产店了。岳满花便说，我还可以去教书。阿贵更是吓一大跳，忙不迭叮嘱她，一千万一万万都不可以暴露自己识字，不然一查就能查出她的身份。阿贵心里明白，一旦查出，第一个吃不消的就是他自己。因为第一个隐瞒花满月的人，就是他。其实阿贵对当初保护岳满花一事颇为后悔。花家再不可能回来这事，也是他当年万万没有想到的。现如果有人发现花家小姐一直在县城里被人藏匿，阿贵想，他恐怕得死上几回了。阿贵每年都会找王四，再三再四叮咛别说出来，因为现在不是花小姐一个人的事，而是牵扯上好几个人的命。王四自然知道，好在花小姐成为岳满花后，就已经几乎没有人认得出她来。

阿贵最后介绍岳满花去了腌菜厂。说这活儿省心，简单好做。岳满花想，自己本来就是找个出路，临时干干，免得被人动员来动员去的，等她爸妈回来，她照样回家养着。如此这般，干什么岂不都是一样？于是就按阿贵所说，她去腌菜厂腌萝卜去了。

岳满花自小不会做事，粗活细活一律不会。在厂里，摔了人家两个坛子，切了自己三次手指，被组长骂了几个月，之后，才慢慢熟练起来。毕竟这就是个简单活儿。

儿子王富华就交给了王四的老娘。岳满花下班回家，吃完晚饭，就躺到阁楼自己的床上。她觉得累，不想动。儿子开始还找找她，见她不理，也就随着奶奶过了。奶奶亲孙子，白天晚上都在一起。没有一天不在孙子面前骂他的娘。岳满花也无所谓，她只要回家有饭吃，被骂几下算什么呢？她现在连回嘴的心情都没有了。

日子也就这么过了下去。过得岳满花自己都忘记了自己叫花满月。

3

王富华上小学那年，王四得了浮肿病。看了很多医生，说的都是一样话，就是没吃好，营养不够。王四急了，说，大家都这么吃，怎么就我一个人得病？医生也说不清。

王四没力气拉货了，领导想让他回家休息，他不肯。他上有老下有小，老婆岳满花虽然上班，但一直是厂里能力最差的人，顶不上事。他如歇下来，一家人会糊不上嘴。领导想，王四解放前在富人家做下人，解放后做苦力，一辈子不容易，就让他在单位看大门。钱虽然少，但至少能活命。

王四人老实，但心里什么都明白。他知道自己活不久，私底下便跟岳满花说，我恐怕管不了你多久了。我死后，我妈会回乡下，但她得带上我儿子。我王家就这个独苗，他得续我王家的香火。你就顾你自己吧。当年我饿倒在街上，是老爷收留了我，让我有口饭吃。我做梦都没想到会成他老人家的女婿。我也等不到他们回来了。有机会你告诉他，我这辈子都谢谢他。

岳满花说，你谢他做什么？你谢我差不多。我不去打牌，哪有你的事？王四笑了，说，那也是，多亏你打牌。岳满花第一回看到王四在她面前笑，便也笑，说，我的牌局还没完哩。你也别急着死，等我赚一把，拿钱给你治病。王四又笑，说，这得等到哪一年呀！

王四说这话的第二年就死了。死的那天出了点小事。那阵子，家里天天喝粥，王四饿得慌，下班时找到阿贵。说一家人没吃的，光喝粥也不行。阿贵在粮站当伙夫，便暗中偷了个杂粮馒头给王四。王四如获至宝，一口也没舍得吃，带回家给了老娘。王四老娘也舍不得吃，掰成两半，跟王四说，一半给孙子吃，另半个，要王四明早上班时吃掉。说完便出门找孙子回家吃馒头。结果岳满花下班回家了，见到馒头，饿狼一样，三两口就吃了一半，吃完觉得还不过瘾，又把另半个也给吃了。岳满花一边喝水一边感叹自己好久没这么舒服的时候，王四老娘牵着孙子回来。突然发现不见了馒头，便问岳满花。岳满花说，我吃了呀。王四老娘气得发抖，然后便冲岳满花开骂，说是谁吃也不该是岳满花吃。孙子长身体要吃，男人有病要吃。就算他们吃撑了，也是归她这个老太婆吃。岳满花这个富人家小姐就该吃屎。岳满花被骂怒了，说，当年没我家，你现在还不知道在哪里吃屎哩。两人吵得天翻地覆。王四躺在阁楼的床上，他早想下来劝架，可是身体软，下床吃力。而楼下的吵架愈发厉害，王四的老娘已经拉开门叫骂了。王四担心老娘会把岳满花的身份暴露出去。如果这样，他一家人恐怕都会很惨。为此，他挣扎着下床，走到楼梯口，喊着，不要吵……一句话没喊完，便从楼梯上滚了下来。王四老娘和岳满花都跑过去扶王四。这时的王四气若游丝，翻着白眼对他老娘说，不要、不要……眼睛却望着儿子。王四老娘总算明白了王四的意思，忙点头，说，晓得了晓得了，你别着急。岳满花却不明白，只是说，啰嗦个什么，赶紧送医院呀。可惜，他们还没出门，王四就断了气。

王四的老娘对岳满花充满怨恨，却也无法用更严厉的词语来骂她。丧事一完，她便带着孙子回了老家。走前说，从此以后，我孙子是我王家人，你跟我们王家再没半点关系。

岳满花乜斜着眼，看着他们祖孙出门。儿子对她并不留恋，跟在奶奶身后，头也没回。她坐在床边，动也没动。心说，没有才好，你以为我稀罕？

4

此时的岳满花便开始了一个人的生活。她有房子有工作，早出晚归，倒也不觉得时间缓慢。工资虽然低，一个人糊口也足够了。寂寞的时候，找阿贵聊聊天，讲讲往事。阿贵的老婆并不知她是以前的花小姐，很不明白，为什么他家的阿贵对这个女人十分谦恭。问阿贵，阿贵含含混混的从不说明白。阿贵的老婆便很生气，以为男人跟这个女人不干不净。在街上偶然遇见岳满花，便骂她是破鞋，专门勾引男人。岳满花自然不是善类，突然被骂，也是一定要回嘴的。于是有几次，在街上跟阿贵的老婆撕打起来。阿贵后来晓得了，气得要命，把老婆着实地打了一顿。阿贵的老婆之后再不敢骂街，但岳满花却也不方便再找阿贵说话。于是，她越发独来独往。

"文革"开始了。王四的儿子王富华已经上了中学。中学就在县城里，但他却从不去看他的母亲岳满花。他是一个优秀的中学生，因为奶奶教导的缘故，他自小仇恨母亲。这份仇恨的存在还因为，他已知道母亲是什么人。他不想跟母亲这个家族有任何关联。他是穷人的孩子，他根正苗红。所以，他很积极地要求进步。他参加了红卫兵，还成为学生红卫兵的领袖。

他想有更惊人的表现，这样可以显示他无私无畏的精神。他要揭露自己的母亲，然后与她彻底划清界限。这消息怎么被阿贵知道的，没有人清楚。阿贵连夜赶到学校找到这孩子。

阿贵说，你以为你说出来你就更革命？你是她的亲儿子！你跟她肉连着肉，血通着血。把她斗完了，你会有好下场？花家一家都是反革命。你外公花老爷是本县一霸，你学校门口这条街，以前就叫花半街，他说东，谁也不敢西。你大舅花大少爷是国民党军官，他手上的人命好几条。你是他们嫡亲的外孙和外甥，你以为你能落得什么好？你从此就是反革命亲属！你奶奶你爸都是窝藏犯！你爸运气好，死得早。你奶奶就得挨斗，完了说不定还要坐牢。而你呢？半点前途都没有了。这就是你要的结果？你以为你妈怕你揭发？你妈反正死猪不怕开水烫，她一个千金小姐都已经下嫁给你爸这个拉车的，你以为她会在乎挨不挨斗？她挨不挨斗都没啥前途，但是你呢？你算术好，自己算算账，看哪个更不合算。

阿贵说完就走了。他觉得王四人好讲感情，但生的这个儿子真不是东西，对自家老娘都想下狠手。就算她有天大的罪，也是亲娘呀！阿贵知道跟这种人讲天伦讲感情，没一点儿用。只有跟他算账，算算谁更倒霉，才会有效果。

阿贵不知道自己的话管不管用。一连几天，他没事都晃到西月巷，看看岳满花那里有没有动静。阿贵忐忑不安，甚至有些恐惧。他很明白，他这个蚂蚱是跟岳满花绑在一起的。一旦岳满花被人揪出来，那么他的劫难就不远了。

但是，王富华显然算清楚了。他没有再表现自己，甚至慢慢淡出了红卫兵组织。一直到他成了回乡青年，阿贵拎着的心才放平稳。

这个过程，岳满花完全不知，她甚至不太高兴阿贵经常到她家门口晃悠。寡妇门前是非多，何况阿贵老婆还骂过她的街。而且最重要的是，岳满花已经根本不想跟阿贵闲聊些什么了。她有自己的事，她正忙碌着。没有人知道，在人人自危的年代，岳满花却有着自给自足的精神生活。她沉浸在自己的世界里，独自享受。

那是一个多月前，她下班回家。走在路上，见一群红卫兵在抄家。她认识这家的男主人，知道他长年在街口摆小书摊。岳满花对抄家并无兴趣，但她走过围观人群时，突然一阵哗啦声，仿佛大珠小珠落玉盘，瞬间将她的每一根神经都击打得弹跳起来。多么熟悉的声音！几乎同时，她内心深处最美好最愉快的回忆一起喷涌而出。她不禁驻足，隔着人缝，向里张望。在一堆散乱的图书中，她看到了散落在地上的麻将牌，它们的旁边还有一个木盒。

岳满花浑身的肌肉都绷得紧紧。那份突如其来的激动，使得她无论如何都挪不开自己的脚。一个念头突然就冒了出来：她要把这些东西弄到手。

这时她看到了西月巷的两个小孩。她叫他们过来，低声跟他们说，你们晓得我吧？一个小孩子说，晓得哩，是腌菜厂的岳妈妈。岳满花说，对了，正是的。你们能帮我一个忙吗？帮我把那些小石头弄过来给我，我给你们两块钱。她说着，指着那些散落在地的麻将。

对于那些小孩子，两元钱是一笔巨款。而对于岳满花，差不多也是她好几天的饭钱。但小孩子还是问了，说，这个东西有什么用？岳满花说，别人是没得用，可是岳妈妈是腌菜的对不对？这种小石头放在坛子里压菜，压出的咸菜会很好吃哩。小孩子说，是这样呀，好吧。岳满花说，尽量全都捡来，越多越好。知道我家吗？送到我家来，我给你们钱。

两个孩子满口答应了。

这是岳满花人生最漫长的等待，她从未有过如此难熬的感觉。其实，这个时间段，只有半个小时。而对于岳满花，差不多像是一千年。

小孩子不光送来了麻将牌，连盒子也偷来了。理由是，麻将牌没地方装。岳满花当然求之不得，当即兑现承诺，给了他们两块钱。小孩们走前，岳满花突然脑子转了一下，又加了五分钱，约定不对外人说，因为这是她腌菜的秘方。小孩子也都答应了。其中一个孩子说，你也不能跟我妈说，因为我偷东西了。岳满花笑道，我保证。

幸福仿佛从天而降。岳满花用毛巾把这些麻将牌一个一个擦拭干净，按着万、条、筒、风类别分开，一一清理。136个麻将牌，这里只有113个，还缺少23个。岳满花没有沮丧，她想，这有什么关系？她可以找点替代品。

第二天，她在厂里的废料堆，找到一根木棍。回到家里，用菜刀把它削成细条，然后，又砍成一块一块，一共砍了23块。之后，再慢慢用小刀削，一直削到麻将牌的大小。削完还觉得不够细腻，又去杂货铺买了几张砂纸，慢慢打磨。磨到她自己觉得可以用的时候，便用小刀在最光滑的一面刻上图案。筒最不好刻，她便将火钩烧红，在木块上一个一个地点。她做这些几乎花了一个月时间，但总算把整副麻将牌凑齐了。

岳满花做梦都没有想到，她自己会拥有一副麻将牌。她记起自己最后一次离家外出打牌的情景。那时候，她以为自己打完那次，再没有机会了，心里的悲愤是那样的深刻。而现在，她居然有了自己的牌，并且没有任何人可以管束她，她想怎么玩就怎么玩。因为这个，她觉得自己这些年在生活上吃的苦头，与这份快乐相比，真不算什么。

就这样，她开始自己一个人的娱乐。

她的麻将桌就是吃饭的小桌子。她把它搬到了阁楼上。阁楼上原本就有张小床，上床沿为一座，然后围着桌子，她又摆上三个小板凳。其实家里只有两个凳子，她到外面捡回来几块砖，摞在一起，一条旧裤子叠了三层垫在上面，权当一凳。为了不让哗啦哗啦声传到外面，还在桌上铺了一张旧床单，又用几件汗衫，把窗子封得个严实。

一切都按牌馆的规矩，只是她一人充当四人角色。坐床沿的角色是她自己，她严格要求自己公正，不对自己偏心。对每一手牌都要按最好的方式出牌，并且要忘记其他人的牌是什么。她试了三局，觉得自己完全可以一抵四。

最可惜的是没有钱。没有赌注的牌局，如同没有放盐的菜，满嘴寡淡。嘴寡淡可忍，而心寡淡则不可忍。但岳满花实在没有钱当本金。她只好狠狠心，三个月不吃肉，一天吃两顿饭，省下了几块钱，当作赌资。而这些钱，她规定自己，是永远不可以挪用的。至于拿工资的那天，她的快乐便无边了。她把钱分成了四份，加进赌资里，而自己的那份是最少的。她的目的就是努力把那三份赢过来。她每赢一笔钱，就权当几天的伙食费。这样，她就得力保自己必赢，好在，所有的牌都是她自己出，在最不得已的时候，她坐在另外三家位置时，只好配合自己出牌。不然又怎么办呢？到底她也不能被饿死呀，她想。这样想过，她的愉悦感倒还增加了几分。

每一天每一天都在赌。于是，所有的时间都变得不够用。岳满花沉浸在自己的牌馆里，假想着与另外的三个牌友一起打牌。打得天翻地覆，风生水起。这个小阁楼，就是她的全世界。打完牌，撒泡尿，就势躺在床上睡觉。一觉睡到大天光，匆忙上班，有一搭没一搭地把活干完，买点小菜回家，草草吃饭，然后就钻进阁楼。输赢都是自己。岳满花想，这里就是她的天堂。比起她在花家屋华丽喷香的闺房，这个逼仄的阁楼，更让她觉得人生活成这样，才叫值得。

5

时间疾走，竟是让人浑然不觉。时局也早已变化得面目全非。但在岳满花这里，却静如止水。她不关心这世上任何事情，也不在意这世上任何人，甚至她也不关心自己。家里的人，她早就忘得一干二净。她想，既然他们不回来找她，显然他们已将她抛弃。那么，她的想念又有什么意义？所以，她在时光中，把那些人，一个一个都从心里清除掉了。包括死掉的王四和少年时代就被带走的儿子。这世上她只有自己。对于她来说，也没有什么不好。就算有儿孙满堂，其实自己也还是独自活命，靠了别人断不会多活一辈子。岳满花想得很透彻。何况她有那一堆麻将牌。这136个麻将牌比100多个亲人要亲切得多，也可靠得多。

确实也没有人留意，岳满花的白头发已经长出了很多，腰也开始弯曲，就好像她把每一天每一天的日子背在背上，哪怕一天只是一张轻薄的纸，摞起来，也足可压弯她的腰杆。

这时候，改革开放了，腌菜厂终于关了门。岳满花从此不需上班。但政府念及她一个孤老，没有劳动能力，便每月给她一点生活费。只是这些生活费也不够她岳满花吃好，比方她想吃点肉，就还是有困难。好在岳满花想得通，她在腌菜厂做了这么多年，总算学到一点手艺。所以，她开始做腌菜。力气和能量有限，她只能做一点点。其实她也只想做一点点，卖出的这一点点钱，隔些日子能够买点肉和鸡蛋，她就很心满意足。她对自己的生活要求不高，何况，她觉得自己哪有时间呢？阁楼上的小桌子时时刻刻都在等她，她的三个"牌友"也都对她望眼欲穿。

有一天岳满花突然发现城关的街上冒出一个福来棋牌室，说白了就是牌馆。她不由得惊喜万分。想起她尚未打完的牌局，就是这一百圈牌局，她被家人抛弃，几十年音讯全无。甚至把花满月这个人都弄没了，成了一个落拓的岳满花。她想，这就是我的一辈子。我如不把它们打完，又怎么对得起自己？

于是她就去了。万没料到的是，门口冒出一个年轻汉子，竟然不准她进。那人吼着，老太婆，你来做什么？这里不准要饭！岳满花说，我不是来要饭的，是来打牌的。那人冷笑道，你打牌？你有多少钱？岳满花怔了怔，慢慢摸出口袋里全部的零票。她低头看了一下，加起来不到五块，每一张都皱皱巴巴。年轻汉子便鄙夷地说，就这？就这你还好意思来？

里面哗哗啦啦的声音传了出来，听得岳满花浑身颤抖。当年的豪气一下子像山洪暴发把河水涨漫了堤一样。她大声说，是的，就这点钱！但我能把他们的都赢下来！年轻汉子懒得听她说，只是轻蔑地斥了一句：走远点，回家叫你孙子来！你他妈年轻五十岁还差不多。

这是岳满花人生最沮丧的日子。这份沮丧，比得知一家人都忽然不见的消息来得更沉重。为一百圈牌局，她丢失家，丢失了所有亲人，然而很可能一直到她死，她都不可能真正打完它们。一想到这个，从来都不痛苦的岳满花产生了莫大的痛苦。整个晚上，她都打不起精神，坐在床沿的她，心里堵，完全打不过三个虚拟的牌友，于是一夜输牌。

转机来得非常突然。突然得让岳满花大受惊吓。

西月巷在一个清早接到通知，满街的房子都要平掉。这里要修建一个新的居民小区。岳满花破旧的板壁屋自然也在拆毁之列。岳满花一想到没有了她的阁楼，她该怎么活呢？拆了她的屋子，她将住在哪里？岳满花自己对自己说，莫不是老天想让我去死？

一时间，街上来来往往的人很多。每家每户都有人说服动员，然后造表登记，丈量尺寸。来岳满花家的同志，非常和蔼，说，房子盖好，可以根据你的面积再分给你一套。当然，你也可以要钱不要房。

岳满花立即问，多少钱？工作同志说，还得算，不过，按你们这面积和位置，十万块以上应该有的。

岳满花立即目瞪口呆。她一个月只有几十块的救助金，十万元对她来说，就是个天文数字。她开始盘算，如果拿到这钱，一月花五十块钱租一间屋，一年才要六百块。放宽点算，十年也就六千块钱。如果她还能活二十年，她留下一万两千块钱租房子就够了。另外还剩八万八千块钱。为了保证万一房租涨价，她可存上两万块。其余八万，她岂不是可以想做什么就做什么？她想，用这钱完全可以把这个人生亏欠她的牌局打完呀。然后，余下的日子，她还可以经常吃吃肉吃吃鱼，甚至过年过节，买点小酒也是没问题的。死前再买一套上好的衣服，留给自己上路的时候穿。这辈子岂不完结了？如此，她何必要那间新屋？守间新屋过清苦日子和租间旧房过舒服日子，哪样划算，一目了然呀。

岳满花高兴起来，她决定要拆迁款而不要新屋。

但拆屋这事消息传得快，岳满花还没来得及签合同，她久未谋面的儿子王富华出现了。王富华的初中高中都是在县城里上的，他留在县里的同学也蛮多。西月巷要拆迁的消息传到他那里，一点也不奇怪。当他出现在岳满花面前时，岳满花完全认不出这是个什么人，也没有任何亲近之感。

王富华说，这房子原本是他父亲的，他也是这房子的继承人，所以，拆迁费有他的一半。王富华回乡当了知青，又从乡下考上了大学。大学毕业就留在城里当了老师，现在已经是个教授了。自他奶奶死后，他再也没有回过老家。现在，他回来了，目的就是要跟他的母亲争一笔遗产。

负责安置的同志都有些愤然不平。说，你妈这么老了，平常你也不养她，现在就这么一间屋，你还争个什么？王富华很平静，说，我并不是争，我只是按法律得我应得的那份。这也是对我父亲的纪念。

所有人都说不过王富华。岳满花没办法，跑去找阿贵帮忙。阿贵也老了，腿脚走不了路。他坐在椅子上破口大骂王富华。说这房子本来就是花家盖了给下人住的。要说遗产，也是花家的，跟王四屁点关系都没有。岳满花说，说这个有什么用？我现在又不是花家的人。我能说我是花家人吗？阿贵说，他王富华分明知道你是花家的呀。岳满花说，但他也知道我不能对外说出口是不是？阿贵也无奈，想了半天，方对岳满花说，反正不要分钱给这兔崽子，一分钱都不给。他自己过着人上人的日子，还要来抢老娘嘴里唯一的一口粮。死都不能给！岳满花说，死？死了就都是他的了，我才不死哩。

还是工作的同志有主意，说，您可以不要钱，要房子。反正就一间，您住着。您是第一继承人，他没有权利不让您住这房子。您可以说，他要来住，就给他支张床。可他会来吗？

岳满花好无奈，想想觉得也只能如此。王富华从未孝敬过她一天，几十年来，也未搭理过她这个娘，就算发迹了，他娘这样可怜，他也没有过任何关照。有这样的儿子，比没有还让人堵心。岳满花想，她宁可不要钱，也不能便宜了王富华。

于是，她签下了要一间房子的合同。王富华气得跳脚，却也没办法。走的时候，愤然说，你简直是我家的克星，你怎么还不死！岳满花说，想我死，哪有这么容易？说完心想，我的事还没办完，我怎么会死？

倒是阿贵先死了。阿贵死的那天，岳满花刚好搬新屋。听到消息，岳满花心里还是有些怆然。她想，这下再没人知道花满月了。

6

又有一些年过去了。

这是个秋天，忽有传说，花家屋的后人回来了。据说花家屋一大家人，当初带着金银细软，从县城坐船到了省城，又坐江轮跑到上海，再由上海搭上海船，折腾了个把月，方逃到台湾。现在大少爷花满江和小少爷花满天都是家财万贯，比花老爷当年更加有钱。

县里忙不迭地接待花家，承诺占据花家屋的粮站一定会搬出来。花家庭院将被重新修缮。如果花家没有人回来，这里将改造为特色民居供大家参观。如果花家人回来投资，需要长住，这里仍然还给花家人居住。

一连几天，人们都在议论着花家。六十年都过去了，本来早已被人忽略的花家屋，居然又成为满城人的话题中心。

只有孤单的岳满花不知道。这一年，她已经满了八十。她依然拿着县里的救济金生活，依然做一点咸菜请街口的小店代卖，依然每晚上自己一个人打牌，依然用有着23块木头替代的麻将牌。她把无数不同的日子过成完全相同的一天。

花家屋回来的是小少爷花满天的一儿一女。一个西装革履，一个花枝招展，虽然也都中年了，但年龄看上去比县里的同龄人要年少十年。他们说这次回来是为了却爷爷奶奶以及父亲的心愿，专程寻找姑姑，其他也没什么事。他们都在台湾出生，对这个山水风景全无特色的小县城完全没有感觉。

县里人顿时傻了眼，从来都不曾听说花家还有人留在这里。于是到派出所查户口，查了几个花姓人家，却无一人对得上。又满城寻找老人家，看看有谁是否知道一点线索。

正在失望之际，县台办突然接到来自省城的一个电话。打电话的是个男人，说，花家的女儿一直都生活在县城里，她改了名字，叫岳满花。对方不愿说自己是谁，只说你们去查吧，这个毫无疑问。

花家屋的两个儿女一听"岳满花"三个字，便惊叫，说好像是了。因为姑姑的名字叫花满月。倒过来，岂不就是岳满花？

这样岳满花被人找了来。

她的两个侄辈简直不敢相认。这个蓬头垢面，神情猥琐，衣裤鞋袜几乎全都破烂不堪的老太太，居然是他们的姑姑？这副苍老的面容，这样佝偻的体态，这种漠然的神情，与他们花家人，几乎完全没有一点相像之处。因为嫌脏，怕有传染病，他们没敢靠得太近，甚至有点表情厌恶地望着她。

当岳满花听介绍说，这两个衣着光鲜的客人是花家屋花满天的儿女时，她的神情立即变了。一脸的惊愕，眼睛也明亮了起来。她惊道，你们？你们是天花宝的小孩子？天花宝怎么会有这么大的小孩？他现在多大了？

两人不知道她说的是谁，立即打电话到台湾，向父亲复述。那边的父亲一听，声音都变了，立即叫道，就是她！就是她！只有她一个人会叫我天花宝。因为她就是个顽劣的姐姐，她偏要这样叫！我爸妈不知道骂过她多少次。

他们把电话递给岳满花，说，父亲想亲自跟你说话。岳满花接过电话，那边只说了一句，真的是你吗？姐姐。

岳满花立即想起弟弟花满天的声音，不由得也激动起来。那是她阔别了六十年的声音呀。岳满花说，当然是我。你小时候屁股是青的，家里人笑你，你就怪说是我打青的。是你先叫我满月酒，我才叫你天花宝的。说到这些，她不禁老泪纵横。往事历历，全在眼前。

对方一听，更是哽咽得快要说不出话来。半天才说，姐呀，我真的找到你了吗？那一年，我们一大家人在码头等不到你，船要开了，没办法。妈妈一直哭，爸爸到处托人找你。大哥还托了解放军里他的熟人，都没有找到你。你不就在牌馆吗？怎么会接不到你呢？岳满花说，是我没走。不是说好了打完一百圈的吗，我才打了七十二圈，所以我不能走。电话里的对方便越发哭得厉害，说，我们从上海到了台湾。爸妈一想到剩你一个人在老家怎么过时，每次都难过得哭。他们临死前都叮嘱我和大哥，一定要把你找回来！岳满花惊道，爸爸妈妈都死了吗？对方说，我都七十六了，姐姐你八十都过了吧？他们怎么可能还活着？大哥前几年生病死了。死前交代，说一定要把你姐姐找回来，不然爸妈九泉之下心会不安。姐姐呀，我总算找到你了。我要接你到台湾来，你要亲自到爸妈坟前去磕个头。

父母的样子，瞬间在岳满花脑子里浮了出来。她原以为自己早已经把他们忘干净了，而此刻却发现自己仍然清晰记得。对方又问，姐姐你家里还有什么人？岳满花说，我嫁给了王四。对方惊叫道，王四？你说的是拉车的王四？你怎么能嫁给他呢？岳满花说，我没有家了。厨子阿贵听说有人要抓我到省城，让我改了名字，以王四老婆的名义，藏在王家。对方又哽咽着，说，那就是大哥托的人呀，让他派人把你抓起来，送到省城，跟我们会合哩。

岳满花想起当年在家门口的事，想起阿贵见她时惊恐的神情。就是他的一句话，改变了她整个的人生轨迹，也使她与所有的亲人从此隔绝。想到这个，她一直感激不尽的阿贵突然有如仇人。

两人哭着说着，足足打了一个小时电话。旁边听的人也都唏嘘不已。

对方又问她有没有儿女，如果有，一起带到台湾来。岳满花想起王富华的那张面孔，断然说，王四死得早，我们没有孩子。对方惊叫道，那你一个人孤苦伶仃怎么活过这几十年的呢？然后又哽咽得说不出话来。

岳满花亦是满心满肠的悲伤。千真万确她听到了弟弟的声音。她原本以为自己在这世上已经没有了任何亲人，现在冒出来的这个，却是她最亲最亲的一个。

　　侄儿侄女带她去了酒店，让她好好洗一个热水澡。侄女在街上立马买了两套衣服，给姑姑换上。晚上又请她吃了餐馆，岳满花几乎没有在餐馆吃饭的印象，而满桌的菜肴，喷香得令她兴奋。她边吃边不停地夸她的弟弟有本事，养了这么好的儿女。侄儿侄女并不跟她多谈，只是告诉她，父亲要求他们带她去台湾。岳满花想，怎么也该到爸妈坟前磕个头，便爽快答应了。

　　就在当日，花家屋后人、来自台湾的侄辈，寻找到亲姑姑的新闻便登上了县里的报纸。岳满花与两个侄辈相见的照片，全上了头版。

　　腌菜的老太婆岳满花就是花家屋大小姐花满月的消息，在整个县城传炸了。几乎每一个人都有惊吓之感，那种错愕神情比岳满花突见自己亲人时所显露的更加强烈。一想到花家大小姐潜伏在县里几十年，居然一无人知，人们甚至打了寒战。一个老干部说，他娘的，多亏她不是特务，不然，我们县里还不惨了？老干部手下的年轻人说，就你这穷破县，要机密没机密，要情报没情报，要工业没工业，几条烂街，你有什么东西可以惨？

　　说得也满是个道理，老干部一时词穷。惊吓的人们便缓过神来嘲笑了一番老干部。

　　次日，两个侄辈遵照父旨，专程去县里找领导协商，表明他们的姑姑已是孤老，父亲要求立即接她去台湾生活，一则让他们姐弟团圆，二则侄辈可为她养老送终。这也是他们爷爷奶奶大伯和父亲共同的心愿。

　　对于岳满花这样的八十孤老，有人领走，县里半点可惜也没有，乐意得恨不能立马放鞭炮送瘟神。领导们心里甚至还有侥幸：得亏以为岳满花是穷人，政府对她一直都不错。那岳满花如是个知恩图报者，或许会让花家人回来投资也不是没有可能。放她去台湾，将来以探望名义，组个团去台湾，联系起来也相对便利。

　　县里立即表了态，岳满花作为孤老，政府将全力照顾。增补生活费，定期派医护人员上门，户口和房产改回原名，这些都可即刻办理。但把岳满花带走，一时不太可能。毕竟得办不少手续。光是办入台证，就算政府使出全力，少说也得有些日子。涉及出大陆进台湾，程序不老少。但县里保证，一定会全力给予帮助，以让她老人家尽快回到亲人身边。话说得通情达理，俩侄辈电话给父亲，海那岸的父亲倒也明事理，叫他们跟领导讲，一旦手续办完，立即通知他们，他本人将亲自回来接姐姐。并且要把花家屋的房产权，和以往留在大陆的所有财产，一切都赠送给政府。

其实，他不知道，除了花家屋的房子之外，他们哪里还有什么财产？乡下的土地早就分得看不见了地，而城里的店铺合营拆并得连尸体都没有了。政府一官员支支吾吾对付着回应了几句，而花家的小辈根本对这里的一切都没兴趣，只想着完成父亲交代的事情，就准备离开。他们参加了一个旅游团，说是要去九寨沟。

走之前，两人又带着姑姑去酒店吃了一顿大餐。侄儿留给她三万元钱，说是这一阵吃点好的，不要再做腌菜了，最好请个保姆照顾照顾。万一手续办得慢，这钱不够花，他们再给寄来。

岳满花拿着一包钱，全身都散发出光芒。浮出她脑间的第一个画面，便是那家开张几年的棋牌室。她似乎能听到哗哗啦啦的声音，像山里的风啸，像河里的流水，像她家门口来来去去的马车轧路，瞬间都复活在她脑子里。侄儿再三叮咛，一定要存进银行，慢慢花，别弄丢了。为保安全，两个侄辈专程把岳满花送到家里。又说姑姑再忍最后一阵子，他们很快就会来接她去台湾享福。

此刻的岳满花，心思已经跟台湾没什么关系了，甚至跟她的侄辈跟她的弟弟也都没有了关系。她脑子里只有一个念头，就是必须把她剩下的牌打完。不打完这个，她绝对不回家。因为一回家，她就再也没有机会出门打牌了。现在她心里的家，不是花家屋，也不是她住着的小房间，而是电话线另一头的弟弟那里。那里是她生活过的花家。

7

岳满花在侄儿侄女走的第二天，便去发廊做了头发。她以前常常路过这里，连正眼都没有看过一次。现在，她知道，这个地方她必须去。

发廊妹们已经议了好几天关于凤凰变乌鸦和乌鸦变凤凰的事，自然知道这个看上去几近龌龊的老太婆就是花家屋的大小姐。见岳满花进来，先是惊愕，之后便鸟儿一样飞扑过去。一个个嘴巴甜得如抹了几两蜜，让岳满花非常受用。已经多少年了？五十年或六十年，从没有人用这样的好语气跟她讲话，于是她很高兴。她们让她染发，她就染；让她烫头，她就烫。一下子花了三百块，相当于她以前几个月的生活费。但岳满花是什么人？她只要有钱，就根本不会把钱放在眼里。

第二天，岳满花便穿着侄女为她买的旗袍，外面套一件灰色花纹的开衫毛衣，手上拎着个布包，出了门，布包里装的是她所有的钱。她已经完全改变了形象。曾经驼下的背，似乎也自己伸直起来。走到街上，满街人对着她指点，当然，满街人也对她微笑。这是花家屋的大小姐呀！隐姓埋名、忍气吞声几十年，现在终于熬出头了！翻身了！而且要到台湾去了！人们脸上的表情都很复杂，有羡慕有妒忌更有敌视，为她高兴的人却并不太多。岳满月对此全无所谓。

岳满花在街上招停了一辆出租车。司机也知道她，忙不迭地停在她的身边，并且亲自下车为她开门，扶她入座，又为她关好门。岳满花虽然第一次坐出租车，但也神情自自然然，好像已经这么享受过几十年了。岳满花说，我要去城关福来棋牌室。司机说，好咧。婆婆现在有钱了，是要享受一下生活。岳满花说，当然。

最后一次坐车，还是坐着王四的黄包车去牌馆。从那以后，岳满花几乎再也没有坐车的印象。四轮小汽车到底不一样，只几分钟，就到了地方。而岳满花印象中的棋牌室，非常非常远。下车岳满花问多少钱。司机说，婆婆，今天不收您的钱。我爷爷以前在花家屋的店铺当过伙计，说花家人对他不错。不然，饥荒年他就饿死了。我爷爷要是饿死了，今天就没了我是不是？你们花家是我家的恩人，我不能收恩人的钱。一番话说得岳满花笑了起来，她是真高兴听到这些。

棋牌室门口换了人。但仍然是个年轻人在看门，见岳满花，有点惊讶。说，这婆婆不是花家屋的大小姐吗？岳满花说，我就是。年轻人笑道，您也要过来玩玩？岳满花说，怎么？我玩不起？年轻人引着她进去，说，您一个人怎么玩？岳满花说，你帮我找几个牌玩得好的人过来。年轻人说，玩得好的哪里会跟老婆婆玩呢？婆婆再年轻六十岁，他们都会争着上牌桌哩。

岳满花冷笑道，嫌我老？六十年前我玩牌的时候，你们还不知道在哪里当小鬼。说话间把布包里的钱亮了一下，又说，不跟老婆婆玩，但是不会不跟钱玩对不对？那年轻人眼睛立即亮了，忙安顿岳满花到一间屋子里坐下，说，您坐一会儿，我去给您找管事的。

房间不大，中间摆着一张桌子。桌面铺有绿色的软绒，一堆麻将散放在上面。两色相加，上面是绿色，下面是米黄的。每一个麻将牌，都像玉一样圆润光亮。岳满花拿起一粒，是一饼。图案清晰漂亮得几近完美，她想起自己用火烫的那个一饼，不觉笑了起来。放下一饼，岳满花又伸手抓了一下，桌上的哗哗声立即响起，她心跳如鼓，这是她心里的音乐。它们在桌上滑动所发出的声音，是这世上最美好的音乐。

岳满花坐下来，她的内心冷静异常。她清晰地知道，现在，她是花满月了。从此以后，这个倒写的岳满花与她的人生再无关系。她回到她堂堂正正叫花满月的日子，尽管她已经老了，但她当年的强悍，随着名字的返还，又都渐渐回到她的身体里。

花满月的牌瘾是与生俱来的。她睁开眼睛能看明白的第一件事，就是牌桌。花满月的母亲好打牌。在花满月父亲忙生意而顾不上她的时候，她几乎是泡在牌场上。家里有钱，孩子都交给奶妈带。只有女儿花满月娇气，不愿离开母亲，于是花满月的母亲打牌时便带着保姆，让她抱着花满月坐在身边。花满月听熟了牌场上的哗哗声，只有这声音才能让她安心。所以，花满月的成长，就是在牌场上。当花满月七八岁时，她的母亲生了场病，身体明显虚弱，一场牌打下来，经常气力不支。有一天，竟在牌场上头晕得不能自已。恰那一刻，对手又摸得一手好牌，不肯散场。于是花满月说，妈妈你休息，我来。花满月三下两下，竟将对方打得落花流水。只这半圈牌，花满月母亲的牌友们都对花满月刮目相看。此后，母亲便经常让花满月上场。这一打，竟是十年。当花满月的母亲身体虚弱到不再去牌场时，花满月却收不回来了。花满月除了打牌，什么都不会；除了去牌场，到哪儿都没兴趣；除了牌友，她什么人都不想认识。而此时的花满月已经满了二十岁。

二十岁的花满月已然有自己的主意。她想，这辈子我能做什么？不就是嫁人吗？出嫁前在娘家打牌，出嫁后，难道婆家不能打了？我想打，谁能挡得住？我妈在生我之后不也照样打吗？打到身体不行时，歇下来养命就是。如果有孩子也喜欢上牌桌，当然也照样让他上，这有什么不好？这样的日子不就是前世规定好了的？她想，打麻将就是她命中注定的人生。而且，这样子过一生，也没有什么不好的。如此想过，花满月便十分坦然。家里让她读书也好，做女红也好，她都没兴趣。在爹妈的强迫下，她用对付的法子，混着识了几个字，也缝了几行衣衫。但只要得空，谁也拦不住她的脚，几乎不用去想，她的脚自己就会奔去牌场。那个有着哗哗牌响的地方，才是她的世界。

现在，花满月又回到她的世界里。她对这样的结局十分满意，尽管她为此已然吃了几十年的苦头。但那又有什么关系？如果没有这个社会变局，或许她把爸妈规定的一百圈打完后，就再也没有摸牌的机会。那该是多么凄惨的人生啊！但是世道变了，爸妈一去不返。她的日子纵是水深火热，可她却一直怀着念想。一个人心里倘有念想，就不会觉得日子难过。

由此，花满月完全不像是一个饱经沧桑的老人。她的心充满温暖，脸上露着天真的笑容。好容易等来五六个年轻人，他们相互调笑，你推我搡，面对这个打扮得奇异的老太婆，似乎还有点看热闹的意思。倒也是，他们中有几个正是来看热闹的。

花满月满不在乎，一见来了人，便冷下面孔说，你们谁是管事的？一个穿黑衫的男人被两个青年一掌推到前面，他挠了下头，说，我是的。花满月便更是冷笑满脸，说，你的牌场怎么一点讲究都没有？看这屋子，北面居然放个书架。哪家牌场摆书架的？你要装雅也不用在牌场装嘛。就算只摆几本画册子，但画册也是书。书即输，谁肯坐北？南边有窗，后背空荡不实，坐南的人岂不是盘盘抓空？西面是门，门的对门居然是厕所，你想让坐西的人手手臭牌？最要命的是东头，背后虽然是实墙，可坐在位置上，从南窗望出去，外面那房子的屋角正冲着东座。角杀呀，风水大忌。坐那儿，你死都不晓得自己怎么死的。东南西北，没一个好座，这牌怎么打？牌运不好，谁还来你家？

她这番话说出口轻飘飘的，几个年轻人却听得如同雷炸。他们似乎从没想过这些问题，彼此相互望望，又纷然打量房间，果然觉得满面都有花满月所说的忌讳。年轻人纵是火气旺盛，不介意风水，但有人明确说了出来，便也觉得是个事了。

几个人一时间哑口。花满月似笑非笑道，不换房间？就算不怕输，至少也想赢吧？说着她把布袋晃了晃，隔着布，能看得出一扎扎钱的形状。

穿黑衫的管事人突然大声说，婆婆好眼力。这屋子本来就是人多时外加的。既然婆婆说得这么内行，那就换到楼上贵宾室去。年轻人高兴了，哇哇的几声叫唤，一起奔往楼上。

花满月到底腿脚不利落，她扶着楼梯把手一步一步地随他们上楼。待她走进屋时，五六个人坐的坐，站的站，架势都已经摆开了。

到底是贵宾室，面积颇大，四面皆高窗实墙，有门的一面，也靠角落。花满月说，嗯，这个还不错，跟我以前打牌的场子差不多。一个穿黄衫的年轻人问，婆婆，你说的以前是哪一年？花满月说，1935年到1949年。穿黄衫的年轻人便惊叫了一声，我的妈吔！花满月说，你的妈还没出生是不是？黄衫年轻人便笑了，说，是是是，连爹都没有。

麻将桌是全自动的，稀里哗啦，自动在桌下洗好码齐，又自动排列推升到各人面前。这一回轮着花满月目瞪口呆了。她上上下下看了看桌子，惊异道，这是怎么回事？穿黑衫的管事人说，花婆婆头一回见全自动麻将桌？这个东西要两副牌交替玩，上面打完了，底下已经洗完砌好的，就会升上来。花满月没看出名堂来，顿坐长叹道："好虽是好，快也是快，但没有云手洗、十指摆的过程，就跟我小时候出门看风景，闷坐在轿子里，直接到了目的地，路上风光连一眼都没看到。"

黄衫年轻人说，婆婆你这就外行了，机器洗牌本身就是风景。你只需听它的声音心里就会踏实。花满月笑了起来，说，你倒是个懂牌的。

大家也都笑。黑衫管事人说，这鬼东西就是台湾人做的。我们天天搞革命的时候，他们就去琢磨麻将桌。婆婆你以后不是要去台湾吗？台湾的牌场肯定有更高级的，婆婆留个意。

说到台湾，花满月脑海中浮出爸妈的面容。她叹道，我一点都不想去台湾。我爸妈管得紧，死活不让我打牌。黄衫年轻人笑道，婆婆您都八十好几了，你爸妈哪里还活得起？你只管打你的，让他们在阴曹地府干着急。这一说，大家又都笑了起来，花满月也嘎嘎大笑着。这正是她特别想听的话。

这场牌，便是在如此轻松友善的交谈中开始。花满月出手夹牌的一瞬，便找到了往日的感觉。虽然，这牌不如她以前喜欢的象牙麻将触感好，但是，她想，这又有什么关系呢？手上有牌，周边有人，耳边有声，口袋有钱，这一切，不也算是人间天堂？

打麻将的规矩也有了一些变化。黑衫管事人简略地跟花满月讲了一下。这种事，花满月听几句便明白。麻将桌上，她一向就无师自通，尽管新规矩她觉得没多大意思，但入乡随俗，进哪家的场子奉哪家的神。这一点，她倒是明白。

上了牌桌就没时间感，花满月更是如此。牌一开打，她的年龄感也消失了，完全不知自己年事已高，亦不曾想是否有体力连续打下去。她什么念头都没有，全身心都在牌局上。这六十年，她仿佛是在闭关修炼，积攒功力。现在，她出关了。虽垂垂老矣，但功力深厚。纵有千钧棒劈头打来，她何尝不能四两拨千斤？

与她较量的三个年轻牌友，显然低估了她的实力。他们原本上牌桌，就只是想来赢钱的，根本没想过怎么把牌打好。应了牌场的老话，越想赢就偏会输。打了几圈下来，倒是花满月和得多。几个人便有些躁乱，相互不让地争执。花满月起先不作声，听多了便讥笑道，输也要输得有看相。输牌就争吵，一个个这样娘娘腔，怎么好意思成天从牌场出入？这世道难道不养强人了？当年我们的牌场上从来不会这样。

似乎被老太婆打击了，几个年轻人不再作声。黑衫管事人跟其中一个低语了几句，他们彼此相互使了眼色，牌场忽然变得沉闷起来。花满月感觉到了，但她不介意。他们闹也好，闷也好，只要陪她打牌，她就觉得很是满足。

屋里拉着厚厚的窗帘，外面是夜是昼，花满月完全不知。她全副心思都在牌桌上，甚至尿憋得厉害，她也不想离桌。仿佛担心这只是一场梦，而她一旦离开，人就苏醒，梦就结束。她完全没有输赢感，只知道一圈一圈地打下去，就是她最美妙的人生。

天早就黑下了。其间曾有人送来几碗面条。几个年轻人呼啦啦地扒完，又回到桌上。花满月同样如此。四周很静，只有桌上的牌响。慢慢地，她的布袋薄了下去，她不停地从中摸钱。几个年轻人似乎找到了状态，越打越疯狂。他们交替着和牌。一有人和，就有人叫。花满月喜欢这样的气氛，哪怕输钱的是她，她也喜欢。她想，麻将桌上，谈什么输赢？上了牌场就是个赌。既然赌了，输赢都正常。赢要赢得精彩，输要输得漂亮。相比起坐在牌场打牌的感觉，钱又算得了什么？有钱没钱，人都只有一辈子。她的父母兄弟一夜之间离她而去，她身无分文，连衣服都只有身上穿的一套，这一辈子她不也过来了？而且，到老来，还能重新回到牌场，把当年欠她的事情做完。她这一生，又还在乎什么？

几个年轻人，无论看的还是打的，都开始连连地打哈欠，只有她一点累感都没有。黄衫年轻人说，花婆婆，你好像一个精怪，也不累？花满月说，高手坐牌场，不光不记时间，而且永远不缺精神。如果打牌都嫌累，那还是什么高手？黄衫年轻人说，赢钱就是高手。花满月说，不懂牌的人才会这么说。

花满月心想，你们懂个屁。一个人光是赢钱，有什么乐趣？打麻将要的就是要一个赌。跟别人赌，也跟自己赌。要的就是把自己放进运气里。没有人能控制你，你也不能控制别人，甚至你自己也控制不了自己，一切定夺皆由天意。天意把你交给牌运，牌运让你输赢。人活在这里头，才是有真正的自由和快活。

花满月觉得这世上没有谁能像她那样，把打麻将这件事理解得那么精准又那么深情。但她所不知道的是，牌运并非天意所定，它是可以操作在人手上的。天又明亮了起来，几个年轻人一面打哈欠，一面暗笑。花满月一直在输，输的原因她并没有想。她也懒得想，输对于她来说，是件没有关系的事。

突然，花满月把布袋掏空，将里面的钱全部摸出，其实也只剩了几张。她说，这回我要下个注。全部的，摆这儿。年轻人不解，问她何故如此。她也不说，只是笑。

这一圈她打得非常认真，但年轻人更认真。桌上有钱，是真钞票，这是他们全身心都想要的。肯舍出时间，陪一个糟老太婆打麻将，不就是为了这个？

自然，最后输的人仍是花满月。她把钱推向和牌的年轻人，然后扔掉布袋，站起来，用一种胜利者的声音大声叫道：我终于打完了！

年轻人都吓了一跳，说，什么意思？花满月继续大声道，我终于打满一百圈了！

还是没有人明白。黄衫年轻人说，我经常打满一百圈呀？花满月说，当年我爹妈不准我打牌，规定我这辈子只准再打一百圈。可是打到七十二圈时，解放军进城了，解散了牌场，从此我就再也没有机会上牌桌。今天，我到底把我六十多年前剩下的牌都打完了。一百圈，很圆满！

几个年轻人大眼瞪小眼，说，居然有这等事？黑衫管事人说，婆婆，那你还接着打不？花满月说，哪里还有钱，下次再来。黑衫管事人说，可以实物抵押。花满月说，我哪有实物，我就一间空房子。黑衫管事人说，房子抵押更好。你的房子在哪条街？花满月说，西月巷。黑衫管事人说，哦，我知道。西月小区，一间房十几万块哩。抵不？算你十五万。黄衫年轻人一边帮腔，他说，婆婆马上就到台湾住豪宅，还要这房子做什么？再说了，没准你等下连本带利都扳回去也说不定哦。花满月一想，对呀，反正要去台湾，留着那房子也没什么用。便立即回应道，抵！黑衫管事人大喜，赶紧让人拿纸笔。

在他们取纸笔之际，花满月站起了身，伸了个懒腰。伸了一半，她突然顿住了，大声说，我听到我妈叫我！说完，她停了停，似乎在侧耳听，然后又说，我爸爸也在叫。她继续侧耳，又听到另一个尖锐的说话声：如果打满一百圈，再要想打，不用砍手或赶出家门，直接罚死好了。她不由得怔了一下，她想了起来，那是她自己的声音。

几个年轻人见状哈哈大笑着。花满月坐了下来，一泡尿撒在裤子上，她顿时觉得全身轻松，轻松得仿佛要飞了起来。不知道在对谁说话，她说，我说到做到，我说话算话。说完低下了头，两手扶着桌沿，额头抵在牌桌的绒布上，似乎休息。

纸笔都拿来了，黑衫管事人说，婆婆，你说怎么写？说到一半，没有回音。他顺手推了一下花满月。花满月身体歪过去，椅子哐当一下，同她一起倒在地上。

摔在地上的花满月已经死了，她的脸上挂着笑，那是一种心满意足的笑容。

8

消息传得很快。一连几天，街头人都在议论这件事。县里的婆婆们去附近庙里烧香，也嘟嘟囔囔地说与和尚听。大和尚叹了口气，说，亏她有这么长的执念，拿在手里这么久都不放下。

婆婆们把这话带了回来。街上的年轻人不屑道，和尚放屁！她要是放下了还不早死了？靠这个多活了六十来年哩。然后都赞麻将果然是个好东西。

丧事是民政部门帮忙办的。其实也就是拖到火葬场把尸体烧了，没有人过去悼念，倒是麻将馆的黑衫管事人和黄衫年轻人去送了个花圈，帮着烧了几炷香。他们有点担心自己赢钱赢得不地道，怕婆婆这个精怪，哪天逃出阴曹地府过来找他们麻烦。

　　花满月很快变成一个白瓷坛里的灰。民政部门的人说，先别埋，她家台湾亲戚会过来拿的。她一家人都在那边，她活着没去团聚，死了过去也应该。团聚不在乎是死是活。

　　没有人知道花满月其实有个儿子。

　　花满月的房子暂时搁在那里，没有继承人，她的东西也被捡破烂的人收罗一空。只是那堆麻将牌，捡破烂的老汉拨了拨，发现不全，好多是木片代替，就没要。空了的房间充公使用，小区物业把它改成棋牌室，供大家休闲。初始没买麻将，花满月的那副就被拿出来临时凑数。反正小区的爹爹婆婆们图的只是混点磨时间，并不介意输赢，所以，里面的木头片也影响不到他们的快乐。大家反而还会笑说，这是花家屋大小姐玩过的！笑声中有调侃，也有几丝自豪。

　　王富华大概是在花满月死后一个月到县里来的。他开着车，先到县台办去打听花家屋的花婆婆是否去了台湾。结果一问方知，花满月已经死了。于是，他立即赶到小区，要求收回房子。他说自己是花满月的儿子，也是她唯一的继承人。

　　小区物业的人很奇怪，说，从没听讲过花婆婆有儿子呀？而且也从没看见儿子上门来过。王富华说，我就是，这是事实。物业的人说，花婆婆自己都说她没儿子，是个孤老。有个中年妇女说，花婆婆见她台湾来的侄儿侄女时，特意说她没有生养，是孤身一人，我亲耳听到的。

　　王富华没奈何，就去找派出所，要求证明他是花满月的儿子。派出所说，叫我们怎么证明？花婆婆的户口上就只有她一个人。王富华说，王四是我父亲，花满月是王四的老婆，我就是他们俩的儿子。派出所的人说，花婆婆从没说她有过儿子。你拿证据来，再找证明人，如果能证明你的确是花婆婆的儿子，我们可以开证明。

　　可是王富华到哪里去找证据和证明人呢？他去找阿贵，阿贵死了；他去找小学老师，老师说根本不记得。他的初中高中同学很多，他没去找。因为他从来没有向他们泄露过自己的母亲是什么人。他只好去找小学同学，他想他们中应该有人记得。他搞了个聚餐会，饭间提出请他们证明他的母亲就是岳满花。这帮人尽管吃了喝了王富华的，但提到这事，都说，时间太久，记不得了，不敢瞎证明。气得王富华结完账，招呼都没打，径直驱车而去。他一走，小学同学们便说，不养自己的妈且不说，平时连看都没来看过一眼，还好意思说自己是她儿子？就算记得，也不帮他证明。

王富华满心怆然地回到省城，他觉得这个世道的人心都太坏。分明都知道他是花满月的亲儿子，却为了不让他得到遗产，个个装傻。这种纯粹损人不利己的事，他们却偏都喜欢干。王富华越想越愤怒，他觉得现今社会真是没有道义可言。

他甚至没有过问花满月葬在何处或是骨灰在哪儿。

花满月安葬时，她的弟弟花满江并没有来。六十年来，他只跟姐姐通了一次电话，然后却因他要儿子给姐姐留下一笔钱的缘故，导致了她的猝死。他心头沉重，完全无力长途奔丧。她的侄辈也没有来，他们给政府留下的联系方式是父亲的电话。直到从九寨沟回家之后，才听说姑姑已死，而这时的花满月已经火化好几天了。花满月赌光那笔钱就死在赌场，两个侄辈都大惊失色，惊完了方说，姑姑这辈子真是活该倒霉。

但花满月的弟弟花满江却说，这就是她的人生理想。这样的死法，大概也是她自己最想要的。

他们闲谈着，叹息着，但最终也没有来人把花满月的骨灰带回她的父母身边。那个装着花满月骨灰的白瓷坛，就一直搁在火葬场的骨灰堂里，从未有人去看它一眼。时光在人们心里流逝，却以落灰的方式呈现在花满月的白瓷坛上。很快，这个角落里有着厚厚灰尘的白瓷坛，也被人忘了个干净。花家屋大小姐花满月的故事不久也淡出人世，不再被人提及，尽管她觉得自己的这一生很是辉煌。

而实际上，这辉煌只要她自己觉得被照耀了，就已足够。

（原载《北京文学》2017年第1期）

红豆生南国

◎王安忆

1

身前身后都是指望他的人，依常伦排序，第一是他生母。

生恩和养恩孰轻孰重，难加分辨。论先后，没有生哪来养？论短长，生是一时，养却是一世，既无法衡量比较，便顺从现实，从来不提生家，一心侍奉养家。所谓养家，其实只阿姆一人。他从未见过养父，领过去时，只阿姆自己，阿爹卖猪仔去了菲律宾。那时节，人都是卖来卖去的，他的卖价是三百斤番薯丝，如今看来极贱，但阿姆骂他，是当价昂的说，意思花大钱沽他来，却不乖，又无用，可见是个赔钱货！他被骂惯了，时不时还会挨几下打，别的他不在心，唯独"三百斤番薯丝"这句，多少有些伤他，起来隔阂。虽然一上来就知道不是阿姆的小孩，也知晓即便自己的小孩，疼他也疼不过阿姆这样。但这一句，让他成了劳力，猪仔似的。六岁那年，阿姆决定去菲律宾找阿爹，与一伙同乡人付出一笔钱，夜里上一条大木船，登船时又被为难一番，嫌他太大，不是阿姆说的四岁，要加价。阿姆心疼钱，就骂他吃得多，长得快，三百番薯丝再提一遍。途中起风浪，木船几乎摇散，他被几个大人压在底下，听见阿姆变了腔的叫喊，应不出声。阿姆吵得太凶，受人呵斥，一艘巡逻艇突突开过去，借了灯亮，他和阿姆一上一下看见，都是惊恐失神的眼睛，仿佛分离有万万年，彼此换了物类却还认得出。

大木船登岸香港岛，一边找工做，一边打听阿爹消息，是一段极苦的日子。在新填地街租下半间屋，说是屋，其实是替人看档，夜里拉下卷帘门，铁皮柜上铺开席枕；天白卷帘门拉上去，便卷起铺盖，将柜里的干鲜货摆上柜面，大人小孩各自走开。阿姆到后面码头打杂，他则上学读书。一日里只晚饭起炊，就在路边露天点一个火油炉，下一锅面线，母子俩吃一顿热食。那两餐都是混，倒也不曾挨饿。因这条街多是水果档，唾手可拾，刀尖剜去烂眼，余下一角填肚腹。也因此，成年以后他不爱吃水果，果肉里总有一股腐味似的。街对面是一间戏院，专演粤剧，小孩子们常溜进去玩。倘有戏班住场，守门人没看牢，潜进后台。那一挂挂戏服，一顶顶头面，妆台上的镜子交相辉映，架上的刀枪，红绿缨子，空气里有一股粉香，好像天上人间。曾经从广州过来剧团，红线女头牌，天不亮就排队购票，一人只得四张。他们这伙小孩子代人占位，一个位换一角币。天热，卷帘门里，一夜睡过去，一身痱子，他们本来就睡马路。占位的收入，集起来替阿姆买一张票。那一天，阿姆早早从码头回来，煮了面线，吃毕后洗澡洗头，穿一身香云纱衣裤，摇一柄蒲扇，扇面洒几滴花露水，过到街对面，堂堂正正走进大门，看戏去了。剧团的团长是个北佬，叫他们"小鬼"，广东话里不是好话，但大陆那边过来的，尤其官场上的人，有些君临天下的气派，所以就还是欢喜的。

都是苦惯的人，他又年纪小，不解事，就受得住煎熬。不知不觉间，他们从货档里搬出来，搬进一间正经屋子；又不知不觉间，阿姆自己开起一小间货档，打老鼠会得的本钱。这时候，他也大了，十二三岁的人，个头长过阿姆，穿了白衣白裤的校服，头发斜分、梳齐，骑一架自行车，游龙般出了街巷。先给食档送菜，然后上学，下学后再送一轮。 这一轮就带有馈赠的性质，即将过夜废弃的菜，不如做人情。阿姆少骂他许多，再不提三百斤番薯丝的话，预见到将要靠他。菲律宾那边的人，一是无音信，二是不指望，香港是唐人的地方，阿姆和他已经住惯了。

他上的是一间爱国学校，师生中有激进分子。左翼思想往往培养文艺气质，因二者都有空想的成分。具体到他，困窘的现实里，更需要开辟出另一个空间，存放截然相反的储藏，就像新填地街对面的剧院，舞台灯光里的男女丽人，上演一出出戏文。说是古事，可谁又真知道，总归和今日不同，凡不同的事物，都推到古远，三皇五帝就是至仁至德。所以，他自小往文艺青年的方向走，喜欢读书。学校邻近，专有一间书铺，租售现代文学作品。鲁迅的文章对少年人显得过于严苛；刘呐鸥一派的都会小说，在社会底层的人生又忒奢华；批判现实主义，比如茅盾的《子夜》，一方面，和前者同样，声色犬马，另方面，却有一个坚硬的壁垒，即资本主义运作体系，中学生的认识难以攻破，令他生惧，于是便退回来；巴金的《家》《春》《秋》，是他喜欢的，虽然也是离他的生活远，但因有着常情被他理解并感动，然而那皇皇巨作，众多的人物，反复的情节，社会各阶层样貌，几乎是先天的存在，非人力所创造！所以，他攫取作榜样和练习的，是戴望舒，徐志摩，还有林徽因"桃花，那一树的嫣红，像是春说的一句话"——说到此，就要感谢五四新文学，开创有白话文的诗与散文，要不，少年人的心事往哪里安放呢？反过来说，正因为有了这些新词，方才启动心事，否则，他们还不自知。这也就是启蒙的结果吧！

这样，他就在自习本上写下一行行句子，写海、远山、礁石般的一串离岛、天上的云——香港的天空，实在是很活跃的，氤氲集散，一忽儿推拥，一忽儿铺平，一忽儿成风，一忽儿化雨。心情也随着摇曳，一忽儿舒朗，一忽儿沉郁，一忽儿阴，一忽儿晴。文字多少是夸张的，偏离客观真实，加强主观性。他就变得多情善感，常在无人处独自出神，甚或流泪饮泣。临青春成长，一切感受格外尖锐。阿姆的粗鲁的爱折磨着他，吃不下的时候硬逼着吃，睡不着时强行关灯逼着睡；与同学争执，最常见不过了，阿姆却吵到同学家去；老师评语稍有差池，那就是全校耸动，校长都出面了。倘若不是"三百斤番薯丝"的前缘，他会与阿姆闹翻，现在，因有这项自知，便压制下来。受恩其实是屈抑的，但这屈抑帮了他，安然度过反抗期的危机。

如此的处境里，要他不去想念生父生母，也是不可能的。从"三百斤番薯丝"的卖价推认，一定是极贫寒的人家，否则不至于沽儿鬻女，所以心中并无怨艾，只好奇他们是怎样的人性，如何喜怒形状？想必不会是阿姆这样的强人，而是软弱认命的；他的兄弟姐妹——他无疑是有兄弟姐妹，否则不会养不下他，倘是有他们，就不会像如今的孤单。看街坊多子女的人家，尤其是兄弟们，呼啸而过，呼啸而往，当然的，免不了要争食争衣，阿姆却从未让他受过饥寒。这么想，并非要将两家作比较，生和养如何比较？两项缺一项，就没有他。即便在最寂寞最苦闷，他也不曾生出过厌世心，相反，还有些享受呢！所谓情何以堪，其实还不是有"情"才"何以堪"？一个有情人总归是庆幸出生于世的。文艺专是为培育有情人的。

其时，他的有情还未邂逅革命，处在漫生漫长状态，仿佛天地间皆是，又仿佛，是一个空洞。如果这样无目的的阶段再延后一个时日，恋爱就会充实他的滥情，可是男生普遍晚熟，看不见，甚至害怕，为了躲避还要绕道走。要过若干年，方才醒悟，然后勇进，这且是后话了。如今，他的知己是同性朋友，和情欲无关，而是同道的性质。这位同学少他一岁，因他晚读书一年。同学籍贯浙江慈溪，以乡土论，应是蒋系三民主义，可偏偏追崇毛的新民主主义革命。也爱读书，读的是哲学和政治，严复的《天演论》，梁启超的《少年中国说》，瞿秋白的《多余的话》，马克思的《共产党宣言》。同学的说话，他多半不懂，说的人自己也不全懂，但辞藻是华美的，共和国，放射光芒，仿佛海上生明月。两人都激动着，湿润的海风吹拂脸和身子，云一层一层垂下来，最顶上的一层，镀有金边，是落日的余晖，海鸥就在金边上下飞。离岛在暮色中忽隐忽现，忽起忽沉，天公顺手撒下的一串碎石，带着人家、稼穑、渔猎。渔火闪烁。再一会儿，云层与海平线合拢，满天星斗。演说结束，一片静谧，一个更宏大的华美笼罩下来。他们站起身，回家去了。

同学的父亲，在码头拆船厂做工，一口养活几口，家境甚至不如他，但有父有母，又有兄弟，气势就磅礴了。再说，五六十年代的香港，贫穷是常态。外头说香港势利场，其实是胼胝手足，打和拼。有一阵子，他近乎艳羡，看同学慷慨激昂。两人个头高矮一般，但那一个手脚比这一个粗壮，声气也是粗壮的，一双细目炯炯有神。而他，此时已戴上近视眼镜。视力，也是性格，使他行动反应都要迟缓一步。看同学大敞衣襟，任风吹起额发，张开双臂，像是迎接时代，又像时代迎他走来。

历史，大约在某种程度上，真是天地人感应。这一年，世界左翼力量忽然积累到临界点，这股力量来自冷战格局下意识形态对峙冲撞，大约还有发育期荷尔蒙水平激增的缘故。战后婴儿潮一代人，急躁地成长着正义的概念，理想主义各辟路径，每一个局部的孤立事件，先后成为逻辑链上的一环。刺杀肯尼迪，古巴革命，切·格瓦拉，中国大陆"文化革命"，巴黎五月风暴，香港反英抗暴——文艺青年终于遭遇激进政治，那段日子，即便日后付出代价不小，回想起来依旧心旌激荡。罢课、游行、集会，冲击港督府，印刻传单——他写了多少文字啊！原先的风清云淡忽就变得炙热。他觉得正在靠近他的同学，同学的思想变得容易理解，更要紧的是，能量。原先他总是跟不上，就像一个气短的人，现在，他踩在同学的脚窝里。甚至，他开始，逐渐地，能言善辩。笔尖更加流畅，一向的短句延为长篇累牍，总也收不住，收不住。他的文章被校外的报刊采用，迅速传播。他来不及将草稿上的文字刻到油纸上，就有一名女生自报做誊抄公。晚上，教室里，他写文章，她刻钢板，同学呢，推油印滚筒，同时向他输送思想。这思想在递进，向着远大的目标，他险些又要跟不上了。女生的娟秀的字，刻在钢板上变得棱角分明，英气勃发，使他的文章增添战斗力。他们这三人行组，成为学校运动的核心层，当风潮平息，运动解体，三人行还延续着，结局却出乎所有人意料。

二男一女的组成结构，多半是一对一加一，就是说，一对恋人加一个无关的人，这个人常被称作"电灯泡"。羞怯的少年爱恋，"电灯泡"的存在很重要，不止作用于假象，有利舆论，更可缓解单独相向的窘迫。所以，这一个多余的人又是必要的人，被双方拉拢，成为三人行的中心人物。时间进行，事态发展，倘若有一天，第四个人加盟，成为二对二，便水落石出，各归各位。然而，情窦初开，往往蒙昧不明，难免清浊混沌，生出错来。女生来自上海，香港社会阶层划分，地域的因素占一定比重，江浙沪甬先天有一种优势。这靠海吃海的一带，多是以劳力谋生计，并不因此为上下，但潜在的，多少划分出亲疏远近。这样，女生和同学在地缘上就是同类，智能上也旗鼓相当。他不至于自谦是蠢物，但是，千真万确，缺乏他们那样的光彩，声色照人。做他们的朋友，他很骄傲，也很感激，倘不是他们接纳进三人行，就连目下这一点发挥也没有了。现在，他们的出行，变两人为三人。随在那两个身后，不是跟不上，而是自觉地退一步，看着他们的背影。同学的手臂张得更开，马上要飞起来。女生飞起来的是裙裾，还有齐肩的黑发。再加上海鸟，羽翼缭乱眼睛，热辣辣的。

有一晚，他们忘了时间，埋头在工作里。忽然，教室的门推开，阿姆进来了。他的心怦怦乱跳，不知道阿姆又会骂出什么不堪的言语。不曾想到，阿姆没有出声，目光扫视三人一遍，停一停，退出门去。那两个愕然相觑，他则埋下头，匆匆收拾起东西，来不及告辞一声，跟上阿姆。昏暗的星光下，阿姆快步走着，他不敢走前，又不敢落后，母子俩一前一后走过无人的街道，走进家，那小小的临街的一间屋。前面是阿姆的货摊，后面的余地相当局促，但还是隔给他三十英尺，白天收起床铺，作书房，夜里放下，是卧室，他就有了个小世界。隔着板壁，听到阿姆上床，关灯，摇动蒲扇。他不敢出大气，心中惶惶的，听蒲扇越摇越慢，渐渐止息，一夜平安。早上起来，阿姆的脸色很平静，方才知道，事情过去了。要过些时候，阿姆方才对这一晚的印象发言，大大地惊他一跳。但事实证明阿姆的洞察力，超人一等。

这一段狂飙岁月，将他们闲暇时读的书，全用上了。法国大革命，俄国民粹运动，三民主义，五四新文学，中共"九评"，毛泽东"我的一张大字报"……不分先后排序，一股脑进入年轻头脑的思想，一股脑化作行动，冒失的，鲁勇的，一往无前，再一股脑闯下穷祸。可是，青春要不是这样的，便是虚度，就像没有长大就老了。历史很快完成一个循环的周期，犹如风暴袭来迅雷不及掩耳，转瞬间大潮退去。市面恢复秩序，港督政令顺达，学生们回到课堂上，继续学业，为弥补荒废的功课，比之前加倍克勤。当然，事情并非说完就完，法制社会必将体现威权。体恤他们学生，正当成熟和未成熟之间，不至于入监，但相应的处置是免不了的。运动积极分子中，同学受罚最重，开除学籍；女生虽被允许在读，但终究升学失利，上了一所两年制会计学校；他呢，学校迟迟不授予毕业证书，似乎犹豫着不知如何发送才好，从严心有不忍，从轻无法向上交代。所有在港的爱国学校均受到政府挤压，面临存亡大计，一时难以顾及，于是便搁置起来。

后来回想起来，这段日子颇有一番喜剧性，在当时可是煎熬。先是阿姆怕他出事，在阿姆的经验里，所谓出事，无非是想不开寻短见。因此，亦步亦趋，他走到哪，就跟到哪。凡高兴与不高兴，他都爱往海边去，这就更令人紧张，不敢离开眼睛。阿姆这样一个女人，从命运中练出来一派强悍，太不合这意境。她哪里管这些，跟着不说，还要喊他。他就想起幼年时偷渡的大木船上，被压在人底下，阿姆在上头踩来踩去地喊他，又辛酸又厌烦，还有一种滑稽。后来，他不出门了，日日将自己关在他的三十英尺里，可是，很快就关不住了，因为阿姆要出门。出门去哪里？去学校！想不到会闹什么事，他又喊不住，只得跟着去，就变成他跟她。

阿姆熟门熟路，径直走进校长办公室，叱问为什么不让毕业，我的仔——他倚在门边墙上，听阿姆说出这几个字，耳生得很，阿姆曾几何时称他作"我的仔"？称他的话有各式各样，记得最牢是"三百斤番薯丝"的瓜葛，猛听见这昵称，只觉得窘。称过"我的仔"，接下去的是一串溢美之词。阿姆大赞"我的仔"多么乖，文章又好，放在古时，定是状元郎！她呢，就是诰命夫人。他听不下去，可谁能拦得住阿姆？不过，阿姆的策略是多变的，下一回去，便不再作声，坐在校长室的办公桌前。校长亲自奉茶，她看也不看，只喝自带的凉茶。爱国学校的校长都是有普罗思想的，阿姆属他们关怀与救赎的阶层，所以不会说狠话，而是百般哄她。不能说全是阿姆纠缠的结果，也不是一点没有，总之，学校最终发放了毕业证书，鉴定也还看得过去。此时，升学考试已经过去，只能等下一年，他不愿意继续让阿姆供衣食，也对学校生活心生厌倦，就应了一个小报校对的聘用，做工了。之前，同学凭借父亲的人脉，在一艘远洋轮当水手，头一趟出行便是往澳洲。临别前，三人行再聚，就是散伙宴了。三人都喝了酒，酒又都跑到眼睛里，盈盈的，再变成惜别的话，连他都变得滔滔不绝。事先有约似的，没有涉及过往的日子，像是要珍藏，又像不堪回首，更可能是，他们跳跃过少年时代，面临成人社会，那里有着关乎生计的严肃性，过去的都成了闲情。同学饮干最后一杯酒，说道：你们要好好的，等我回来！犹如壮士出行，二度革命即来，事实上，此一时，彼一时。借"你们"的复数，通一己私心，那女生不是低下头，避开那一双热辣辣的眼睛。他向以为他们是一对，郎才女貌。女生虽称不上绝色，但在广东籍为众的本港，江南女子的白皙肤色和细致眉眼，亦有一番过人。而自己，总是处于陪衬的位置，一方面是守分，另一方面，人在事外，从容地看与听，乐趣并不比当事人少呢！

有一日，下夜班回家，新人多是排在夜班，阿姆还没睡，告诉说女生来找过他。他"哦"一声便去冲凉就寝，阿姆还不睡，走到床跟前，说："男追女，一重山；女追男，一层纸。"他瞌睡得很，勉强睁眼，看着阿姆的脸，不知发生什么。阿姆将一封信丢在他身上，自去睡了。睡意退去些，他拆开信，竟然是一封情书，抬头是女生的名字，落款则是出海的同学。他懵懂着，不知道两人间的私信为何落在他手里。阿姆方才的话又响了一遍，他有些糊涂，又有些明白。糊涂和明白中，夜班的困乏跑走，彻底清醒过来。他终于懂得女生的用心，可是，阿姆又从哪里悟出？她不认识字，也不认识那女生。待事情进到下聘阶段，阿姆娓娓地道来，那晚闯去学校，见灯底下他们这三人，就断定其中必成一对，这一对非别人，而是他和她。问为什么？阿姆说：世上人都看得见；

问世上人是谁？阿姆说：所有人；问有没有他自己，回答有三个字：灯下黑！

　　他与女生之间，自然而然，仿佛已经认识一百年，再无隔阂。"电灯泡"有"电灯泡"的优势，浑然不觉中，培养出了解和好感。回想起来，发现早有交集。一并听那同学宣讲，接受教育；继而被指使工作，交代任务；然后同去执行，再行汇报。他是领袖型人物，而他们，忠诚，谦逊，崇拜精英，是他的大众。他伴在两位身边，作他们的障眼法，事实上，是给自己作了障眼法。再看笔下的文章，不都是写给一个人的？吟风颂月述的是温柔心，战斗檄文唱的是激情歌。本来这一个人不知在哪里，现在知道了，就是她！原来，他想，早就有这个人了，却不自知，是事态朦胧，还因为羞怯。许多事都被"羞怯"两个字耽误，要不是有阿姆，帮他挽回败局，人生将是另一番面目。从恋爱一路到婚姻，途中有一个关隘，有点难住他，就是同学。甜蜜中的苦涩，是愧疚又是窘。阿姆看出他的忧虑，阿姆就像先知，什么都知道。手里摇着蒲扇，眼睛定定对着前方，说道，同学是走四方的人，抛得下父母妻仔！他未及追问为什么，阿姆接着说，同学与他阿爹有同样的相，双耳紧贴后脑，前额有一对鼓，这种生相，走遍天下有人帮！他与同学相处多年，不曾留意这两点，阿姆只一眼就全看见了。更让他吃惊的是，阿姆提到"阿爹"这个人，虽然因为寻他才到的香港，可连一张相片也未留下，他从来不去想象"阿爹"的生相，仿佛是一个没有实体的人。阿姆的话打开一扇门，放他走出情义的囚禁，释然了。

　　他们先是和同学写一封信，因斟酌字句，延宕下来。婚期日益临近，最后放弃写信，代之以一张婚柬作告知。想不到，同学竟然出现在喜宴上，加盟迎亲兄弟团。海上生活与体力劳作使他更加结实，皮肤是古铜色，双臂伸开，几个小孩攀住了打秋千，他再慢慢抬起来，举座皆惊。送亲姐妹团有好几位向他传递眼风，他则兵来将挡，水来土壅，迎拒自如。显而易见，已在风月场上有过历练。想一想，那远洋轮一出几万里，停航码头多少流莺，滋润着漂泊的身体和心。女生选择这一个，不选那一个，也是先知先觉。他逐渐明白，不只是阿姆，还有现在的妻子，女人大多有特殊的感知能力，这既带给他好运，也带来烦恼。总之，过去和将来，他都要与这种异能纠缠不清，最后败倒。

　　虽然是阿姆热情支持的婚姻，但婆媳关系跑不脱传统窠臼，龃龉是免不了的，夹板气是免不了的，非此即彼的两难选择亦免不了。日常生活的筛选相当可怕，漏去的都是好处，留下的且是坏处，因好总是细腻的，坏呢，突出、尖锐和粗糙。阿姆本就是个强人，否则的话怎能够单枪匹马，带他到今天；妻子渐渐地也显现出强来，为他所料不及。两个强人都怨他软弱，他不止软弱，更是亏负，亏负她们的恩情。阿姆赐予的毋庸说了，妻子，赐予他爱，还有子息。妻子给他生儿子，不是一个，是三个，他很高兴不是女儿，而是儿子，要不，他就又多了债主，并且三个。千真万确，女性是他天然的债主，他生来就是为还报她们的施舍。有时候，当他独自一人，安静下来，对比双方的能量——他从来不评判是非，倘要评判是非，那么一定是她们都对，就是他错，所以，他只以强弱论。从本性说，阿姆强，妻子尚有几分温柔；从遭际看，阿姆受的苦多，磨砺也更大，妻子基本顺遂，家境不算富足，温饱还是有的，可算在和谐环境中长大，但这种和谐却在婚后被颠覆，于是崛起，所以，就这项说，妻子的个性是被阿姆激发起来的。当然，他忽略一点，三人行是因她主动，才有结果，更可能是潜在的力量型人格；人间事物其实受天意造化主宰，某一方能量上升到倾斜失衡，另一方亦会反弹，水涨船高似的。于是，对峙就保持住了。妻子本是后起，又需服从于长幼尊卑，地位就在下风，然而，一径生下三个儿子，气焰步步高升。自从生产以后，不知是荷尔蒙缘故，或者心理变化，妻子说话声音粗壮，腰腿圆出一周，脸也宽出一指，原先那个温婉的女生藏到芯子里，看不见了。现在，她们势均力敌，平起平坐。他作着评估，现实的烦恼变得抽象了，生出哲学的理趣，又不纯是思辨性的，还有一种温馨，来自于亲缘。一旦她们出现，争端挑起来，好心情烟消云灭，只觉得人生是一场折磨。

后来他与妻子分手，完全是另外的缘由。其时，阿姆已经过生，或者说，他拖延到阿姆过生，方才签署同意书。事实上，婆媳生怨，日积月累，终究消耗了夫妻的亲密。妻子离去，他心中是有遗憾的，本来，阿姆不在了，也许他们间的罅隙有机会弥合，可是，冷淡了的夫妻，再度热情起来的可能几近于无。不如好合好散，换一种缘分。

阿姆过生，妻子离婚，三个儿子都成年，只有小的还在读书，费用他包，跟母亲住。所以，房子是归妻子。他净身出户，倒也清静。经过这一段冗杂的世事，他对自由生出新的认识。一切善后处理完毕，头一项要做的事，就是看望生母。

2

三岁跟了阿姆，对生家没有记忆，前面说了，因阿姆时时提及三百番薯丝，知道是个贫家。可阿姆也不是富家，放眼都是一片穷，所以，又像是记得似的。无论闽南故里，或新填地街，那多子女的一户一户，都是生家的照相。阿姆与他生母，是一个娘家村人，溯远去，连得上亲攀，断不绝音信。他又有心，很会猜，渐渐就将那些鳞爪拼起来龙去脉。生父过生，与他头生子落地同一年，他虽不信佛，暗地也觉得有因缘。他知道家中连他共三兄弟，他也有三个儿子，不同的是，他有一个姐姐。心里就相信，如果与太太不生隙，也会得一女儿。关于这姐姐，有一桩事他从未和阿姆说过，就是他们姐弟曾经见面。80年代中，大陆经济改革，香港近边的保安镇开发新区，立市为深圳，姐姐从深圳入香港，在一家车衣厂做工，联络到他。接起电话，他倒也不吃惊，仿佛早在等待的一日终于来临。那是八月的下午，出地铁口，搭乘小巴，需越过一个隧道口。汽车的尾气汹涌而出，烈日当头，满耳发动机的轰鸣，地面在脚下震颤。他先是虚脱，热极了，却不出汗，手脚冰凉。喝下一瓶水，并无缓解，反增添一项，尿急。眼前一片白炽，不知往哪里找厕所，就在隧道内侧的影地，面壁方便。倏忽间回到穷破的山村，变成极小极小、光屁股的小孩。撒过一泡尿，身上轻松了，手心脚心有一股热上来，汗如雨下，眼睛里则是泪，糊住视线。他哽咽着，一步高一步低走到小巴停靠站点，上了车。炎热的午后，极少有人出门，车上只他一个，等一时，还是他一个，便开动了。走一站，停下开门，没有人上来，再关门，上路。司机似乎盹着了，整个香港都让午眠魇住，只有他一个人在哭。

他和姐姐约在荃湾西一家茶餐厅，中巴上的激动平息了。面前的这个妇人，看上去像阿姆的年纪，穿的甚至比阿姆老气，神情却很沉着。两人有一时无语，轮换替对方斟茶，偶尔抬眼，对看一下，又避开。停一会儿，冷气将热汗收干，他问：母亲——这是经过考虑决定的称呼，母亲好吗？他问。姐姐说：阿姆让我看你。他注意到姐姐用的称谓是"阿姆"，而他已经有了一个"阿姆"了。他将带来的东西提到桌上，推过去：代我向母亲请安。姐姐说声：太见外了！他说：自己人！答非所问中完成开场白，双方吐出一口气，攀谈下去，以往隐约的耳闻此时浮出水面，展开眼前。两个哥哥都在原籍，靠山吃山，靠水吃水。一个经营茶业，一个养殖蚝田，吃苦是吃苦，回报却相当可观。托邓小平的福——姐姐说，靠到椅背，眼睛看向他，头一回正视这个弟弟。然后说起自己，嫁的人恰是广东保安镇上，开摩托车行，所以，她才可越境到香港做工，月薪抵得过内陆人十倍以上。虽然做得苦，可他们从来都是苦做苦吃的人，下一代则可换一种命，一个个读书升学，习商习医。看面前的女人滔滔不绝，他渐渐明白，表面是认亲，实质上呢，是通告，他们虽然留在苦海，但凭着一己之力，也挣出头来了。原来，兄姐们并不以为他可怜，反是艳羡的，说不定会问母亲，他们的阿姆，为什么是他，而不是他们中间的一个？最后，姐姐终于沉寂下来，店外面的炎日略微软弱，他埋了单，站起身，将来——他说，口气有点犹豫，因为不知道什么时候是"将来"，他口吃起来——将来，我养母亲。姐姐依然坐着，靠在椅背，从下往上看这个男人。金丝边的眼镜，淡紫色细条纹衬衫，束在米黄卡其西裤里，系棕色牛皮带，腕上是同色的表带，面容清爽，看不出年龄，只是发顶已见稀疏。中环的群楼底下，匆匆来去的都是这样的男人，那是另一个香港。姐姐的表情颓唐下去，他不敢看她，转身离开。

之后，他再没接到来自生家的音信，他也忘记向姐姐作出的承诺，即便不忘记又如何？职场和家室，都近似春秋大战，连他生来直正的秉性，免不了也要动机窍，走曲线。又值时事震荡，英女王访中国北京，谈定九七回归，人心惶惶，亦是喜，亦是疑。喜的是，家国同体，名实合一；疑的是百年隔离，水乳能否交融。一时掀起移民热潮，资产企业也相继流出去，股市一路下跌。乱过一阵，忽又平静下来，大陆政府援手救场，股市反转，出去的人又回来，仿佛什么事都不曾发生，舞照跳，马照跑。人类是最能随机应变的物种，否则怎能在生物进化中取胜，居万灵之首。他从爱国中学毕业，就好比定了终身，一直在大陆背景的公司做事。薪金菲薄一些，好处在于这类机构不似英皇体制内讲求学历。随着港人受教育程度提高，学历的迫势日益进逼，这些年公司招聘的新人，多有硕士博士，甚至牛津剑桥。好在他已立稳脚跟，到中上层，下是下不来，上呢，空间也有限。他本无大的野心，但求无过无错，按时退休，凭他的年资，可得养老金还算可观，就算是功德圆满。九七回归，使他暗中生出些微期许，说不定，说不定呢，会有新天地。他悄然写下一些文字，有多少日子了，他没有写工作以外的字句，那还是少年旧习，禁不住害羞，但又感动。往昔的激情岁月回到眼前，心中都怀疑，是从那里过来的吗？当年的三人行，两个成为身边人，亲昵和龃龉将他们磨砺成另外的人形，那一个雄心不减，却是另一番抱负。同学他弃政从商，从贸易到实业，遍地开花。九七回归典礼，电视中可见他的身影，属爱国人士。电视机里播放国歌，镜头从一行行人脸上摇过，他与太太都不看，走来走去，各自忙碌。彼此不知道想什么，又都知道想什么。一个想，当初选择若不是这个而是那个，当会如何；另一个想，无论爱国还是爱港，都要凭实力说话。

生活沿既定的轨道行进，历史其实是在常态下转折的。当年的反英抗暴，烽火四起，香港仍然完成一百年借约，如今，人事依旧，却翻开另一页。他收起纸笔，继续朝向养老金的终极目标，日复一日。这年他五十岁，距那目标尚有一段路途，而通货膨胀加剧，仿佛要将股市里的盈利吸尽，养老金变得微不足道，他开始投资房产。第一套房屋的租金还下一套按揭，下一套租金还第三套按揭，租金和按揭的差异所得竟超过月薪。这一项财政计划应归功太太，毕业于会计学校的女生，先在一所会计事务所做客服，又被客户推荐到银行，从低阶升到中层，再到襄理。上海人天性里的精细缜密，特别合适银行业，她的收入早已经超出他，国际资本进出口岸的香港，这一行也比他的有前景。所以，三次生育她都没有放弃职场，三个孩子由阿姆人工哺乳长大，亦都长得不错，也和阿婆很亲，多少平衡婆媳对峙。要不，这一家的强弱就太偏倚一侧了。

如此，日子有一时的安宁。第一套的房贷临到末梢，即将纯收入租金，第二套也在中段，第三套平稳起步，却得有机会出手，亦可兑现，作下一轮投资计划。顺遂往往迷惑头脑，也是急于贡献家庭，向来保守的他忽然奋勇起来，售卖的款项尚未到账，便欲下定金购进新楼。其时，形势已经有转，百业都趋下滑。太太入行金融业多年，谙得其中虚实，所谓不测风云其实都在有测，于是，人退我进，人进我守，看起来反其道行之，其实是有预见，盈时望亏，亏时望盈。他只看见表面，哪里懂得内中机枢，就也照虎画猫，依葫芦画瓢。太太本觉得不妥，试着劝退，但没拗过来。先生一改优柔寡断，变得果决，这不正是她希望的那样？他一生平庸，向晚时分，说不定有所建树，亦可享一回清福，便由着他去。然而，就在此时，亚洲金融风暴袭来，房价骤落，租售均降，贷款则不减分厘，于是，入不敷出，转盈为亏。一念之差，胜败两隔，赔进一生的积蓄。

紧接着，太太的离婚律师函发来了。俗谚道：夫妻本是同林鸟，大难临头各自飞。另一种说法则是，夫妻共患难易，同享乐难。回顾婚姻，他们既没经过大的患难，也不曾有大的享乐，而平常的日子里，堆垒起的怨艾早就分离他们，只不过借这一时作由头。他知道，太太对自己失望已久，事业和经济上的后进是一条，婆媳对决中立场暧昧是又一条，还有一条，也许是双方都不意识的，就是人届中年，难免会对所有的人和事生厌。这一封律师函有要挟，又有负气。他没有签署同意，说辞，也是事实，是阿姆病在床上，他不想让阿姆看见家庭破裂。太太也没有逼迫，于是拖延着，两人都抱苟且的心情，也是下不了决心。他们可算是少年夫妻，一路长成，一路将老，像是至亲，却又不全是，在他的身份处境，所谓至亲，都是有隔阂的。有亲无情，有情却无亲，情和亲都是有恩。三个孩子，应为血亲，但为妻母相争，形势复杂，为公平见，他只能采疏离的态度。父子之间本就淡远，如此更生分了。寂寞时，他会遗憾没有女儿，女儿当近昵些，可是，他很怕近昵！近昵意味受恩，他是个负债累累的人，尽其一生图报都不够用。

虽然没有签署离婚协议，两人却都默许了现状，就是似离非离。争吵不再有了，反倒更像路人。自从投资重创，阿姆日渐委顿。阿姆的奋斗史，起点很低，低到地平线下，但却节节向上，所以从来相信天道酬勤。眼看着燕子衔泥，一点一点地垒起顷刻间坍塌，不得不怀疑命里有业障，到头终是竹篮打水一场空。这时节，有多少老迈与软弱的人一蹶不振，跳楼的、烧炭的，服药的，阿姆不会戕残生命，倒不是守什么戒律，只是秉性刚硬，不肯让步。但刚硬同时也易折，人算不如天算，阿姆终于倒下了。

夜里，阿姆睡下，太太进屋，自从儿子在外寄宿，多出一间卧室，他们就分房了。他独自走出家门，乘地铁到天星码头，坐在水泥砌栏。水面幽暗，两边楼宇的灯火熄了一半，渡船离岸，笛声如咽，湿热而味咸的海风迎面吹来，多么忧郁啊！却有一种凄美，使他的愁苦变成诗意。文艺青年的心来拯救他出俗世了，一些伤感的句子涌现在脑海，就像渡船横过水面，拖曳一条浅浪。几颗细小却尖锐的星星钻出云层，罩下一层薄亮，天水间豁朗开来。夜深了，岸边的人不见少，反见多，许多游客，还有恋人，这是不夜的城和不夜的人。他离得很远，仿佛隔岸观火，同时又深陷其中，被垣围住了。

阿姆常说：我要是能够，就自己走到殡葬馆去。这一句狠话，至少做到有一半。前晚上，阿姆将儿子媳妇召到跟前，打开一个小包，里面是金银首饰，款式老旧，成色却很足。她公平分成五份，三个孙子，及他和她，又将他一份归进她的去，说：女人难得很。似乎知道他们要分开，又似乎劝和。夜里有些不安，叫他起来，要一杯水，上一次厕所，天亮的一觉就没醒来。后事料理完毕，太太取出离婚书，要他签字，他说了半句：阿姆走了——这话像是当阿姆障碍他们的婚姻。她说：你早等着这一天！他等什么？等阿姆走，还是等离婚？夫妻间就是这样，说出口的全是错，错接错得出的是个"对"。最终，他还是签字了，太太，此时已不能称太太，要称前妻，冷笑道：这一回你如愿以偿！他只得苦笑，明明是她要离，却成偿他所愿。内心里却承认有几分被猜中，他真怕了她们，就像钻心虫，又像如来佛的掌心，七十二跟头也翻不出去。房子留给她，这是金融风暴中保存下来的唯一一家财，他自去租房住，这是劫后余生的又一项，工资。如此分配，算是她得大头，他得小头。就这样，因没有致富的规划，就也够花销，一个人能有多少吃用？只是退休或要推延，因养老金是笔死钱，多做几年多有几年收入。厘清这些，就交代完了前半生，事实上，是大半生，剩下的日子，数也数得出来，说是余生，他倒有重新起头的心情。这时候，他想起生母。

他联络姐姐不如姐姐联络他的顺利，电话打过去，说没有此人。专跑一趟深圳，寻到姐夫的修车行，亦关门歇业，几番问询无果，怏怏然而归。通勤车上听来，金融风暴不仅没有危及大陆，而且新政更趋前进，闽南闽北开发经济，就有人往那里闯事业。因此，换一条路线，从阿姆的故旧入手，倒得来不少消息。原来阿姆对生家，断续有接济，生父去世，还代他汇过一个白包。听见这些，就知道寻亲认亲，阿姆不会怪他，心里释然很多。记下地址，下一个周日就上路了。

生母健在，身子骨缩得很小，坐在一张藤条椅里，眼睛从幽深处看向他，无喜亦无悲。细打量，脸庞并不见老，还不似姐姐的有沧桑。也许到了某种境界，时间停滞，超然物我。他喊了声"阿姆"，此阿姆非彼阿姆，然后跪到地上磕头。阿姆的身子动了动，问出一句：抱孙无有？这一声问得他汗流如注，回说：还无。椅上的阿姆坐回去，身形流露出鄙夷的表情。身旁的姐姐替他注解道：头一个男在外国读书，第二个也往外国去了，第三个留在身边。实情是老大已经读完回来，老二将去未去，第三个则在他母亲身边，他已成孤家寡人。阿姆竖起五根手指，摇动着，是指他的年龄。他点头说是，十分惭愧，因无抱孙，又无成就，且还不知母亲高寿几何。母子二人，暌违几十年，如今相对，几句来去，要说的就都说了。余下便是见兄嫂，认侄甥。满满站了一地的人，很快他就不记得谁是谁，只能从年龄分辨出平辈和晚辈，还有第二代——抱在手上，挤在腿缝里，睁着晶亮的小眼睛，一个四世同堂的大家庭。然而，他也看出，母亲是独居，因房屋老旧，左邻右舍全是新起的楼房，塑钢窗，马赛克墙面，琉璃瓦斜坡屋顶。中午时，全体转移大哥家，大理石地坪的厅堂，摆了三大桌，除自家人，还请几位陪客，村长，组长，厂长，还有镇长。续起来也是族亲，冠一个姓。镇长与他推让上座，来回几度，最后以年纪论，镇长方才入首位，他退左手，就挨母亲坐，负责为老人家布菜。餐中，母亲又问他一遍"抱孙无有"，仿佛将刚才的问答忘了，也可见出对这项的重视。除此，再无多话，难免有近在咫尺远在天涯的心情。很快，他被桌上人拉进谈话，被释放似的，有一种轻松。

谈话是关于经济的新政，对个体创业进一步放宽准入。闽广两地原本有地貌差异，前者多山，后者平原，又近香港，钱物流动活跃，于是贫富两分。后来深圳特区开发，如虎添翼，突飞猛进，闽地落后更甚，好比新社会和旧社会，桌上人说。现在好了，皇恩普降——这里人说话真像是旧社会，旧社会里的旧戏文。这天是观音诞日，县乡都开社戏，于是，他又被拉到姐姐姐夫摩托车行所在镇里，直接上到一家酒楼，可俯瞰广场上的戏台。所谓广场，不过是两条街相交处的一个路口，临时砌起水泥台子，两边用毛竹搭起棚屋，作演员换装的后台。台顶上悬一排灯，灯下人红妆绿裹，咿呀吟哦声里，有一支胡琴特别高亢尖锐，穿透过来。四下里一片暗，暗里人潮涌动，一会儿聚起，一会儿散开，与戏台上的活动无甚干系似的。

这一宴出席人全是镇上官员，亲属只有姐姐姐夫，谈的还是改革的题目。到底高一级行政区域，又是公家人，胸襟就要开阔许多，词汇也更现代，筑巢引凤、招商引资、制造业、房地产、外贸、内需，等等。他插不进话去，沉静着，举座又都站起，共同向他敬酒。从高阶到低阶，一人一轮，叫做"打通关"，终于结束，姐姐又暗示他也要回敬，于是，再一轮"打通关"。他不善饮，平时酒局也不多，没经过磨砺，不会虚应，而是实打实，统统下肚，不到中途已经醉了。幸好他醉态不坏，只是开心话多，满面春风。下半席上就尽是他说众人听，左一声"血浓于水"，右一声"月是故乡明，人是故土亲"，第三句是全篇贺知章的还乡诗，从"少小离家老大回"到"笑问客从何处来"，声声回首，念念旧情，相比桌上人的新辞，他仿佛是个古人。心轻快地跳着，身子几乎要飞起来。席散时，被众人簇拥，走过酒楼的回廊，底下戏台变成火柴匣大小的一洞天地，浮在深灰色的人潮上，手拉着贴身的那个人，嘴里无休无止："床前明月光，疑似地上霜。"

这一晚，他睡在姐姐家里，醒来天已大亮，窗下传来汽车喇叭，还有水龙头打开，扫射的声音。探头看见姐姐踩胶皮靴，系胶皮围裙，举一柄水管洗车。所谓车行，包括修理、配件和洗车。这一间二层水泥预制板楼房，占地约六百英尺，上层居家，下层店铺，如此分割，就逼仄得很。从狭窄的直梯下去，站在门前，往四面看。白日里，夜的遮蔽揭去，灯光熄灭，见出街镇的小和灰暗。山脉挡住视线，地面高低不平，这里那里矗立着水泥板的楼房。一条公路笔直穿过，带来了现代化，却显得粗暴。姐姐说中午镇里还有请，他却再不想看见那些人。清醒中，意识到他们的期望，而自己爱莫能助。他只是一个职员，领取薪俸度日，方才经历破产，倘若那么一点资财也够得上"破产"两个字。他草草吃过早饭，乘姐夫摩托车的后座，驱往县城长途车站。临上路，他重申多年前的承诺，"我养母亲"，口气是肯定的，因为"将来"已成"现在"。

隔离了的情缘，即便血亲，也不那么容易弥合。心里头，他还是将阿姆当亲的，母亲则是疏。但是，一次还乡到底走通关衢，自此，他就有了几门亲戚，为循环往复的生活，增添额外的内容。之后不久，他又回去了，总有镇甚至县上的官员宴请，应对较前自如，或多或少得些放纵的乐趣。县城开发新楼盘，专面向侨属，他参加看楼团，乘着大巴去参观。带领的小姑娘，穿一身职业装，完全脱去村气，与香港小姐无大异，不禁暗暗惊讶自由经济的力量，一夜间造出新人类。大巴坐得半满，有来自港澳台海外，也有家属代理，由小姐串联，相互递送名片，介绍与自我介绍。走省道，一路过去，几乎工地连工地，不是建房，就是修路。中途有人内急，没有服务站，车阵衔接，停不下来，好容易靠到路边，很危险地斜下路基，停在一堆黄沙旁边。车门打开，一行人鱼贯下来大巴，手牵手穿过汽车长龙。工地上人全停下作业，向经过者远远一指，显然了解他们的急难。沿着指示走去，果见有厕所字样，走进去，只听一片响嘱，宛如夏季里的闷雷，原来是与猪圈兼用。事毕之后，再牵手鱼贯而回，全体捧腹大笑。因都是路人，不过萍水交集，轻松无顾虑，一时间倒热烈起来。窗外穷陋的山水，在南亚空气的氤氲里，变得清远淡泊，近边有鸭寮，棚顶的坡面斜下来，几乎垂地，仿佛觉得行在宋人的画中。

楼盘已起到一半，无数钢筋刺向空中，起吊机的长臂缓慢地移动，险伶伶的。样板房独立在一侧，走进去，只觉目眩——玻璃，镜子，地砖，大理石，枝形吊灯，家具打着光亮蜡，总之，满满当当，都在发光，内外两个世界。他倒无所谓这些，工程总是粗粝的，样板房也总是过度装饰，他注意的是楼距宽阔，可看见远山一抹青黛，视野相当开阔。最令他动心则是楼价，只在港岛百分之几，附带许多优惠，赠送洁具厨具，底层是空地，顶层是楼顶平台，还可代办城镇户口，一室户一人，两室户两人，三室户四人。从投资考虑，他是香港人，人称经济动物，不可能不想到投资，价值空间亦有余裕。楼盘距县城五公里，距厦门十公里，一路的土木建设就可看出，城市正急剧扩张。他在心里迅速算出一笔账，十年期的还贷，每月支出微乎其微，主要是那一笔头款。他有一些积蓄，净身出户，从零起家，一月一月的余钱，在港岛，买一只钻表都不够，可用在此项，却不容小觑。差额部分可以借，他想到那同学，这一小笔借款，只要他张嘴，立马就到手。张嘴的为难又恰在于少，而不在多。这点数目都周转不灵，显得很潦倒。这就是香港的人生。总之，他决定了，要替母亲买一间楼，兑现赡养的承诺，同时呢，也是为家乡经济增幅作绵薄贡献。

回到香港，即电话邀约同学，同学也刚从内地老家回来。这时节，香港大陆通勤活跃，来的多，去的也多。两人在尖沙咀一家广东饭馆餐聚，依谁主张谁买单原则，由他做东。同学也不见外，只说这一向在大陆吃得过饱，胃口不怎么样，所以，无须点多，几件盅品就可。于是，三件盅品，外加两件点心，一瓶酒。中途同学忽想起问道：有什么事吗？他摇手说没事，谈谈天，大家不都回老家，有见闻。餐毕时，同学又问：到底有事吗？他还是摇手，说没有。同学是个爽利人，性情难免粗疏，真以为没事，不再问了。于是，这一餐，钱没借到，餐费倒付出不小的一笔，盅品是比较贵的。借钱不成，买楼便搁下了，其间售楼小姐打过几个电话，问，买不买？这话问得直接，露出大陆妹朴直的本色。他说还需考虑，买楼嘛，不比买白菜萝卜！后一句说得俏皮，他其实也是有风趣的，被生活压抑，现在开始露出水面。

买楼的计划延宕了一阵，小姐的电话稀疏下来。他想过向前妻借钱，但更不好开口，难免有推翻协议索讨前账的嫌疑，所以又止住了。倒是前妻自己揣度出来一点端倪，听儿子说过他回原籍认亲。他与儿子两周一回晤面，并不在家，而是择一间餐馆或者酒廊，酌饮一番。每见儿子，都觉长大成熟，以致多年父子成兄弟，交流渐渐深入。某次从原籍回来，说起看楼经历，以及小姐敦促，儿子说：醉翁之意不在酒吧！他说：谁是醉翁？儿子笑：两者皆是！他哈哈大笑。看起来，家庭真是个藩篱，拆除之后，成员们都自由自在，反比往日相谐。夫妻极亲密的时候——如今想起恍如隔世，小儿女间的密语，真出于两人之口吗？但又确凿无疑，是一个真实的梦。他曾告诉认亲的心愿，发誓回报生身之恩，她劝慰，不在此时，即在彼时。现在，时候到了，一个净身出户的人，纵有图报之心，何来余力？她自知气头上离异，盘剥太苛，但却不甘退步，一直撑持着，也是那句话，不在此时，即在彼时。

这一日，前妻忽来电要见面，他说了一个地点，前妻则要去他居所。他从来拗不过她，只得应许。提前一刻钟，到轻铁站等候。星期日的午后，人车比平时稀少，铁轨依山势蜿蜒，石壁上野花扶疏，日光透进来，镶上金银边，亮闪闪的。为节省租金，他就在屯门天水围赁下一小单元，虽然远和偏，但幽静，是现代的桃花源。他在无人的站台上踱步，来一列车，没有她的身影，他也不急躁 心情是清明的。又有一列车到，下来几个人，没有她。约定的时间已过去一刻钟，这一刻钟里有她的怨艾，是在罚他呢，他不委屈，反而欣慰。他不再计算时间，暗中还希望等待延续下去。轻铁列车从山崖后面探出，向这边滑行，石壁上的花草都在摇曳，日光四溅，铁轨发出叮撞击声。终于，车门口下来了她。十一月的西下的太阳里，她的人仿佛透明，本来就比闽广人白皙，如今发福了，几近吹弹得破。这是离异后第一次见她，没变，又有变。她大约也是这么想，只是更直率，说：头发怎么没了！他惭愧地避开对方的直视，心里嘀咕：堪称肥婆一个！事实上，他并非全秃，她也离肥婆甚远。两人多少是窘的，移开目光，并肩往他的租处去。一些时光在两人间倏忽过去，回不来了。

走入小区，再进楼厅，上电梯，过走廊，然后推门。与外部的阔大华丽相比，房间显得格外逼仄，一方门厅，直对卧室，只三步深，一张沙发床几乎挂在墙上。被他收拾得极干净，无任何赘物，也更见出寒素。环顾一周，挑剔的苛责的目光，他不禁瑟缩起来。她在沙发，他则隔一张桌的椅上，面壁坐着，壁上是儿子们戴学士帽的照片，还有阿姆的照片，没有她，也没有他自己。有一阵子没说话，时间在静默里流去。唯至亲才可无话，或者就是极疏的人了。他想找一些话来，却被她抢先，他总是慢她半拍，她说：为你想，亦是过于拮据，可是，并无人有欠你。这话十分突兀，但又十分恰当，他点头说是，被她止住：有一条路，可供你走。什么路？他动心一下，抬头看她。她冷笑道：自己不会想！于是又羞惭地垂下头，过去，现在，将来，她总让他羞惭。她接着说：即便会想，未必能做。这句话将他点穿了，他确实想过，比如找老同学，却没有做成。这回轮到他笑，是苦笑。停一停，前妻和缓口气：我借你！他愈加苦笑：我拿什么还？前妻说：既我借你，就要保证你有得还！这话说得很职业，就像在与客户建议。他抬起头，看着壁上家人的照片，注意力却在耳畔。时间倒流，又回到过去的日子，她教导，他聆听。教导者的声音响脆，有理，又有办法。

前妻的办法是，她借他一笔款项，指定去买几样股票，然后指定几时抛售，所得盈余他得，本金完璧归赵，还她。他听了觉得极好，提出应按银行存储利率付她利息，她说不必。一言定音，他不敢驳。又提出立字据，前妻又说不必，再一言定音，不敢驳。她遂笑道：不怕你赖账！他说：哪里敢！前妻看他一眼，诧异有新变化，变得会揶揄。他脸上有一点笑影，才发觉丰润了，显得年轻，并不与年轻时样貌接近，反而更远，成另一个人。

就这样，按前妻策略调停，他从复苏的股市赚一笔，付开发区新楼一套两居室头款还有余，就交予姐姐，聊补母亲衣食用度。产证所有人写母亲与他的名字，将来，那是更近前的将来，他至少可以主持房产的分配。其时，他也到养老的年纪了。自此，售楼小姐的电话又接续上，似乎有一就有二，期待下一笔生意成交。

3

同样的原则，有一就有二。这一回与前妻交割之后，不出月余，又有一次晤面。是她邀他，因要卖老屋，让他去收拾旧物，多是阿姆留下，也有他自己的。去到那里，东西已经打理成纸箱，但还是多留半日，共同吃了午餐。房屋老旧，又是人去楼空的景象，唤起都是颓唐的记忆：婆媳龃龉，投资失败，职场劳顿，经济局促。所以，并没有想象中的伤感。

叫了一辆计程车，装上他的东西，先送前妻，就知道她的住所。是买下的新居，大的住出去，二的在美国，小的住校，所以也是一卧一厅，却要华丽与现代，有海景。海景于香港人，是身份的象征。又有月余，前妻忽到他的公司，说要出差，请他帮助灌溉盆栽，专送钥匙来的。归还钥匙时，前妻没接受，反而索去他住处的，说他要是出门，她亦可照顾他的房屋。他的起居十分简单，没什么可照顾的，出于礼尚往来，他还是交出了钥匙。他从来习惯服从，这是他与她之间一贯的模式，追溯起源，不都是她引领，他跟随！

如此，这一对离异的夫妻开始走动。老二博士学成，一家人前往毕业典礼，顺便旅行美国东西海岸。住酒店，他们定一个大套间，他和儿子们各睡里外间，前妻睡客厅的加床。儿子们有意让父母单独相处，坐车一排，行路一对，每到景点，则拍双人照。他们也不抗拒，他还将手放前妻的肩和腰上。这场出游很像是一场实验，实验有没有复合的可能。他是无可无不可，她呢，似有意又似无意。最末一晚，旅行团在一家米其林餐厅晚宴，客人需着正装出席。他们这一家，老少爷们黑西装，白领结，母亲则是唐装一袭，茜红锦缎旗袍，很大胆地启用松绿盘纽和滚边，且是西洋式的色配。洋洋洒洒登场，仿佛黑社会老大和压寨夫人，率一众小弟。新科状元领头向父母敬酒，感谢养育之恩，另两个乘机追击，为爸爸妈妈庆贺钻石婚。他懵懂问，什么叫钻石婚？回答三十年，掐指一算，将离异后的几年数进来，不就三十年？可是，数得进来吗？三个儿子一并起哄：和吧，和吧！他微笑不语，前妻放下酒杯，说道：要是和，那就真是为你们阿婆分的了！这话可解释作担不起恶名，亦可解释别有原因，更可能只是顾左右而言他。他没有说话，而是，心里陡然一轻松。

他惧怕婚姻，婚姻这一种恩惠，比生恩养恩又有所不同，它包含有情欲的施舍，不啻是人生的奢物，更有传宗的给予。像他这样，出生多余的人——被送养的命运多少有这么一点意思，有延续子嗣的价值吗？他简直在强取豪夺，剥削造物，前债还未清偿，哪敢再续后账？

现在，前妻来他住处已属平常，凡来一次，他亦去一次，犹如回访。如此外交关系，看起来会持续终年，也许就是他们的缘分。都是向晚的年纪，可称之为余生，遭际和心情，趋于尘埃落定，平静下来。同时呢，生活忽然多出许多闲暇，让时间变得丰裕，所以又不觉得余生是匆促的，而是相反，一切尚可从长计议。

自爱国学校毕业以来，一直在大陆背景的报馆从业，薪金较同类型企业要低，但鉴于前面所说学历的缺陷，以年资弥补，亦步亦趋，升到中上层管理部门，所以并不作他想。回归前后，有一阵激荡，大陆派遣人员比例迅速增长，占据主要位置，思想意识总有大不同。尽管他属港地左翼，而大陆改革开局已久，来客多为自由派，毕竟分治一百年，已成两类，就有种种差异。同事们纷纷攘攘辞旧觅新，难免受影响，而且，也有过不错的机会。但他是个念情的人，也是个驯服的人，生活又养成怠惰的习性，最终还是一动不如一静，以不变应万变。如今定下神来，竟四顾茫然，老相识几等于零，后来者居上，活泼泼的，说着朗朗的普通话。他自觉成朽木，又像学校里屡屡通不过升级考的留班生，渐渐生出去意。就在此时，他的一位老友，报业内资深人物，曾在数家报纸开拓文艺类副刊，当年他那些抒情文字，就是在他主持的青年园地刊载，所以堪称师辈，如今得财力支援，独立办一份周报。先在地铁派发，迅疾覆盖全港，然后改周报为日报，改赠送为零售，扩充内容，添加页码，自主印刷发行。于是，招募员工，广纳人才。聘用原则体现出本土实业的传统模式，并非一味求新，而是老少相宜，熟生兼半。就这样，老友，或者说老师，来挖他了，位置是副刊主编，薪酬高原先一半，退休年限推延至七十，到时间视情形还可再议，因老友本人已年近七十，希冀与同时代的人共事。他原是等待退休、颐养天年，然而，不知不觉中，职业的终点有些令他生畏呢！如许多的时间，即便是上下班都不足以充实，他又开始提笔写闲情文章。而且，也是不知不觉中，他的颓唐与倦意退潮了，精力滋生。他非但没有老迈，反越来越健硕。年轻的身体其实是易碎的，因为生机过于蓬勃，激素分泌旺盛，器官赶不及成长。而现在，平衡了。

这年，他五十五岁，按理不是跳槽的时机，可是，他跳槽了。不曾料到的是，并没有预想的伤感和不舍，就像告别老宅时的平静。所以，他，也许是一个斩截的人，认清大势已去，便转身走开，没有回顾之念。本来如此，抑或有新变，总之，气象更迭，呈另一番图景。

表面上看，是依着先后排序，因果关系，本质上却可能同时发生，就和运势有涉。到新公司上班，他换了装束，脱去几十年一贯制的西装领带，穿便服。卡其夹克里一件细格衬衫，下面是棉布西裤，足登牛筋底皮面鞋。斜分的发式也修短，两鬓推上去，台湾说法叫"陆军装"，本地称学生头，是为和衣着相配，也因为发顶稀薄，早不适宜留长。现代模式的报馆，走艺术思想路线，一反传统保守，以示与旧业区别。反映在员工着装，就是轻松、便捷、亲和、大众。除去外部客观理由，在内心，亦暗自期望有嬗变。可不是吗？他陡然后生十岁，甚至二十岁，不止形貌，还是心劲，勃勃然的。下班回到住处，小区里的灯光球场，球在篮板砰砰响，一个球越过铁丝篱笆，落在脚前，他弯腰抄起来，一只手抛过去。

副刊是报纸的余兴节目，在边缘地带，连他两个编辑，与文娱部共用一名编务。是同人报刊的性质，用人宁缺毋滥，可保持倾向的一致性。工作量是大，约稿、看稿、集稿的编辑业务之外，作为主编，他还负责审稿、定稿、看大样。加班加点不说，还有许多需要学习的事物。原先的报馆是大工业体制，分工很细，程序都已格式化，他专司一门，差不多和流水线同样。如今却不然，上下左右，交叉错综。换句话，原先空间大，人小；现在空间小，人大。可是他不怕，还很喜欢，封闭的天地忽打开一隅，涌进来多少新人新事，应接不暇。难免犯错误，错误也是令人喜悦的，因为里面有想不到的发现。再说了，这忙乱的全部又都起于一源，就是文章。

文章于他，从来是闲情，然而此时此地，却成正途。那些年轻的投稿人，不多，但还是有，他仿佛看见自己，过去和现在——即便现在，他掌有这些文章的生杀大权，其实，不也依然是个文艺青年！原来，他并不是孤独的，也非过时，就不必害羞躲闪，他可总是害羞躲闪。带着羞怯的心情，他在副刊上开辟一个专栏，多少有些营私，那一颗私心却是真正的文艺心。专栏每周一篇千字文，写什么？写回乡见闻，取题"月是故乡明"。他毕竟不是少年，"为赋新词强说愁"，而是有阅历。只是生性缠绵，叙事就脱不了抒情，终属浪漫一派。

　　隔段时间，前妻来造访，就要多看他几眼。照顾的名义下，就带有检查的意思了。狭小的衣柜里，陈年的蓝西服闲置着，却多出一套深墨绿细格呢三件正装，是为出席特别场合量身裁制的。她的手不自觉伸进衣袋摸索一下，空着出来，什么都没有。抽屉里依然是简洁的，合乎他的习惯。卫浴用品都是老款，亦无异常。所谓厨房，不过是贴墙一溜，无一件多余。床头的书是多了，可他本就是个爱书人。想起同学少年的日子，他造文，她抄写，手下停了一停，再移开。柜上，桌上，纤尘不染，这就是他，还是他。可是，真的是他吗？之后，不等他回访，她又来，明显是飞行检查了。他正在桌前写文章，很像一个好学生，迎接老师严苛的考验。他问有什么事吗？她说没什么事，难道不能来？他听惯她说话，总是负气的，便不说什么。让座，奉茶，叨陪一旁。她问：一个人在家？他不禁诧异起来，说：一个人。她没再说什么，坐一坐，走了。因为常来往，又因为手头正赶下一期稿，就只送到门口，看她进电梯。电梯合闭的一霎，他的门正关上，内外两隔，于是，疑上心头。

　　从时间上看，前妻心怀疑窦之际，他实是无限清白。换一个方面，以成因论，却已种下端倪。他手下的一名编辑，为女性，其年三十三岁。这个年纪，在婚姻中人，应是年轻，但在未婚，就是大龄，旧时称"老小姐"的，她正是后者。但当今香港社会，单身女性属普遍性，甚至纳入时尚潮流。那中环一带，办公室丽人，受高等教育，衣袂飘兮，神情昂然，令人望而生畏，多待字阁中。他原先龟缩在壳里，对周围的世界不闻不问，如今眼界一开，才发现，隔绝封锁的几十年内，生长出一族新人类。让他首度领教的，便是他的这一位下属。下属姓陈，英文名劳拉，祖籍广东新会，第一代移民于大战后创下基业，随世界经济腾飞扩张，经营很广，伸延海外，是东南亚排得上名录的富户。富户的历史往往是第一代创业，第二代科商，第三代则兴之所至，学些无用之用。这一位劳拉就是第三代，读的是文学。本港大学四年中文本科，再到英国剑桥修两年英美文学，然后回来，再读个博士，这一回攻的是新闻传媒。家里有钱，她读一辈子书有何妨，一辈子在娘家又有何妨！博士帽戴过不久，就遇新报馆开张，第一批招进来的。所以，论服务本报的资历，她倒在他之先。他本是个谦逊的人，凡决不定的事，都问她，她呢，就敢决定，之后再揶揄一句：到底谁是前辈？他连道：惭愧，惭愧。两人都笑。富养出来的女儿，性子大多直喇喇的，不计较细节。这报社又有一股新风，阶级平等，纲纪宽松，对拘泥的他，真是思想大解放。

　　有一回，请教完毕，劳拉向他索讨犒劳，吃请一餐，他欣然答应。二人同出办公室，一路过去，劳拉见一人邀一人，到楼下，已是呼啦啦一群，全是青年男女，簇拥他一个"前辈"，来到街上。写字间里的白领，都在这一刻出来打野食，一条轩尼诗道两边的茶餐厅，门口都延起长队。烈日当头，冷气里闭住的热汗，一下子迸发出来，十分爽快。看年轻人说笑打闹，插不进嘴，也不能完全懂得，只觉得高兴。想到自己的儿子，也和他们一样，活泼泼的生命，是他给予的，就有些骄傲起来。他们这一帮终于齐打伙进茶餐厅，又忙着四下拼凑桌椅，挤挤坐成一周。中午供应只是客饭，专服务上班族，于是各点一份，互相交换菜式，他又添买糖水。餐盘从头顶上传送，食客向跑堂叫点单，跑堂向后厨喊菜名，门开门合，进来出去，一片沸腾。餐毕，一众人尾随他到收银台买单，就像多子女的父亲，喂饱黄口小儿，有一种养育的满足。他在很年轻的时候做父亲，被生活压迫，只感到畏惧，错过许多感受，如今好比水落石出。因此，深以为不是他犒劳劳拉，而是劳拉犒劳他，给他赏赐。他不知道，这赏赐刚拉开帷幕，将有不期然的剧情上演。

　　下一周，劳拉说要回请，他欲推辞，却又不舍，就说：你请客，我买单。劳拉说：好！他以为劳拉会像上一回，邀请小伙伴同往，可是，却只有她和他。两人出去大楼，走到街上，还是那一个茶餐厅，挤了一群中学生，白和蓝的校服，有男女分开，视而不见的，亦有混杂一处，谈笑风生。她指给他看，那男女生不说话的是低一级，高一级则故作潇洒，事实上，怀里揣着个兔子，突突跳，看额头上的青春痘就知道。她又指他看某一桌上，四个男生围绕一个女生，仿佛众星捧月，可是，劳拉说，最后，这几个男生都不会择她作婚配，而是会娶——她略作四顾，向面隅而坐的两个女生一点头：娶她们中的一位。他好奇道：为什么不是那一个？她说：他们怕她！他再问道：为什么不是这两个都选？她说：这是概率。什么概率？他不懂。她笑起来：邂逅的概率呀！四人加二人，六人中有一对结缘，已经超过平均数，称得上传奇。他被她彻底搞糊涂，这些现代闺帏中的秘笈，有理又无理，有情又无情，只是摇头。她更笑，几不可抑。他便问：你呢？是其中哪一个？她收起笑，正色说：先是被怕的一个，再是漏选的一个，然后——然后如何？他追问。然后我选他们！这话说得杀伐斩截，又极天真，像一个宠溺的小孩子，要什么有什么。他笑起来：他们更要怕了！她眼睛看着他：你怕不怕？他说：怕得很！她仰起头哈哈大笑。中学生已经退出餐厅，上下午课去了，涌进新一批食客。他们坐得有点久，站起来，到收银台，由他付账，推门到街上。

如此，说话比平时稔熟一步，之后呢，却倒生分了似的。用稿编排有疑虑，原是与她商量，现在稍加思忖，自己决断了。她对他，也收敛态度，有所忌惮。两人都变得小心，生怕有触犯，触犯什么？则是暧昧不明。这种窘态没有随时间消减，反而日益加剧，渐渐地，连平常的对答都少有了。他人在事中，懵懂困惑，周遭人看得明白。同事闲聊，常谈起各自婚姻经验，有成有败，共同的认识是，香港小姐过于独立。教育程度、经济收入、职场地位，已占据压倒之势，民主社会给予她们的馈赠，多少剥夺了男性的福利。幸而，人类历史不是同步发展，而是先后错落，所以，比如，马来西亚小姐，朴素、贤良、温柔，很合华族传统的妇德。虽有地域歧视的嫌疑，但从大处着眼，文化并不以前后进界定价值，不是提倡"和谐"吗？他们又举出一二三，朋友的朋友，熟人的熟人，最终忘记旧日的创痛，过着幸福的生活。

听这些闲篇，他觉得有趣，而且开眼界。在他埋头生计的日子里，世道发生多少变化，都是需要急补的。同事们，稍有几位同龄，更多年少者，却都比他知人事，识时务，不由感叹自己的落伍。谈论到酣畅淋漓，忽听一声——何不妨一试！正想着"一试"为何，又如何"一试"，却发现周围眼睛都看向他，又听见一声：我们都没有机会，唯有你——我怎么？他不解道。身处空城！人们说。这才明白，所述理论与实例都为启蒙他，不由张皇失措，转身要跑，被一干人围堵，起哄着。他这才知道民主自由的厉害，人不分长幼，事不分大小，全一锅端。他左冲右突，好不容易脱身，身后传来齐齐的唱喝：钻石王老五，吃饭不用煮，穿衣不用补！歌声中又有艳羡，又有揶揄，他也才知道，还有这么一句流行语：钻石王老五，而自己，样样条件符合，于是，加倍仓皇起来。

回到办公室，直觉得脸红心跳，幸而无人，劳拉外出约谈作者，一半行政在那半边。一个人呆坐，许多片段浮起：劳拉问怕她不怕；同事们的婚姻论；前妻不定时上门搜检，全组合成篇章，题目叫做"钻石王老五"。谁都以为他应该，也必须再娶，可不是吗？人均寿命延长，联合国关于年龄段出台新划分，具体到他，又仿佛倒长回去，越活越后生，又落得单身。情理法与身心健康，再有对社会的负责，不是吗？大龄未婚女性一年一年增长，都要求他进入婚姻。现实的情况，进一步有劳拉，退一步，有马来西亚小姐。可是，他不是刚逃出来吗？丢盔弃甲，狼狈不堪，如今，稍事休憩，方才缓过劲来，千万不能重蹈覆辙，爬起来的地方再跌倒下去。他想起阿姆和她老姊妹们常说的"情蛊"，情人间以放"蛊"盟誓，天涯海角，离人归来，服得解药方可避死。现代社会的离婚制度好比解药，但只是针对文牍，还有无形式的心契，什么又能解蛊？有一句俗话：滴水之恩，涌泉相报。如此，不就是情解情，自解自！他的思想进入怪圈，就像那个"莫比乌斯带"，循环往复，不可穷尽。正撕扯不开，推门进来劳拉，面对面，两人都一怔，遂避开视线，这下半日的时间又接续起来。

也许确有心灵感应一说，前妻近来加紧视察，来得频繁。有一回开宗明义：不许背我做下勾当！这话说得无理，他和她不再存瓜葛，各是自由身，做什么"勾当"都无关彼此权益。可他并无背人的企图，又惯常对前妻不抵抗，就以无言作默许。下一回，前妻和缓口气：倘要作规划，必与我商量！他说：无规划。前妻"哼"一声，信又不信的意思。前妻的独断让他想起同事们的话题，关于香港小姐的评论，何止今天的小姐，连他前妻一辈，甚至阿姆，香港已经孕育几代强悍的女性。最近一回，前妻说的是：你有人了！言之凿凿，他心头一紧，脸上一阵绯红。前妻加追道：让我说中！其实是诈他，竟诈出尚未明了的实情。他不禁着恼：无事生非！前妻说：心虚吧。他无从辩起，想笑，笑出来一张哭脸。前妻就点头：狐狸尾巴露出来了。他要哭了，却笑出声来。

前妻正色道：你选的人要经过我的眼！他点头称是。两人言语往来，半真半假，倒是久没有过的厮缠。记得起的争端，多是生计之类的严肃题目，都是诚实本分的人，多少缺乏些风趣，就更沉重了。此时，却变得诙谐。

与前妻之间是这样，劳拉那边呢？也挑开了。不是她，是她的母亲，约谈了他。半岛酒店的咖啡座，既不隐秘，亦非公开，是现代方式，又是经典空间，可见出会选地方。未到现场，已有些瑟缩。这一位夫人，看上去更像劳拉的长姐，素雅的服饰与妆容，一口流利的普通话，他说自己可以说广东话，她母亲一笑，说在台湾受的教育，可以用普通话交流。似乎有一种照顾的意思，认定他属那边的人，不是爱国学校出身吗？他的普通话如此蹩脚，港人听不懂，北佬亦听不懂，气势便矮下去。心里不安，这位母亲的来意，他其实想得到却不敢想，于是，更加局促。因是到"半岛"来，特地换上三件头洋服，在悠闲的下午茶时间里，四座皆是轻盈的装束，自觉这一身就像房产中介卖楼先生，挣扎在职业生涯的尽头。

她母亲先是感谢他一向提携劳拉，他说，没有，没有，是劳拉帮他。母亲笑着，继续往下说，还要吃女儿的坏脾气。他说，还好，还好，劳拉很得家教。母亲接着说：中国人老话，富养女儿贫养儿，一贯娇纵，不想自食苦果，就是任性！他再说：并非，并非。母亲说：所以，先生千万不要当真！这才把话说完，停下来，等他回答。他倒说不出话来，就有好一时的静场。静谧中，回味她母亲的话，不由脊背上下来一层汗，定定神，心里忽然清明起来，也笑了一笑，换作广东话：小孩行事，难免说风是风，说雨是雨，兴头过去，便云开日出，太太切莫担心事。那母亲倒有一怔，也换作广东话：先生真是个明智的人！回到熟惯的母语，不仅说话顺畅，思路也清晰起来。他说：我三个儿子已经成人，与劳拉差不多年纪。说着从袋里摸出皮夹，给那母亲看照片，仿佛出示证物。这动作天真可笑，但也显出老实。三个戴博士帽的男孩从对面女人眼睛流连过去，他接着说：太太的话很有理，富养女儿贫养儿，这就是我的贫养的儿子。说到此，忽然声咽，一阵伤感袭来，自己已是三个有志青年的父亲，却落入今日窘境，不争气啊！他放回照片，将几上的咖啡饮尽，向服务生举手：埋单！她母亲忙阻止说，已经埋过。他没有再争，想的是女士优先，站起身来。她母亲紧随起身，伸出手，说道：谢谢。他握住了，回谢一声，然后走出咖啡座。

　　酒店前人潮如涌，虽是十月的季候，当头的太阳依然炙热。他暴躁地脱下西服外套，扯去领带，敞开衬衣领口。没有人看他，受英国人一百年调教，都有些维多利亚时代的风度，冷淡的礼貌。他本应当转过街角下地铁，却偏偏随人流越过马路，到对面，顺斜坡上去观景道。这时候，汽笛传入耳中，方才意识来到天星小轮渡口。海水发出白炽的光，有万枚金针上下蹿跳。观景道在水面切出一条影，日头从身后照过来，他甚至辨得出自己的那一个小小的身影，居高临下，孤单得很。坐在水泥台，风吹着脸，渐渐有了凉意，平静下来。空气里裹卷着海水的盐味，礁石暗孔中寄生蟹的动物蛋白的腥气，透露出混沌世界的原始性。填地日益增阔，地上物堆垒，天际线改变，变成几何图形，等到天黑，将大放光芒，此刻还封闭在新型建材的灰白里。汽笛声被夹岸的楼宇山峦吃进去，吐出来的是回声，海湾已成回音壁。这是香港吗？他都不认识了！他似乎身在异处，连自己都脱胎换骨，成另一个人。方才的一幕，是真是假？疑从中来。他摇头，发笑，蹙眉，自语。只有一个小孩子看他，手被大人牵着，跟跄地走，却固执地转着脸，看得他发窘，站起身离开了。

　　下一日的事情更在所料不及。晚上，他差不多已睡下，门被敲响，以为是前妻查访，想她自有钥匙，为何不用。紧急穿衣，顾不及鞋袜，打开两道门，眼面前的人却是另一个，劳拉。这一惊非同小可，不等醒过神，那边已夺门而入。本能地，他跨出一步，站在门外。宾主交换场地，这情形才叫滑稽。劳拉说：你进来！他说：你出来！劳拉再说你进来，他就有些着恼，说：出去谈！劳拉指指他脚下，低头一看，吓一跳，是一双赤脚。说：你出来，我才好进去穿鞋更衣。劳拉听着有理，就跨出门，让他进去。擦肩时一闪身，随即带上门，落下锁。一人在屋里整装，头脑昏昏然的，不知撞着什么邪，要遭遇这些不堪。他一生按部就班，恪守本分，从未有丝毫妄念，如今陷入此局，十分委屈和冤枉。待他一一完毕，开出门去，却无人，心里竟有一种失落。前后看顾，正当返身，却听有一声坏笑，劳拉从防火梯里钻出来。他追过去，劳拉又不见了，正纳闷，另一防火梯里却钻出人来。就这么与他捉迷藏，将他当小孩子耍，他也真变成小孩子，甘心被耍。最后，他对着黑洞洞的防火楼梯喊一声：我回去了！开门的一霎，劳拉忽又出现，不设防间，与他一并挤进去。

所谓门厅，只一步地，两人面对面的，躲也躲不开。两日内，他身心俱疲，这母女二人，一礼一兵，双面夹击，不知什么战术，又要置他于何地！满心求她饶他，出口却很强硬：你要做什么？她回答一句：我选你来了！这话说的，仿佛一道懿旨，又像天女下凡，他一个大俗人，如何消受得起！他转过身从架上的外衣口袋摸出皮夹，展开，送去，被劳拉一手推回：我不要看你儿子照片！无疑问，母女果有沟通。他合拢皮夹，再找不出一件抵挡的利器，只得垂手低头，任凭发落。劳拉说：人都以为我件件得势，处优养尊，其实历来挫折多多，总是我选人家，人家不选我，我不选人家，人家选我，今天我来最后一试，倘不成，从此绝无此念！本是有些凄楚，被她一说，变得极昂扬，赫然一名烈士，就知道有多骄傲，又有多天真。无限感慨，只答出一句：放过我吧！劳拉静一静。他感觉到对面呼吸，如暖风拂面。好的。劳拉说，然后转身，拉门出去。

一夜无眠。次日上班，头重脚轻。走廊上，人力资源部门，交出来一张纸，劳拉的辞职信，将去加拿大深造，再拿一个学位。

4

劳拉长一张团脸，眼距略宽，平眉下一双单睑长眼，不像南国女子轮廓深。身量也不似粤闽人的瘦小精干，而是高大壮阔，先祖中大约有北地人的血统。一头黑发剪至耳轮，后面推上去，露出颈窝。她的肤色是一种牙白，显得厚润细腻，望过去，有一层光。所以，虽不是通常以为的俊俏，但很照眼，一群人中，最先看见的，总是她。现在，这张脸浮在眼前，不动不笑，掸也掸不去。劳拉的桌子，空了几周，收拾得干净，桌面起着反光。他绕过它，移开目光，那里映着劳拉的倒影，不动不笑。然后，就来了新人，是他的推荐，副刊的一位长期作者，中学语文老师，在大学读一年制的写作专业硕士课程。年近四十，两个孩子的母亲，耗不菲的费用，换这无用的学位，在一个普通收入的家庭，算得上高消费。文学副刊，本就是物质社会的奢侈心，来到这里，就好比回家。

新来的编辑姓顾，因原是老师，又在成熟的年纪，人就称顾老师。顾老师，身穿一件女生校服款式的旗袍，一双白色便鞋，一看就是文艺青年的出身来历，文字取舍也是文艺青年一路。他其实也是，但与劳拉合作，无形中有改变，变得先进，就觉得顾老师的品位迂腐了，难免产生分歧。顾老师的表达方式也是文艺的，委婉曲折，他本来能够听懂，此时却不甚明白了，一径地说：顾老师可以谈谈自己的意见。顾老师分明已经谈了，他还是那一句：谈谈自己的意见！让人以为是存心，充耳不闻。顾老师索性回答：没有意见。文艺青年大多是有脾气的，含蓄的脾气。吃一软钉子，略警醒些，知道顾老师真有意见了。于是，第三次说：顾老师可以谈谈自己的意见！这一次几乎有挑衅的意思，顾老师缓缓起身，悄悄移步，退出去。一抬头，人没有了，不禁惘然，他想起劳拉的动静生风。上班是这样，下班回家呢？听见门响，心头一紧，却只是风吹。走廊里的脚步声，也在惊扰他。四下的寂静并不令他安心，而是索然。奇怪的是，随劳拉离去，前妻跟着消失了踪迹，似乎对他放下戒备。这一日与儿子见面，才知道前妻去了上海，旧亲联络，乐不思蜀的样子。这倒提醒他回原籍看老母，于是，下个周末便动身了。

老母所住新区，已经大变样，周围的空地，全起来楼房，多半是高层，第一期的六层公寓，就成盆地。好在楼距尚保持宽阔，至少在香港人看来如此，就不影响日照。小区前开出通衢大道，行道树未及栽种，日头直晒下来，白花花的起烟。道路直上高架，匝口立着房屋中介推销员，大热天捂着西装，举着楼市信息的纸牌，车辆水泄般从他们身边淌过。车辆增加不止十倍二十倍，速度飞快，路面已见出下陷的迹象。两边是低矮的临时建筑，水泥和波纹铁皮的材料，开设各种店铺，衣食住行，供住宅区居民吃喝用度。店铺的空调外机，和着轮胎与地面的摩擦，轰隆隆作响。他的车停在母亲小区的对面，没有任何信号灯，不知如何越到对面。车流汹涌，无息无止，噪声和炎日让人恍惚，从车缝看过去，那一排小铺子，像一堂布景，布的什么景？新填地街，他差不多要忘记它了，忽然间无比鲜明，而且向纵深发展。铺面后头的库房，水果的烂香味；卷帘门拉下来，他和阿姆的席枕；戏园子的舞台与后台，古装丽人的头面，兰花指；电线杆上的招贴，治脚气和鸡眼……

最后，他跟着一辆掉头卡车的尾上，穿过车阵，到达彼岸。寻找老母住的那幢楼，又走许多弯路。楼区里多出水池、人造山、葡萄架、雕塑——断臂的维纳斯，赤裸的大力士，插翅的胖鼓鼓的天使……仔细回想，都是开发商当年的承诺，如今兑现，原先的空廓变得拥簇和凌乱，但亦有一种闹哄哄的热烈。终于到了老母的公寓，门敞着，厅里的地砖擦得晶亮，中间垂着枝型吊灯，也是开发商随房屋赠送，底下一张麻将桌，噼里啪啦牌响。心里生出一股欣慰之情，老母过得不错啊！见他来到，桌边立刻起来一位，是姐姐，要让他入牌局，说不会，并非客气，而是真不会。阿姆和前妻都不玩牌，这两个女人，其实很像。姐姐重又坐下，一个女人从厨房走出，端来茶和点心，是老家的疏亲，专司服侍老母。老母手下摸牌，嘴里吩咐中午的菜式，头脑和口齿都清楚利落，人也比先前丰腴润泽。她们说的是闽南话，自阿姆往生，他极少说闽南话，以为忘记，其实句句在心。看着眼前情景，不由感慨阿姆辛苦一生，却没有享他大福，可谓"子欲养而亲不待"。牌桌上人在夸奖他有孝心，血浓于水，老母则说一句：生不如养！虽是谦辞，但极是善解，到底母子连心。他坐在迎门的藤椅，穿堂风习习吹拂，耳边牌的玉响，间杂声声乡音，不由地，睡着了。

　　一趟回乡，心情平息许多，独处时还有寂寞感，但对待顾老师且能够客观冷静。思想也有回转，回到向来的文艺观念，仿佛重获自我。副刊的风格换以抒情派为主，版面也显沉着，失去些活泼，却多了人生洞察，仿佛也在生长，度过青涩，向成熟去。他重启回乡专栏"月是故乡明"，旧题下新开一辑。顾老师的生性不是劳拉式的生猛，具进攻精神，而是"润物细无声"的一类，对他又极尊敬，认作知遇之恩。劳拉新鲜泼辣，有别开生面之感，但也令他紧张，年轻人的游戏其实不合适他，倒是顾老师，让他放松。克服最初的抵触，渐趋和谐。顾老师进报馆一段日子，听八卦新闻，知道有劳拉这个人，又知道已成过去式。一方面理解起始不顺的缘由，另一方面生出了月老的念头。女人，尤其已婚的女人，总是对姻缘有兴趣，除去愿天下有情人终成眷属的好意，亦不免八婆心理。尤其是，方才也说过，香港几乎一夜间，遍地生出当嫁未嫁女子，任由一个单身汉自生自灭，简直有负道德良心。

　　这一个周末，本港艺文联谊委员举办茶会，庆祝一位青年写作者新书出版。这位写作人是在副刊起步文学生涯，所以茶会由他主持并致辞。经过一段时间休整，劳拉引起的动荡归于宁静，回想起来，既是荒唐又不乏甜蜜，调剂了平淡的日常生活。他想，自己何德何能，得这一份馈赠？诚惶诚恐之余，便是激励。他比之前更积极努力，活力充沛。茶会上，他又穿上三件式西装，灰白的头发修得更短，近于板寸，仿佛草莽英雄。外形有时候会反过来促进内涵，他真的有威风了。也不用文稿，出口成章，奖掖后辈，又坦陈艳羡——生长在飞行器时代，自己则是自行车一代，交通落后，路还曲折，不时要扛车行走，就退到步行的原始世界，磕磕碰碰，跌倒爬起。要是能够，他说道，要是能够，很想再生，变成年轻，可是又舍不得亲历的人生，倘若压缩掉历史，重新成为白纸，会觉得空虚了——说到此，满场的欢笑沉静下来，肃然起敬，他哽咽了，说声"谢谢大家"，遂下场落座。仪式完毕，各桌自由茶叙。举目望去，一半后生，相形下，这一半难免成老朽。好比搭在子时零点的末班车上，绰约见晨曦微露，却是人家的明天了。正在自己的思绪里，顾老师过来敬茶，身边伴有一位女士，略年轻些，自我介绍李姓，他就称李小姐。两位女士敬过茶后没回自己桌，而是在身边左右坐下。联谊茶会向社会开放，付一份茶钱即可进入，艺术之道，人皆有份。所以，李小姐是个生人并不奇怪，交换过名片，见供职公司为一家艺术画廊，头衔是企划主任。出自礼貌，不免多问几句关于画廊的性质、规模、投资与返利。经李小姐回答，方才知道，这一家画廊并非独立经营，而是下属某建筑公司。公司新登陆，有迅雷不及掩耳之势，后来居上，可透视资本规模巨大。所以能够忽略成本与回报，专司艺术，也是开辟橱窗，打造形象，作新一类的广而告之。他想到艺文联谊委员会一直以来期望建立常设机构，买一间写字间，雇一名秘书，就打听楼市行情。问答中听得出李小姐在实业内已具相当年资，经验丰富，头脑又清楚。他不禁好奇，为什么转行做艺术。李小姐一笑：地产是有形资本，艺术则是无形，有形资本已近饱和，不说远，只说近，香港的楼房，如同森林，向海湾取地，终有取尽的一日，而无形的——她做了一个向天空盛开的手势，犹如舞蹈。李小姐长相有些类似顾老师，但每一处都勾描一笔，就醒目了。穿的洋服，不像顾老师教会女生装束的拘谨，而是时尚的。凡到会者，付过茶钱就领一朵花，男士佩胸前，女士则系在腕上，举手时，花枝摇曳，有一股妖媚，但顾老师是很少动作的。茶会结束时，他与李小姐已有三分熟，顾老师反成陪客。三个人一同出会场，下电梯，在北角的暮色里告别。

次日上班，顾老师见到他，脸上笑盈盈的，似乎有喜事。不觉纳闷，看她几眼，顾老师就开口了：李小姐对主编你印象极佳！他没听得懂，停一停，说：我对李小姐印象也不错。顾老师一拍手，笑道：这不成了！他极少见顾老师活泼的样子，倒不像老师了，而是有些市井气，却又变得可亲，让他想起阿姆。放学回家，常见她与同乡人交头接耳，表情诡黠。他也笑道：成什么呀？顾老师说：成好事一桩！见他蒙蔽，又说：李小姐单身，难得有中她法眼的。他诧异道：这如何可能，这样的小姐，却空虚年华，简直天地不仁！顾老师以为他不信，再三保证：果然单身，我与她中学同校，后又在同一所大学，她读本科，我读专业硕士，后来她去美国攻学位，多年不见，再相遇，依然如故。他还在不平中，问：她在美国难道没有遇见爱的人？顾老师以为他质疑李小姐的清白，就说：有是有过，否则，这样年纪没有感情经历，不是很枯乏吗？他松一口气，似乎放下心来，时事到底是公平的。顾老师接着说：等那么久，看来终于等到要等的人。谁？他问，忽觉心跳加快，有大祸将要临头之预感。你呀！顾老师笑得弯下腰。他立起来，变色道：开什么玩笑！顾老师见他认真生气，就有些尴尬，退后一步。开什么玩笑！他再说一遍，声音却软弱了，颓然坐回椅上。

不知顾老师如何向李小姐传达的，过了一周时间，李小姐自己打电话来，约喝茶。态度坦然大方，他反不好过于推辞，显得心里有鬼，而且做假。赴会一日，在着装问题上，有所斟酌。正装忒隆重，有什么要紧似的；休闲则近昵，好像自己人。最后是居中，T恤衫外罩棉麻西服，轻松不失稳重，就这么出发了。

约见的地点在铜锣湾珀丽酒店的咖啡厅，他提早五分钟到，李小姐已经在靠窗的桌边招手。李小姐穿一件石磨蓝丝绸连衣裙，和那日的职业装束相比，减去十岁年纪。圆桌面上放一个文件夹，李小姐推给他，说：上回说要觅写字间，略收集一下，有几处选择，可供参考。他没想到是这事，为先前的顾虑惭愧起来，就有羞赧之色。李小姐浑然不觉察，伸过手，打开文件夹，一条一条给他看，解释利弊。点的咖啡和茶送上来了，暂时移开话题，补几句寒暄，互问交通与作息，再有季候天气。从窗口望去，可见维多利亚港湾，白帆点点，汽艇划开水面，犁出条条金沟。静一时，李小姐问道：先生是本港生人？他不免从根上说起。这段来历他都没有告诉过劳拉，他与劳拉，总是听的多，说的少，当然，更不可能与顾老师说，可是对李小姐，他有歉疚心，仿佛小人对君子，于是要以加倍的信任和热情。这一段叙述，涉及生恩与养恩，离乡与还乡，事业沉浮，婚姻成败——说到这里，他终究迟疑了，于是止住。时间过去，咖啡续杯了，楼市信息的文件夹合上，悄然推到一边。他发窘地喝完杯中物，招手示意埋单。李小姐说：应该她来，是她定的时间地方。此时，他变得坚定，一再招手，李小姐方才告诉，已经签单，因这酒店与她的公司有合约。他只得垂下手，收起钱夹。李小姐补一句：下回先生你埋单。于是，得已和不得已，又有了下回。

李小姐与劳拉的范式完全两种，劳拉行的是霸道，可爱的霸道，你心甘情愿被奴役受辖制；李小姐呢，分明是听你的，可结果却亦步亦趋，大约就是王道了，要高一筹。无论以何种名义，他和李小姐开始约会。所谓约会，不过喝一杯茶，说几句话。吃过一次饭，在尖沙咀转厅，地下灯海一片，到时间，镭射放起，海天之间穿梭，炫极了。这也是李小姐和劳拉的不同，李小姐的趣味更具都会风格，光鲜华丽；劳拉则是质朴的，游离出潮流，崇尚个人性。其中有时代因素，劳拉更年轻；也有背景的差异，像劳拉这样的富贵家庭，专能生长奇葩，李小姐出身中等阶层，凭一己之力，以求社会公认。从人生经历论，他与李小姐更有同情之心，但审美出发，他也许较为欣赏劳拉。这么比较着，忽然警醒，这是作什么比较呢！抬起手，从脸前挥一下，挥去杂念。

他和李小姐的茶约已趋日常，平均节奏为两周一见。外部看来，是成熟男女相处的步履，不疾不徐，最后走向结合。实际情况却是一种胶着，他多少刻意为之，李小姐呢，似乎也同意这样的状态，大半年的时间过去。这一回，李小姐择日邀约，约的晚餐，还是定在珀丽西餐厅，他们第一次晤面的地方。因时间段不同，情景就两样了。窗内一盏烛，照亮一圈，正好笼罩同桌人。葡萄酒映在李小姐的眼睛里，变成夜明珠，看起来有些不寻常。窥出他心中的疑问，李小姐先就揭开谜底：今天是我生日！他一拍脑袋：为什么不早告诉我，都没带礼物，实在太失礼！李小姐说：又不是小孩子庆生。他说：在我的年纪，看你们都是孩子。李小姐说：我倒想做小孩子，可是已经满四十，按中国人说法，吃四十一岁的饭。他第一次听到李小姐的真实年龄，竟然比顾老师长一岁，再想，她们同学，自然是同一年代生人。可是——他脱口说道，真是显年轻！谢谢夸奖，李小姐收住笑，继续道，外表看这样，内里，青熟自知。他说：相从心生，李小姐的心理年龄必也是年轻！李小姐沉吟着，说：就像那日茶会上先生的讲辞，很想重生，回到年轻，却舍不得亲历的人生——抬起眼睛，似乎积蓄着勇气，脸都红了。他心下紧张，不知道接下去会说什么，又仿佛是知道的——遇见先生是我人生的幸事。李小姐终于把话说出口，他沉默下来。李小姐脸上的红晕退去，轻轻呼出一口气，将话题收梢，谈起别的。她的画廊正与内地博物部门接洽，举办展览，有几件藏品，价值连城，需办大额保险，多家公司竞标，然后就细述藏品来历，每一件都有故事。她娓娓道来，他却走神了。李小姐要交托给他人生，不，应当说奉献，这礼物过于隆重了，本该是他送她的，今天是她的生日。想到人生，他的思绪漫游开了。劳拉是衔着金钥匙出世，李小姐则是两手空空，她十五岁从内地来到香港，说是投奔亲戚其实是独自奋斗，一步步走到今天，从无到有。唯因为是这样的收获季节，他才消受不起。那么劳拉呢，他也消受不起。劳拉是一瓢饮，李小姐是水流三千，前者以质论，后者以量计。他不自觉中又拿她们作比较，好像她们是一对，可不是吗？一对璧人，一个从天而降，一个地上生长，开出花来，都是美丽，丰盈，性感，熠熠发光。他用什么来回报？莫说别的，单是时间，都不够了。

李小姐觉出他的沉默，思想跑到很远，便止了说话。两人默然相对，岑寂中，有类似知己的心情，因是相知，所以相惜，他心下决定再不与李小姐见面。眼睛转到窗外，维港的灯光中似乎有一盏专对了他，向他眨眼睛，讥诮，顽皮，不相信。李小姐的葡萄酒杯轻磕一下他的杯沿，就叫服务生签单。账单送来，双方同时伸手，他晚半拍，覆在李小姐的手背，两人都一心惊，这是他们头一回肌肤接触。他没有移开，而是很坚决，李小姐又解释她公司在酒店有账户，他摇摇头，握起李小姐的手，另一手抽去账单。区区一餐饭，如何还得清对面人的美意！付完账又给出一笔丰厚、完全没必要的小费。李小姐明白他的意思，一向以来，她都明白他的意思。只是，她是那种，相信人力不信天意的人，凡事都要做到尽头，碰壁而回。就是以这股劲头，方才走到今天。

下周一上班，顾老师走过他办公桌，似无心却有意，在桌面叩击两下，仿佛"啧"声，就晓得李小姐已向她报告结果，从此事情终了。经过劳拉的一段，他较前有锻炼，能适应，就免去大的震荡，只是怅惘，怅惘。他又一次领略李小姐与劳拉的差异，劳拉是轰然而至，轰然而去；李小姐是细水长流，抽丝剥茧。后者的影响其实更深，此一变，生活亦随之变，每到例行的两周一晤，便不知如何打发，时间漫长得吓人。多亏有一件喜事插入，振作了精神，那就是，长子喜期来临。

将过门的儿媳妇是台湾的外省人，也在美国读书，于是，小儿女结缘。读成毕业求职，港台两地来回尝试几番，因都学的计算机软件，再联合一对亚洲夫妇，同回美国，在硅谷开一爿小公司，倒也活得下来。女方家庭信仰基督教，行的是西派婚礼，从教堂出来，再随他们闽南习俗，办一场宴席。亲家从台湾过来，人数就有限，他独身一人在港，也不想惊动福建的老亲。前妻家倒是人多，姨舅各表聚有两大桌，再加些新旧同事，其余都是两小儿的结交，按香港人规矩分成兄弟团和姐妹团。兄弟团一律黑西装，姐妹团则长裙曳地，手举一柄小伞，热闹喜气。他们老的，作壁上观，感慨光阴流逝，世事变更，今天的青年可比他们快乐明朗，前途广大。他们的老同学作证婚人，宴会厅也由他一手安排，在跑马地赛马会。底下马匹奔腾，人声涌动，一浪接一浪。证婚辞有大半叙说与新郎父母的友谊，仿佛是为上一辈姻亲作见证。本来就是演说家，再又触动心情，将听众带入情景，正沉湎其中，忽然话锋一转——这一日，传来佳音，一个宝宝落地，就是今天的新人！说完一个，再说另一个，因初次见面，重在描绘印象。着重却不是新娘，而是新娘的母亲，意思是相见恨晚人生大憾，否则，必要与先生争夺——先生也是个豪爽人，立刻请他带回家去！可是，证婚人说，倘如此，又哪来的新娘？所以，原就是前世的因缘，才有今天的良辰美景。一番话说完，场子都掀动起来，一旁等候上菜的服务生都拍手叫好。

老同学安排坐在他与前妻中间，三人行的二男一女，几经纠缠，终还是离散，回到少年结义的缘。老同学已是抱孙的人，笑他俩起大早赶晚市。太太不是他们淘里的人，性情温和平顺，与放纵的他正是一对，所以能够从一而终。此时坐在前妻那一边，正低头密语。趁机会，这两个便也通个私心。同学问他：想不想再找？他连连摇头。老同学鼓励说：少不更事不算，人生从二十岁起计，至今六十许，只过一半，尚有另一半，怎可虚度？这话有些道理，令人耳目一新，想了想，还是摇头。老同学哀其不争：一朝被蛇咬，十年怕井绳，从政治理论上说，就是经验主义，最终走至虚无主义。到底从左派运动中走过来的，唯物历史观的影响犹在。他苦笑：我这样支离破碎的人，谁跟我就是欠谁！老同学惊呼起来：你就像那个手里握着宝却不自知的人！他倒好奇了：我有什么宝？美德！同学说，忠诚、老实、谦逊的美德。他不禁笑出声来了，引得两位女性都抬头看。我以为什么宝！他笑道，不如直接说"愚笨"二字更妥。新人过来敬酒，站起来受礼，待重新坐下，方才的话题就搁置一边了。

这一日，他喝得微醺，转接屯门轻铁，乘过站，再返回，又乘过站，后来竟恍惚起来，不知道是要往哪个站。于是，来回乘坐。下午四五时光景，日头向西，清风吹拂，道轨旁崖壁上的花草摇曳，与方才的繁华市廛是另一个世界，安静悠远。车行走在轨上，偶尔"叮"一声响。他看见日光在崖壁切过去，草茎的绒毛亮晶晶的，又陡地闭合，进了影地。他身心轻盈，几乎要飞起来。有一只蜜蜂飞进车厢，嗡嗡嘤嘤，正是老同学所说"美德"两个字，除去这两个字，他可说一无所有。他这个一无所有的人，竟然会得到劳拉和李小姐的美人情，想想都要落泪，这世界待他太厚太厚，衬得他太薄太薄！最后，他在一个陌生的站点下车，因为看见了渔火。跨下路基，走向码头，海面将渔火举到眼前，向海平线铺去。步入滩前一条小街，食寮的玻璃缸底匍匐着巨大的蟹类，背上寄生着小小的贝壳。有一个男人自带录放机，随伴奏带纵声歌唱，唱的是邓丽君的歌。多情的词曲从莽汉喉中吐出，又伤心又滑稽，尤其最末一句：请把我的爱情还给我！简直在呐喊和声讨，就觉得是向他来的。

他的罗曼史尚未结束，这一轮是由老同学主持。奇怪的是，前妻她也参与，作为介绍人之一，不是曾经说过这样的话吗？你选的人要经过我的眼。三人行重组，又是二对一，同学和前妻一边，他自己一边。推荐的女士其实是前妻的闺蜜，听起来很像是安插眼线，方便监视。闺蜜芳龄四十二，与他相比就是年轻人，曾有过短暂的不幸的婚史，没有孩子，在中资贸易机构任部门主管，性情十分温存。因是闺蜜，对他的情况就十分了解，对她，中间人自然是信任的。那两人一唱一和，描绘他未来的幸福生活，他挂单，无力申辩，因此无语。老同学又补上一句，不着急，慢慢来！话里的意思，他这边还另有人选。他发现老同学有些惧怕前妻，不禁一笑，想起三人间曾经的搅缠，情窦初开，虽无结果，但落英心底，一生都在。见他笑影浮出，都以为同意，接下去就是相亲一幕。两男两女，倒是比预期的气氛活跃。老同学是健谈的人，从小就人来疯，有人兴奋，有生人更兴奋。四人一餐饭下来，尽兴而散，只怕那闺蜜最终没明白，与她拍拖的是哪一位。他与前妻，无论恩怨离合，看上去还是一对。总之，他没有给前妻回应，也没从前妻处得回应，这一轮无疾而终，下一轮开始了。

下一轮就是老同学的人选，他公司里的一名文员。照例，老板给文员做媒聘不合常规，但老同学本是不按常规出牌的人，再则呢，其中还有一段来由。老同学的太太打理一间花店，不赚钱，为消遣。这一个周日，正逢情人节，店里收许多订单，人手不够，太太派老同学帮忙，稍改变晨跑路线，给客户送花。于是，人们就看见一个半发福的男人，手捧鲜花，吭哧吭哧地跑步。依序来到一幢楼前，揿下号码，蜂鸣器响，咔一声门开，推进去，上电梯，公寓里出来一个小姐，伸手接花，中途缩回去，掩口惊叫一声"老板"。原来是手下员工，虽不认识，可公司中人谁不认识他？不禁也吓一跳，急忙解释，他不是送花人，他只是送花。这话听起来绕口得很，也不通，又换一个说法，花不是他送，他只是送！还是绕和不通，小姐却已经明白，抖着手接过花去，坚持送他下电梯，出大楼，到住宅区门口，目送老板捧着余下的两束，继续他的送花路。因有一面之缘，他与这名小姐熟识起来，见面就问喜期何日。先是有大概，后又推延，自此没了下文，听知情人说一拍两散，各归各了。年轻人的爱情就是这样，人没长性，事无长期。这时候，他想起他来。

相亲会再次举行，这一回的对象已是下一代人。他不解地想：为什么他的年龄长上去，对方的年龄却矮下去，这世界到底发生了什么？他也怨老同学荒唐，前妻、自己，不也荒唐吗？那女孩子，说是女孩其实也是过三十的人，待字闺中却无焦虑之色，浑然不觉，还挺高兴与前辈们攀谈，听他们回忆往事。看起来很像恳亲会，其中的谁带来儿女。谈兴越来越高涨，几十年前的秘辛，单是你知我知天知地知，此时尽入闲话。女孩听得入神，艳羡地说：那时候的女生多幸福，有人追。他们说：你们不也是吗？女孩正色道：今天的男生不追人的！他亦忘情，说出一句：是不敢追！女孩眼睛看定他：我可敢追！他仿佛看见又一个劳拉，赶紧移开目光，低下头去。结束相亲，走在街头，人潮汹涌，年轻的女性是城市亮丽的风景，令人目眩。地铁也是，一片大光明，不是来自灯，而是来自她们。自动滚梯的站台通道，如同河床，将她们分流又汇集，送往各个方向，是丽人河。他一个也不认识，又每个都认识，不止认识，还稔熟，都是他的亲人，有着温暖的体温和呼吸，滋养着他干枯的人生。拿什么回报你，我的爱人！走出地铁，回到路面，亚热带的太阳热辣辣的，热辣辣的恩情，就像传说中来自原始丛林的剧毒的蛊，拴住他，不让远行，不让弃离，不让不归！归，归，归来才有解药。妖媚妖娆的陷阱迎面而来，高架天桥上泻顶，再从地底泉涌。他汗泪交加，挥如雨下，是梧桐雨，是太阳雨，金雨银雨。湿漉漉的空气，缠绵悱恻，就像美人的深情。日头向西，从楼宇的森林间滑落，落进海面，暮色升起，即将四合。陡然，华灯盛开，天地璀璨。

　　第三次相亲会举办之际，他做了一件背信弃义的事，临阵脱逃，出门旅行。就像一个中情蛊的男子，走也走不远，走也走不久，还是在南亚，同一气候带上，台湾。独自一人，从北向南。这地方让他想起原籍闽南，有素朴的古风。阿里山上，种茶人家，滚水浇着茶壶茶盅，泌出茶汁，满口生香，汗津津的后背凉风习习。公路两边的槟榔屋，夜色中放射霓虹灯，槟榔妹在招手，他买了一包又一包，塞满行囊。他不惯嚼食这东西，将它们背到东背到西背了一路。来到最南端的垦丁，他看见了红豆，林子里，树丛中，一颗颗，一串串，一蓬蓬，一挂挂。沿街店铺里，大瓶小瓶，大罐小罐，各种器形的玻璃体，满满的收纳，透壁而出艳红，艳红得诱人，就有一种危险似的。他想起红豆的又一个称谓，相思豆，心中一惊。他的恩欠，他的愧受，他的困囚，他的原罪，他的蛊，忽得一个名字，这名字就叫相思。

2016年4月9日纽约

（原载《收获》2017年第1期）

水 墨

◎尤凤伟

1

起床后，坧泉为昨天画就的一幅画题款：

山居图章樟兄补壁辛卯冬月坧泉于云涧斋。

该题款包含的信息为：画者坧泉于云涧斋作山居图，赠与一个叫章樟的人。一目了然。

坧泉退后一步端详着刚画毕的山水画作，脸上露出欣意，遂搁笔用印。

出门前，坧泉抬眼望望窗外，对取衣帽的老伴说句：天好，把画晒晒。老伴没应声，只像他一样把眼转向窗外。天空晴朗，万里无云。

坧泉随本市一伙知名画家外出赴约笔会。这是书画家经常性活动，或者是艺术生活一重要组成部分。活动程式为：主办方（买家）把画家（卖方）接过去，作画、宴请，然后画家留画作，主办方付“润笔费”。笔会宣告圆满结束。各得所需，皆大欢喜。说起来，这类盛行于当下书画界的笔会，坧泉参加得并不多，不为别的，只为名气尚欠，难以进入组织者的视野。这回是某画家因故缺席，与他相熟的艺术馆主任章樟向本次笔会主持本市画院院长、美协主席冯老力荐，坧泉方得以加入，小鱼串在大串上。擅长画花鸟的章樟对坧泉的泼墨山水甚为赞赏，称其笔墨的浑厚华滋颇受被人称有“五笔七墨”技法的黄宾虹金针之度，私下里还不断为他的不被圈内接纳鸣不平。可以说，章樟是他心存感激且愿与其交往的圈内为数不多者。

在临时布置成画室的会议室里，华腾地产的韩总与画家一行见了面，冯老一一介绍，介绍到谁，韩总便对其合掌点头道声久闻大名，这也并非场面客套，来者在电视、报纸都不乏出头露面，即使算不上名声远播，也算混得脸熟。一来二去就介绍到坧泉，韩总望着他稍稍打了个哏，又照样说句久闻大名，即使再迟钝的人，也都会从这吊诡的停顿里体会出其中的意味，画家们彼此交换着不言而喻的眼神。坵泉本人有种被掌掴的感觉，额头沁出一层细汗。他后悔不该来，自取其辱，甚至埋怨章樟好心办了件让自己难堪的事。

寒暄过后，画家们开始作画了。纸墨主办方已提前备好，并由工作人员帮画家铺于长桌。当画家们噼里啪啦从包里拿出作画家什，室内便入静，一派肃穆气氛。

进入创作，坵泉努力去除适才的难堪不快。有句话叫忍辱负重，这当是无名之辈经常面对的纠结。他先画了两个"斗方"，一幅"二牛"，一幅"双荷"，看看觉得意趣俱在。然后开始画他拿手的大写意泼墨山水。大写意不仅是技法，更多是意境，从古至今的画人都孜孜不倦以从逆境中求生机，坵泉亦是。只是他的有些"出格"的写意画法不被圈内认同，甚至不断遭人诟病，有说是缺少基本功的一味"乱弄"，也有说是对张大千的拙劣模仿。他当然予以否定。一是自己的基本功扎实，干"细活"也不逊于任何人，至于模仿，倒是张大千早被徐悲鸿称其为"五百年来造假第一人"，自己真要模仿个什么人，也不会选中张大师呀。他心里清楚，自己是受中学美术老师吴其治启蒙，习学泼墨技法，而吴老师心中之师为黄宾虹，只因已故去的吴师一直默默无闻，人们才没由黄挂连到他。当为无名之悲哀。

叫《山高水长》的画很快作毕。说山，只是一道顶天立地的悬崖，通体墨透。说水，只是从崖边斜插下来的一道水流，于黑中托出一道羊肠样的白线。他觉得气势意蕴俱显，足可交差。他搁下画笔，侧目看看两边，他人尚未竣工迹象，仍埋头精工细作。韩总一干人分散各处观赏，居冯老身后者多，足见对这位画坛大佬之推崇。

一时间，坵泉觉得有些不适，担心自己的过早收笔会被主办方认为敷衍，不认真，遂重新拿起笔来增添些笔墨，端量来端量去，只觉无从下笔，又放下。最终大家陆续放下笔来，大功告成。韩总向大家道了辛苦，感谢，却又提出求一幅合作山水，说此画今后挂在会议室里，作为"镇室之宝"。这要求并不过分。于是，一张一丈余长的大纸便铺上台面，浩气顿生，不由得让人想起那句"一张白纸可以画最新最美的图画"的名言。

场面端的微妙起来，画家自觉地向后撤步，有的撤到了墙根，吸烟者开始吸烟。所谓合作，并非悉数参与，画山水，由擅山水者为；画花鸟，由擅花鸟者为，当然最后如数签名。这时章樟踱到坭泉身后，悄声说句：坭泉兄，说句公道话，今天应由你"开笔"才是，别人开不出气势。他不予置评，说句，你要的二龙山带来了，走时给你。章樟说，好。章樟所说的"开笔"指合作一幅画作先由某人落下第一笔，有"剪彩"意味。一笔定乾坤勾勒出大的轮廓走向，余者则添砖加瓦，以成其作。一般说来，当由最具权威者担纲，而担纲不仅看艺术造诣，更多看官职，固有名望。由此而论，本次合作"开笔"非冯老莫属，章樟抬举坭泉，坭泉也晓得并非是他的誉词，比较符合实际。只说冯老，虽说也以山水见长，也写意，但工笔的写意与真正的意笔却不是一回事。若让他在丈余长的大纸上一笔勾勒出其山脉大势，只恐气魄不逮。而他，则全然不成问题。当然这些只能在心里想想，说出口那可犯大忌，要引人口诛笔伐的。

冯老还算是个忠厚长者，谦逊了一番，方提笔在纸上奋力一挥，众人一齐鼓掌。

随后就由冯老点将，从来者中挑出几位擅长山水画家上阵。当中没有坭泉。

中午宴请，席间热闹得很，话题流转犹如蒙太奇，一会儿是社会上五花八门的传闻，一会儿又转到画界本身的一些是是非非、趣闻轶事。比如某名画家流水作业创作模式，是耶非耶；比如某些名家的画拍出天价，实耶虚耶，等等。当然也涉及目前国画创作的种种现状。坭泉不大说话，听，也走神，想到刚才"合作"的那幅被韩总赞为佳作的《云山雾罩》，就觉得滑稽可笑。其平庸那是一眼便看得出来的。

话题不知怎么又转到已故画家李可染身上，由李可染的逆光山水又谈及他的两位老师齐白石与黄宾虹对他的影响。对此坭泉并不以为然，在他看来，李可染最大的受益来自他的启蒙老师钱食芝，只是当代已没有多少人记得画出著名的《四季屏》的钱大师了。

这当儿，兜里的手机响了，坭泉离席到走廊里接听，是老伴，说晾在院子里的画丢了好几张。他问是不是叫风吹跑了？老伴说哪里有风。他说那就是叫人拿去了，算了算了，就把电话挂了。

2

回到家，见老伴已将收回的画叠好，堆在画案上。他问老伴丢了多少有没有数。老伴说，数了，晾出去五十五张，收回五十张，不就是丢了五张么？他嗯了声，说，丢就丢了吧，有人喜欢拿回家挂挂比老压箱底强。他嘴里这么说，心里也是这么想的，他一向不把自己的画看得有多"金贵"，也不张罗着卖。只是因家住底层，潮湿，需不时拿出去晾晒，艺术品随便往冬青上一搭，说起来有失雅观，自己不当什么，别人也就不当什么，来个顺手牵羊也在情理之中。

小事一桩。

老伴说：已经报警了。

什么？坵泉没听清。

老伴又说了一遍：报警了。

坵泉这遭听清楚了，望着老伴连连摇摇头说：胡整胡整，多大的事，还报警，吃饱了撑的。传出去别人也见笑。

老伴说：我也这么觉得，可越东……

越东？

老伴就讲了报警的过程：就在给坵泉打电话不久，坵泉的学生高越东来了，听到画失窃的事，二话没说就拿电话要打110，她拿不准，问要不要告诉你老师？越东说事明摆着，根本不用，就把电话打了。

越东他人呢？坵泉问。

老伴说，让派出所叫去了，说做笔录，做完回家了。

越东的本职工作是中学美术教师，跟他学山水画多年了，不大长进。琢磨是不是打电话问问他报案情况，想想又作罢。

坵泉打了一会儿愣怔，说句：过几天去旧货市场买个樟木箱子，防潮防虫，画就不用来回搬弄了。

中午多喝了几杯，坵泉上床睡了一大觉。醒来听见老伴和越东的说话声，便起身来到客厅。听两人说的是越东筹备结婚的事，女方小秦来过几回，也跟着越东叫老师、师娘，印象不错，觉得配越东足够。

坉泉望着越东说：你也太急促了，报啥个警哩。

越东说：报警是正当防卫。

坉泉说，让人知道了笑话。

越东问：笑话啥？我说给小秦听，小秦说报警没问题。

坉泉说：咱的画，还没到那个份儿上，弄得兴师动众……

越东自然懂得老师的意思，反驳说：老师的画，怎么不到那个份儿上？多少懂点画的人都有数，只因为有……

坉泉自然也晓得越东后面省略的是什么意思，可越东是只知其一不知其二，世界上没有绝对公平的事，特别在文艺上，一人有一人的志趣，各有各的标准。就说每年的艺考，从几千人中取几十名，这几十名就是其中最优秀的？不见得。再说画家这行当，爆大名的一定是大师？也是不见得。还有，一张画卖几百万几千万道理何在？问题在于，这就是现实，是谁也扭不过来的事实。

他说越东别想得太多，赶快给派出所打电话，这事让他们别管了。

撤诉？越东问。

撤诉。

越东还要分辩，让坉泉用手止住。

越东甚不情愿地打这个电话。虽听不见对方说什么，可从越东的话里能听出事没谈拢。

果然挂了电话越东说：不行了，晚了，人家说已经立了案，报了分局，这事停不下来。

坉泉不说话了，只是摇头。

越东安慰说：老师，这事别太放心上，咱的画是有价值的，偷，就是取人财物，犯法，就应受到应有的处罚。

老伴附和说：就是嘛。画值钱不值钱都不是潮水潮上来的，点灯熬油……

行了！坉泉把她喝住。

越东吐吐舌头。按计划晚上要跟老师学画，见老师为这事情绪不佳，便知趣地告辞。坉泉也没留。

从此，坉泉心里总有些忐忑，好像不是丢了东西，倒是自己做了回贼。

3

到"案发"第四天，派出所来了电话，让圲泉去一趟。走在路上还寻思争取把案子撤了。进了门，人家别的不说，接着就让他看监控录像。场景熟悉，是从自家楼前摄向对面的绿化带，冬青墙上搭晒着一幅幅水墨画，虽看不清细部，他也晓得是自己的作品。很快一个穿蓝工装的男子走进画面，又径直走到"画廊"前，四下看，然后快速从中选了几张，叠巴叠巴装进工装口袋里，随之转过身走出画面。

他"哦"了一声。

认识他吗？陪他看录像的那个尖下巴小警察问。

嗯，认识。

他是谁？

老邱。

哪个老邱？

物业的老邱。

你认准了？

他点点头。

行了。几个警察互相看看露出释然的神情。

倒没再问别的，就叫他回去。

他没立马走，问：老邱是熟人，撤诉行不行？

尖下巴小警察不耐烦地说：不是对你讲了吗？盗窃案属公诉，受害人无权撤诉。

另一年纪大些的黑脸警察哼了声，说：奇怪得很哪，帮你找回损失的事，还推三阻四。熟人咋？他偷的不也是你这个熟人么？

他还想说什么，尖下巴小警察向他摆摆手，说：我们忙，大叔你回去吧！

回到家，老伴问到派出所的情况，他告诉老伴，事是老邱干的。

老邱？扫楼道的那老邱？

他没回答，只在心里寻思：这个老邱也真是，喜欢画，上门讨就是，我不会不给，干吗要这样？这么想时，老邱那一抻一抻的水蛇腰以及瘦削的刀条子脸便现在眼前。老邱来物业干活好多年了，管打扫卫生以及修剪苗圃。后来老伴也来了，带来一个三四岁很皮实的小孙子。据说儿子和媳妇离了婚，孙子留下了，由他老两口照顾。刚从乡下出来的孩子混在小区般大孩子中间很扎眼，小脸黑红黑红，穿戴也土气，可小身板结实，大冬天不戴帽子，穿着单薄在风雪飘飞的院子里跑来跑去。每当有人提醒老邱别把小孩冻感冒了，老邱总是笑呵呵地说，不怕不怕，在老家还光着脚呢，习惯了……也有住户把自家孩子穿剩下的衣服送他，他总是千恩万谢。无论怎么说，老邱都是个老实人，与小偷不搭界，可……

坜泉不住地摇头。

这可咋好哩。老伴犯起愁来：不会把他抓起来吧？

坜泉陡然想起什么，看着老伴说：你下去找找老邱，叫他上来一趟，对了，叫他把画带着。

老伴晓得他心里是怎么想的，把画题上款，就是送，不算偷了，这办法好，遂赶紧出门。

没过多会儿老伴一脸懊丧地回来了，告诉说老邱回老家过年了。

坜泉一脸的无奈，摇头不止。

可不是，再过两天就是阴历小年了。

4

那天章樟来电话，说弄了点纸，送过来，忙年，不进家了，让坜泉到楼下接。

坜泉心里挺高兴。作为业余画家，用纸常捉襟见肘。"资源丰富"的章樟成了他的坚强后盾。

远远看到章樟那辆灰色帕萨特驶来，心中突然生出一个念想：刚遇上的糗事不妨让他帮帮忙，他交际广，和公安也熟，让他从中协调协调，把老邱托出来。

于是，车停下，他打开车门，坐到副驾驶位上，把事一说。章樟先是笑了，说蹊跷事一桩啊，又说应该没问题吧，你等我电话。他是了解章樟的，人靠谱，办事举重若轻，他说没问题就没问题了，就宽了心。

回到家，老伴告诉他，儿子从深圳来电话，讲不能回家过年了，小孩姥姥病了，一家三口要赶去郑州探望，在那里过年。他没吱声，心想不回来就不回来，少些事还能静下心多画几张画。

老伴又告诉他派出所也来过电话。

他一下子紧张起来，问：说什么？

老伴说：通知咱，案子破了。

破了？他吃了一惊，这么快。

老伴说：盗画的就是老邱，承认了，已经从老家抓回来了。

刹那间垢泉全身僵住，舌头也僵：你、你说……

老伴重复一遍刚才的话。

良久，垢泉才缓过神来，想了想，把刚脱下的鞋又穿上，反身下楼，一溜小跑来到一街之隔的派出所。进门碰上那个让他看录像的尖下巴小警察，小警察正站在亲民台前和里面的女户警说话，认出他后欢快地说：老先生祝贺你，案子破了，嫌犯已抓捕，只是画只追回三张，另两张叫他卖了。

垢泉不关心这个，急问：老邱他人呢？

小警察拉他到会客区的沙发上坐下，说嫌犯被关着。

垢泉问：关在哪儿？

小警察说：地下室。

垢泉：我想见见。

小警察：这不行。

垢泉：为什么？

小警察晃晃脑袋：不合规定，再说见也白搭，他交代那两张画在集上卖了，已无法追回。

垢泉一时不知说什么。

小警察含笑望着他，说：以前不知道，原来老先生是名画家啊。

垢泉不接茬，问：你们想把老邱咋样？

小警察的脸笑开了，说：看你问的，不是我们想把他咋样，而是法院，案子最终由法院判。

坜泉：能判刑？

小警察说，这就得看案值了。

坜泉：案值？

小警察说：就是被盗的画值多少钱，依本案情况，恐怕嫌犯凶多吉少，要判刑的。

坜泉一惊：几张画就判刑？

小警察眼里露出崇拜的神情，说：老先生的画每尺过万……

坜泉意识到这过万数字是越东报案胡写上去的，便解释：没有没有，没那么高的。

小警察摇了摇头，说：人家都是往上抬，老先生却是往下压，真是谦虚啊。不过从法律上说，画值多少，最终得由专门鉴定师来鉴定。

听到这个，坜泉略微放了心，他心里有数，自己的画从未卖上价钱，鉴定师也不能凭空往上抬。

小警察说：很希望能得到老先生的墨宝。

坜泉回句：行。

小警察连忙道谢。

坜泉想想问：啥时能放老邱呢？

小警察说：拘留是有时限的，下一步是逮捕还是释放，还得看鉴定结果。

坜泉问：年前没问题吧？

小警察说，很难讲。

坜泉有些急：可老邱一家要过年呀！

小警察眼望着坜泉说：老先生作为原告能替被告着想，难得哩。不过，这案子我们这里已不大好操作了，唯一可行的办法只有让所长去找上面催……

坜泉说：我现在就见见所长。

小警察说：所长出差了，两三天回，回来我给你打电话。

坜泉也没别的办法，默默点了下头。

小警察把坜泉送出门，在坜泉耳边悄声说句：下次来，画带来。对了，给所长也带一张，他十分喜欢。

他应承。

回到家，坄泉立刻给越东打电话，问他每尺万元是怎么回事。越东说万元确实是他写上去的，就算有水分，也可以理解。他光火了：理解啥？为咱几张画让人家坐牢？越东说，咱自己说值多少钱不管用，最终还是鉴定师说了算。

他无语。似乎有所安心，因为按小警察所说，请所长到分局说说，加快节奏，回家过年当不成问题。

5

就在坄泉去派出所为老邱说事的当晚，章樟打来电话，耳机里嘈杂一片，一听便晓是在酒场上，甚至从章樟的声音里能闻到满嘴酒气，说现在他与报社文化部唐主任在一起。坄泉"嗯"了声。唐在搞活动时见过，但不熟。耳机变得安静，他知道章樟从房间里出来了，章樟的口吻变得神秘，说坄泉兄你有好事了。他想，是不是老邱的事说成了？似乎不像，遂问句：啥好事？章樟说：在电话里一句两句也说不清，要不你赶过来吧。坄泉犹豫起来，赶半截子酒场是有失身份的。那头的章樟当然会想到这个，说，坄泉兄就别在意了，我也刚知道消息赶过来的，除了唐主任，还有北京来的一位鼎鼎有名的画界大腕，大腕说今天在分局看到你的三幅作品，赞赏不已，想推一推你，也有些具体想法，你过来认识认识，一起把事合计合计，这事千载难逢……坄泉听着听着身上不由得发起热来，心也加速跳动，他明白这事确是一件难得一遇的好事，不仅对他，对任何一个尚未出头的从艺者都是梦寐以求的。既然人家抬你，有什么理由拒之不受呢？

坄泉出门，打了个的士赶到章樟所在的酒店。

在大堂，坄泉看见了在等候他的章樟和越东。越东有些让他感到意外。越东也意识到了，解释说是文艺部唐主任非拉他来不可。章樟说：我也是唐主任拉来的，与北京来的刘院长一起搞个访谈，过几天要见报。又说：我在电话里讲了，刘院长看了您的画，十分欣赏，想推一推您，机会难得，千万不要错过，不是人人都有这种机会的，一会儿多敬刘院长几杯酒，进去吧。

坄泉端的紧张起来，气有些喘不匀，惶惶地跟在章樟后面走进房间。酒至半，酒桌上气氛热烈，他认识的唐主任正兴致勃勃说着什么，见他进来打住，一边站起来与他握手，一边对坐主宾位着唐装，一派不凡气度的陌生长者介绍说：院长，垢泉来了。垢泉便走到唐装院长面前，伸出手恭敬道：刘院长您好，久闻大名。刘院长亦起身与垢泉握手，说见画如面啊。幸会幸会。这时唐主任指指一空位说：垢老师先请坐了再慢慢聊。垢泉便走过去坐下，一时不知该说什么。倒是刘院长先开口，笑着对唐主任说：主任你接着刚才的讲。众人笑着附和：对，讲完，讲完。

唐主任笑笑说只剩结尾了。女画家开了门，见来的是画院吕副院长，喜出望外，因为她正在谋求调画院当专业画家，连忙请吕副院长到沙发上坐了问：院长喝茶？吕摇摇头。又问：喝咖啡？吕还摇摇头。女画家想想，从果盘里拿起一只苹果，说：院长稍等，我去卫生间把屁股洗洗。

满桌哄堂大笑，包括垢泉。刘院长笑着说：幸亏在座的没有女画家，否则……章樟说女画家更喜欢听这种段子，偷着乐。一位叫孙大卫的中年画家说：不知吕副院长听了女画家要贡献屁股会不会再摇头？大家齐声回答：不会了，不会了。越东补充句：摇啥头，求之不得啦。

章樟笑说：这些年黄段子听了也不少，这洗屁股的段子最具含金量……

坐在章樟身边的文化记者老金说：这也不算啥，还有含金量更高的哩。

越东撺掇说：你讲个含金量更高的给大伙听听。

老金扶扶眼镜说：行，这个段子被称为史上最深刻的段子……

唐主任忙阻止，说，打住打住，今天是宴请刘院长，别跑题。说毕端起杯，举向刘院长：院长我再敬一杯，祝画界泰斗永葆艺术青春。

不敢当不敢当。刘院长客气着一饮而尽。

这时，垢泉感觉到对面章樟瞄过来的眼神，遂端杯站起身走到刘院长跟前，说：久仰刘院长盛名，垢泉敬一杯。

喝毕，章樟说，今日是千里马遇伯乐，连敬三杯才是。

垢泉虽为难，还是听从章樟的提议连敬了刘院长三杯。

对于平时滴酒不沾的垢泉，过量了。

6

回到家已很晚，坧泉醉得一塌糊涂，倒下便呼呼睡去。这在坧泉很少有，弄得老伴很慌，不知到底发生了什么事。

其实坧泉也模糊不清，半夜醒来脑瓜里一片迷茫：喝酒了？和什么人一起喝的？说了些什么话？自己是怎么回的家？想着想着又迷糊过去了。

再一觉就睡到窗子发亮。这是平时出门锻炼的钟点。他想起身，却行动不听指挥，身子沉沉地动弹不得。只是脑子清亮些了，像风吹走了里面的阴霾，渐渐记起昨晚的事。对了，是一个很豪华的宴会厅，顶灯像一棵倒悬的树，谁做东？当时唐主任，主客，自然是坐在唐右手那位穿红唐装、富态、印堂发亮的京城大腕，当然没人直呼大腕，而是叫他刘院长或刘主编，再就是唐手下的一干记者编辑，再就是章樟……越东……

早饭一碗小米粥下肚，坧泉完全消酒了，已能够回忆起昨晚经过的事：正如开始章樟在电话中所讲，大佬刘院长应公安分局的邀请为一件涉案文物作鉴定，这中间看到也让他作鉴定的坧泉的三幅画作，评价极高，说有两个想不到，一是想不到地方上竟如此藏龙卧虎，再是想不到一个有如此艺术造诣的人被冷落，不为人知。他很激动，也相信这位刘院长不是有意吹捧，以他的身份没有这个必要。另外从他对具体画作客观到位的评说，显出他有极高的鉴赏水平。首先，从宏观上，刘认为他的山水画呈现出一种苍茫虚远的宏大境界，具古人"念天地之悠悠，独怆然而涕下"的心境，观之让人震撼感动。在用笔着墨上，刘认为其技法虚实相生，欲露欲隐，画面墨色迷蒙，浑然沉着，呈茫茫渺渺之状，颇有天地玄黄、宇宙洪荒的初始混沌之态。特别在画作的用光上，刘更是赞不绝口，说在通篇的墨色中，或远或近或高或低地忽然出现一道或几道既现且隐的白光，这白光又像是自然山水中升腾的一股弥漫之气，灵动柔弱，漂浮不定，匠心独运，体现出大千世界无限丰富的景象，从而完成了画家对大自然的深切关照……他觉得刘真正读懂了自己的画作。

对了，后来就说到更实质方面，即如何把他"推到中国画坛应有的位置"上去。一番议论之后，渐渐形成以刘院长与唐主任的意见为主导的操作意向：

首先以这桩画作失窃案为契机，报纸网络，广而告知；然后由唐主任在他的"艺海觅珍"栏目拿出一个整版作大型专访，配发画作；然后由章樟以群艺馆的名义搞一次大型画展。北京方面，刘院长也在自己的画刊作一个专栏，刊出画作以及由他本人撰写的评论，同时以画院的名义为其作一次画展。当然这一切活动都要邀请地方和京城的新闻界跟踪报道……最后好像是唐主任说了句：垴泉兄行了，这遭行了，任何画家入了刘院长法眼，想不火都难哩。

垴泉想到这里，不由得热血奔腾，额头上的血管突突突地跳，他担心情绪的起伏会引起中风什么的，便起身把窗子打开，一阵夹着雪花的寒风迎面扑来，把他的脸打得生疼，但他并不回避，极目远望，他看到远处那座被画过多少遍的浮山已裹上一层银妆，不见本来面目。他突然觉得，此时的大山正如自己此时的处境，被遮蔽，藏而不露，而一俟春暖雪融，便会显出自己的"庐山真面目"，他庆幸自己终于要有出头之日了。

垴泉尽力压抑着心中的激越，开始铺纸作画，是送刘院长的。本来家里的存画很多，选一张满意的题上款即可。可他执意要为刘院长新画一张，一是体现自己的感激之情，另外想努力画出一张满意之作。对了，就画窗外风雪迷蒙的浮山，以泼墨画雪景堪为一绝，可尽显笔墨功夫。对了，名字就叫《雪藏》。他觉得其中的含意刘院长一定会懂得。

画为知己者作。

正待要落笔，学生越东兴冲冲进门，连口说恭贺老师恭贺老师。他晓得恭贺的是什么意思，没吱声。曾隐约听到越东意欲换师的传闻，似乎是与唐主任私交甚好的李颂，昨晚酒桌上见越东与李颂同时出现似乎就印证了这一点，他略略有些不快，遂提笔作画。

越东的兴致依然不减，说：有言塞翁失马，焉知非福，老师的画被盗，最终倒酿成一件好事。

垴泉停下笔来，越东的话让他兀然记起丢画的事。说起来，这事一直纠结着他，为此还去派出所为老邱开脱，可这么一件重要事情怎么一下子就忘到九霄云外了呢？莫非是让昨晚有关前程的事冲昏了头脑？他不愿承认，可又不得不承认，许多事能骗得了别人却骗不了自己。

越东又说：早知道这样，当初应该将画值报得更高些才是。

坭泉问：怎么说？

越东说：明摆着嘛，案子一破，报上一登，案值一上，老师的身价就扶摇直上了。

坭泉不用想也晓得越东说得很实在，可由此给老邱带来的又是什么呢？是更严厉的处罚啊。想到这他的心不由得疼了一下。他看着越东说：这事，还得酌量酌量……

越东似乎猜出老师的心思，赶紧打断说：老师这事你可不能意气用事打退堂鼓呀，机会难得，多少人想得还找不着茬口呢。何况咱是真丢了画，刘院长对你的画评价那么高，从真正的艺术价值上说，一尺报三万五万完全可以。

坭泉没回声，心里却泛出一种很酸楚的滋味。这滋味只有像他这般总不得志、久居人下的人才体味得到。文艺界是个十分势利的地方，其状甚于官场，所以才有那么多人为出人头地而不择手段。而对于自己，虽然一直备受冷落，却从未做过有失人格的事。这也是自己可聊以自慰的地方。只是眼下，用越东的话说是"机会难得"，自己要是白白放过去，也对不住这么多年自己所受的屈辱啊！要知道，如能一步迈上这个台阶，那就……

可是，老邱……他却要给自己当垫脚石了，这成么？老邱进去了，他家的日子咋过呢？

问题是老邱确实有过错，干吗悄没声儿拿别人的画呢？画就是钱啊，不就有人把画家画画说成是印钱吗？最近有报道说张大千的一张画拍了两个亿，这画谁要偷去，是要用命去抵……

不说什么张大千、齐白石，也不说什么潘天寿、徐悲鸿，只说自己，画了一辈子的画，虽说没画出名堂，可艺术上是货真价实的，不然又怎能入刘院长的法眼？论卖价，越东所说的三万五万并不为过的……

要按这个价码算，老邱的确不能回家过年了……

这能怪别人吗？现在不是很流行一句人得替自己的行为负责的话吗？可他还有个孙子，想到这儿，眼前便现出那个光着头在雪地里奔跑的小男孩……

他叹了口气，又摇了摇头。

7

"造星运动"在紧锣密鼓中进行。相关人员各负其责，当然，重点还在垢泉本人，他是舞台上的主角。起床不久，报社金记者便打来电话，说要登门采访。垢泉记起，昨晚议论时唐主任谈到这个步骤：报纸先发一篇垢泉从艺之路的文章，为窃画宣判后大张旗鼓的造势作铺垫，文章由金记者采写，所以金记者就来了电话，真有点皇帝不急太监急的意思。他刚要对金说到家里来，可扫一眼促狭凌乱的房间，又改了口，说：金记者你看这样好不好，找个地方请你喝茶，边喝边聊吧。金记者说也行，地方……垢泉说：你选一家离报社近的，我打车过去。金记者说行，就报社对面的高地咖啡吧。他说好的，放下电话，对老伴说：给我一千块钱。老伴问：喝茶还用拿一千？他说：一谈就到饭点了，能叫人家空着肚子走？老伴没再说什么，进屋拿钱，他则从箱子里拣出一张画，题了款。

果如垢泉所料，在高地雅间边饮边聊，话匣子一打开便收不住，就真的到了饭点。垢泉说，咱转移到饭店吧，边吃边聊。金记者说，不用转移，这里有套餐吃吃就可以了。先干正事。他说好就改日另请。

说起来，垢泉是有生以来头一回接受采访，郑重而认真，沉浸于往事，似乎重走了一回从艺之路，酸甜苦辣，百味杂陈。金记者边作记录边发出感叹：没想到垢老师为艺术付出如此艰辛努力，可谓精诚所至，金石为开，再不成功就不对了，就太不公平了。垢泉唯苦笑笑。

采访毕，金记者收起本和笔，感叹说：垢老师，如果以后能成为一个作家，就您的艺术人生可以写一本书，名字就叫《水墨人生》，还可以改编成一部同名电影剧本。当然，这是后话。今天回去先把这篇访谈文章写好，争取早日见报。

分手时，金记者对垢泉的赠画感激不已，半玩笑半认真说：有垢老师的这幅画，今后就无断炊之忧了。垢泉笑笑，说：哪里哪里，高抬了。不由得想起那天在酒桌上人们说及最大面额的人民币为何，有人说是张大千的画作，面额为亿。心想，不晓张大师画一幅画要多长时间。但可以肯定的是一台印钞机在同时间是印不出过亿人民币的，所以有那么多画家谋求把自己变成印钞机嘛。这才有了犹如流水式作画的行艺之奇观。

回到家，老伴告诉坊泉越东刚走。他问来干啥，老伴说拿画。他一怔：拿画？老伴说他讲协助章樟搞你的画展。他问：拿去多少？老伴说：挑了一大卷，我要数数，他说不用数，说等挑剩下了再送回来。他火了，嚷道，我的画展他挑画？他要有这个本事早就成手了。老伴问：那咋办？他摇头，事已至此又能咋办？也只能哪天赶到艺术馆把把关。自己是首次正儿八经地搞个展，决不能马虎从事，坏了自己的"门市"。

从来没像今天说了这么多的话，何况还回顾了自己的从艺坎坷路，心绪起伏难平，觉没睡着。起床后头昏昏沉沉，这时接到章樟电话，讲刚看完越东拿去的画作，觉得件件是精品佳作，难以取舍，所以想干脆将画展的规模做大，时间尽早为好。坊泉说知道了。章樟说：我让越东多带些宣纸给你，保证供应，这不仅是你个人的事，也是整个画界的事。还有什么需要的尽管提。他说，好。

刚放下电话，章樟又打回来，说：忘了说，今晚冯院长宴请刘院长，冯院长希望你也参加。他想想说：算了，我就不参加了。当是章樟体谅他的心情也没强劝，说：那就随你了，我和冯院长讲你在赶画。他笑笑，心中有种前所未有的熨帖。

赶画，从字面上领会是赶进度，与艺术上的精益求精相悖，结果是粗制滥造。而对坊泉而言并非如此。大泼墨需要的是一种雷霆万钧的气势，洒脱，精雕细刻倒出不来想要的艺术效果。坊泉自深得要领，不用一个时辰，便"赶"出一幅画来，端详端详，不仅不失水准，反倒情趣盎然。这便是所谓的"得法"，"得法"方能事半功倍。

画到半夜时分，坊泉便收笔了，共画了三幅，凝望着不由得想起有关"印钞机"一说，若按刘院长估价拍卖，可进项近百万。一个百万富翁就这么在须臾间产生了。他摇摇头，觉得不可思议，这是从前想都不敢想的事，今天变成现实。"时来运转"一词便油然升上脑际，荡出的是功成名就的惬意。他轻轻吁了口气。

8

早晨醒来，一如既往地背着宝剑前往街心花园锻炼。届时"剑师"老尚一招一式正练得起劲，见他到来，停下来报喜说：有喜有喜，老坨你上报纸了。他怔了一下，本是知道的，却没想到会这么快。老尚由衷说：老坨你行了，这遭行了。他缓过劲来，问：老尚你看报纸了？老尚说看了，有文章有画，一大版。他哦了声。心情激动，急于目睹，可又不想让老尚将自己视为"小庙神"，遂摘下剑套，亮出宝剑操练起来。而精力不集中，也不断受到剑师老尚的校正。

回家路过一书报摊，一摸口袋空空如也，才记起平时口袋没装钱的习惯，如所传毛泽东主席那般。摇头苦笑笑，本想从摊上找到报纸先睹为快，可又怕引起那老黑着一张脸的老女人的反感，便缩回手，匆匆回家，一进门便对老伴吆喝句：你赶紧去报摊买今天的早报。老伴问：登了？他说：登了，多买几份。老伴问：买几份？他说：十份吧。

老伴刚出门，便陆续接到几个熟人的电话，无一例外都是说看到了今天的报纸，替他高兴，衷心祝贺。当然其中也有向他索画的，他含混地应着，心中却晓得自己的画再也不能像从前那般随便送人了。

老伴兴冲冲抱着一摞报纸进门，说：摊上只剩下8张，我全买回来了。不够，我再到别处去买。他顾不上回答，快速翻起报纸找到了登他访谈的那一版。首先映入眼帘的是自己的照片。看背景是那天在咖啡馆金记者拍的，专职记者拍的就与常人拍的不同，拍出了神采与艺术气韵，也显得年轻了许多。心中很是满意。接着再看访谈文章，金作为文化记者，还是懂画的，在概述了自己从艺道路之后，便着重分析了自己画作的不同寻常之处。他认为是颇有见地符合客观实际的，心中又添一层满意。最后又把目光投射到刊登的那幅叫《秋韵》的画作上。有句话叫人怕上炕，画怕上墙。意思是说新媳妇上了炕，新画挂上墙，是不遮丑的，缺陷能看得一清二楚。不过他觉得画印出来就不同，不仅遮丑，还增加若干成色。说起来惭愧，他一直没有出画集，像自己这种情况画集都要自费出，很昂贵。当然，自费，贵，不代表没人出。这些年他所熟悉的不少画家都忙着出画集，甚至重复出，然后见人就送。他也收到许多。可没人不清楚画集是拉"赞助"出的。在圈里混，他本人亦未完全脱俗，也希望能出一本，以壮行色。可一想到要觍着脸拉赞助便很犯愁，知难而退。当然那是从前，现在似乎不存在这个问题了。他思忖等展览一结束便做这件事，并且在人美社。

手机振铃，接起来却是金记者，他兀地意识到电话是应该自己打过去的，疏忽了。他刚要对金解释，说自己正要打过去，又觉得太虚伪，迟疑间金记者已开口问：垆老师看到今天的报纸了吗？他赶紧说看到了，看到了，很好很好，谢谢谢谢！金说，垆老师太客气了，以前是我们的严重忽略，有眼不识金镶玉，差点走失了一位大师。他赶紧谦虚：哪里哪里，金记者过誉了，不敢当不敢当。金说，怎么不敢当，要当仁不让！昨晚冯院长宴请刘院长，您没去，整个晚上都在议论您。冯院长当着刘院长的面，检讨了他本人以及本市美术界的工作错失，作为美协主席，冯院长还提出尽快增补你为市美协副主席。刘院长表示赞赏，说回去便提议增补你为中国美协理事。垆泉一边听一边想，是饽饽往肉里滚啊。遂想表达一下自己的感激之情，一时又不知怎么说。金继续说，今天这一版只是初步介绍，下一步要持续不断地推介垆老师的艺术成就，像一个系列工作那样有计划、有安排，每一步都要做到稳准狠，特别是在法院作出判决之后，要立即跟进大造声势，不鸣则罢，一鸣惊人。垆泉插不上嘴，只有不断地道谢的份儿。

扣了电话，垆泉半晌才缓过劲儿来。一切来得竟如此快如此迅猛。他知道单凭市美协副主席与中国美协理事俩头衔，已是对自己多年辛勤耕耘的奖赏了。他觉得应该给冯院长冯主席打个电话，表示对他的感谢，又想到自己并没有冯院长的电话，也只能等越东来向他问询。他相信越东与冯院长有联系。

这是多年来垆泉家最热闹的一天，从前家里的电话像个哑巴，而今天铃声此起彼伏响个不停。正所谓"多年艰辛卧默谷，一夜声噪炒上楼"。

接近中午，耳机里传来颇有些耳熟的女声：老师你一定把我忘了吧？他一下子对不上号，啊啊着。对方赶紧自报家门，说：老师我是你教过的学生，卜莲啊。卜莲？老师我是卜莲。他记起来了，卜莲是他在一个美术班教过的中学生，后考进外地一所大学，中断学习。印象中卜莲生得美，亦有美术天赋。他问卜莲做什么工作？卜莲说律师。他问还画画吗？卜莲说画着玩吧，又说在报上看到对老师的介绍及作品，很为老师骄傲，改日请老师吃饭，我会与老师联系。他说：行吧，顺便把近期画作带给我看看。卜莲说：好的，好的。

挂了电话，卜莲的形象在他的脑海里有了一些清晰，白，清秀，一笑俩酒窝。老伴在旁边问：谁呀？他说从前的一个学生。老伴眼里飘过一丝疑云，却也没再问。

让他没想到的是，自己没给冯院长打成电话，冯院长倒主动打过来了。他正在吃午饭，听出是冯院长，很觉意外，立刻撂下筷子接谈。冯院长说，老圻，你昨晚没去，我问了问小章，说你正在赶画，不必这么紧嘛，风物长宜放眼量嘛。

他说：是，是。冯院长说，画要精益求精，别的方面也不能忽视，平时多走动走动。他说是的是的，心里明白冯院长是怪他平时没主动向他靠拢。其实，每回在一些场合见面，他都上前表达自己的敬意，可每回冯院长都用陌生的眼光看他，嘴里啊啊着叫不上名字。就说上回的笔会，就没与自己搭一句腔。今天却……当然，他是可以理解的，更不能多说什么，只能好好好加是是是。冯院长又说：哪天到我画室，聊聊。他说好的好的，是的是的。

接这个电话如同干了一阵体力活，感到身子疲软，额上沁出细汗。便坐回沙发心想：明明自己比他画得好，可怎么就畏惧他呢？有言无私则无畏，自己对他也无所求呀！他突然想起那句死诸葛吓退活仲达的典故，想在自己心目中冯院长一直是诸葛丞相，何况还活着，还大权在握。已许诺的便是增补自己为美协副主席，这把椅子可是多少画家觊觎着的呢。由此想来，今后要多多向冯院长靠拢，择日去他画室拜谒，补补"拜码头"这一课。

放下电话，接着给章樟打电话。章樟正忙，说一会儿打过来。他思忖起来，想画界这湾水很深，自己还站在湾边上，不识清浑。章樟与冯院长的关系怎样呢？铁还是不铁？将冯来电话的事对他说妥还是不妥？正想着，章樟把电话回过来，他脑子一时来不及转弯，便如实讲冯院长来了电话。章樟噢了声，他又说冯院长让自己去他画院的画室一趟。章樟说：去嘛去嘛，人家这是高姿态，得接着。又说就要过年了，干脆到他家里拜个年吧，以前你给他拜过年吗？他说没。章樟说，正好，拜年拉近些关系，你现在也需要。他说章樟你和我一起去。章樟说这怎么行。他说这有什么不行？章樟说拉帮结派不是？他说这么严重？章樟笑笑。

9

晚饭坵泉吃了几口，便撂下筷。坐在沙发上看电视，屏幕上的人动来动去，至于演的什么，一概不晓。

甚至连门铃响也未听到。

来人是老邱的老伴，让坵泉两口子着实吃了一惊，却也能猜到这女人来做什么。

果然，老邱的女人声泪俱下地替她男人告罪求饶，说："老东西"一时糊涂犯了错，打他骂他罚他都应该，可千万不能让他去坐牢，他一走，小孙子就没人养活了。

不待坵泉两口子作出反应，那女人把带来的地瓜花生芋头等农产品放在地上，然后又从怀里掏出一个大信封，双手恭恭敬敬递给坵泉，哽咽着说：坵老师俺知道你的画金贵，可让老东西贱卖了，钱还不起，你看能不能用这顶一顶？

坵泉迟疑地接过，先看信封，上印"牟西县姜家镇完全小学校"字样，又从里面掏出那"顶一顶"之物，展开，见是两幅国画，他眼前端的一亮，随之便认真地端详起来：上面的一幅画的是山水，画名竟然就叫《山水》，一道浓黑的、长满林木的山梁在画面中呈S状，上接云端下接溪流，宛若一条逶迤隆起的龙身，气势壮阔，缥缈虚静，而山梁折腰处所形成的两处"留白"，更显虚中有实，无中生有，可谓自然天成。坵泉看出，画者对笔墨的运用，并不执着于中国画传统技法的规范与格式，而是以气使笔，以情运墨，挥洒自如，尽显泼墨山水的水染墨笔，具杳渺幽冥之艺术追求……另一张是一幅写意花鸟，名曰《芦雁图》，打眼一看，画中有任伯年的影子，再看又有王雪涛的踪迹，当仔细端详了，又觉得像吴昌硕了。于是他就晓得画者一定是对上述大家进行了认真的习学后又另辟蹊径，正如一位李姓大师所讲：用最大的功夫打进去，再用最大的功夫打出去。一进一出，犹同淬火。就是说，其笔墨形式、艺术技巧，虽源自古人先贤，却也远离其文人的儒雅、闲适与古意，而彰显出现代花鸟精神，这幅《芦雁图》虚实相间，意境幽远。雁在水中栖，无水见水；芦在空中摇，无天见天。老到中见出童真，简约中见出深邃……

看完这两幅画，坵泉默言不语，内心受到极大的冲击，赏画他不是外行，也不存门户之见。十分客观地说，画者是一高人，在自己熟知的圈子里当无人可及，那幅泼墨山水起码是在自己之上，而那幅花鸟章樟亦只能望其项背……

老邱女人带着哭腔，小心翼翼问：老师，你看这画顶不顶得成？

坵泉心中自有答案，却不便道出，他再看看画，没见到题款，遂问：这画，谁画的？

是完小的王老师，俺儿跟他念过书。老邱女人回答。停停又说：是这么回事，那天王老师到俺村走亲戚，听说"老东西"犯了事，回去让人送过来这画……

坵泉问：这画，是……王老师画的？

老邱女人点点头。

坵泉问：王老师画画多久了？

老邱女人说：好像从小就画。

坵泉又问：老师是谁？

老邱女人摇摇头。

坵泉再问：王老师在你们那儿是不是很有名？

老邱女人摇摇头，说：有个啥名，退休就在家里种地，也养蚕……

坵泉问：种地？养蚕？不画画了？

老邱女人说：先得养家糊口，要是过年过节，有人要，也画……

坵泉眼前就现出想象中的那个乡村画家王老师：小个儿，干瘦，花白头发，清亮的眼光透出隐隐的儒雅……

老邱女人哽咽着说：王老师是好人哪。

坵泉的心被刺了一下，想：说王老师是好人，不就等于说自己是孬人么？这是他所不能接受的，在漫漫人生中，做好人不做坏人，恰恰是他对自己不含糊的告诫，且努力身体力行。而唯在老邱这码事上，自己像中了邪魔般，要不是王老师的"横空出世"，或许真的就将老邱当成自己"向上"的垫脚石。王老师在关键时刻给了自己一击，他端的有些后怕，也不胜感慨：同样是一画作，自己的与王老师的，两者竟充当了两种角色，一为加害，一为救赎。呜呼，他从未细想所谓的"艺术"，竟然会有如此迥异的面孔，以及完全不同的"担当"。

坵泉长叹一声，多年压抑在胸中的积气亦一丝一丝从口中吐出，一下子变得敞亮通透。想，有言小隐隐于野，大隐隐于市，而对于这位乡间画家王老师而言，事情却是倒过来的，隐于山野沟壑，安于清贫，不与世人争短长。与其相比，自己于艺于品都望之不及啊！

10

早晨起来，坵泉匆匆往派出所赶。昨晚受老邱老伴儿登门哭求的触动，还有王老师对自己的冲击，翻来覆去睡不着，好不容易睡着了也睡不沉，一连串的梦。有一个竟然梦到"犯人"老邱，在一个陌生地场，说不上是乡下还是城边儿，老邱与一伙儿人在搬运建筑材料、钢筋水泥沙石什么的。他意识中似乎记得老邱已进去了，眼下是在服劳役。他有些心虚想躲，不料老邱已看见他了，停下手中的活计望着他笑，他觉得怪怪的，落到这般田地还笑得出来吗？他问句：老邱你在这儿挺好的么？老邱连连点头说，好着呢好着呢！干活不累吃饭不要钱，还净吃细粮。他问：有肉吃吗？老邱说，有肉还有蛋，还有各种蔬菜——白菜、萝卜、茄子、葵瓜、芹菜、土豆、黄瓜、油菜、芸豆、胡萝卜、韭菜……老邱不厌其烦地汇报在里面能吃到的菜，一副心满意足的模样。当说到有时还能吃到鱼、蛤蜊时，他醒了，老邱不见了，奇怪的是，他竟闻到煮蛤蜊的味道……

派出所刚上班，男女警察在打扫卫生，看到坵泉一齐绽笑脸打招呼：大画家来了？他心想当是都看到报纸了。他礼貌地呵呵着，这时那位小警察朝他走过来，问大爷还是为那案子吗？他说对。小警察说还是先前情况暂没变化，犯罪嫌疑人在看守所，检察院正在起诉，反正案子不复杂，过不多久就会判下来的。

他没说什么，只把手中的一份材料递过去。小警察展开看了看摇头，说：大爷真执着呀，非要把画价自定为每平尺百元，这又何苦，不是自己和自己过不去吗？

坵泉不说话，只是望着小警察不停张合的嘴巴。

小警察说：大爷这么说吧，事情晚了，司法程序启动便不可逆转。当然，材料我们可以转过去，但不会起作用。

垢泉试探着问：自己的画自己不能定个价？

小警察笑着点点头：应该是这样的，比方厂家生产出商品需物价局定价才是。

垢泉问：定十块，厂家卖一块不可以？

小警察：在市场上可以，在法律上就不可以。

垢泉摇摇头：我给弄糊涂了。

小警察：大爷，你找个律师咨询咨询吧。

哦！他想起了学生卜莲。

尽管是垢泉主动约卜莲，卜莲还是坚持由她请老师。在一家西餐厅，卜莲的说法给老师换换口味儿，不要总是鲁菜、海鲜老一套。垢泉接受，但坚持牛排要八九成熟。卜莲笑笑问酒呢？垢泉说张裕吧。他不想让卜莲点昂贵的洋酒，况且自己一直爱喝老家的张裕。

上来了沙拉、冷盘，卜莲便端杯向垢泉敬酒，等菜的空当，卜莲拿出自己的画让垢泉过目。两幅皆山水，垢泉交替地端详着，后把目光停留在卜莲亮丽的面庞上，心里就想，人嘛，正应了那句女大十八变，越变越好看了的话，盈盈成熟女人的美。画呢？却是停留在学生时期的稚嫩，没多大长进。便问卜莲这些年一直画吗？卜莲说，当然是工作为主了，挣饭钱，业余时间画画，也写写小说，还发表了好几篇呢。垢泉说还是先当个好律师吧。卜莲羞涩地笑，说，明白老师的意思了，自己的艺术天分确实不够。垢泉说：天分够不够另说，主要是一心不可二用。卜莲说：讲起来还是天分欠缺。看有些大作家，不仅文章写得好，国外国内得奖，还能画一手好画，写一手好字。听说有位作家获得大名后，一幅字拍了上百万呢，不是天才是什么？垢泉摇头笑笑，那是名人字嘛。卜莲说，老师的意思是卖的不是艺，而是名。垢泉说，讲句不客气的话，卖的也不是名，而是脸皮。卜莲发笑，就凭老师这句话，等哪天小卜在某方面出了名，当了大咖，绝不卖萝卜带大葱。垢泉亦笑，说：所以就有那句鼻子里插大葱——装象的话嘛。卜莲直笑，说老师挺幽默的嘛。

上来了牛排，光摆弄刀叉就够忙活的了。垢泉虽然多次吃过西餐，可记不住刀叉哪儿左手哪儿右手，只能胡乱用，一会儿左，一会儿右。卜莲看在眼里，并不纠正，见老师最终放下刀叉，问道：老师今天接见学生，一定是有什么事情吧？

垢泉抽张餐纸擦擦嘴，然后从头至尾讲了自己与老邱闹出官司的事。

卜莲听罢笑说：嚯，这真是有特色的故事啊，可以写小说，也可以拍电影。

垢泉苦笑，不吱声。

卜莲归于严肃，说：如果我没猜错的话，老师是请我做你的律师。

垢泉摇头。

卜莲问：那是什么？

垢泉说，我想咨询几个问题。

什么问题？

垢泉又把眼前他纠结之处对卜莲讲了。

卜莲听了思忖片刻，说：老师的意思明白是明白了，可有点不太理解。老师得到这么一个千载难逢（越东、章樟也用的是这个词语）的机会，就真心想放弃么？

垢泉说：放弃，不甘心；不放弃，又不忍心。如今我和老邱好像在压跷跷板，我升上去了，他跌下去了。这一跌，他家的日子就没法子过了。

卜莲说，老师善良啊。

垢泉说，不是善良，是老邱太苦啊。

卜莲叹息说，一回事啊。

垢泉不语。

卜莲端起杯：老师我敬您！

干杯后卜莲说：就案子本身而言，老邱是应担责任接受处罚的。公安、司法方面也都是依法行事，没有问题。从法律角度讲，北京专家受托评估，无论高了还是低了都是量刑的法律依据，这也没有问题。论来论去，问题在老师这里。当律师这么多年，还是头一回遇到这种情况呢。

垢泉依然不语。

卜莲继续说：当然，我听老师的。老师有什么想法我努力帮您实现。

垢泉点点头，说：我上交了一份材料，说明自己的画值只有每尺百元，希望法官采纳，你说有没有可能？

卜莲说：没有可能。个人报价不能成为法律依据。

坛泉想起小警察的说法。作为律师的卜莲也这么讲，看来情况真是这样的。他像问卜莲也像问自己：那还有什么办法呢？

卜莲说：老师你也不要太纠结，说到底，这事你没有责任，责任在老邱，不是有句话叫人要为自己的行为买单么？老邱就是，受刑罚是怪不得别人的。

坛泉记起越东和章樟也说过这样的话，可……

他说：问题不在于老邱是否有罪错，而是到底有多大的罪错，说到底，不就是几幅画么？我呢，是没错处，没责任，可事实上我与老邱形成了一种水和船的关系，水涨船高，画值越高，老邱越倒霉，这，怎么能说和我没关系呢？

卜莲叹了口气，说，反正挠头的事叫老师给遇上了。

坛泉问，卜莲，你遇上又会怎么办？

卜莲思忖一下，要是说没准会把艺术前程放在首位吧。

坛泉摇摇头：我不信。

卜莲：我承认自私，但也有理智，凡事有个限度，或者说有个合理性。

合理性？

是啊，凡事有个限度，比方说做慈善，量力而行为合理，裸捐便不合理。亿万富翁捐一千万合理，穷人把仅有的一百元捐出去便不合理。电视上报道一独居拾荒老人，住地下室，吃冷饭，将全部辛苦钱捐献于人，便不合理。媒体评选老人为道德模范，可自己咋不往道德高地上冲呢？

坛泉说：我明白你的意思，如果我放弃个人的一切为老邱着想便不合理，是不是？

卜莲点点头。说：我是这么认为，不过，也可以在这个基础上再找出一个双赢的办法。

双赢？我赢，老邱也赢？

对。

有这种可能？

应该有。我回去看看法律条文，再咨询一下同事，看有没有两全其美的办法。

坵泉吐出口气，说，这样，当然最好。

分手时，坵泉拿出自己一幅画赠予卜莲。卜莲端详着爱不释手，嘴里却说：老师以后不要再随便赠画了，知不知道这是一张几十万的大票子哩。

坵泉笑。

卜莲说，老师别笑，如今画值是硬道理。谈到某一位画家不谈其艺术造诣如何，而是一尺卖了多少万。

11

春节说到就到了。大年初一起床匆匆吃了几个饺子，坵泉便穿衣准备去冯院长家拜年。而没等出门，来给他拜年的人就把他堵住了，出不去。多是画界熟的和不太熟的人。当是要火的消息不胫而走，人气看涨。这也在情理之中，应了那句"穷在闹市无人问，富在深山有远亲"的话。这对一直备受冷落的坵泉有了一种新感受，名利名利，除了实实在在的利益，还有让人心里舒畅的尊崇呢。不是说人的几大需求中就有被拥戴的愿望么？所谓前呼后拥威风八面，就是这种情感需求嘛。

傍晌时，章樟来拜年了。这也是前所未有的事，让他感动。章樟说他去了冯院长家，院长听说坵泉要去十分高兴，说上午拜年的人太多，没法说话，就下午去好好聊聊。坵泉说好的，知道了。心里也很感动。知道已被当成一个人物，很是欣慰。

山水居，冯院长位于风景区的居所。临海背山，叫山水居恰如其分，亦被本地画家称为山水沙龙。按图索骥，坵泉费九牛二虎之力才找到。

敲门后，冯院长年轻的夫人程姐客气地将他引入客厅。没见冯院长，程姐说，上午来人太多，老冯累了正在休息。他说别叫，等着。落座后他扫了眼头回光临的"沙龙"，空间宽阔，落地窗户，窗外一片汪洋大海，阳光下波光闪闪。厅内一色的红木家具，古香古色，足足的高贵文雅气派，然而这价格不菲的物件儿在实用上远比现代家具逊色，比如沙发，怎么都觉得硌腚不舒服。那年在北京参观故宫时看了皇帝的龙椅，第一感觉是皇帝坐在上面肯定受罪。客厅隔断的博古架上，摆着各种瓶瓶罐罐。时下古董造假炉火纯青，真品赝品一般人是看不出来的。坉泉不是这方面的专家，也就不细究其真伪了。

他发现密集挂在墙上的国画全是冯院长本人的作品。这"奇观"让他有些诧异，出于礼貌，他站起来一幅一幅观赏。这是一个山水的世界，多为泼墨。出于本身的造诣，他一眼便看出这些画作致命的难以藏拙之处：雷同，构图的雷同，笔墨的雷同，尽显画者文化趣味的狭隘守旧与才气的疏浅干涸。其实，中国画的墨守成规早在几十年前便被诟病，所谓名家名作，不外乎风格千篇一律与题材的老生常谈。他十分欣赏的林风眠曾一针见血指出"国画几乎到了山穷水尽，几无出路的局面"。再早康有为、陈独秀也对传统中国画提出改革观点，而徐悲鸿所作《中国画改良论》把矛盾直指一味模仿陈陈相因的明清正统派画风。直至今日，几乎所有的画廊依旧是山水、花、鸟、梅、兰、竹、菊、荷花、牡丹、古装人物的天下，只重笔墨不重内容的所谓"文人画"风行一时，给人造成中国画就应当如此画的病态现状。对此，吴冠中一句"笔墨等于0"的呼喊，尽管有些矫枉过正，却也正中国画得意于笔墨而忽略灵魂的要害。而一向以"文人画"自诩的冯正如此，他觉得冯是不应将这些画摆在一起的，这反而集中暴露出画作的短板。另外他觉得冯在艺术上是墨守成规的。当下的作品与多年前的作品看不出有多大差别，即使有些许改变也显得那么僵硬、装腔作势，并非从心灵里自然流出，自然便缺少感染力。"只要功夫深，铁杵磨成针"，这话对艺术而言并不真切。

这几幅是近作。有人在他身后突然发话。他吓了一跳，回头看是穿着天蓝色睡衣的冯院长。冯还没放下的手指着右手的一处墙壁。

啊……冯院长，过年好，过年好。坉泉未忘"初心"，赶紧恭敬地向其拜年。

过年好，过年好。冯院长说。语气平淡，让坉泉听不出是讲他自己过年好，还是问他过年好。

他踱到冯院长所指的那几幅画跟前，认真地端详着。他依然没看出"近作"与"远作"有什么差异，差异仅在于墨迹是新是旧。而嘴里说出来的是：很好，很好，院长。

除了"很好"，他确实说不出其他赞美之词。

艺术的生命在于创新。冯院长说。

院长说的是。他边看边点头，心里却想，话是不错，恰恰是你在这方面的短板。

老冯，电话——唐主任拜年。冯院长夫人的声音。

知道了，就说我在会客。

"会客"是在冯院长的画室里，说法是这里清静。

让坲泉惊讶的是乒乓球桌大小的画案也是红木的，厚重、敦实、典雅。

他心想，往少处说也值几十万的。而他全部家当怕也不值这个数。

画带来了吗？坐下后冯院长问。

带来了。坲泉说着从衣兜里掏出一个大信封，递给冯。冯并不打开看，放在一边，说，全国美展开始征集作品，我准备推荐过去，这回怎么也得让你得个奖。

谢谢冯院长。坲泉说。心想，画没看就许诺奖，看来有这个把握，冯的几个徒弟都是获奖画家。

上午，文联马书记来拜年，讲年后美协换届，我们对下届班子作了磋商，我提议你为副主席人选……

可、可我还不是理事呢。坲泉说。

增补你为理事。

增补？什么时候？坲泉问。

冯院长笑笑：不就是刚才么。

刚才？

当然，还要和马书记和主席团成员打声招呼，相信不会有人反对。

哦。坲泉明白了。明白从现在开始，自己已经是美协理事了。这还不算完，换届后就是副主席了。他问：下一届院长还继续担任主席吧？

不干了，到点了。从画院院长和美协主席二职上全退下来。冯院长说，给年轻人让路。

章樟也说过冯这次要退的事，因与己无关，没在意。现在就有所不同。他问：那由谁来接任呢？

还没定。

哦。

不过倒有两个热门人选，终是二选一吧。

哪两个？

画院副院长山梅和美协副主席吕谦。冯院长交底说。

他知道，女画家山梅原是中学美术老师，冯院长弟子兼情人，冯将她调进画院并提为副院长，这是公开的秘密。油画家吕谦是文联马书记的表弟，也就是上回饭局"洗屁股"段子的男主角。垕泉在心里想，这二人各有各的背景，当有得一拼。平心而论他倾向于"洗屁股"胜出。吕的油画在本市算是矬子里拔将军。

你觉得哪个合适呢？冯院长问。

这时院长夫人端来了茶水。

垕泉说谢谢。

待夫人退出后，垕泉说：这两个人各有所长，都可以。

冯院长不语，笑笑。

垕泉说：从画种上说，画国画的山梅院长更具代表性。当然，只看上面怎么定了。

冯院长说：上面定，也得听取大家的意见吧。

是。垕泉说。

冯院长呷一口茶说：美协主席一职，虽不是多大的官，可对繁荣本地区美术事业至关重要，所以画家们十分重视，希望能把自己心仪的人选推上去。

是。垕泉说。心想，院长心仪的自然是山梅了。

冯院长说下去，听说有不少画家酝酿给市里写信，表达自己的意见。

垕泉虽不谙官场，对冯院长的这番话也是领会的，希望他能与"大家"一起给上级写信，顶山梅。山梅一旦上位，就可以成为冯的代理人继续把持画界。他与山梅交流不多，只知道这女人在画界的口碑不佳。章樟每每提到她便一脸的不屑。不过，冯既然当面对自己表达这个意向，是应该应承的。冯这样直接顶自己的情人，说明已不把自己当外人，何况人家已表示让自己担任副主席嘛，这是颗大桃子，投桃报李是应该的。

他望着冯院长说：院长，你不用再说了，我知道该怎么做，没问题的。

好的，好的。冯院长笑笑，又问：你与山梅打交道多么？

他说不多。

那么，过几天找个时间一块儿坐坐，算正式认识。这样对今后你们在班子里步调一致有利。

好的。坵泉应着，心里不免有一种莫名的感动。他站起来，紧紧握着冯院长的手，说院长有事尽管说。

这回轮到冯院长说没问题，没问题。

又聊了一会儿，坵泉告辞了。出了山水居，他一身轻松。

12

元宵节这天，文联艺术部举办迎新春书画笔会。这次坵泉成为受邀画家。正准备前行，章樟来电话问他今天干什么。他说参加笔会，章樟说不要去。他问怎么回事？章樟说该端端架子了。他一下子明白，想到从前受到的怠慢无视，心里确实不舒服。说我听你的。章樟说，这就是了，从今往后不能随意听他们的摆布。

挂了电话，他给文联艺术部的小王干事挂电话，告知有事不能参加笔会了。

想想觉得还是章樟是自己的知己，处处为自己着想，当是自己永远的朋友。

他陡然想到，正月初一给冯院长拜年，冯曾对他数列了增补副主席人选的意向，其中没有章樟，当时他曾想问一问，又觉不妥。虽说最后冯院长叮嘱他对所说保密，还是觉得不该瞒着章樟。他本以为这回换届自己有"戏"，却是误判，须让他面对现实，以免到时被动。他又给章樟把电话打过去，章樟问还有什么事么？他说是，咱见见。章樟略一停顿，问急不急？他想想说也不急。章樟说：为儿子考公务员的事要跑北京一趟，也就三四天，回来我给你打电话。

章樟却不是回来后给坵泉电话，而是在北京时打过来，说去拜访了刘院长。院长又说起坵泉的画，大加赞赏，还说让你一定对自己的画艺有信心，认识到自己的真正价值。说他没必要空抬你，也不想当伯乐。还说回去后把你的画给几个画界权威看了，一直看好。英雄所见略同嘛。说美协很快也要换届，争取推荐你为理事。他说我还不是美协会员呢。章樟说：这我对刘院长讲了，他说无碍，会员、理事一步到位。对了，你赶紧整理一份艺术简历，给刘院长发过去，我这就把他的电子邮箱发你手机里。

坉泉说好的，好的。心里却想到刘院长说会员、理事一步到位，冯院长说理事到主席一步到位，从前觉得遥不可及的事情，怎么一下子变得如此简单？

接着电话铃响，接起来是卜莲。卜莲说，几项有关事项已弄清楚，一是法律程序启动后，是很难停下来的，公诉刑事案件更是如此。二是个人出具的画值证明不能作为法律依据。三是如要推翻鉴定师给出的鉴定意见，要有充分理据，再由检察机关委托新鉴定人。总而言之，操作起来是很困难的。

坉泉无语。

卜莲又说：这种严格对老师来说不见得是坏事。

坉泉说：我知道这个，可这种严格对老邱是不公平的。

卜莲说：单纯从法律角度上讲也没什么不公平的。画值多少并不能改变他行为的性质。况且老师的作品——对了，我已将老师的作品发给一画家朋友，又请她发到她的画家朋友圈，请大家评估，结果意见一致。

多少？

与刘院长所见略同。

哦。

所以老师在心理上一定要加以调整，不要低估自己的艺术，也不要老觉得自己对不起老邱。

可……

若老师不能走出这种心理阴影，也可以从另外方法来弥补呀。

弥补？怎么弥补？

在经济上帮助老邱。老师一旦找回自己的真正价值，这一点应不成问题。

他没吱声。其实也想到这一层，年前老邱老婆到他家求情，临走他让老伴拿出三千块钱给她，老邱老婆坚决不要。不过，要是老邱真的被判刑，自己是一定要帮的。他说：这是必需的。

卜莲说：堤内损失堤外补，各得其所。

老邱坐牢，我替他养家。坉泉想，这也许是一个折中办法了。小卜的说法是双赢。

卜莲说：老师，我也不愿当局外人，可以尽一己之力。

怎么？圹泉问。

卜莲说：上回老师讲老邱的儿子工伤致残，用工方借故一推六二五，这才是老邱一家陷入绝境的真正所在，我想从法律方面……

帮老邱儿子维权？

卜莲说是。

圹泉眼前一亮。

13

第二天圹泉便搭上卜莲的沃尔沃车向老邱家进发。地址是从物业要到的。路是按GPS指令走的。一段高速下来，便上了国道，下了国道，就看到了昆嵛山下相连的两座村子：大邱和小邱。老邱家在大邱，与天津那名扬天下的大邱庄同名。天气开始还好，而后飘起了雪花。前方天地一瞬间成为作画前的白纸。圹泉又想到那句"一张白纸可以画最新最美的图画"的名言。心想，白纸不同样也可画最丑陋的图画么。关键是什么人以什么心态画了。这时他又想起了完小的王老师，见王老师也是他赴大邱的目的之一。

推开虚掩的大门，只见老邱老婆正扒在猪圈墙上喂猪。看见是圹泉，老邱老婆先是一惊，挢掌着手没说出话来，圹泉一时不知道该怎么叫她。在小区，业主见老邱两口子在院里打扫卫生搬运垃圾，要么视而不见，要么喊声老邱，对老邱老婆顶多"啊啊"两声。谁也不晓她姓什么。离上回见不过半个多月，圹泉觉得这女人一下子苍老了许多，眼光也有些呆痴，似乎不认识他了。这时卜莲赶紧上前，说：大娘，圹老师看你来了。倒是唤起了女人的记忆，立马慌乱起来，连声喊圹老师圹老师。圹泉心里悲凉，没应声，卜莲又反客为主说，下雪了，进屋坐坐吧。

穿过灶间，土炕上躺着一个三十几岁的男人，不用说就是老邱伤残的儿子了。而儿子的儿子、四五岁模样的小男孩，正一下一下给他爹捶腿，见有人进屋也没停下，直到卜莲将带来的食品递到面前方停止"理疗"，不管不顾地大吃起来。

这当间圹泉的心情一直是压抑的，还用说么，阴差阳错，由于自己的几幅画惹出的事端，让这个本来就贫病不堪的农家雪上加霜。他叹了口气，朝炕上那与老邱有着相似脸廓的小邱道句：小邱你好吗？小邱却无动于衷。

俺爹爹不会说话了。不断往嘴里填东西的小小邱说。坼泉和卜莲将惊讶的目光投向老邱老伴，对方已泪流满面了。

退回灶间，老邱老伴边抹泪边诉说着家中的近况。年初儿媳妇从外地寄来一份离婚协议书，让儿子签字。从那以后，儿子就不再说话了，不晓是气哑巴了还是不肯张嘴了。坼泉与卜莲相视，摇头不已。

不看僧面看佛面，就算不顾及残疾人，不是还有个可怜的孩子么？怎么能这么无情无义呢？坼泉心生不平。类似情况电视上不断报道，多数情况是女方不管不顾地弃夫弃子，寻个人幸福，一去不返乡。如今的女人咋就变得如此铁石心肠呢？相反，男人倒不是这样，乾坤大颠倒啊！

卜莲向老邱老伴询问了小邱工伤情况。

果然事情很狗血：邱冬（小邱）是工地上的壮工，在脚手架上"伺候"瓦工搬砖提水泥。那天风大，架子晃晃悠悠，邱冬将一桶水泥提上架子的当儿，失去了重心，跌落到地上水泥推车上，当场昏死过去。送到医院倒是醒过来，腰椎严重受伤，不治致残。这是典型的工伤，而那家公司却不认，理由是邱冬在架子上没系安全带，违反了安全生产条例。这条规定是有的，实际情况是，为了在架子上活动方便，壮工瓦工在低层施工时都不系安全带，公司方睁一只眼闭一只眼，可一旦出了事故，就搬出这一条推卸自己的责任。邱冬出院后公司就不管了。

卜莲问：没去劳动仲裁部门去投诉么？

老邱老伴说：他爹去过，人家说是公司照章办事，没错，要自己负责。

卜莲又问：没到法院起诉么？

老邱老伴说：没，都说打官司赢不了，还倒贴钱。

坼泉问卜莲：这情况……

卜莲摇摇头说，这类我们圈内人称为"小腿扭不过大腿"的案子，弱势方是很难赢的。我回去和所里讲讲看能不能代理一下。

坼泉露出宽慰的神情，说：这样太好了，一切归我。

卜莲自然明白老师的"一切"是什么意思，说：老师，这不是主要问题，我也能解决。

卜莲又问了一些相关问题，记在本子上。

走时垆泉从包里拿出一沓钱给老邱老伴，老邱老伴高低不收，苦着脸说：垆老师只求你把小孩爷爷放出来，俺就……

垆泉悲哀地想，这恰恰是自己想做而难以做到的。

垆泉没能按预期见到王老师，回家过年了，他不胜失落。

14

按章樟的约定，垆泉来到一家店面不大的粤菜馆。章樟随后到，手提一烤鸭礼盒，特别申明不是从机场超市买的，是全聚德的正宗货。垆泉谢了，接着问儿子的事办得怎样了。章樟说：老市长同意给工行行长打个招呼，应该是没问题了。垆泉说：孩子能在金融工作，今后算无忧了。章樟说：一通忙活，也算一劳永逸。

如同卜莲的腔调，章樟拿起菜谱说：不要老是鲁菜海鲜那一套，换换口味，我不是南方人，倒觉得粤菜好吃。

酒下肚，章樟问垆泉有什么事急于见他。垆泉便把那天见冯院长的情况讲了。什么一步到位，什么美协新一届班子人选，当然主要是告诉章樟冯院长提到的副主席人选中没有他。

章樟淡淡地答：我知道。

垆泉有些吃惊：你咋知道的，冯院长向你透露过？

章樟笑笑说：老兄天真，他已将我排除在外，又怎会向我透露呢？

垆泉说：可这是不公平的，这些年你对本市美术事业所起的作用是有目共睹的，何况你的画……

章樟打断说：老兄只知整天闷头画画，对其他所知甚少啊。冯院长到点了，干不成了，自然要找自己的代理人，既包括主席，也包括副主席。换届是什么？排排坐吃果果，理所当然要分给自己最想给的人，再说这也不是冯院长一个人所能包揽的，欲施加影响的大有人在。比如主席一职，冯院长属意于山梅，马书记属意于她的表弟吕谦，各顶各的。为什么别的协会都换届了，唯独美协书协迟迟不换？书画界的人都清楚主席一职的含金量有多少，所以每回换届都争得头破血流。至于副主席也是同样的道理，现在的实际情况是，这一届共计十个副主席，将到点退下的五人，就是说下一届只能增补五人。据说市委杨副书记已推荐了画花鸟的兰荣光，市委宣传部孙部长推荐了画山水的裴得信，这两名是板上钉钉了。剩下三个名额，不管情愿不情愿，其中一个要给你这个横空出世的黑马。

垴泉说：可没人推荐我呀？

章樟说：怎么没有？刘院长嘛，当然，刘是从艺术上看好你。

垴泉说：刘院长在北京，鞭长莫及吧。

章樟笑笑说：开什么玩笑，刘院长是排名靠前的中美协副主席，美展评委，手里还有名画刊，是很有发言权的，这个都心中有数，谁敢不买他的账？所以你上这个副主席也可以说是板上钉钉，是一点没问题的。

垴泉苦笑笑，说：我明白，我上，实际是影响你上的，我……

章樟摇摇头，说：不存在这个的，即使你不上，也轮不到我。

垴泉：为什么？

章樟说：你想想，冯院长一大堆弟子，前呼后拥吹喇叭抬轿子，到了这节骨眼上，大佬能不论功行赏？何况这又是对冯今后的垂帘听政有利的，何乐而不为？说起来这都是可以理解的。

垴泉摇摇头：这也能理解，那也能解释，那么还有什么真事？

章樟说，别的就甭管这么多了，你我草木之人也管不了。

垴泉依然摇头不已：真复杂呀！

章樟说：庙小妖风大，池浅王八多。这话用在他妈的文艺界最恰当。表面看起来个个道貌岸然人五人六，而内心肮脏不堪。

垴泉笑笑说：章樟，别忘了你也是文艺界人士啊。

章樟翻翻眼：我？我知道自己也不是个好鸟。

这时服务员小姑娘端来一盘油光光的水晶虾仁。

章樟向垴泉端起杯，说：少烦恼多喝酒，这是虾仁烹饪之最，百吃不厌，干一杯。

吃过味道足足的虾仁，章樟问：你个人是能接受冯的山还是马的吕？

坵泉实话实说：两人都不够格。

章樟一笑：已没必要说这个了，要二选一呢？

坵泉想了想说：那就山吧。

接着坵泉把冯院长让他给上面写信的事讲了。

章樟沉默了。

坵泉问：章樟你说写不写？

章樟说：你先得有个态度啊。

坵泉摇了摇头。

章樟说：对头，这种埋汰事干不得，山是个很糟烂的娘儿们，挺她，有辱咱的人格，会沦为画界的笑柄。

这时又端来了松鼠鳜鱼。坵泉向章樟端起杯，由衷说：谢谢你章樟。

一饮而尽。

这时坵泉的手机振铃，接起来是一个年轻女子的声音。

是坵老师吗？

我是，你……

我是文联艺术部的小周，马书记要和你讲话。

耳机里换成一个老女人的洪亮声音：坵老师你好，我是马……

哦哦，马书记有什么事？

原来外地来了一位名画家，文联晚上接待，希望坵泉参加，这是坵泉头一回接马电话，空前高抬啊，不由得向章樟看看。在一旁听得清清楚楚的章樟向坵泉点点头，坵泉领会，说：好的，好的。马又说让他在家先等着，文联去车接。

放下电话坵泉问：有必要参加吗？

章樟说：必须的。

坵泉无语。

章樟说：这娘儿们不好惹，你要不把她当盘菜，会抓狂，这厮啥事都干得出来。

明白了。

15

垴泉几天后接到学生卜莲的电话。先讲了邱冬工伤的事，经查有关条文，公司方是逃不掉干系的，即使不负全责也要负大部分责任，不认账就得与其力争整。所里已同意由她当邱冬的公益律师，帮助维权。垴泉听了很感动，说：好的，好的。一定要帮帮老邱一家。卜莲说：还有调查了一下那家公司的背景，得知山姓老板是画院副院长山梅的哥哥。我想能不能先走走关系，请副院长做做她哥哥的工作，那么大的一个公司，不要与一个伤残工人死磕。看看这条路能不能走通，不行再走司法程序。垴泉说：先礼后兵，这样最好，不过我与山副院长不熟，搭不上话，但可以找找冯院长，让他出面协调一下。

卜莲说：好的，先这么着。再是老邱本人的官司，通过关系问了一下法院，可能很快就会判下来，这之前如没有新的证据提供，恐怕就无法逆转了。老师我看还是接受这个现实吧。垴泉说这现实对老邱一家很残酷。卜莲说：是的，可这不是老师的过错，也不是老师所能左右的，你已经努力了，做得已足够了。另外，这也是老邱的命，活该遭此一劫，不然怎么鬼使神差地拿走几幅画呢？在道上混总是要还的，老邱也一样啊。老师还是前些天咱们所说的，从经济上支持老邱一家，让他们渡过难关。大河无水小河干，从这点出发，也只有老师找回自己的价值，才有帮人的资本。还有，我这边争取将邱冬工伤的事办好，也能解决些问题。

垴泉叹口气说：卜莲那就全靠你了，代我谢谢你们主任。哎，要不要送你们主任一幅画？

卜莲笑起来：老师，又来了，送画送画，咋的拿豆包不当干粮呢？

垴泉也笑了笑。

正如卜莲从内部得到的消息，春节后上班不久老邱的案子宣判了。由于涉案数额巨大，也由于老邱认罪态度良好，法院综合考虑判处老邱5年有期徒刑。卜莲从法律角度认为量刑还算适中，即便如此也要上诉，争取缓刑或减刑。已接手老邱案子的卜莲将这个意见同老邱本人与家属讲了，俱表示接受。这样由卜莲着手起草上诉文书，垴泉将准备的一万元交卜莲转老邱老伴，以解当下之需。事情进行到这一步，怎么讲都有些怪诞色彩。用卜莲的话讲，是鱼水关系的原被告组合。

垆泉苦笑不止。

垆泉打电话给冯院长，说有一事求见。冯院长声音透着亲善和蔼，说好的，好的。又问垆泉给上面的信是否发出，垆泉只能说写好了，正准备发走。冯院长说：先不要发，带来我看看，一起斟酌斟酌。他说好的。放下电话，垆泉犯愁了，这如何是好呢？

有事找领导，垆泉赶紧给章樟打电话，把事说了。章樟说，既然是这样，只能写一份了。垆泉叫苦不迭，说，给那女人抬轿，传出去……章樟打断说，老兄你也太实诚了，写了就非得发出去么？垆泉"哦"了声，反问这不是欺骗行为吗？章樟翻翻眼说，那冯就不是欺骗行为吗？比欺骗更下作。

二进宫。垆泉兜里装着已写好的"投名状"，手里提着老婆给配好的一份"薄礼"，进了冯院长的山水居。待冯夫人将垆泉带至沙发区坐下，依然一身睡衣的冯从画室出来会客了。冯院长满面喜色，握过手，对正在准备茶水的夫人吩咐：喝那份大红袍。又对垆泉说：此大红袍非彼大红袍也，一品便知。而垆泉却没品出此与彼究竟有何不同。

怎么样？冯院长求证。

很好，很好。垆泉说。

冯院长看了一遍材料，复而又看了一遍，思忖着说：还可以着重将她的作品的特色讲一讲，男画家的豪放与女画家的细腻集于一身。垆泉说，好的，回去再加工加工。冯院长说：当主席，画界一把手，专业水平还是顶要紧的嘛，不然何以服人？垆泉说是的，心里却很反感，想：你老冯当美协主席10年，又何曾被人服过？说这种大话，难道真不知自己的斤两？

冯院长说，除了这份材料，还可以另写一份。

啥？另写一份？垆泉吃惊不小。

不是有人挺那个画油画的么？

垆泉明白所指是那马书记的表弟，他女弟子的竞争对手，画油画的吕谦。

是的。

明显的任人唯亲嘛！冯很激奋。

他点着头，心想，说别人任人唯亲，你老冯就不是了吗？讲亲，睡一个被窝才是真亲呢。

冯院长慷慨激昂：再说了，我们本地画国画是主流，画油画的寥寥无几，让一个非主流画家当主席，不对路嘛。

冯说的这一点，垢泉还是认可的。说院长的这个思路是对的。

那就应该让上面的人明白这一点，那些手握人事权的人，恰恰不懂艺术，一个错误任命会给文艺界带来太大的危害。

垢泉说：确实是这样的。

那我们就该发出声音，防患于未然。无论如何，不能让舶来的西画压中国画一头。

院长的意思是不是针对那画油画的给上面写份材料？垢泉问。

这个，你自己考虑吧。冯院长说。

垢泉明白，"考虑"就代表是的。遂说：院长，我明白了。

冯院长点了下头。

于是垢泉便言归正传，讲了登门所求之事。

冯院长说：正想让你和山院长正式认识一下，约时间见个面吧。我在场，你直接同她讲，这样会更好。

垢泉看出冯院长是真诚的，想帮这个忙，连忙说，好的，好的。

冯院长又说：你先把事说说，我再和她说说，让她有个准备。

垢泉已有些感动了，遂对冯院长讲了小邱工伤的事。

16

等了几天，冯院长一直没电话来，不晓得怎么回事。卜莲那边还挺急，若与公司谈不拢，便正式起诉，拖延无益。垢泉只好硬着头皮给冯院长打电话，冯讲已和山讲过，山也同她的老板哥讲过，老板哥表示这事不好办，不能开这个头。垢泉听了很是失望，也气愤，想这般更不能顶那女人当主席了。

挂了电话，又立刻给卜莲打过去，讲了情况。卜莲说，已料到是这个结果，那就起诉吧。

那边，章樟是了解全部情况的，而报社唐主任则不是，因为老邱要求上诉，本要推出的重磅消息只能暂停，等上诉有了结果，尘埃落定，再往下进行为宜。

官媒刻板，而大众传媒却不管三七二十一，网上披露了这桩国画窃案的一审判决，法院判决所依据的画值令圈内圈外人知道了垚泉的大名与高艺。春江水暖鸭先知，一些本市与外地的画廊欲开始收购垚泉的画作，有的还要与垚泉签约，对此，垚泉一一回绝。事到如今，他仍对卜莲的"金钱换刑期"的"双赢"心怀疑虑，总觉得不妥。而章樟对此却是认可的，不仅觉得垚泉可以与画商洽谈签约，还提出画展一结束便大张旗鼓搞一次拍卖，到时把刘院长请来造势，提前找到哄抬的"托儿"，以防流拍。

邱冬工伤一事陡然出现转机。卜莲告诉垚泉，山老板表示愿意谈谈。垚泉疑惑问，难道他突然良心发现为富有仁了么？卜莲说哪有这么回事。卜莲讲了事情翻转的原委。

卜莲说，老板哥的建筑队在她姨居住的小区有一个工程——对小区几座高层做的保暖层。工程已结束，脚手架拆除了，这时居民发现外墙粉刷的颜色不对，偏黄。就有"能人"找来图谱比对，得出结论：所使用的颜料的确比原定小了一号。责任在工程队，理应由工程方负责，可要是再重新扎脚手架粉刷一回，就麻烦透顶了，且花费颇巨。工程方连连道歉，希望居民能将就一下。每户补偿一袋东北五常大米。卜莲那担任业委会主任的小姨对卜莲讲了这件事，卜莲脑子灵光一闪，觉得这是一个与山老板哥叫板的砝码，便对小姨讲述了山的劣迹，动员她借机带领小区居民进行"维权"，由她负责担任律师将老板哥起诉到法院。小姨出于对老邱一家的同情，表示支持外甥女，给卜莲写了诉讼委托书，司法程序立即启动。俗话说没有不透风的墙，山老板得知工伤人员邱冬与业委会所委托同为女律师卜莲，便明白事情有了麻烦，遂算了一笔账，重新粉刷一遍花钱不说，人员滞留又误了别的工期，双重损失巨大。于是同意"谈谈"。垚泉便想起那句"你不干他娘，他不叫你爹"的话，觉得这粗话真他妈是中国地面上的真理，感到无比畅快。

卜莲以与垚泉同样的心境解气地说：这遭他急我不急，耗着等着他联络我，不信他能眼瞅着工程队烂尾在小区日损斗金！

挂了电话，坭泉松了口气。

17

坭泉的个展已完成布展。章樟打电话让他去过过目。他便赶过去，这档子事一直由章樟与越东在忙活。近百幅画的装裱，还要悬挂，加以适当的文字说明，不是个小工程。尽管章樟是他的好友，越东是他的学生，但他内心还是十分感激的。

展址在群艺馆三楼展厅。本市凡重要的书画展大都在这里进行。一则展厅宽阔，二则地处市中心，三则临海。坭泉从未搞过个展，参加了几次集体展出，也只是陪衬，小鱼串在大串上。当他在越东的引带下走进展厅，一时竟又不相信眼前的一切是真实的，装裱好的画作挂在墙壁上，如同俗人穿上了袈裟，魅容四射，熠熠生辉。虽有人怕上炕画怕上墙一说，可坭泉还是觉得美人美作例外。他边走边看，竟感动得眼睛湿润。

怎么样，有什么问题么？章樟陪坭泉看过一遍后问道。

很好，很好，没什么问题，辛苦你了章樟。坭泉由衷说。泪珠已流到眼角处，他不知道该不该擦。

如果没有问题，就在正式展出前搞一次预展，让相关人先睹为快，提提建议。章樟说。

坭泉知道所谓相关人就是领导、媒体以及有影响的书画家。应该说预展很重要，是这一炮能不能放响的关键。

领导方面，宣传部高部长不用说，必到。还有市委魏副书记、市府庄副市长，以及人大、政协领导。应该说规格不低。章樟说。

是的。坭泉说。

时间还未定，主要看魏庄二人的时间。等预展结束，再定正式展出时间。这就从宽了，选个吉利日子便是。章樟说。

好的。坭泉说。章樟周到细微，他也只有说好的份。

看毕已接近中午。坭泉说，别回家了，一起出去吃个饭。

坭泉补句：我请。

章樟笑说：行啊，吃大户从今天开始。

附近有一家章樟常去的饭店，就过去了，坐进一个单间。酒菜很快便上来了，三人随意吃喝，聊着闲话。越东说起本市昨天发生的一起高空抛物致死事件，从高楼掉下一个挠痒痒的"老头乐"，不偏不倚正落在马路上一行人头上，结果当场死亡。谁能想到二两沉的老头乐能打死人。寸！章樟说，啥叫寸？寸就是倒霉，人最怕的是撞上倒霉鬼，一撞上就遭殃。说有一官员去高级会所消费，吃喝嫖赌样样不落，还绝对安全，可你猜怎么的？偏偏避孕套沾在鞋底上，这伙计大摇大摆出了会所，让行人发现，拍照发上网。你说这不是撞上倒霉鬼了？越东说，只能按倒霉处理。常在河边走，哪能不湿鞋？老去那种场地，沾上个套子什么的，虽说是小概率事件，也是有可能发生的。章樟说，有时恰恰是小概率事件起大作用，比方买彩票中大奖，概率千万分之一，可一中就改变整个人生。

越东说：中彩票是小概率事件，可撞上的不是鬼，是神，是财神。

章樟与越东你一句我一句地说，圻泉听，不只是听，也想，想自己所遇到的事——晒画，老邱拿画，越东报案，刘院长鉴画发现他的价值。说起来俱是小概率事件，没有其中哪个环节都不成，可这些环节就是连接起来了，想想，人生真有些不可思议，有人撞大运，有人倒大霉，也没啥个来由，各有各的造化，自己和老邱不就是这样吗？

正感叹间，听章樟接了一个电话，圻泉并不在意。可听着听着就觉得有些异样，章樟不断重复着一句话：这怎么可能？这怎么可能？

讲完电话，章樟现出满脸苦笑，嘴里嘟囔着：这年头啥蹊跷事都有啊。

怎么了？圻泉问。

章樟摇头不已，讲电话是美协主席竞争人之一的油画家吕谦打来的，讲他表姐已明确表示自己要当美协主席。

圻泉和越东一齐"哦"了声。

章樟说：听明白了么？马书记要当美协主席。

圻泉问：她画画？

章樟不屑说：画呀，是来文联当书记之后开始画的，画梅花，画菊花，画鸡，画鹰。

画得怎样？坜泉问。

你想想能怎样？章樟说，咱都是画了一辈子的人，才画到这份儿上，她才画了几天？

越东说，听人讲马书记已加入了中国美协……

什么，加入了美协？坜泉惊讶，这怎么可能？

怎么不可能？人家还在人美出版社印个人画集呢！越东说。

出画集？这怎么可能？坜泉惊讶不已。

怎么不可能？越东问。

刚画画就出画集，不可能达到出版标准啊。坜泉说。

标准？哪来的标准？咱市出画集的画家不下几十人，谁拿标准卡了？出版社的标准就是印刷费标准，只要付够了数，照出不误。越东说。

章樟接说：据说马书记的画集由我市一位企业家赞助，大概是三十万。而后马将该老板的女儿调到市文联艺术部。

真有这回事？坜泉又一次惊讶。

纸里包不住火。奇的是老板女儿自己说出去的，她不觉得这有什么不妥。

坜泉摇头不已，说：以前只知道文联是清水衙门，闹了半天却是清水衙门的水不清啊。

越东说：与其他单位比，文艺单位确是清水衙门。里面的人都瘦得皮包骨，可阎王不嫌鬼瘦啊。比方马，拿出一个事业编名额，出本画集足够。

看来马为这主席目标早就开始铺垫了呢。章樟说。不过从她的角度讲也能理解，很快要从书记的位子上退下来，若当上美协主席就可继续干一届。

越东哼声说：吃了五谷想六谷。好事都是她娘儿们的了。

章樟说：她在文联一把手的位子上，负责换届，只要不顾脸皮了，完全有可能弄成。

坜泉问：那吕谦是什么态度？赞成？

章樟撇撇嘴：赞成能给我打电话么？反对，提议画界联合给上面写信，坚决抵制！

坜泉不解问：马不是他表姐么？

章樟说：牵扯到个人利益，亲姐也不让啊！

越东讲，可不，吕谦要当上主席，不费劲就攀上了万元俱乐部，他能甘心煮熟的鸭子飞了？

坂泉感叹：真复杂啊！不过，马书记是选不上的。

章樟问：为什么？

坂泉说：太离谱。

章樟说：等额选举只要当上候选人都能选上。对了，那天听了个段子，挺贴切。说勃列日涅夫在路上走，看到一个人抱着个西瓜，此刻他正觉口渴，于是停下车，要那人把西瓜卖给他。那人说可以，勃列日涅夫同志，请你选一个吧。勃列日涅夫说可你只有一个西瓜呀，怎么还需要选？那人说俺们选您的时候就是这样的呀。

坂泉笑笑说，胡编，勃列日涅夫吃瓜还要买吗？

章樟端起酒杯坏笑笑：等着看下面买瓜滑稽戏吧！

预展一直后延。领导的时间难以协调，书记得空市长忙，市长得空书记有事，锣齐鼓不齐，如同请客，菜做了一大桌子，等不来主宾，只有等下去。

18

这天，卜莲来了电话，兴冲冲地告诉坂泉，那个山老板要请饭，这说明事情正朝有利于邱冬的方向发展。她问坂泉有什么要求。坂泉说，我的要求也是邱冬的要求，设身处地想想不外乎两点，一是继续治疗，争取能站起来走路，能劳动。再是合理赔偿，当然还要征求一下老邱一家的意见。卜莲说，这怕来不及，可以先按照老师这两点谈。达成意向后，立即去大邱征求邱冬的意见。坂泉说这样稳妥。

坂泉心里惦记这桩事。

后来事情的进展，卜莲依然通过电话向坂泉报告：与山老板吃过饭了，虽谈得很艰难，终是接近了咱们的要求——公司负责接邱冬住院治疗，视康复情况再商定赔偿数额；在老邱家里见了已恢复说话的小邱，在看守所见了老邱，父子俩对结果很满意，可以说是喜出望外。还有，小区撤诉，同意不再重新粉刷，公司给每户居民两袋大米的补偿。卜莲说看似公司作了很大让步，但也清楚如此远比官司败诉重新施工合算。垢泉听了十分欣慰，说：这结果很好很好。

卜莲说：还有一件事要和老师说说。垢泉说你说吧。卜莲说这个得当面说。垢泉说可以。

晚上一起吃饭，依旧在那家西餐馆。不过这遭是老师请学生以示谢意。

卜莲欲言又止。

垢泉问：你……

卜莲摇了一下头，说：老师你先别乐观，他还有个要求呢？

垢泉问：什么要求？

卜莲说：请你带几名实力派画家到他公司搞一次笔会。

垢泉问：他喜欢画？

卜莲说：这么想倒是抬举了他，当是得知你画的潜在价值，便提前收藏，以备获利。

垢泉想想说：可不大好操作，请谁不请谁，挺敏感。先不说冯院长能不能请得动，就画而言，能把他放进实力派画家这个筐里吗？在中国名气和实力往往不是一码事啊。

卜莲说：老师说得对，这就是中国特色的画界。

垢泉言归正传说：他不就是想存几幅画吗？给他画是了。问问他，想要画什么的。

卜莲说：好的，问了，再对老师讲。

垢泉的心情十分愉快，向卜莲端起酒杯，说：下步再争取把老邱的上诉打好，事情就圆满了。

卜莲没端杯响应，望着垢泉一字一句地说：老师，你所讲的圆满是指什么呢？

垢泉连想都没想说：当然是老邱无罪释放。

卜莲说：那样就必须将整个案子彻底翻过来。

垢泉问：怎么翻？

卜莲说：让老邱翻供，就讲是你让他从冬青上取画，不是偷，老师你就得作为老邱的证人出庭，证明老邱说的是实话。

这是垢泉所没想到的，一思量，觉得亦无不可。便说，只要能让老邱出狱，我可以讲画是我送给他的。

卜莲说：老师你这是作伪证啊！

垢泉：伪证？

卜莲：是啊，作伪证是要负法律责任的。

垢泉无语。

卜莲说：这样不仅老师你担责，作为律师的我也要受牵连。

垢泉一惊：卜莲你……

卜莲说：老邱自己不会想到翻供，须由我向他说，即使暗示也是违反法律的。

垢泉脸色有变，说，既然这样那就得慎重了，无论如何不能把你栽进去。

卜莲端起酒杯，举向垢泉：谢谢老师关爱学生啊。

垢泉干了。

放下杯，卜莲说：不过，就算咱俩不顾个人得失，这案也是不得翻的。

为啥？垢泉摸不着头脑。

老邱本人反对。卜莲说。

他、他反对？

没错，反对，坚决反对。

垢泉不相信，说：这怎么可能，难道他觉得坐牢比在家里安逸？

卜莲点点头说：老师想不想听老邱自己怎么讲？

垢泉一时迷茫，望着卜莲。

卜莲从兜里摸出手机，边操作边说：和老邱见面，我背着警察录了音，放出来你听听。

垢泉无比惊讶，竖起两耳。

卜莲说：我先讲了老师帮邱冬维权的情况，告诉他大有转机，邱冬会得到治疗，还会得到赔偿，还讲了老师今后你会照顾他们一家的生活。老邱听后哭了，边哭边说。

说啥？

卜莲按下了手机放音键。

呜……哭声，带乡音，垢泉能听出来是老邱。

呜呜……卜律师，俺想想摊上这官司，一点不冤，可再想想，呜呜……俺觉得值了，有句话咋说的，对了，叫因祸得福呢。呜呜……小冬子，是俺两口子一辈子的愁，解决了，腿治好，媳妇也就回来了，小孙子有妈了。俺老少三辈就又成一家人了。俺欢气啊。全是垢老师带给俺的呀，要没这档子事，俺家就塌天了，坐五年牢算啥呢，就是坐十年能换这么个结果，俺也情愿！垢老师是俺的恩人，还有你卜律师，俺一辈子不能忘了你们的好，好人就该得好报，从心里希望垢老师能出大名，一幅画能卖个十万、二十万……

停！垢泉喊。

卜莲按下暂停键问：怎么了老师？

垢泉问：卜莲你把事全都给老邱讲了？

卜莲说：是啊，讲了，没必要藏着掖着的，是不是？

垢泉问：老邱要撤诉，是不是为了成全我，让我出大名发大财？

卜莲连忙解释：应该不是，他是觉得坐牢能换得这么一个结果，是大收获，打心眼儿里高兴。他倒是担心上诉会节外生枝，让到手的好处又失去。

垢泉说：这怎么可能呢？上诉成功，只有得没有失。这与由房地产公司承担对小邱的责任是两码事。老邱不坐牢，小邱的事该怎样办还怎样办。

卜莲说：这个我也对老邱讲了，可他还是坚持撤诉。

垢泉摇头：不可思议。

卜莲说：老师，你再往下听。

卜莲按下放音键。

老邱的声音：……俺知道，垢老师这一辈子挺憋屈，画得好，可没人认，这遭也该让他翻翻身了，这样才公平。虽说俺是个庄稼人，可不傻，知道哪头炕热哪头炕凉。垢老师好了，俺能跟着好，退一步讲，要是小冬子的腿治不好，要是房地产公司变了卦，不给赔偿，垢老师不蹿高，想帮俺也没这能力了，说真的，以后俺小孙子上学还得仰仗垢老师呢……

录音到此结束。

卜莲问：老师，我说得不错吧？老邱的想法是切合实际的，完全可以理解的。老师不要再多想了。

垢泉无语，心里却想：当真是老实人心里也有自己的小九九啊。不用说他是再三盘算过，这是没法子的法子啊。不过以后无论走到哪一步，对老邱自己要负责，特别是对他的小孙子要负责到底，那孩子是他们一家人的希望……

卜莲端起杯：老师，喝酒啊。

垆泉端起杯。

19

故事源远流长。而小说该打住了。大团圆的结局总会让人诟病。可不是，一切都好得不能再好。对于垆泉，老邱撤诉，案子尘埃落定，几家媒体集中予以报道，垆泉高规格的本市个展及北京美刊的不吝赞誉的宣介，令垆泉横空出世，炙手可热。画值如芝麻开花节节高，甚至超出刘院长当初的评估。还有，美协换届垆泉以高票当选副主席，负责水墨画创研室。这让垆泉有些蒙，尽管这一切都是一步一步从眼前经过，可他总觉得亦真亦幻似在梦中。对于整个画界，这当间发生的事情同样始料未及犹同梦中内容，无论是冯院长力荐的女画家山梅，还是毛遂自荐的马书记，都未能成为新一届美协主席。新主席是市委书记从外市引进的，书记曾在那儿担任过市长。自然了，一把手亲自过问文艺事业再正常不过，不仅没人说三道四，反而以手中的选票予以认可，新主席就以全票当选，换届圆满完成。

唯有一件事让垆泉叹喟不已：换届前，他将民间画家王老师的情况对大会筹备组讲了，力荐让他来参加会议。筹备组按地址发去通知，可王老师未来，在短信中讲家中安装塑料大棚，脱不开身。而他更愿意相信是王老师对这档子事淡泊，无意近前。垆泉不胜惆怅。

又过了若干天，卜莲来电话，说老邱就要转第二模范监狱服刑，她要去看守所办理相关手续并予以探望，问垆泉要不要一块儿去。尽管垆泉已接到主席团开会的通知，依然不打艮地说，去，我去，去送送老邱。说毕心兀地往下一沉，思绪繁乱，哀伤莫名，眼窝涌出泪来。他晓得老邱义无反顾奔赴之地，就算"模范"得不能再"模范"，终归是座关人的监狱，不是个好去处……

（原载《北京文学》2017年第6期）

大乔小乔

◎ 张悦然

1

上瑜伽课前，许妍接到乔琳的电话。听说她到北京来了，许妍有些惊讶，就约她晚上碰面。电话那边沉默了片刻，乔琳用哀求的声音说，你现在在哪里，我能过去找你吗？

她们两年没见面了。上次是姥姥去世的时候，许妍回了一趟泰安，带走了一些小时候的东西。走的时候乔琳问，你是不是不打算再回来了？许妍说，你可以到北京来看我。乔琳问，我难过的时候能给你打电话吗？当然，许妍说。乔琳总是在晚上打来电话，有时候哭很久。但她最近五个月没有打过电话。

外面的天完全黑了，她们坐进车里。照明灯的光打在乔琳的侧脸上，颧骨和嘴角有两块淤青。许妍问她想吃什么。她转过头来，冲着许妍露出微笑，辣一点的就行，我嘴里没味儿。她坐直身体，把安全带从肚子上拉起来，说能不系吗，勒得难受。系着吧，许妍说，我刚会开，车还是借的。乔琳向前探了探身子，说开快一点吧，带我兜兜风。

那段路很堵。车子好容易才挪了几百米，停在一个路口。许妍转过头去问，爸妈什么时候走？乔琳说，明天一早。许妍问，你跟他们怎么说的？乔琳说，我说去找高中同学，他们才顾不上呢。许妍说，要是他们问起我，就说我出差了。乔琳点点头，知道，我知道。

车子开入商场的地下车库。许妍踩下手刹，告诉乔琳到了。乔琳靠在椅背上，说我都不想动弹了，这个座位还能加热，真舒服啊。她闭着眼睛，好像要睡着了。许妍摇了摇她。她抓起许妍的手，放在自己的肚子上，低声说，孩子，这是你的姨妈乔妍，来，认识一下。

在黑暗中，她的脸上露出微笑。许妍好像真的感觉到什么东西动了一下。

像朵浪花，轻轻地撞在她的手心上。她把手抽了回来，对乔琳说，走吧。

许妍捂着肚子蹲在地上。明晃晃的太阳，那些人的腿在摆动，一个个翻越了横杆。跳啊，快跳啊，有人冲着她喊。她用尽全身力气站起来，横杆在眼前，越来越近，有人一把拉住了她……她觉得自己是在车里，乔琳的声音掠过头顶，师傅，开快点。她感到安心，闭上了眼睛。

许妍已经忘记自己曾经姓乔。其实这个名字一直用了十五年。

办身份证的时候，她改成了姥姥的姓。姥姥说，也许我明年就死了，你还得回去找你爸妈，要是那样，你再改成姓乔吧。从她记事开始，姥姥就总说自己要死了，可她又活了很多年，直到许妍在北京上完大学。

许妍一出生，所有人听到她的啼哭声，都吓坏了。应该是静悄悄的才对，也不用洗，装进小坛子，埋在郊外的山上。地方她爸爸已经选好了，和祖坟隔着一段距离，因为死婴有怨气，会影响风水。

怀孕七个月，他们给她妈妈做了引产。据说是注射一种有毒的药水，穿过羊水打进胎儿的脑袋。可是医生也许打偏了，或者打少了，她生下来是活的，而且哭得特别响。整个医院的孩子加起来，也没有她一个人声大。姥姥说，自己是循着哭声找到她的。手术室没有人，她被搁在操作台上。也许他们对毒药水还抱有幻想，觉得晚一点儿会起作用，就省得往囟门上再打一针。

姥姥给了护士一些钱，用一张毯子把她裹走了。那是个晴朗的初夏夜晚，天上都是星星。姥姥一路小跑，冲进另一家医院，看着医生把她放进了暖箱。别哭了，你睡一会儿，我也睡一会儿，行吗，姥姥说。她在监护室门外的椅子上，度过了许妍出生后的第一个夜晚。

许妍点了鸳鸯锅，把辣的一面转到乔琳面前。乔琳只吃了一点蘑菇，她的下巴肿得更厉害了，嘴角的淤青变紫了。

怎么就打起来了呢，许妍问。乔琳说，爸在计生办的办公楼里大吼大叫，保安赶他走，就扭在一块了，不知道谁推了我一把，撞到了门上。许妍叹了口气，你们跑到北京来到底有什么用呢？乔琳说，我只是想来看看你。许妍问，那他们呢，你为什么就不劝一下？乔琳说，来北京一趟，他俩情绪能好点，在家里成天打，爸上回差点把房子点了。而且有个汪律师，对咱们的案子感兴趣，还说帮着联系"法律聚焦"栏目组，看看能不能做个采访。许妍说，采访做得还少吗？有什么用？乔琳说，那个节目影响大，好几个像咱们家这样的案子，后来都解决了。许妍问，你也接受采访吗，挺着个大肚子，不觉得丢人吗？乔琳垂着眼睛，抓起浸在血水里的羊肉扑通扑通扔进锅里。

过了一会儿，乔琳小声问，你在电视台，能找到什么熟人帮着说句话吗？许妍说，我连我们频道的人都认不全，台里最近在裁员，没准儿明天我就失业了。她看着乔琳，是爸妈让你来的吧？乔琳摇了摇头，我真的只想来看看你。

许妍没说话。越过乔琳的肩膀，她又看到了过去很多年追赶着她的那个噩梦。上访，讨说法。爸爸那双昆虫标本般风干的眼睛，还有妈妈磨得越来越尖的嗓子。当然，许妍没资格嫌弃他们，因为她才是他们的噩梦。

她爸爸乔建斌本来是个中学老师，因为超生被单位开除了。他觉得很冤，老婆王亚珍是上环后意外怀孕，有风湿性心脏病，好几家医院都不敢动手术，推来推去推到七个月，才被中心医院接收。他们去找计生委，希望能恢复乔建斌的工作。计生委说，只要孩子活下来，超生的事实就成立。孩子是活了，可那不是他们让她活的啊。夫妻俩开始上访，找了各种人，送了不少礼，到头来连点抚恤金也没要到。

乔建斌的精神状况越来越糟，喝了酒就砸东西，还总是伤到自己，必须得有人看着才行。虽然他嚷着回去上班，可是谁都看得出来，他已经是个废人了。王亚珍的父母都是老中医，自己也懂一点医术，就找了个铺面开了间诊所。那是个低矮的二层楼，她在楼下看病，全家人住在楼上，这样她能随时看着乔建斌。乔琳是在那幢房子里长大的。许妍则一直跟着姥姥住。在她心里，乔琳和爸妈是一个完整的家庭，而她是多余的。乔建斌看见她，眼睛里就会有种悲凉的东西。她是他用工作换来的，不仅仅是工作，她毁了他的一切。王亚珍的脸色也不好看，总是有很多怨气，她除了养家，还要忍受奶奶的刁难。奶奶觉得要不是她有心脏病，没法顺利流产，也不会变成这样。每次她来，都会跟王亚珍吵起来。她走了以后，王亚珍又和乔建斌吵。这个家所有人都在互相怨恨。没有人怨乔琳。她是合情合理的存在，而且总在化解其他人之间的恩怨。那些年她做得最多的事，就是劝架和安抚。她在爸妈面前夸许妍聪明懂事，又在许妍这里说爸妈多么惦记她。她一直希望许妍能搬回来住。可是上初中那年，许妍和乔建斌大吵了一架，从此再也没有踏进过家门。

许妍骑着她那辆凤凰牌自行车经过诊所门前的石板路。乔琳从二楼的窗户探出头来，朝她招手。快点蹬，要迟到了，乔琳笑着说。许妍读初中，她读高中，高中离家比较近，所以她总是等看到了许妍才出发。有时候，她会在门口等她，塞给她一个洗干净的苹果。

许妍的手机响了。是沈皓明，他正和几个朋友吃饭，让她一会儿赶过去。许妍挂了电话。面前的火锅沸腾了，羊肉在红汤里翻滚，油星溅在乔琳的手背上。但她毫无知觉，专心地摆弄着碟子里的蘑菇，把它们从一边运到另一边，一片一片挨着摆好。她耐心地调整着位置，让它们不要压到彼此。然后她放下筷子，又露出那种空空的微笑，说刚才是你男朋友吗？许妍嗯了一声。乔琳说，你还没跟我说过呢。你什么都不跟我说，从小就这样。他是干什么的？许妍说，公司上班的白领。乔琳又问，对你好吗？许妍说，还行吧，你到底还吃不吃？乔琳说，有个人让你惦记着，那种感觉很好吧？

餐厅外面是个热闹的商场。卖冰淇淋的柜台前围着几个高中女生。许妍问，想吃吗？乔琳摸了摸肚子，好像在询问意见。她趴在冰柜前，逐个看着那些冰淇淋桶。覆盆子是种水果吗，她问，你说我要覆盆子的好，还是坚果的好呢？那就都要，许妍说。我不要纸杯，我想要蛋筒，乔琳笑着告诉柜台里的女孩。

那是九月的一个早晨，许妍升入高中的第一天。乔琳撑着伞，站在校门口。见到她就笑着走上来，你怎么不把雨衣的帽子戴上，头发都湿了。她伸出手，撩了一下许妍前额的头发说，真好，咱们在一个学校了，以后每天都能见到。放学以后别走，我带你去吃冰淇淋，香芋味的。

路过童装店，乔琳的脚步慢下来。许妍顺着她的目光望过去，亮晶晶的橱窗里，悬挂着一件白色连衣裙。发光的塔夫绸，胸前有很多刺绣的蓝粉色小花，镶嵌着珍珠，裙摆捏着细小的荷叶边。乔琳把脸贴在玻璃上，说小姑娘的衣服真好看啊。许妍问，你希望是男孩还是女孩？男孩吧，乔琳说，如果是男孩，说不定林涛家里能改变主意。许妍问，他后来又跟你联系过吗？乔琳摇了摇头。

汽车驶出地下车库。商业街灯火通明，橱窗里挂着红色圣诞袜和花花绿绿的礼物盒。街边的树上缠了很多冰蓝色的串灯。广告灯箱里的男明星在微笑，露出白晃晃的牙齿。乔琳指着他问，你觉得他长得像于一鸣吗？许妍问，你这次来联系他了吗？乔琳说，我没有他的手机号码了。许妍沉默了一会儿，说快到了，我给你订了个酒店，离我家不远。乔琳点点头，双手抓着肚子上的安全带。

于一鸣走过来，坐在了她和乔琳的对面。他T恤外面的衬衫敞着，兜进来很多雨的气味。空气湿漉漉的，外面的天快黑了。于一鸣抹了一把脸上的水，冲她们笑了。他的下巴上有个好看的小窝。

到了酒店门口，乔琳忽然不肯下车。她小心翼翼地蜷缩起身体，好像生怕会把车里的东西弄脏。许妍问，到底怎么了？乔琳用很小的声音说，别让我一个人睡旅馆好吗，我想跟你一起睡……她抬起发红的眼睛，说求你了，好吗？

车子开回到大路上。乔琳仍旧蜷缩着身体，不时转过头来看看许妍。她小声问，旅馆的房间还能退吗，他们会罚钱吗？许妍说，我只是觉得住旅馆挺舒服的，早上还有早餐。乔琳说，我知道，我知道，对不起。

车窗起雾了，乔琳用手抹了几下，望着外面的霓虹灯，用很小的声音念出广告牌上的字。直到车子开上高架桥，周围黑了下去。她靠在座椅上，拍了拍肚子，说小家伙，以后你到北京来找姨妈好不好？许妍没有说话，她望着前方，挡风玻璃上也起雾了，被近光灯照亮的一小段路，苍白而昏暗。

乔琳盯着于一鸣，说你的发型真难看。于一鸣说，我知道你剪得好，可我回去两个月不能不剪头啊。乔琳揽了一下许妍说，来，认识一下，这是我妹妹，亲妹妹。于一鸣对乔琳说，走吧，该回去上晚自习了。乔琳说，你先去，我跟我妹妹坐一会儿，好久没见她了。于一鸣说，咱俩也好久没见了，说好去济南找我也没有去。乔琳笑了，明年暑假吧，我跟我妹妹一起去。于一鸣走了。许妍说，别跟人说我是你妹妹行吗，非得让所有人都知道家里超生的事吗？乔琳垂下眼睛，说知道了。许妍问，你们在谈恋爱？乔琳说没有。许妍说，别骗我了。乔琳说，真的，他来泰安借读，高考完了就走了。许妍说，你也可以走啊。

乔琳笑了一下，没说话。

2

许妍找到一个空车位，停下了车。刚下来，一辆车横在她们面前，车上走下一个戴着黑框眼镜的男人。他说，又是你，你又停在我的车位上了。许妍认出他就住在自己对门，好像姓汤。有一次他的快递送到了她家，里面是一盒迷你乐高玩具。她晚上送过去，他开门的时候眼睛很红。她瞄了一眼电视，正在放《甜蜜蜜》。张曼玉坐在黎明的后车座上。

许妍说，我不知道这个车位是你的，上面没挂牌子。她要把车开走，男人摆了摆手，说算了，还是我开走吧。他钻进车里发动引擎。

乔琳笑着说，他一定看我是孕妇吧。现在我到哪里都不用排队，一上公交车就有人让座，等孩子生下来，我都不习惯了。

许妍打开公寓的门。她的确没打算把乔琳带回家。房子很大，装修也非常奢侈，就算对北京缺乏了解，恐怕也猜得出这里的租金一般人很难负担。但是乔琳没有露出惊讶，也没有发表评论。她站在客厅中间，低着头眯起眼睛，好像在适应头顶那盏水晶吊灯发出的亮光。

过了一会儿，她回过神来，问许妍，你主持的节目几点播？许妍说，播完了，没什么可看的。乔琳问，有人在街上认出你，让你给他们签名吗？许妍说，一个做菜的节目，谁记得主持人长什么样啊。她找了一件新浴袍，领乔琳来到浴室。乔琳指着巨大的圆形浴缸问，我能试一下吗？许妍说，孕妇不能泡澡。乔琳说，好吧，真想到水里待一会儿啊。她伸起胳膊脱毛衣，露出半张脸笑着说，能把你的节目拷到光盘里，让我带回去吗？放心，不告诉爸妈，我自己偷偷看。

乔琳的毛衣里是一件深蓝色的秋衣，勒出凸起的肚子。圆得简直不可思议。她变了形的身体，那条被生命撑开的曲线，蕴藏着某种神秘的美感。许妍感觉心被什么东西蜇了一下。

电话响了。沈皓明让她快点过去。听说她要出门，乔琳的眼神中流露出恐惧。许妍向她保证一会儿就回来，然后拿起外套出了门。

许妍睁开眼睛，看到自己躺在病房里。墙是白的，桌子是白的，桌上的缸子也是白的。乔琳坐在床边，用一种忧伤的目光看着她。许妍坐起来，问乔琳，告诉我吧，我到底怎么了。乔琳垂下眼睛，说你子宫里长了个瘤子，要动手术。子宫？许妍把手放在肚子上，这个器官在哪里，她从来没有感觉到它的存在。乔琳说，你才十七岁，不该生这个病，医生说是激素的问题，可能和出生时他们给你打的毒针有关。

……医生站在床前，说手术很顺利，但瘤子可能还会长，以后可以考虑割掉子宫，等生完孩子。但你怀孕比较困难。他没说完全不可能，但是许妍知道他就是那个意思。

医生走了，病房里很安静。许妍望着窗外的一棵长歪了的树，岔出去的旁枝被锯掉了。乔琳说，我知道我说什么都没用，可是我以后真的不想生孩子。不知道为什么，想想就觉得可怕。

许妍赶到餐厅的时候，沈皓明已经有点喝多了，正和两个朋友讨论该换什么车。上个月，他开着花重金改装的牧马人去北戴河，半路上轮轴断了，现在虽然修好了，可他表示再也无法信任它了。

他们有个自驾游的车队，每次都是一起出去，十几辆车，浩浩荡荡。许妍跟他们去过一次内蒙古，每天晚上大家都喝得烂醉，在草地上留下一堆五颜六色的垃圾。有一天晚上，许妍和沈皓明没有喝醉，坐在山坡上说了一夜的话。他们两个就是这么认识的。许妍跟所有的人都不熟，是另外一个女孩带她去的，那个女孩跟她也不熟，邀请她或许只是因为车上多一个空座位。到了第五天，许妍坐到了沈皓明的那辆车上，他们一直讲话，后来开错路掉了队。两个人用后备厢里仅剩的烟熏火腿和几根蜡烛，在草原上度过了一个难忘的夜晚。

回北京那天，许妍有些低落，沈皓明把她送回家，她看着车子开走，觉得他不会再联系她了。她知道他是那种有钱人家的孩子，周围有很多漂亮女孩，只是因为旅途寂寞，才会和她在一起。也许是玩得太累了，第二天她发烧了。她躺在床上，觉得自己像一根就要烧断的保险丝，快把床单点着了。她感到一种强烈而不切实际的渴望。帮帮我，在黑暗中她对着天花板说。每次她特别难受的时候，就会这么说。

傍晚她收到了沈皓明的短信，问她要不要一起吃晚饭。她摇摇晃晃地从床上爬起来，化了个妆出门了。那不是一个两人晚餐，还有很多沈皓明的朋友。

她烧得迷迷糊糊的，依然微笑着坐在沈皓明的旁边。聚会持续到十二点。回去的路上，她的身体一直发抖。沈皓明摸了摸她的额头，怪她怎么不早说，然后掉头开向医院。在急诊室外面的走廊里，他攥着她的手说，你让我心疼。她笑着说，大家都挺高兴的，这是个高兴的晚上，不是吗？

那个夏天，沈皓明时常带她参加派对。那些派对在郊外的大房子里举行，总有穿着短裙的女孩带着她的外籍男友。直到夏天快过完，她才确定自己成了沈皓明的女朋友。那时她已经学会了自己卷头发，并且添置了好几条短裙。到了九月末，她和几个从前要好的朋友坐在路边的烧烤摊，意识到自己以后也许不会再见他们了。来北京八年，一直在认识新朋友，进入新圈子，那种不断上升、进化的感觉，给她带来一些满足。

你想去莫斯科吗，沈皓明扭过头来看着她，春天的时候咱们开车去莫斯科吧？好啊，许妍说。她想到旷野上的星星，以及那些因为喝醉而感觉自由一点的夜晚。

饭局散了，许妍开车把沈皓明送回他爸妈家。当初租房子的时候，他是准备跟她一起住的。后来觉得上班太远，多数时候就还是住在他爸妈家。那边有好几个保姆伺候，饭菜又可心。他爸妈也不希望他搬出来，好像那样就等于认可了他和许妍的关系。

你表姐安顿好了？沈皓明忽然问，明天我妈让你来家里吃饭，喊她一起吧。许妍说，不用，她自己有安排。沈皓明说，后天律师所没事，我可以陪你带她转转，买买东西。许妍说好。

回到家已经是凌晨一点。乔琳还没睡，正靠在床上看电视。她好像在哭，抹了抹脸，对许妍笑了一下，说你看过这个节目吗，把一个城里的孩子和一个农村的孩子对调，让他俩在对方的家里住几天。结果那个农村孩子把城里的"爸妈"给她买早点的钱都攒下来，想给农村的奶奶买副新拐杖。许妍说，都是假的，节目组安排好的。乔琳说，怎么会呢，那个农村孩子哭得多伤心啊。

许妍换上睡衣，在床边坐下，说你怎么会失眠呢，孕妇不是应该贪睡吗？乔琳说，我每天睁着眼睛到天亮，看什么都是重影的，好像那些东西的魂全跑出来了。许妍问，去医院看过吗？乔琳回答，说是精神压力大，可他们不让吃安定。许妍沉默了一会儿，问你后悔吗，把孩子留下来？乔琳笑着说，怎么会呢，我把衣服都买好了啦，白色的，男女都能用。

　　半年前乔琳打来电话，说自己怀孕了。男的叫林涛，比乔琳小两岁，和她在同一家商场当售货员。他父母一直告诫他，不能跟乔琳谈恋爱，沾上她爸妈，一辈子都别想安生。得知乔琳怀孕，他吓坏了，休假躲了起来。乔琳厚着脸皮找到他们家，林涛的母亲给了一些钱，让她把孩子打掉。乔琳爸妈说，怎么能打掉，就去林家闹，还跑到商场去找乔琳的领导。乔琳把工作辞了，跟她爸妈说，你们要是再闹，我就死在你们面前。

　　那段时间，乔琳常常给许妍打电话。她在那边问，为什么我的生活里总是有那么多的纠纷呢？

　　十月的一个早晨，两个女生在学校门口拦住了她，说你就是乔琳的小跟班吗，最好离那个狐狸精远点，别沾得自己一身骚。许妍不算意外。她已经发现乔琳在学校里非常有名，追她的男生很多，背后说闲话的也很多。

　　放学后她和乔琳碰面，没有提起这件事。走到大门口，那两个女生又来了。她们低着头，哭丧着脸说，我们说错话了，对不起，你千万别放在心上。乔琳皱着眉头，一言不发。

　　她们又去了冷饮店。于一鸣很快也来了。乔琳瞪着他，你的眼线挺多啊。于一鸣说，怎么了？乔琳说，别装傻，你让王滨去吓唬李菁菁了？于一鸣说，太嚣张了，不给她们点颜色看看怎么行。乔琳说，你要是真拿王滨当哥们儿，就别让他干这种事。他身上背着两个处分，再有一回就得开除。于一鸣说，我绝不允许她们这么败坏你。乔琳笑了笑，我才不在乎呢。

　　许妍对乔琳说，如果我是你，大概会把孩子打掉。乔琳显得很惊恐，说怎么可能，它是个生命啊。许妍说，这个世界上有很多错误的生命，生下来只会受苦。乔琳说，别说了，我绝对不能那么做。

　　许妍很清楚，乔琳不能那么做是因为爸妈。他们最初是反对计划生育，后来变成连堕胎也反对。特别是王亚珍，成了这方面的斗士。她经常守在医院门口，拦截去做流产的女人，讲各种怨灵的故事，还去吓唬医生和护士，让他们放下手术刀到寺庙里超度。有那么几个女人听了她们的话，没做流产，生下孩子以后拍的满月照片，被王亚珍扩印得很大，拿在手里到处宣传。她还爱讲自己的故事：我的小女儿，当时被他们逼着流掉，又打激素又打毒针，我有心脏病，差点死在手术台上。可孩子不是照样健健康康地活下来了吗？你们现在什么困难都没有，有什么理由不要孩子？她以后一定也会把乔琳当成单亲妈妈的典范。至于乔琳该如何抚养那个孩子，她根本不去想。这几年一直都是乔琳在养家，现在她还没了工作。

她们的不幸，最终都会变成爸妈上访的资本。就像许妍子宫里生瘤，也被他们到处宣扬，无非是为了多要一笔赔偿金。许妍心里的愤怒，如同休眠的火山，这时又燃烧起来。所以或许并不完全是为了乔琳，更多的是想反抗爸妈的意志，给他们沉重一击，——她又给乔琳打了电话。乔琳有点受宠若惊，说你从没给我打过电话。许妍说，你最好再考虑一下，留下这个孩子，一生可能都完了。乔琳说，可它是活的啊，在我身体里动，真的很奇妙，那种感觉你不会懂的……许妍冷笑了一声，是啊，那种感觉我不会懂的。以后你的事我也不会再管了。

乔琳没有再打来电话。许妍偶尔想起来，会在心里算算月份，想一想孩子还有多久出生。

乔琳坐在操场的看台上，咬着一根棒冰，嘴上都是鲜艳的色素。许妍走过去，说你躲到这儿有用吗？乔琳不说话。许妍问，你是不是特别喜欢看男生为了你打架？既然你不想跟他们谈恋爱，为什么还要对他们好，让他们围着你团团转呢？乔琳说，可能害怕孤独吧，她抬起头，咧开橘色的嘴唇笑了，你是不是很讨厌我这样的女孩？

许妍在床上躺下，伸手关掉了台灯。但黑暗不够黑，窗帘的缝隙间夹着一道颤巍巍的光。她正犹豫是否要去消灭那簇光，乔琳的手穿过阻隔在中间的被子，找到了她的手。她说，你还记得吗，从前姥姥生病我把你领回家，咱俩挤在我那张小床上。许妍说，那是很小的时候，上了初中我就没再去过。

乔琳握紧了她的手，说我知道上回我说错话了，一直想给你打电话，可是真怕你再劝我把孩子打掉……许妍说，承认吧，你现在后悔了。乔琳说，没有，我想通了，不管我给这个孩子什么，给多给少，他都是奔着他自己的命去的。你小时候受了不少苦，现在不是也过得挺好吗？许妍问，你自己呢，你是奔着什么命去的，干吗非要背那么重的担子呢？乔琳在黑暗中笑了一声，我爱逞能，老觉得没我不行，其实我有什么用啊？她捏了捏许妍的手心，上访的事我早都不抱希望了，就是跟林涛呕一口气。当时他说，你家里要真是讨到了说法，再也不闹了，我就娶你。其实怎么可能啊，人家肯定早交了新女朋友。

许妍翻了个身，闭上眼睛。她感受着乔琳滞重的呼吸。如同一艘快要沉没的船。一个显而易见的却一直被她忽略的事实是，她的姐姐过得很糟，而且也许再也不会好了。她能帮她做什么吗？

她能。沈皓明自己就是律师，而且热心，爱帮朋友。他爸爸又有很多政府关系。

她不能。她根本无法开口。从一开始她就隐瞒了家里的事，说爸爸走了，妈妈死了，她是跟着姥姥长大的。这不是撒谎，她对自己说，只是出于自保。谁能接受一对不停闹事，总是被保安驱逐和扭走的父母呢？不过，既然她一直说乔琳是她的表姐——是不是可以让他们帮一帮这个表姐呢？但是也有风险，她爸妈曾在采访里提到过小女儿的名字，还说她现在在北京生活。一旦那些资料被翻出来，她的身份就掩饰不住了。

许妍勉强睡了几个小时，天快亮的时候醒了。她感觉到乔琳在耳边呼吸，嘴巴里的热气涌到她的脸上。她睁开眼睛，乔琳在曦光中望着自己。她一时想不起来从前什么时候，她也是这样望着自己，用那双圆圆的大眼睛，好像明白了什么重要的事要告诉她。但是她并没有开口。

你看我也是重影的吗？许妍问。

乔琳说，不，我看你看得很清楚。

于一鸣站在她的教室门口。他说乔琳三天没来上课了。许妍说，我爸把腿摔断了，她得照顾他。于一鸣说，我知道，快考试了，这样下去不行，你带我去找她。

外面下着雪，马路结冰了。他们推着自行车往前走。风很大，雪乱糟糟地降下来，天空像个马蜂窝。于一鸣的头发又长长了，他的脸很白，下巴上有个好看的小窝。他神情凝重地说，帮我劝劝乔琳，让她好好复习，跟我一块儿考到北京。许妍说，她不想走。于一鸣说，她在这里没有出路。许妍问，北京什么样？于一鸣说，北京的马路特别宽，到处都是商店，还有很多咖啡馆。你好好学习，两年以后也考过去。许妍问，我？于一鸣说，是啊，我们在北京等你。

许妍怔怔地看着他。他口中呼出的白气在空中上升，然后散开了。

3

第二天，许妍录节目到下午五点，然后匆匆忙忙赶去买甜点。那家蛋糕店是从巴黎开过来的，最近上了不少时尚杂志。她每次都为带什么礼物去沈皓明家而伤脑筋。

小巧的纸杯蛋糕陈列在玻璃柜里，上面镶着翻糖做的高跟鞋和花环，像是一件件奢华的珠宝。价格当然也贵得离谱，她最终决定买四个。这时乔琳打来电话，问她什么时候回来。许妍说，冰箱上不是有外卖单吗，你先叫东西吃啊。乔琳说，我不饿，你家门怎么锁，我在屋子里喘不上气，想出去走走。许妍把门锁的密码告诉她。她重复了一遍，说要是我等会儿忘了，能再给你打电话吗？

挂了电话，许妍扫视了一圈玻璃柜，目光落在一个有跳舞小人的纸杯蛋糕上。小人单脚支地，抬起双臂，好像正准备起跳，飞离地面。我要这个，她跟柜台里的女孩说。

许妍听到乔琳在身后喊自己。她追上来，把手里的布袋递给许妍，说裙子我帮你借好了，领子有点大，你别两个别针就行了。许妍说，我真的不想主持了。乔琳说，你要是不主持，我就也不跳舞了。晚会咱俩都不参加了。许妍问，干吗要费那么大力气帮我争取呢？乔琳笑了，大乔小乔要一起出风头才好，当时在学校已经有很多人知道她们是姐妹，并且叫她们大乔小乔。

保姆开了门，要帮许妍拿东西。许妍捧着蛋糕盒说，我自己拿到客厅吧。三个女人坐在客厅的沙发上喝香槟。其中一个短发女人笑盈盈地看着她，对另外两个说，皓明就喜欢这种瘦瘦高高的女孩。旁边披着披肩的女人说，现在的男孩都喜欢这种身材。

一个八九岁的男孩跑出来，是沈皓明的弟弟沈皓辰。他手里牵了一只短腿腊肠狗。那只狗穿着蓝色羽绒坎肩，背后有个帽子，跑快一点帽子就扣过来，盖住了它的脸。沈皓辰把狗拽到沙发边，向大家介绍，它叫贝利，有点感冒了。挑高细眉的女人问，你上次那条狗呢？沈皓辰说，送走了，妈妈嫌它老翻垃圾桶。短发女人说,你妈一开始可是爱它爱得不行啊。男孩耸耸肩,我妈妈是个很难捉摸的女人。三个女人笑起来。披着披肩的女人说,皓辰,过来,让阿姨抱抱。男孩勉为其难地向前走了两步,把头转向一边,阿姨,我也感冒了。披着披肩的女人摸了摸他的后脑勺,都那么大了,真是有苗不愁长啊。挑高眉毛的女人放下香槟杯说,后悔了吧,当时都劝你跟于岚一起去,还可以做个双胞胎。

谁在说我坏话呢,我可是听到了,一个矮胖的女人走进来,穿着深蓝色香云纱裙子,腰部有一朵白色荷花,是沈皓明的妈妈于岚。你儿子,短发女人说,他说你是个很难捉摸的女人。于岚笑起来,对男孩说,宝贝,你昨天不是还说我不用开口,你都知道我要说什么吗?男孩说,我知道你要说什么,但我不知道你在想什么。挑高细眉的女人说,你儿子是个哲学家。

男孩抬起头问于岚,我能让许妍姐姐陪我去玩吗?于岚说,好啊。她笑吟吟地朝许妍走来,说我都没看到你来了。许妍微笑着说,我买了甜点,饭后可以吃。太好了,于岚说,那我就不让大李再去买了。许妍在心里飞快地算了一下,四块蛋糕,自己不吃,刚好她们四个女人一人一块。

她跟着沈皓辰来到后院。那里有几簇假山和一个凉亭,前面是一小片结冰的水塘。沈皓辰问,你说贝利能在上面滑冰吗?许妍说,不行,它会掉下去。玩点别的吧,我陪你去插乐高。沈皓辰摇摇头,我想陪着贝利,它太孤单了。许妍说,它感冒了,需要休息。沈皓辰说,都是我妈,非让它睡在花房里。许妍问,为什么不让它到屋子里去?沈皓辰说,我妈说我们还不了解它的脾气,要观察一段时间,惠惠姐姐刚来的时候,她也不让她跟我们一起吃饭,说她嘴巴臭,可能有胃病。

许妍通过这个男孩知道了他们家不少事。包括沈皓明刚和她在一起的时候,于岚还给他介绍一个银行行长的女儿,没准他们见了面,她没问过沈皓明。以后恐怕还有律师的女儿,医生的女儿,她显然不是理想的儿媳,不过他们也没公然反对。有一次沈皓辰说,我妈说哥哥带什么女孩回来都没所谓,谈谈恋爱又不是当真的。许妍相信沈皓辰不至于蠢到不知道这些话不该讲给她听,他是故意的,好让她心里难受。他也会把他妈妈讲保姆小惠的话告诉小惠,然后站在门外听小惠在房间里偷偷哭。这是一种什么爱好,许妍不知道,用沈皓明的话来说，他弟弟是个内心阴暗的小孩。

　　他们相差十八岁，沈皓辰叼着奶嘴的时候，沈皓明已经系着领结跟爸爸去参加慈善晚会了。他对弟弟没太多感情，一开始甚至忘了跟许妍讲。后来有一次随口讲到他，许妍惊讶地问，为什么？什么为什么，沈皓明问。许妍说，为什么能生两个孩子。沈皓明说，哦，我爸妈都入了加拿大籍。其实不入也可以，罚点钱就是了。

　　沈皓明推门走出来，对许妍说，我到处找你呢。他冲着沈皓辰的屁股拍了两下，别老缠着别人，你就不能自己玩会儿吗？沈皓辰哀求道，我们等会儿出去吃冰淇淋吧。沈皓明不理他，拉着许妍走了。

　　沈皓明的爸爸沈金松和几个男客坐在偏厅的沙发上。沈皓明带着许妍走过去，把她介绍给两个没见过的客人。他爸爸说，皓明，给你李叔叔拿支雪茄来。走出房间，沈皓明咕哝道，他怎么还有脸来。你说谁，许妍问。沈浩明说，那个戴鸭舌帽的男的，做生意把周围的朋友坑了一个遍，大家都不跟他来往了。沈皓明返回偏厅的时候，许妍拉住他，说笑一下。沈皓明皱着眉头，干什么？许妍说，你的怒气都写在脸上，让别的客人看到不好。沈皓明勉强露出一个微笑。许妍也给他一个微笑，进去吧，我去问问你妈妈那边有什么需要帮忙的。

　　许妍回到大客厅，发现又来了两个女客人。蛋糕不够分了，她有点不安地盯着桌子上的白盒子。开饭了，于岚对她说，我们过去坐下吧。

　　这种家宴是沈家的传统，每个星期都有一两回。客人彼此相熟，不会感到拘束。许妍环视四周，低声问沈皓明，高叔叔没来？沈皓明说，他开会，晚点来。披着披肩的女人问，皓辰呢？于岚说，让他跟保姆吃，那孩子絮絮叨叨的，大人都没法好好说话了。

　　戴鸭舌帽的男人挨着女人们坐，一直保持沉默，每当那碟花生米转到面前的时候，他都会夹起一颗。你的古董店还开着吗，旁边的女人问他。没有，他回答，停顿了几秒说，不过我正打算重新开起来。女人问，还在原来的地方吗？啊，对，他说。一个男客人笑了笑，你确定吗，那一带盖了新楼，租金涨了四五倍。所有的人都看向戴鸭舌帽的男人，屋子里一时很静。许妍觉得自己所分担的那份尴尬比其他人更多。她理解那个戴鸭舌帽的男人，他一定很渴望成功，只是运气差了点。

饭吃到一半，高叔叔来了。许妍也弄不清这个高叔叔到底在政府做什么工作，只知道他权力很大，帮人铲了不少事。戴鸭舌帽的男人忽然来了精神，一直看着高叔叔，听他跟周围的人讲话。他们笑起来的时候，他也跟着笑了。

晚饭结束后，大家移到偏厅喝茶。沈金松和高叔叔去了另外一个房间，戴着鸭舌帽的男人也跟了进去。沈皓明对许妍说，他肯定有事要让高叔叔帮忙。许妍问，他会帮吗？沈皓明说，不知道，我们去看电影吧？许妍说，早走了你妈妈会不高兴。沈皓明说，管她呢。许妍笑了一下，你可以不管，我不能不管。她拉着沈皓明来到客厅，女人们正坐在那里聊天。沈皓明听到她们都在谈论衣服和包，就说我还是去男士那边吧。

许妍在于岚旁边坐了一会儿，发现桌上的水果叉不够，就起身去拿。让佩佩把甜酒打开，于岚在她身后说。经过走廊，她看到沈金松他们还在那个房间里，好像在说什么房子的事。

她拿着叉子从厨房出来，听到旁边的房间里传来奇怪的声音。好像是干呕，伴随着细小的嘶叫声。她敲了两下，推开门。是沈皓辰，正仰面躺在地上哭。那间屋子长期闲置，空荡荡的，只有一只书柜立在墙边。她蹲下来，说你可真会挑地方。沈皓辰不理她，闭上眼睛继续哭。许妍问，就因为没陪你去吃冰淇淋？沈皓辰抹了把眼泪，说我早就习惯了。许妍问，为什么不叫你的朋友来家里玩呢？沈皓辰说，你要是整天转学，还会有什么朋友吗？他摇了摇头，说这个家里没有一个人真的关心我。许妍说，不要对别人有什么期望，你自己得变得强大起来。沈皓辰撇了一下嘴，我还是个孩子呀。许妍说，孩子怎么了？沈皓辰哀求道，你能让我自己静一会儿吗，我不想回房间，惠惠姐姐像只鹦鹉，一直说个不停。

许妍带上了房间的门。她确实没想过沈皓辰会有什么痛苦。生在这样的家庭，不是应该从梦里笑出声来吗？但是现在看起来，他或许也是一个多余的孩子。他爸妈要他不过是为了装点生活，其实已经没有耐心再陪他长大一遍了。于岚不能放弃太太们的聚会和旅行，沈金松不能放弃打高尔夫和应酬。沈皓辰总是和保姆待在一起。一任又一任保姆。他满意的他妈妈不满意，他妈妈喜欢的他不喜欢。

许妍回到客厅，她的蛋糕盒子打开了，摊在桌上，里面的蛋糕一个也没有动。有两个上面的花蹭在盒子上，变成了一坨红色烂泥，只有立着跳舞小人的那个仍旧完好。小人踮着脚尖，好像正从一堆废墟里往外爬。

戴鸭舌帽的男人出现在门口，咧开嘴冲着于岚笑了笑，说我来跟你说一声，我要走了。于岚点点头，让司机送你一下？男人说，我叫了辆车，司机好像迷路了。于岚说，坐下等一会儿吧。鸭舌帽迟疑了一下，走过来坐在沙发上。许妍把自己那杯没有动的甜酒放到他跟前，对他笑了笑。

快去把你的貂皮大衣拿来！短发女人把手搭在于岚的肩上。还有那个绝版的蜥蜴皮，挑高细眉的女人说。于岚去取了灰蓝色的貂皮大衣，还有几只包。女人们走上前，有的试穿大衣，有的摆弄着包。只有许妍和鸭舌帽坐在沙发上。鸭舌帽探身向前，目光呆滞地盯着茶几上的东西。他忽然伸出手，拿起那个有跳舞小人的纸杯蛋糕，整个塞进了嘴里。

乔琳走到舞台中央，射灯的光不偏不斜地打在她的脸上。她天生知道光在哪里。她趋着步子，荡着纤长的腿，将裙摆转得飞快。每次她双脚离开地面的时候，许妍都感觉到心里一紧。她不知道自己是在担心，还是在希望发生点什么。直到乔琳平安地弯腰谢幕，她才松了一口气，然后忽然难过起来。她想，很多年后，台下的人不会记得是谁主持了这场晚会，但他们一定记得乔琳跳舞的样子。

十点过后，客人陆续离开。许妍帮保姆收酒杯，被沈皓明堵在厨房门口。他搂了一下许妍的腰，眨眨眼睛，说不如今晚你就睡在这里吧？许妍挣脱开，一脸正色地说，跟我说说，你是从多大开始，留女生在家过夜的？沈皓明耸耸眉毛，十七。你爸妈也答应吗？许妍问。沈皓明笑着说，他们到我房间来了好几次，我估计是想看看有没有准备避孕套。你准备了吗？许妍问。沈皓明收住笑容，神情变得凝重，我想向你坦白一件事……其实我有一个……年轻时候总会犯些错误对吧……他低下头，双手捂住脸。许妍想把他的手拉开，他拼命躲闪，直到迸发出笑声，他一边笑一边摆手，我实在是憋不住了……许妍推了他一下，自己还觉得演得挺像是吧？沈皓明笑着问，要是我真从外面领回来个孩子，你帮我养吗？许妍说，那得看长得好不好看了。沈皓明说，好看，比我还好看。许妍说，养啊，为什么不养，省得自己去生了。沈皓明伸出双手兜住她，不行，你至少还得生两个。许妍望着他，笑了笑。她说，我还是回去吧，表姐一个人在家。沈皓明说，好吧，我明天陪你们，给你们当司机。许妍说，不用，她脾气怪，你在她会不自在。

许妍穿上外套，拢了一下头发，转过身来问，对了，刚才那个人找高叔叔什么事？沈皓明说，前些年他在郊区找了块地盖房子，当时和乡政府签过合约，但是不作数，现在地要被收走了……许妍问，这事难办吗？沈皓明说，嗯，不过高叔叔去想办法了。许妍说，所以还是会帮他？沈皓明说，不然呢，他住哪里呢？

回去的路上，许妍在心里掂量，是鸭舌帽拆房子的事难办，还是她爸妈的事难办。他既然连那个名声不好的人都愿意帮，是不是也意味着他可以帮她呢？不，不是她，是她的表姐乔琳。再找机会吧，她想，应该多和高叔叔见几面，让他觉得自己是沈家的一员。

许妍回到公寓，发现乔琳坐在楼下大堂的沙发上。她抬起头，抱歉地冲许妍笑了一下，我把密码忘了，你的手机关机。许妍问她坐了多久。她说没多久，我一直在院子里转悠，把开着的小商店都逛了一遍。这里真好，人都很和气，还借给我厕所用。

许妍看着她，乔琳，你能别把自己弄得那么惨兮兮的吗？

乔琳从三轮车上跳下来，笑着对她说，我把写字台给你拉来了，反正我以后再也不用学习啦。许妍打量着那张写字台，桌腿上的贴画已经斑驳，她还记得贴画刚贴上去的时候，上面那张明艳的赵雅芝的脸。她确实觊觎这张书桌很久。姥姥在窗台上搭了块木板，她一直在那上面写作业。

许妍问，成绩出来了？乔琳吐了吐舌头，连那个破烂煤炭学院也没考上。她们把写字台搬下来，乔琳拍了拍手上的灰，说我已经找到工作啦，明天就去华联商场上班，以后你买"美宝莲"都是员工价。她的手指上涂着藕粉色的指甲油，穿着低腰牛仔裤，长头发在胸前甩来甩去。她身上的美丽还在增加，但她好像并不把自己的美丽当回事。那股潇洒的劲特别令男孩着迷。

4

第二天，十点不到她们就出门了。往常的周末，许妍会和沈皓明在床上赖到十一点，然后去吃个早午餐。但是这一天，天刚亮许妍就醒了。失眠大概传染，她就没见乔琳闭过眼睛。但是乔琳坚持说自己睡了一会儿，还做了梦，梦见自己生了个罐子人。罐子人？许妍皱起眉头。对，乔琳说，就是那种马戏团里的小孩，养在罐子里，手脚都萎缩了，只有头特别大。她打了个激灵，跳下床，说我去做早饭了。

厨房里传出葱油的香味。乔琳用平底锅烙了两个葱花饼。这是小时候最熟悉的食物，许妍来北京以后就没有再吃过。要不是再闻到这股味，她已经忘记世界上还有这种食物了。

许妍想带乔琳先去景山，那附近有一段红墙她很喜欢。街上的车不多，她们静静听着广播里的歌。乔琳抿着嘴唇，似乎很悲伤。许妍说，别想了，那只是个梦。乔琳点点头，知道，我知道。没事的，我在等汪律师的电话，他说今天会打给我的。许妍觉得乔琳在把某种压力传递给自己，这令她感到很烦躁。

车子剧烈地震了一下，许妍回过神来，猛踩刹车，可是已经撞上了前面的车。乔琳拱起身体，护住了肚子。前车的女人对着许妍一通抱怨，然后给交警打了电话。交警来了，许妍把车上翻遍了，也没找到行驶证，只好给沈皓明打电话。过了几分钟，沈皓明拨过来，说在家里找到了，上次司机修车取出来，忘记放回去了。沈皓明说，我给你送过去，你在哪里？许妍沉默了几秒钟，说出了自己的位置。

她回到车里。乔琳头靠着车座，双手还放在肚子上。许妍说，我男朋友正赶过来，我跟他说你是我表姐，你不要提爸妈的事。乔琳点点头，知道，我知道。许妍还想交代几句，见她闭上了眼睛，就没有再说。

沈皓明到了，处理完事故，他坐上驾驶座，侧过头来冲乔琳笑了笑，表姐，我开车可稳了，你安心睡会儿吧。

已经过了十一点，沈皓明提议先去吃午饭。他把车开到附近的购物中心。三楼有家粤菜馆，于岚常约人在那吃早茶。沈皓明把菜单交给乔琳，让她看看想吃什么。乔琳看了一下，又把它递给许妍。许妍低头翻菜单，总觉得乔琳在看自己。一屉虾饺上百块，显然不是白领能负担的。乔琳大概早就把她识破了，借来的车，租的房子，一切都充满破绽。她抬起头来的时候，乔琳微笑着说，我吃什么都可以，辣一点就行。

我就知道许妍得撞，沈皓明说，不撞个两三回哪算真会开车？可是车上坐着你，不能有半点马虎。我早就跟她说今天我来给你们当司机……乔琳笑了笑，已经很麻烦你了。沈皓明说，她以前不也常麻烦你吗，她说上高中的时候你很照顾她，给她买雨衣，陪她打吊针……乔琳淡淡地说，那不算什么。沈皓明说，有时候表亲反倒更亲，我和我表姐的感情就比跟我弟好……乔琳问，你有个弟弟？沈皓明说，对啊，一个爱哭鬼，烦死人了。乔琳说，怎么能生第二个孩子呢？沈皓明笑了，你怎么跟许妍问得一模一样，我爸妈拿了加拿大护照。乔琳喃喃地说，哦，外国人……沈皓明说，以后我跟许妍至少生三个，你的小孩不愁没人玩。乔琳点点头，好啊。许妍埋头吃着刚上来的石斑鱼。生三个？她似乎听到乔琳在心里暗笑。

乔琳的手机响了。许妍很怕她会在沈皓明面前接起电话，但她站起来，离开了桌子。许妍对沈皓明说，下午你不用陪了，我就带她在后海逛逛。沈皓明说，我跟任国栋吃晚饭，上次他女儿百天不是没去吗，没事，五点出发就行。

乔琳回来了，脸色凝重，失神地盯着面前的盘子。她不吃，许妍也不劝。直到听到沈皓明说，那我们走吧，她站起来，驱着腿往外走。沈皓明喊住她，把落在椅背上的羽绒服交给她。

乔琳跟在他们后面，双手抓着她的羽绒服。里子朝外，破了个洞，钻出一簇棉絮。许妍简直怀疑她是故意的，想要他们给她买件新大衣。沈皓明说，我是不是应该给任国栋的女儿买点东西？买什么呢？他们绕着商场走了半圈，沈皓明忽然停住脚步，指着橱窗说，就买这个吧。小小的白色纱裙被云彩簇拥着，跟上回许妍和乔琳看到的那件一模一样。应该是连锁店铺，橱窗布置得也一模一样。沈皓明问乔琳，知道你的宝宝是男孩还是女孩吗？乔琳摇摇头。沈皓明说没事，转身进了那家商店。

乔琳立即告诉许妍，汪律师说他接不了这个案子。她咬了咬嘴唇，又说，他去开会了，我等会儿再打个电话求求他。许妍说，别这样，乔琳，你以前不这样。乔琳眼泪涌出来，说我真没用，什么事也办不成。沈浩明拎着纸袋走出来，把其中一只递给乔琳，说我买了个礼盒，里面什么都有，白色的，男女都能穿。乔琳把头扭到一边，抹着脸上的眼泪。沈浩明尴尬地拿着纸袋。过了一会儿，乔琳才回过头来，挤出一个微笑，说谢谢，真的谢谢你。

他们到后海的时候，天已经很阴。空气中零星飘着一点凉丝丝的小雪。河面结着厚实的冰，是青灰色的。沈皓明说，出来走走心情是不是好点了？乔琳点点头，说谢谢你们。许妍转过脸，朝河的方向看去。河中央有一辆鸭子形状的船，冻住了，船身倾斜，鸭头望着天空。

乔琳说，我们那里也有一条河，叫奈河，比这个还宽。沈皓明说，我以为你们那里都是山呢，我还跟许妍说什么时候去爬一次泰山。乔琳说，小时候有一回，我和许妍亲眼看到一个放风筝的小孩掉到水里，淹死了。他妈妈在岸上大哭，围了很多人。许妍说，我不记得了。乔琳说，你站在那里，我怎么拽都不肯走。一直等到人都散了，你用竹竿把那个孩子的风筝挑下来，拿着回家了。沈皓明问，那个小孩是她朋友吗？她想要那个风筝作纪念？乔琳笑了笑，她就是想要那个风筝。许妍盯着乔琳的脸。乔琳没有看她，好像还沉浸在回忆里，说那孩子的妈妈后来每天在岸边哭，抱着经过的人的腿，求他们去救她儿子。再后来岸边的树都砍了，盖起一排楼房。她沉默了一会儿，对沈皓明说，许妍想要什么是不会说的。沈皓明说，对，她什么都憋在心里不说。乔琳说，不要紧，只要你一直在那里，默默支持她就行了。

许妍看着面前的湖。午后的太阳照着水面，淬起一片金光。于一鸣放下桨，让他们的船在水上漂。乔琳忽然开口说，我看见过水怪。有个放风筝的小孩掉到河里，水面上升起一团白烟。那团白烟朝我们这边飘过来，我吓坏了，拉起许妍的手就跑。可她好像定住了似的，站在那里一动不动。我就也没跑，挽住了她的胳膊，心想要是水怪过来，就把我们一块带走吧。乔琳俯身向湖面，撩了几下水说，于一鸣，什么时候教我们游泳吧。

雪越下越大，河显得更灰了，冻住的鸭子船在身后变小，拐了个弯，看不见了。路边有间咖啡馆，他们决定进去坐一会儿。推开门，里面都是人。沈皓明说，嘿，整个后海的人全都躲到这儿来了。许妍付了钱，在等饮料的地方排队。做咖啡的男孩像是新来的，把热牛奶打翻了。沈皓明从背后戳了戳许妍，说你表姐把手机落车上了，我陪她去拿一下。许妍说，等买了咖啡一起去吧。沈皓明说，没事，很近，然后转身走了。

隔着玻璃窗，许妍看到他们朝来的方向走去，乔琳好像在说什么。她烦躁地看着那个做咖啡的男孩，把手中的收据折成小块，又摊开。

乔琳也许是故意的，汪律师不帮她，她就慌了神，觉得沈皓明没准能帮忙，就想跟他说一说。许妍气恨地用力一挣，把收据撕成了两半。

做咖啡的男孩拿过撕碎的收据，仔细辨认着上面写的是什么饮料。你们连基本的培训都没有吗，许妍气呼呼地问。她把咖啡放在桌上，拉开椅子坐下。乔琳会跟沈皓明说什么呢？事情万一败露了，她应该怎么解释呢？她脑袋一片空白，什么说辞也想不出来，只是不断去按手机，看时间的数字变化。

他们终于回来了。乔琳没坐下，她看了许妍一眼，说我再去打个电话。许妍看着沈皓明，想从他的表情里读出一点信息。但他一直在低头看手机。许妍碰碰他的胳膊，拿起桌上的咖啡递给他。他喝了一口，皱起眉头说，真难喝。乔琳回来后，脸色依然凝重，她喝了两口水，捧着杯子发愣。沈皓明看了看外面的雪，对许妍说，你就别开了，我让司机来接你们。

车来了，她们先坐上，沈皓明去取了先前在童装店给乔琳买的东西，让司机放在后备厢。他凑到车窗前对乔琳说，表姐，这两天你要是不走，到我家来玩。乔琳点点头，一直望着沈皓明走过去，钻进车里。他人真好，乔琳对许妍说。

路上她们没有说话。司机拐了个弯去加油。发动机熄灭，广播里的音乐停止了。乔琳望着窗外纷飞的雪说，我明天就回去了。许妍说好。

太阳从头顶移开，风吹着湖面，水的气味升起来。船从午睡中醒了过来，一点点动起来。许妍、乔琳和于一鸣不约而同地向后靠，蜷缩着腿躺下去，仰脸望着天空。也许是在等晚霞出现，但是渐渐地不重要了。许妍合上了眼睛。湖水像一双温暖的手臂环绕着自己。它的脉搏一起一伏，节律微小而有力。船在缓慢地晃动着，可他们没什么地方要去。不去对岸，也不回去。他们三个好像可以一直那么待着，谁也不会离开。

好像什么都不重要了。许妍松开了眉头。她不再计较他们到底有多么爱彼此。她只是知道她爱他们。那股强烈的感情使她觉得自己并不是多余的。她是他们当中的一员，即便是微不足道，可以被舍弃的，她也不在乎。

她睁开眼睛的时候，晚霞已经来过了。只有几块很小的云彩挂在天边。湖面一片金色，望不到尽头。但只是一瞬间，湖水转眼就开始变灰。当她转过脸去的时候，看到乔琳正望着湖面，似乎已经注视了很久很久，又好像是她的目光使湖面暗了下去。于一鸣还没有睁开眼睛，嘴角带着一丝淡淡的笑意。不要睁开眼睛，许妍在心里这样祝福着他。因为随即他会发现太阳已经落下去，船要往回开了。他们的旅行结束了。

晚饭许妍叫了外卖。乔琳没怎么吃，她说想去床上躺一会儿。许妍吃完看了会儿电视。她到卧室的时候，乔琳正坐在床上发呆。许妍走过去拉窗帘。路灯下，有个穿着羽绒服的男人在遛狗。是对门那个姓汤的邻居，他仰起头看了一会儿月亮，从地上抱起狗，夹在胳膊底下，走进了楼洞。

许妍听到乔琳在身后轻声问，沈皓明能帮上咱们吗？许妍转过身来看着乔琳，说你自己没问他吗，你们两个去拿手机的时候？乔琳摇了摇头，我什么也没跟他说，他问我想不想来北京工作，他可以安排，我说不用了。哦，许妍应了一声。乔琳说，他是律师，又认识挺多人的，没准还能托上政府的关系……许妍问，你怎么知道他是律师的？乔琳说，他自己说的，我真的什么都没问。她低下头，看着拱起的肚子，汪律师不接我的电话了，电视台那边也没回信，我实在没有办法了。这事折腾了那么多年，总得有个了结……许妍笑了一声，你为我考虑过吗？你是不是觉得我想要什么就有什么，过得很容易？你想过几天安稳日子，我不想吗？你小时候至少有个完整的家，我有什么？她的眼圈红了，这么多年了，你们就不能放过我吗？乔琳也哭了，对不起，对不起，我不该来打扰你……她仰起脸，吸了几下眼泪说，你没看到爸妈现在什么样子，爸早晨醒了就喝酒，手抖得已经拿不住筷子，妈整天守着电脑，到各种论坛发帖子求助，隔一会儿发一遍，那些人骂她是疯子，把她踢出去，她就重新注册了再发……我真的管不了了，我的身体垮了，在街上晕倒过好几回……她停住了，定定地看着前方，好像要把什么东西看清楚。

桌上的台灯照着乔琳，但她的脸是暗的，腮颊被阴影削去了。许妍望着她，她容貌的改变令她感到惊讶。那些青春时的光彩消失了，这也许是必然的，可它们好像从来没有存在过。没有人可以通过这张脸，想象出她少女时代的模样。许妍仿佛从二楼教室的窗户里看到那个总是微微扬起脸的长腿姑娘正穿过校园，她从那扇大门走出去，然后消失了。她去了哪里？

许妍走到床边，握住乔琳的手。那只手很烫，热量从指缝间汩汩流出来。乔琳的手指很长，这肯定不是许妍第一次注意到这一点，或许在漫长的青春期的某一天，她偷偷打量过这双手，暗暗惊讶于它们的美。但是现在，她第一次意识到，这双手很适合弹钢琴，要是它们能在童年的时候遇到一个钢琴老师的话，他肯定会这么说。要是那时候遇到一个舞蹈老师，可能也会说她适合跳舞。这具承载着苦难的身体，或许同时蕴藏着某种天赋。但是天赋不重要，对有些人来说，一生中没有任何一个时刻，会有人坐下来讨论一下她的天赋。许妍想起大三的时候，她得到了去电视台实习的机会，后来被留下了，那个频道的主任对她说，我并不觉得你很有当主持人的天赋，知道为什么选你吗？因为你身上有股劲，想从人堆里跳起来，够到高处的东西。

许妍握着乔琳的手，坐下来。她感觉自己在靠它取暖。但屋子里很热，地板也是热的，一点都不像十二月。她说，我答应你，我会去问问沈皓明。具体怎么说，我要想一想。我这么做不是为了爸妈，只是为了你，你明白吗？许妍攥了一下她的手说，给我一些时间好吗？乔琳点了点头。

十点过后，沈皓明打来电话。他说你猜怎么着，礼物拿错了，给你表姐的那袋才是给任国栋女儿的裙子。许妍夹着手机打开纸袋，解掉奶油色的缎带。那件缀满珍珠的小礼服折叠着，静静地躺在盒子里。要我现在送过去吗，她问。不用，沈皓明说，反正给你表姐买的礼盒任国栋女儿也能用。我打赌你表姐生女儿，他在电话那边笑起来，我买的裙子肯定能派上用场。

5

从北京回去不到一个月，乔琳就生下了一个女儿。比预产期早了一个多月，但是孩子很健康。她发过来几张照片，小小的一团，手脚却很长。沈皓明看了两眼说，跟你长得有点像。

那个月许妍很忙。台里在筹备一个新节目，过年的时候开播。每天连着录十来个小时，一段话反复说。这期间她去过沈皓明家一次，沈金松没在，只有于岚和几个太太在打麻将。许妍替了几圈，输掉六千块。临走时于岚说，咱们过年再打。许妍想这倒是个讨于岚开心的法子，于是许妍说服沈皓明过年不去苏梅岛，而是留下陪他爸妈。到时没准还能在家宴上遇到高叔叔。

许妍接到电话的时候是傍晚。还有三天就过年了，下午她和沈皓明去买了一堆烟火。回来的路上有点下雨，据说到了后半夜会转成雪，气温降十度。此前一些天北京都很暖和，让人有一种春天来了的错觉。

手机响了，跳动着一个陌生的号码，当时她正站在沈皓明家的花房里，指挥保姆把兰花搬到屋里去。沈皓辰也被喊来帮忙，许妍觉得让他干点体力活有好处，至少没那么多时间胡思乱想。他撇了撇嘴，说这些花可真丑。她双手叉腰看着他，你觉得什么花好看？假花，他回答。她让沈皓辰把面前这一盆搬到客厅，然后接起了电话。

是她妈妈。在那边大声嚎哭，告诉她乔琳自杀了，晚上一个人出门，跳进了城边的那条河。还在抢救吗，还在抢救吗，她连着问了好几遍。她妈妈说是昨天的事，人已经没了。许妍挂断了电话。

周围一片寂静。她搓了搓手上的泥巴，搬起一盆兰花往外走。

天气湿漉漉的，好像已经下雪了，仿佛有些凉飕飕的东西，带着爪子，紧紧地揪住了她的头皮。她伸出手，想触碰到空中的雪花。砰的一声，花盆跌落在地上。瓷片在地上打转。嗡嗡，嗡嗡。

沈皓辰走过来，看着她脚边的花盆。哈哈，他有点得意地说，假花就不会摔成稀巴烂。走开，她冲着他喊，蹲下把兰花从碎瓷片里捡起来。沈皓辰吓坏了，站在那里没有动。许妍捡起兰花磕了磕土，抱着它们走了。

她把花放在旁边的座位上，驶出了别墅区的大门。窗外是呼啸的大风，雪花如同决绝的蛾，砸在挡风玻璃上。她紧握方向盘，浑身发抖。泪水在眼眶里转悠，她蹙着眉头，盯着前面的路。为什么乔琳要这样做？她感到很愤怒，在北京的最后一个晚上，她不是答应得好好的，回去等着她的消息。她为什么就不能等一等呢？

车子冲下高速，擦着一辆卡车开过去，横冲直撞地拐了几个弯，在一片空旷的停车场停住。她狠狠地砸着方向盘，喇叭发出尖锐的鸣响，她不是说会想办法的吗，为什么不相信她呢？她靠在椅背上，大声哭起来。

手机在旁边座椅上响了好几遍，是沈皓明。她坐在黑暗里，等屏幕最终暗下去的时候，才对着它喃喃地说，我姐姐死了。

她没有回去参加追悼会。

除夕夜下着小雪。她站在院子门口，看沈皓明点着了烟花。她仰起头，望着光焰绽放，坠落。天空又黑了下去。几片雪落在她的脸上。

她给家里打了个电话。她妈妈一直在哭，不停地说，乔琳为什么那么狠心抛下我们？那边传来婴儿的啼哭，还有她爸爸的咒骂声，盆碗掉在地上，发出叮叮咣咣的响声。她妈妈问，你到底什么时候回来啊？这好像是她第一次对许妍表达需要。再过几天吧，她回答。你永远都别回来！她爸爸吼了一声，电话挂断了。

许妍一直没有回泰安。她心里有股怒气无法消退。她觉得乔琳不理解她，不相信她，甚至根本不希望她过得好。她这么做是为了让她永远感到内疚。在很长一段时间里，这股怒气有效地抑制了悲伤，使她可以正常入睡。

四月的一天，她去沈皓明家吃晚饭。那天只有他们自己家的人，吃了巴黎运回来的生蚝和新西兰鳌虾。于岚抱怨生蚝没有上次的新鲜。你下个月不就去巴黎了吗？沈金松拿着遥控器换台，屏幕上出现了一个穿白色西装的女主持人。她看了一眼手中的稿子，抬起头来：

"一九八八年，在泰安的一家医院里，患有风湿性心脏病的王亚珍生下了第二个女儿。她没有一丝做母亲的喜悦，只是感到很恐慌。在她的身旁，那个只有三斤八两的女婴睁开眼睛，好奇地打量着这个世界。那一刻她是否知道，这个世界等待她的不是温暖的祝福，而是无情的责罚呢？手术室的门外，乔建斌坐在长椅上，一夜没有合过眼。在经历了辗转于计生委和医院之间的几个月后，他已经疲倦不堪。然而他们家的厄运才刚刚开始……"

许妍盯着屏幕，一只手攥着毛衣领口，感觉自己就快要窒息。

这个"聚焦时刻"有时候还能看看，沈金松说。于岚说，有什么可看的，不是钉子户就是超生。妈妈，妈妈，沈皓辰说，你算超生吗？于岚说，宝贝，生了你加拿大政府还给我奖励呢。

"……记者来到乔建斌家。乔建斌被开除以后，全家人就以这家诊所维持生计。现在门口依然挂着'平安'诊所的招牌，但是已经好几年没有来过一个病人了。一楼的诊断床上堆满了各种保健药。有的早已过了保质期，王亚珍就留给家里人吃。她拿起一瓶药给记者看，这个是帮助睡觉的，我大女儿老睡不着，我就让她吃……在过去二十多年里，乔建斌和王亚珍一直通过各种途径寻求帮助，希望单位能恢复乔建斌的工作……"

镜头掠过他们家。角落里的蜘蛛网，桌子上油腻的桌布，泛着黄渍的马桶，最后停在墙上的照片上。那是一张他们全家的合影，可能也是唯一一张。当时许妍大概四五岁，站在最右边，乔琳的手搭在她的肩膀上。

许妍感觉所有人的目光好像都朝这边涌过来。她几乎就要从座位上弹起来，冲出房间了。

随后，主持人讲述了这些年乔建斌家的生活，也讲到那个超生的小女儿，因为早产和用药的原因导致不孕，但她的去向并没有提及。也没有提到乔琳的女儿，只是说乔琳这些年，一直在为这件事奔波，导致恋爱失败，也失掉了工作。两个多月前，有天晚上她像往常一样，哄孩子睡了觉，然后离开家走到河边，跳了下去。

画面切回演播室。女主持人说："就在自杀的前一天，乔琳还给本节目的编导发过一条短信。在短信里，她这样说：'陈老师，我恳求您给我们做一期节目。这不是我们一家人的问题，很多家庭都有类似的遭遇。我相信节目播出以后，一定会引起很大的反响。如果还需要什么材料，您随时找我。给您拜个早年！'"主持人垂下眼睛，停顿了几秒，"我们将这期迟到的节目献给乔琳，希望她能安息。同时，我们也希望热心的律师朋友能跟乔建斌一家联系，帮助他们走出困境。感谢您的收看，我们下期再见……"

沈皓明气呼呼地说，这也太操蛋了。于岚看了他一眼，你想干吗，这种案子又不是你管的。沈皓明说，我可以去问问我同学，说不定有人愿意接。沈金松说，犯不着打官司，这种事找对了人，就是一句话的事。于岚说，有捐款电话吗，直接给他们打过去点钱就是了。

保姆端上水果。电视里已经在播连续剧，但许妍不敢去看屏幕，仿佛先前的画面下一秒就会再跳出来。她缩着肩膀，低头盯着面前的盘子，直到听到沈皓明说，我们走吧，就站了起来，跟随他走出大门。

她抱着自己的包坐进车里，身体一直在发抖。你的外套呢，沈皓明问。她才发现忘记穿了。别回去拿了，她几乎用哀求的语气说。车子停了，她走下来，发觉自己在一个空旷的院子里，周围都是深红色的砖墙。她打了个寒战，问这是哪里？沈皓明说，苏寒有个生日派对，我不是跟你说了吗？

屋子里很吵，拼起来的长桌两边坐满了人。除了苏寒，她一个都不认识。

沈皓明挨个介绍，她一直点头，却记不住任何一个名字。这是方蕾，沈皓明指着右边的女孩说，她跟我在英国一个学校，也读法律，算是我学妹。女孩笑了，你没念几天就转走了，也好意思自称是学长？沈皓明说，嘿，学校的校友录可是有我。女孩耸耸眉毛，那是为了让你捐钱好吗？沈皓明笑起来。许妍也跟着笑了一下。笑意在她的脸上一点点消失，泪水突然涌出来。

乔琳拉着她的手往山上走。许妍说，快下雨了，回去吧。乔琳说，你要去北京了，我得给你求个护身符。许妍说，可是摆摊的都回去了啊。乔琳说，再往上走走看嘛。

大雨降下，她们跑进一座庙里。两人抖着身上的雨水，乔琳长头发上的水珠溅在许妍的脸上，她咯咯笑起来。许妍说，严肃点，菩萨会生气的。乔琳收住笑，环视了一圈大殿，低声问，这个庙是求什么的啊？

许妍支起手肘，托住腮悄悄抹去眼泪。沈皓明正在问那个叫方蕾的女孩，你什么时候搬回来的？方蕾耸耸眉毛，你怎么知道我搬回来了呢，我看起来不像是回来度假吗？沈皓明摇了摇头，我才不信你在英国待得下去呢。

她们并排站在大殿中央。菩萨的脖子伸进黑暗里，看不见脸，但许妍能感觉到，有一簇白光从上面照下来。

乔琳小声问，你说那么多人来求她，她能帮得过来吗？许妍说，只帮她喜欢的人吧。乔琳笑了，说那她肯定喜欢我。当时我一直盼着妈妈能把你生下来。而且我还说，想要个妹妹。你瞧，菩萨就把你给我了。许妍说，当时你才两岁，就知道求菩萨了？乔琳说，我说不出来，但心里想的东西，菩萨一定能知道。许妍说，你要是知道后来发生的事，当初就不会那么希望了。乔琳说，我还是会那么希望的。我从来都没觉得不该有你，真的，一刹那都没有，我只是经常在心里想，要是我们能合成一个人就好了。她握住了许妍的手。她的手心很烫，仿佛有股热量流出来。

给我们拍张照片好吗？许妍听到有人在喊自己。是苏寒，她正站在方蕾和沈皓明的身后。许妍接过手机。苏寒笑着问沈皓明，还记得吗，那阵子每个周末我们三个都开车到郊外BBQ。后来过了一个暑假，回来大家都变得很忙，就没有再聚。也可能你们两个聚了，没有叫我。方蕾斜了她一眼，你说对了，我们在瞒着你谈恋爱。沈皓明点点头，后来她把我踹了，我伤心欲绝，就回国了。苏寒笑起来，小心你女朋友当真，回头跟你吵架。沈皓明说，她才不会呢。

大殿里飘过几丝凉翳的风，雨好像停了，有个人靠在门边看着她们。那人穿着一件破袄，逆光里看不到脚，还以为是坐着，后来才发现，脚被袄盖住了，他是个矮人。很老，布满皱纹的脸像一团揉搓起来的废报纸。她们往外走，他在一旁开口说，你们想知道自己的命运吗？她们对望了一眼，没停下脚步。他说，不收钱，我就当给自己解闷。

他走到她们跟前，仰起脸盯着乔琳，说你早运不顺，有一些坎，三十岁以后越来越好。乔琳问，怎么个好法？他回答，儿孙满堂，有人送终。乔琳笑起来，有人送终就算是好吗？矮人没回答，把头转向许妍，你啊，想要什么东西，都得跟别人去争。许妍问，那最后能争赢吗？他摇了摇头，说我不知道。许妍问，你也有不知道的事啊？他点点头，有一些。

苏寒用手指戳了戳沈皓明，说你可得劝劝方蕾，她现在是个愤怒少女，什么都看不惯，整天批判社会。沈皓明说，这叫回国综合征，过一段就好了。方蕾问，就像你吗，坦坦荡荡地做着你的沈家大少爷？沈皓明有点激动，说别把我想得那么麻木不仁好吗，我一直都想做点事啊……

然后他讲起出门前看的电视节目来：有对夫妻意外怀了二胎，按规定应该打掉，忘了为什么拖了好几个月，反正不是他们自己的责任，七个月才去引产，孩子生下竟然活着……苏寒感慨道，命可真大。沈皓明说，可是这算超生，男的丢了工作……讲到乔琳自杀的时候，方蕾摇头，这是我觉得最可悲的，因为上一辈的问题，子女的一生都毁了。苏寒说，这个故事有意思的地方是，合法生的姐姐死了，不合法出生的妹妹倒是活下来了。现在他们不就只有一个孩子了吗，还算超生吗？

许妍离开座位，走进洗手间，反锁上门。

乔琳不是不相信她，而是对世界不抱什么希望了。许妍记得最后一次乔琳打来电话，是一天清晨。她说，我今天出月子了。许妍问，你的奶够吃吗，现在能睡着觉了吗？乔琳没有回答，只是说，都挺好的，我就是跟你说一声，你去忙吧。她的声音淡淡的，没有高兴，也没有悲伤，只是有种解脱的感觉。她好像一直在等这一天。等孩子出生，等她过了满月……她那么迫切地希望解决爸妈的事，不是期盼能过什么新生活，只是希望有一个让自己心安一点的结果。如果没有，她也不能再等了。她已经松开了双手。

外面的人在不耐烦地敲门。许妍拧开水龙头，把脸伸到水柱底下。外面的声音消失了。好像沉入了河中，耳边只有汩汩的水声。我就是想来看看你，乔琳转过脸来笑着说。那双有点发红的眼睛在黑沉沉的水底望着她。然后熄灭了。

许妍回到座位上，跟沈皓明说自己可能着凉了，想先回去。沈皓明说，我们一起走吧。在车上，他说，方蕾听我讲了新闻里那个事，也挺来气，说她有几个从国外回来的律师朋友，没准有谁愿意接。我回头再给高叔叔打个电话，让他跟泰安那边的人说一下。这事反响很大，不解决一下，他们自己也难交代。许妍怔怔地望着他，这是乔琳拿命换来的，她想，眼泪掉下来。沈皓明很惊讶，这是怎么了？他抓住许妍的手，你不会是当真了吧，以为我和方蕾谈过恋爱？我们在开玩笑啊。许妍摇头，没有，没有，我只是有点感动，你真的心肠很好。她望着沈皓明，伸过手去，摸了摸他的脸颊。他拿下巴蹭了蹭她的手心，笑着说，我忘刮胡子了。

6

五月初，许妍回了一次泰安。学校已经给乔建斌恢复了工作，按照退休教师的待遇发工资。据说那期"聚焦时刻"惊动了北京的大人物，出面给计生委打了电话。但是乔建斌和王亚珍对结果并不满意，因为赔偿金的事没有落实。他们还在继续上访。

自从节目播出以后，他们接受了不少采访。乔建斌的口才练得越来越好，见到摄影机镜头，眼睛就放光。他有些得意地告诉许妍，那些记者都挺佩服我的，觉得这个社会就缺我这种有点轴的人。王亚珍开了个微博，在上面写这些年他们家的遭遇，被几个有名的记者和学者转发了，很多人在下面留言。王亚珍每条留言都会回复，有的谈得来的，还加了QQ。

这些外界的关注使他们一天到晚都很忙碌，暂时缓解了丧女之痛。但是一旦他们回到眼前的生活，意识到乔琳永远不在了，情绪就会再度崩溃。家里的灯坏了，没有人修。冰箱里臭烘烘的，还放着乔琳买的蛋糕和酸奶。桌上的婴儿奶粉敞着盖子，已经结成了疙瘩。一到天黑，蟑螂就变得猖狂，在桌子上到处爬。于是王亚珍又哭起来。乔建斌的情绪比较两极。有时候安静地坐在那里，对着桌上的酒瓶发呆。有时候暴跳如雷，大骂乔琳没良心，白白把她养到那么大。王亚珍哭完了，就在那台陈旧的电脑前坐下，开始写微博：

"你们不知道我的大女儿有多好，长得漂亮又懂事，性格活泼，所有的人都喜欢她。我难过的时候，她总是安慰我说，妈妈，都会过去的。这个世界上没有过不去的事……"

她写着写着又哭了起来。许妍走过去坐在她的旁边。她转过身，搂住了许妍。许妍轻轻拍着她的背，让她安静下来。电脑发出叮一声，王亚珍从许妍的怀里坐起来，抹了一把眼泪，有人回复我了，她说，连忙握住鼠标点击了两下。

回来的最初两天，许妍住在附近的旅馆里。第三天晚上，乔琳的孩子有点发烧，她留下来照看她，睡在了乔琳的床上。枕巾没有换过，上面还有乔琳没带走的香波的气味。许妍枕着它，想起小时候的愿望，从未被她承认过的愿望，那就是她可以睡在这张床上，不，不是和乔琳一起，而是她自己。这个破烂不堪的家，对她有一种吸引力，她渴望自己能作为一个合法的女儿，住在这幢房子里。在漫长的童年和青春期，她见过不少优秀的女孩，富有的，美丽的，聪明的，可是她一点也不想成为她们。她只想成为乔琳。她想取代她，占有她所拥有的东西。即便那些东西饱含痛苦和不幸，也没有关系。因为她觉得那是本来应该属于自己的东西。如果没有乔琳……她无数次这样想。小时候她和乔琳站在河边，一样的太阳照着她们，可是她感觉到乔琳在阳光里，而自己在阴影里。如果没有乔琳……她可以向右挪两步，走到阳光底下。

小时候的愿望是如此真挚和恐怖，被她一直揣在心里，缓缓向外界释放着毒素。很多年后，它实现了。乔琳不在了。现在她睡在乔琳的床上，作为爸妈唯一的女儿。许妍把脸埋在枕巾里，失声痛哭。她可以撤销那个愿望吗，这一切是否会有不同？乔琳会幸福一点吗，而她是不是能长成另外一个人？乔琳不在了，她并不能走到阳光底下。她将永远留在阴影里。

婴儿发出响亮的啼哭。许妍抱起了她。黑暗中，孩子皎洁的脸上没有泪痕，也没有难过的表情，好像先前发出的哭声只是为了把许妍从痛苦里拉上来。她静静地看着许妍。小巧的眼仁里像是蓄满宽广的海水。许妍想对着它忏悔，但更想把所有的祝福都给它的主人。如果她的祝福也像她童年的愿望一样有法力，她希望她能得到自己和乔琳永远无法得到的幸福。

许妍从于一鸣身旁醒来，时间是凌晨三点钟。旅馆的窗户关不严，寒风钻进来。立冬了，北京很冷。许妍约于一鸣吃了晚饭，然后又去喝酒。快结束的时候，乔琳忽然在他们的谈话中消失了。许妍记得于一鸣怔怔地望着自己。随后的记忆一片模糊。许妍不记得自己说了什么，于一鸣说了什么。他们有没有接吻。她好像有点疼，也可能没有，只是她觉得自己应该有点疼。

她把于一鸣叫醒了。他从床上翻下来，抓起地上的衣服。女朋友还在家里等他，喝醉之前他就强调过这一点。他一边穿衣服，一边对许妍说，我知道是因为你刚来北京，有点想家，过些日子就好了。

走到门口，许妍喊住了他，拿起背包伸进手去掏索。他问怎么了。许妍说，乔琳有个东西让我带给你。他站在那里等了一会儿，她还是没有找到。他说，我真得走了，以后再说吧，然后拉开门走了。

那支钢笔一直放在书包的隔层里，许妍前两回见于一鸣总是忘记给。也许是想有个和他再见面的理由。但是现在，她非常想把那支笔给他。她打开灯，把包里的东西倒在地上。

乔琳的孩子特别安静。在度过最初那段离开母亲的日子之后，她很快适应了新生活。每次喝完奶就睡着了，醒来只是轻轻哭几声，然后安静地等着。许妍抱起她来的时候，孩子把头贴在她的胸口，好像在听她的心跳，脸上露出一丝微笑。每次放下她，她都会嘤嘤地发出两声，许妍心里一紧，又把她抱了起来。

外面已经很暖和，她抱着孩子走到太阳底下。槐花开了，地上落了厚厚的一层花瓣，被风吹着，散了又拢到一起。她走到河边，在石阶上坐下，想让孩子睡一会儿。但是孩子不睡，和她一起注视着面前的河。你闻到你妈妈的味道了吗？她问孩子。孩子笑起来。

孩子叫乔洛琪，名字是乔琳取的，但是好像没有人记得她的名字，爸妈都管她叫孩子。乔琳的孩子。他们好像仍把她看作是乔琳的一部分。她的圆眼睛和乔琳很像。有时候望着它们，许妍会有一种想和乔琳说话的渴望。但她不知道该说什么，她想说的乔琳应该都知道。现在乔琳知道世界上所有的事。知道许妍回来了，知道她和孩子在一起，知道她很想念她。

离开的那天清晨，许妍又抱着孩子出去散步。路过火车站，她对孩子说，这里面有火车，呜呜呜，汽笛拉响，然后哐哐开走了。以后等你长大了，坐着它去找我，好不好？孩子没有笑，静静地看着她。她心里一紧，攥住了孩子的手。她无法想象孩子如何在那样一个破败的家里长大。

　　回到家，许妍把晾在门口的婴儿衣服叠起来，放在柜子里。她看到了那只纸盒，压在柜子最底下，露出一个角。打开盒子，那件白色连衣裙和她记忆里的样子不一样，塔夫绸没有那么硬，荷叶边也没有那么复杂。她给孩子穿上，把她抱到窗口。阳光照在胸前的那些小珍珠上，像雀跃的音符。你知道你很漂亮吗，她小声对孩子说。孩子软软地趴在她的肩上，用脸蛋蹭着她的脖子。

　　许妍坐在火车上，听到鸣笛声一阵心悸。她合上眼睛，想睡一会儿，但是耳边都是嗡嗡的噪声。她心烦意乱地拧开水，咕咚咕咚喝下去，然后盯着窗外飞快掠过的树和房屋。她一点点安静下来，并且做了个决定。回去以后，她要把所有的事都告诉沈皓明。他早晚有一天会知道的。她想跟他商量，等孩子大一些，把她接到北京住。要是有可能，她想收养她。

　　司机在车站等她，接她去吃晚饭。沈皓明订了一间日本餐厅。刚谈恋爱的时候，他们来过一回，从榻榻米包间的玻璃窗望出去，能看到小小的日式园林，但是现在天色太晚，覆盖着青苔的石头都变黑了。喝点酒吧，她跟沈皓明说。我正想说呢，沈皓明拿起酒单翻看。

　　清酒端上来，盛在圆肚子的蓝色玻璃瓶里。她和沈皓明碰了一下杯子。沈皓明问，片子什么时候播？她怔了一下。沈皓明说，这次出差拍的片子。她说，哦，下个月吧，还不知道剪出来什么样。然后她问沈皓明，你妈妈去巴黎了吗？沈皓明说，没呢，下周走，她们非要坐徐叔叔的私人飞机。许妍说，挺好，她们四个可以在飞机上打麻将。沈皓明撇了撇嘴说，无聊透了。

　　窗外园林的轮廓被夜色吞噬，只剩下灯光照亮的一角，石头发出幽绿的光。许妍喝了一杯酒，抬起头看着沈皓明，说你知道吗，我一直觉得你身上有很多可贵的品质……她笑了笑，说你知道我不擅长表达，可我真的觉得你特别善良，有正义感……沈皓明问，你干吗要说这个呢？她说，而且你对我很包容，我们的家庭情况不同，生活习惯也不一样，我身上肯定有很多地方让你不舒服……沈皓明打断她，别说这种话行吗？许妍又给自己倒了一杯酒，把发烫的脸贴在杯子上，说我十八岁来到北京，谁也不认识。课余时间我当家教，做导购，帮人主持婚礼，赚了钱给自己买衣服，去西餐厅吃饭。我就是想过体面一点的生活。你明白吗，我小时候家里什么都没有，连写字台也没有，要在窗台上写作业……我特别珍惜现在的生活，珍惜你，所以我一直……许妍哭了起来。沈皓明蹙着眉头望着她，她心里一凛，不知道怎么说下去。

服务员送进来甜点。两人默默吃着。沈皓明给她倒了酒，又把自己那杯添满。许妍喝了一口，鼓起勇气说，我表姐，冬天来北京的那个……沈皓明啪的一下把杯子放在桌上。许妍愣住了。他沉了沉肩膀，说我这两天，在方蕾那里过的夜，嗯，他又倒了一杯酒，说我本来想过几天再说，可是你把我说得那么好，让我很惭愧，我没打算瞒你，你知道我最讨厌骗人的。许妍茫然地点点头。她攥住酒壶，想再倒一杯酒，但始终没有把它拿起来。瓶壁上有很多细小的水滴，像一种痛苦的分泌物。她轻声问，你们俩的事是刚开始，还是已经结束了？沈皓明不说话，点了一支烟，白雾从他的指缝里升起来。许妍用手臂支撑着从榻榻米上站起来，说我先走了，等你想清楚了，告诉我你打算怎么办吧。

她拉开门向外走，沈皓明追出来，把外套披在她身上，说你又忘了穿大衣。然后他张开双臂拥抱了她。这是最后的告别吗，她一阵心悸，推开他跑到路边，拦下一辆出租车。

回到家，她发觉自己浑身滚烫，好像在发烧，就设了闹钟，吞了两片药躺下来。帮帮我，她在黑暗中说。外面天空发白的时候，她感觉乔琳来了，背坐在床边，扭过头来望着自己。她的目光并没有应许什么，却使许妍平静下来。

闹钟响了很多遍，她挣扎着坐起来，看了看另外半边床，很平整，没有坐过的痕迹。她洗澡，烤了两片面包。手机上跳出一条短信。她没有看，走过去拉开窗帘，外面下雨了。她把杏子酱涂在面包上，慢慢吃起来。吃完才拿起手机，点开短信。

沈皓明：我们还是分手吧，对不起。

她喝光杯子里的牛奶，拿起伞出门了。

请假十天，积压了很多工作，她一口气录了三期节目。中场休息的时候，编导进来跟她聊节目改版的事：活泼一点，别死气沉沉的行吗？要是收视率再这么低，节目就得停播了。许妍说，那我就去主持一档新闻节目。编导朗朗地笑起来，"聚焦时刻"那种吗？真没看出你身上还有社会责任感。

许妍换了一套衣服，坐在镜子前补妆。她问化妆师，你觉得我剪个短发怎么样？化妆师说，嗯，挺好。别再留齐刘海了，挡着额头影响运势。许妍笑了笑，说听你的。

回家的路上，许妍拐进一家美发店。从那里走出来，天已经黑了。夏天的风吹着脖子，很凉爽。她去便利店买了两个面包，然后往家走。路边有一家酒吧，或许是新开的。她朝里面张望了几下，有很温暖的灯光。她推开门走进去。

酒吧很小，只有一个男人趴在角落里的桌子上。她坐上吧台，点了一杯莫其托。角落里的那个男人走过来，要添一杯威士忌。是对面那个姓汤的邻居。他冲她点了点头，然后回到自己的座位。

店里放着喑哑的电子乐，像是有什么东西发霉了。喝完第三杯，她觉得自己应该醉一次。她从来没有试过，交过的几个男朋友都很爱喝酒，她必须保持清醒，好把他们送回家。有人在敲桌子。她抬起头来。店主面无表情地说，我要关门了，我女朋友在家等我呢。然后他走到角落里，把她的邻居叫醒，站在那里看着他把口袋里的钱摊在桌上，一张张地数着。

许妍坐在姥姥家门口。明天就要动身去北京，箱子已经装好，还有很多小时候的东西要处理。她把纸箱拖到外面，坐在门槛上慢慢挑。乔琳朝这边走过来，手里举着两个蛋筒冰淇淋，融化的奶浆往下淌。她坐在许妍的旁边，把香草的那只递给她。

乔琳说，我买了支钢笔，你帮我送给于一鸣。她们默默吃着冰淇淋。一个住在隔壁院子里的小男孩走过来，约莫十来岁的样子，站在那里看着她们。乔琳指着冰淇淋说，下回我给你买一个，好吗？男孩没说话，仍旧站在那里。地上散着从箱子里拿出来的乱七八糟的玩意儿。装风油精的瓶子，雪花膏的铁皮盒子，一块毛边的碎花布……这些不成为玩具的玩具，曾是许妍童年最心爱的东西。乔琳说，雪花膏盒子好像是我给你的。许妍说，我拿纽扣跟你换的。什么纽扣，乔琳问。许妍说，那是我最喜欢的纽扣，你竟然不记得了。她把蛋筒塞进嘴里，起身进屋洗手，忽然听到背后发出叮咣一声响。

隔壁的小男孩从地上那堆东西里拿起一只风筝，转身就跑。乔琳对她说，走，我们把它抢回来！

男孩到了胡同口，转了个弯，朝大马路跑去。她们给一辆车拦住，落下了很远。但她们还在往前跑。乔琳脚踝上的链子发出丁零零的声响。她的长头发在风里散开了，许妍闻到香波的气味。小男孩消失在马路的尽头，但她们没有停下。头顶上翻卷着乌云。许妍恍惚发现这一会儿的工夫，把小时候整天走的那些街都走了一遍。如同是快进的电影画面，一帧帧飞过，停不下来。乔琳拉了她一下，伸手指了指天空。在天空的最远端，一只绿色的风筝，正在一点点升起来。

许妍停下来，和乔琳仰头望着天上。那只风筝垂着两条长长的尾巴，像只真正的燕子。它在大风里探了个身，掠过低处的黑云，又向上飞去。

许妍和她的邻居站在酒吧的屋檐下。邻居说，好像又下雨了。她笑着说，有什么关系呢。邻居说，我希望下雨，这样土能好挖一点。许妍晃了晃她的短发，你说什么？邻居说，我的狗死了，我等会儿去埋它。它现在在哪里？许妍哈哈笑起来，你不会把它冻在冰箱里了吧？邻居的脸抽搐了一下，说我真的不想回家，我们能再喝一杯吗？许妍说，好啊，我家里有酒。邻居问，你男朋友呢？许妍说，分手啦。邻居说，遗憾。对了，什么时候能尝尝你做的饭吗，经常在走廊里闻见，特别香。许妍说，也可能是外卖。邻居说，不是，周围所有的外卖我都吃过。许妍问，你没有女朋友吗？邻居说，我喜欢的都不喜欢我。许妍说，你肯定有很多怪癖。邻居想了想，喜欢在浴缸里泡澡的时候吃橙子算吗？

雨下大了，他们跑起来。许妍踩到一个大水洼，雨水溅了一身。她笑起来。来到屋檐底下，邻居抖了抖身上的雨水，转过头来问，对了，你的表姐怎么样了？她的孩子好吗？许妍不笑了，望着他。

他说，有天晚上我下来遛狗，拿着手电乱扫，结果忽然在灌木丛边看到一个女人，躺在那里跟死了似的。我刚想喊保安，她睁开了眼睛，说没事，我只是晕倒了。我想扶她起来，但她说想再躺一会儿。我也不好意思丢下她，就坐在旁边，陪她聊了一会儿天。许妍问，她都说什么了？邻居说，忘了……哦对，她说，我肚子里的小家伙好像很喜欢北京，不想离开这儿，我就跟它说，你很快会回来的，你以后会在这里长大的……嗯，你表姐还说，让我到时候别忘了带我的狗和她玩……

许妍哭起来。乔琳从未说过要把孩子托付给她。然而她却知道孩子会来北京的，大概是笃信自己和许妍之间的感情，并且因为她了解许妍是什么样的人，也许比许妍自己更了解。那颗在掩饰和伪装中裹缠了太多层，连自己都无法看清的心。

许妍看向天空，好让眼泪慢点掉下来。她点点头说，孩子很快会来的，跟你的狗一起玩……

邻居说，狗死了啊，我今晚要去埋它……

许妍喃喃地说，你不知道那孩子有多乖，一点都不吵，你一逗她，她就咯咯笑个不停，是个女孩，很漂亮，眼睛圆圆的，穿着白裙子，像个小公主……

邻居说，哦，那我再养一条狗吧……

雨声淹没了他的话。许妍站在楼檐底下，静静听着外面的雨。她不知道能否照顾好孩子，以后会不会为了前途想要抛弃她。她对自己完全没有把握。可是此刻，她能感觉到手心里的那股热量。有些改变正在她的身上发生，她的耐心比过去多了不少。也许，她想，现在她有机会做另外一个人了。

（原载《收获》2017 年第 2 期）

一　天

◎田　耳

1

比头茬闹钟更早的电话，一般都让人心惊肉跳。只响两声，我将手机接通，屏上蓝幽幽的来电显示，是我妻于碧珠。我起床往外走，不忘扭头看看床头，女儿小萤在睡，嘴角挂笑，显然做着好梦。她已三岁，开始做梦，好梦噩梦都有相应的表情。妻在县医院当护士，昨晚的夜班。这个时候，通常不会打电话来，怕惊醒女儿。她上班前哄小萤入睡，待次日小萤睁开眼，又能看见她。

像大多数俚城人家一样，私建小楼房，我住二楼，楼下住了老父母。楼下座机也在响，两边电话同时响，这时，我隐隐感觉到某种关联。

"你堂哥家的女儿又出事了。"妻开宗明义。

"哪个堂哥？"

"还能有哪个堂哥？"

"跟我共一个爷爷的堂哥，有五个。"我提醒，于碧珠未必个个认全。我又说，"我晓得你是讲哪个？"

"还能有哪个？"

"三凿（凿读着的音）？"

其实妻讲了头一句话，我便自动想到三凿。曾经，堂哥三凿有两个女儿，一个儿子。两个女儿是双胞胎，名字还是进城跟我父亲讨来的。我父傅桐川，曾是苑头村头一个大学生，毕业分到县城工作，有文化。父亲给这一对侄孙取名傅单妮、傅双婕。婕字难写，后改为洁。后来，三凿家里只有一儿一女。

我呼吸顿时有些浊重，清早时分，空气很潮。远处看去，六点半的光景，山的轮廓已然明朗，鸡也鸣狗也叫，河对岸的马路有了不少车辆。楼下的电话有人接，不出意外，是我父亲。母亲有眩晕症，不是随时能起身。

五点多，天还浓黑，下面救护车声音又紧了一阵，ICU收来县高级中学送的重病号，说是一女生从五楼跌下。是否跳楼，尚无定论。这样的事件，隐藏有故事，自是得到最快的传播。我妻在内一科，听人讲起。当时她正往多份病历上填写测查数据，错一项都可能是医疗事故，不敢分心。忙完那一阵，她才问起那女生的情况。一个同事说，女学生名叫傅单妮。妻有印象，赶紧再去打听。ICU大门紧闭，家属还没赶来，学校只有管女舍的阿姨和几个帮着抬人的老师，个个一脸错愕，尚未回过神，问什么全不肯说。稍后ICU门敞开，那女学生被推车推着跑，好几个医生护士护住，不让人靠近。后面就转了院，转到地市人民医院，那里有更好的医疗设施以及水平。"女孩盆骨都骨折了，我们不敢乱动。"ICU的凌医生跟那些老师解释，"她还小，我们技术不过硬，要是没接上来搞成残废，那真叫抱憾终身。地市医院水平比我们高，希望更大。"

摆了基本情况，妻便依照经验，又讲起她的看法。"……显然，凌医生讲话是有策略的。他怕惹麻烦，只肯讲骨折。他找一堆理由，把事情推给市人民医院。真实的情况，肯定要比这严重。"

"有没有生命危险？"无疑，此刻，这是我最关心的问题。与此同时，脑里浮现着八年前的画面，犹在眼前。

"这不好说。"妻迟疑了又说，"换是以前，院长还是王景旷，没人会把这种病人往外推。王景旷维护下属，出了事他一人出去顶。那时遇到垂死的病号，医生敢接，毕竟抢救费用高，救不活也有几万。王大胆去年底出事，现在邹院长不敢担责，放话说谁的病人出事故，谁自己认赔。这一来谁还敢给自己找麻烦？稍微有风险的病人，都打发去市医院。"

"你是说，要是王大胆还当院长，医生拒收单妮，情况反而凶险；换了院长，同样拒收，单妮可能还有得救？"

"只是猜测，凌医生不肯讲真实情况。这种事谁会跟人讲？"妻不由感叹，"现在当医生，随时可能惹祸上身。"

"家属来没来？"

"三凿两口子赶到时，救护车正要出发往市医院去。他俩也上了救护车，堂嫂上车就哭，被拉下来，止了哭再爬上去。"

"你再去打听，随时跟我讲。"

"你和爸肯定要过去，帮着处理情况。"妻想得周全，"我跟他们打个招呼，马上赶回家，你直管去。"

我从侧梯下楼，站到一楼门口抽烟，刚扔掉烟蒂，门打开，他走出来。我父七十五，头发依然油黑，平时梳得丝丝不乱。现在，那一头零乱的发，像临时添加了几笔岁月的风貌。他脸纹深密，有如木口版画。

"碧珠跟你讲了？"父亲问我。

我说："三叔打来的电话？"

"他叫了癫叔开车，正往城里赶。"

"半小时能到。"

"我去换一换衣服，你等下陪我去市医院。"

"不用讲。"

母亲不知几时已起床，站在门口，一手扶门，听着我俩讲话。父亲嗓门大，刚才电话里讲了一通，同时母亲一定在床上挣扎，好将自己尽快弄醒。母亲每一次早醒，都有如休克后的苏醒，需要十来分钟。在半梦半醒中，她大概了解了情况，还是问了一句，"单妮到底怎么样？"

"不清楚，要往市医院去看。"父亲又说，"要有思想准备。"

"了了。"母亲随时一张苦脸，所以她难过的时候，表情反而没有太多变化。稍后她冲我说："我上去看着小萤。"

"你直管看着，她醒也不要抱她，让她躺床上。碧珠很快到家。"母亲有一次正抱着孙女，忽发晕厥，倒地时小萤也狠狠摔在一旁，从此有点害怕奶奶。

"我知道！"

2

"妈逼当年我就眼皮跳，晓得这种事情还没完。"

我父嘴中的癫叔，我要叫爷爷。癫爷一边开车，一边用拳砸喇叭。他的长安羚羊，车虽破，嗓门却是不小，一路狂啸着，超了一辆大切，又超一辆大奔。大奔当然不服气，在后头追。癫爷就点评："这杂种，买台大奔以为自己会开车。"

癫爷年纪刚到五十，大我整轮，都是属龙。但在乡村，字辈就是律法，该怎么叫还怎么叫。记得有一晚，我和几个朋友路边拦下一辆的士，逐一钻进去，没想是癫爷的车。我坐后排，所以也没在第一时间认出他。他等我喊他，我也没及时喊。他将车开一阵，叫了我名字，我才意识到是他。"叫爷爷！"他那么说。我没吭声。他说你爹见我赶紧叫叔叔，你不喊？我只好喊，要不然，这事情会在兜头村传开，我若再回到那里，会被人指指戳戳。其实就叫了一声爷爷，那几个朋友都乐不可吱，纷纷冲我说："叫爷爷。"我说："我去，他真是我爷爷。"癫爷也满意地说："哎，这就对了。"但以后我就留了心眼，看见他的车，不会招手。我年纪也是不小，叫一个爷爷开车，自己在后排端坐，心里总不踏实。

而我三叔塔佬说："小孩家贪玩，只是不小心跌下来，哪可能……哪可能……"

我父说："县医院讲是怕她残废，命应该是有。送到市医院，水平高，设备也全是进口的，搞不好还能恢复一个完人，能跑能跳。"

癫爷说："那是，现在医疗技术高，不比以前，女人一生孩子，家里人心子就悬起来。要么死大的，要么死小的，要么大的小的一起了，家常便饭。"

"我们乡下人，残就残点，先把命保住。"三叔强自地笑，又说，"单妮长得好，个子也高。"

三叔诨名塔佬，自是身板高大，在兜头村，和谁讲话都要勾起脖子。村里人推选他当村长，当满一届，他不想干。人们纷纷说，塔佬，你找个个子和你一样高大的，把你代替了，就可以不当。现在营养好，也有后生不断长得高大，但身条子没抽完，都一头往外面扎，哪肯留在村里。三叔只好一直当这个村长，当了很多年，村人便说，左瞧右看，也只有塔佬长一脸官相。他是九七年当的村官。九六年他找到我，要我带他去市里看火车。"我还从来没看过火车，白活这么多年。"他一脸忧伤。我便找车站的朋友帮忙，进到里面，他蹲在月台，将来去的火车看了一整天，将上下旅客的脚杆看了一整天，中午还是我送去盒饭。零二年，作为优秀村干部，他有机会去北京学习访问。去是坐火车，摇晃一整天，回来坐飞机，只消两个多钟头。他给我带来一条（一百支装）毛主席纪念堂的专供烟，表明和毛主席打过照面。但那烟不好抽，纪念品大都不是好东西，只是用于纪念。"几年前我还没见过火车，今年就坐了飞机，两个钟点就能回来。说实话，这一趟来回，我再也看不上火车。"

癞爷将车一拐，过了收费站，驶上高速路。俣城和地市很近，通高速后，30分钟就可到达市区的南城，市人民医院设在那里。三叔是个话痨，高声大气，将各种平常的事情，当成稀奇讲。听的人，起初觉着好笑，慢慢地就会受三叔感染，随着他大惊小怪。上了高速路，三叔又感叹，回想二十年前头一次去市里，从俣城上车，走走停停大半天，中间很多妇女在车上啰，很多同志跟司机申请下车解手。司机不是人，女同志说话就给方便，男同志一概不理睬。"后来到市里，我找到一个厕所，一口气尿了三个啤酒瓶。"

三叔看着车窗外迅速移动的风景，抚今追昔一番，又要回忆单妮。单妮是他和三嫂带大的，三凿两口子一直在县城务工，很少回家。对于陌生的高速路，三叔能说一堆话，那么对于单妮，讲个几天几夜是没问题。这时，他接到一个电话，嗯啊几声，便陷入沉默。

我们老远看见市人民医院。这时天已亮透，市医院主楼是双塔结构，很高，顶楼几个霓虹字仍然闪烁，但光迹黯淡，像即将燃尽的煤饼。很快，车子开进院内，找到急救中心，下车。

三凿，我的堂兄，在门洞处等。他大我两岁，看上去脸纹和我父一样稠。他安静地站在那里等，身体习惯性瑟缩、佝偻，夹一支烟，有一口没一口地抽。我们朝他走去，谁也没有喊他，他呆钝地发现我们的到来。他想了想，脸色陡地一变，还没出声，眼泪已经喷涌而出。我下意识地去扶三叔，他个子大，如果腿脚发软，会是一次坍塌事故。三叔原地站得稳。我仍然扶他，但已感受到三叔的平静。那种平静，异乎常理，却又如此真实。我这才想到，三叔在车子上定然颤抖了好久。他坐我身边，只不过车的晃动掩盖了一切。

一切太快。

癞爷也过来，扶住三叔的另一侧。再往前走，走廊尽头那扇大门打开，一伙女人出来，都是在哭，合唱一般整齐。她们都是菀头村人，随着丈夫在县城打小工。某种程度上，进城较早的三凿，等同于他们的工头。即使打小工，多年下来，也积攒了一定的口碑。雇主将电话打给三凿，他再往下派工，要兼顾每个人的利益。今早三凿两口子搭了急救车赶来，他们也叫辆面包车，往里面塞人，挤得紧紧巴巴，再多一条腿都搁不进去。面包车随后赶到，门打开，有那么多人不可思议地涌出，瞬间便制造了紧张气氛。他们怕吃城里人的亏，遇到事情，尽量抱团应对，图个人多势大，或者法不责众。

男人和女人相向而行，眼看即将汇合一处。我知道更大的集体哭泣即刻暴发，脔心一紧，往左侧一条走廊钻去。一切如此熟悉，八年前，我已遭遇过一次。我害怕集体的哭，那对不哭的人是种强迫，仿佛你会因此失去为人的资格。我其实容易落泪，但众人皆哭时，我偏就哭不出来。

上一次，死的是双洁，双胞胎里的妹妹。双洁晚出了几分钟，就变成妹妹，脸上随时挂起委屈的模样。正好，亲人们依赖这一特点区分两姊妹。

双洁的死，可说是一次意外，一次疏忽。

那年这一对小姐妹同是八岁，弟弟傅家顺五岁。三凿两口子进了城，务工赚钱。家里有儿有女，父母帮着照看，自己在外面每天挣钱，到手纵是不多，远远强于在家种稻。三凿分明是看见好日子在跟自己挤眉弄眼。乡下小孩都要带弟弟妹妹，这对姐妹也一样，从小围着家顺转，处处留了心眼。她们已经知道，家顺比她俩都重要，裆里夹着的可不光是小鸡鸡，也是"香炉碗"。我亲眼见到这样的场景：我去三叔家，带了巧克力。三叔悉数接过去，先不让小孩看见。然后，他拿出其中一块，在三姐弟眼前晃。"只有一块黑饼干，该谁吃？"姐妹俩几乎异口同声："家顺。"三叔还要问一句，为什么。姐妹俩答案就有了区别。一个说家顺是弟弟，一个说家顺是男孩。"都对，你们真是聪明。"三叔又掏出两块"黑饼干"，每人一块。我在一旁，忍不住说："这样讲不好吧？""有什么不好？你们城里人拐弯抹角，一样的意思，偏要讲出不相干的大道理。"

"我要只有女孩，也高兴。"

"你有单位，老了有国家养着。"

我要再往下说，在三叔看来，都是大道理，是拿他的错，只好闭嘴。那是黄昏，逆着光，我看着姐妹俩神情的一系列变化：先是克制，因为三块巧克力的出现，眼眸重焕了光芒。她们拿着各自的一块，走到前面一棵铁青色栎树下。夕阳在她们那一侧，我记取这一场景，有如剪影。

一次平常的嬉闹，家顺突然发力一推，双洁没防备，跌到屋前的陡坎下。陡坎两米多高，双洁左颅先坠地，幸好只是硬土，没撞上岩石。双洁说疼，家人没及时送医，只是土法上马：胡萝卜拦腰切开，蘸桐油，烤热，抹搽、揉搓肿起的地方。后面，张医生说，这加重了颅内出血。

我们知道情况已是次日午后，三凿打来电话，夹杂隐隐哭声。他说双洁脑袋疼了一夜，现在正搭兵哥的蚱蜢车，往县城赶。（后面张医生说，搭乘蚱蜢车，也是严重失策。但乡下人除了计生政策，哪还顾得上别的"策"？）三凿问我有没有熟悉的医生，要尽快联系好。我问怎么搞的？他说跌到屋坎下面。我说这个先去急诊科，让医生看下一步怎么搞。

我们赶去时，双洁左边头顶已经肿大，时而剧烈呕吐，呈喷射状地吐，是由脑疝引发。急诊科不肯收治，往市医院推。我母亲感觉到事态严重，找到外科主任张朗维，要他帮帮忙。"送去市医院来不及……现在什么措施都来不及，只有开颅。你们签免责书，我只能尽力而为。"张朗维是有名的外科医生，全县头把刀，市里调他，省里调他，都不去。他的理由是，三十年前，一分到这个医院，就从没想到要调走。人为什么要调来调去？他感到莫名其妙。

母亲自然信得过他，鼓动三凿签免责书，之后，双洁被以最快速度推进手术室。

我第一次感受在手术室外的等待。我记得，影视剧里守候手术室的场景，根据情节需要往下发展，绝大多数都是有惊无险，偶尔会是最不堪的结果。

走道里，钝白的光四处流溢。不知什么时候，我见自己嘴里念念有词。当我意识到这点，就抬眼看别人，很多人都这样，堂嫂、三叔、癫爷、我父、我母，当时尚未远游的我弟……我掐表看的，双洁被推入手术室，是下午三点一刻。三点四十二分，手术室的门第一次打开，是张朗维本人走出来。大家凑过去。张朗维摘下口罩，摇摇头。

真实的死亡，总是意想不到地快。

那一刻，我感触到一种异常坚硬而冷的东西，塞在喉头，憋大了脑袋。而此前，影视剧总是反复告诉我，死亡是一种有弹性的东西。人们的心情，人们的祈愿，可以促使垂危的人一次次缓过气来；可以促使奄奄一息的人，在下一集便恢复做爱能力。坏人只能是枪靶子，好人总也打不死。而我们，谁又自认是坏人？

那一刻双洁被宣告死亡，死亡在我印象中也失去所有弹性。死亡就是死亡，死亡只能是死亡……堂嫂秋娥的哭声，止住我所有的想法。她哭得凄惨至极，以往定然从没发出这种声音。忘了说，我们同是土家族，纵然时代不同，女人不用练习哭嫁，显然也比别族更多一些哭的天分。或者，这来自族群的基因密码。堂嫂还把声音一再拔高，在她潜意识中双洁尚未走远，可待唤回。三凿咬紧牙关，一把抱住他妻。此前我从未看过两人的拥抱，包括他们当年冗长的婚礼。

那时候，他俩进城务工才一年，不太吃得开，认金柱乡一个姓顾的人当大哥，好有照应。顾大哥懂当大哥的责任，当天领来不少人，聚到手术室门口。一个老护士便守着他们，不让吸烟。顾大哥打断了这对苦难夫妻的拥抱，执意将三凿拖至廊道转拐的地方，咬起耳朵。

稍后，三凿朝我们一家走来，脸上显然有了主张。他站定，用目光找准我父的脸。

"大伯，我们要闹。"

"怎么说？"

"就是要闹！"

在家中，我父从来低头干事，我母专管抬头面客。母亲往前面一站，问："为的什么？"

顾大哥领的一帮人围过来，呈扇形分布，排列在三凿的身后，一看便是他坚强的后盾。三凿便说："双洁不应该就这么死。"

"昨天及时送来还有希望，今天送来错过治疗的时机，总不该是医生的责任？你应该看到，CT片上，双洁的脑中线已经严重偏移。颅内大出血，脑线严重偏移，哪家医院敢收治？张医生还愿意开刀，已经是学雷锋做好事，你们还闹。"

"我们没有文化，看不懂底片！"

"来的路上，双洁剧烈地吐，那就是脑疝，你总是知道。人一旦出现脑疝的状况，往好了说，九死一生，说直接点，必死无疑。这个情况，你们要不信再去别的医院，任何一家医院，问别的医生。"我母久病成医，知道一些医理，刚又听了别的医生分析病情，此时讲话便有几分专业。

三凿一时语塞。他从小不善言谈，更别说与人理论。顾大哥将他抹开，冲我母亲说："我们不要讲那么多。大家都看到，刚才人送进去是活的，还没半小时，就死掉。你不觉得太快？"他背后有个兄弟，又添一句："杀牛宰羊，血放干了，还要在地上打半个钟头冷摆子！"顾大哥扭头止住那小弟。顾大哥极力维持一种很懂分寸的形象。

母亲问："你跟我说说什么是快，什么是慢！一次死亡，要持续几分几秒才符合法律规定？"

顾大哥不语。

"刚才已经签了免责书，有法律效应，不是开玩笑。"

"三凿签的，他可以一边站着。他老婆没签。"顾大哥说，"道理我也懂。"

"你是小顾，对吧？我听三凿讲起过你，你是懂道理的人。"母亲虽然个小，毕竟乡镇混过，单位里当了多年小萝卜头，处理过很多问题。她又说："一人签字，就代表一家人的意见，你最好找个律师问清楚，不要开口瞎讲。再说，这是我家里的事，你毕竟是外人。现在已经出了事，我们家里人先商量。这个时候，你还不方便多讲。"

顾大哥既不回应，也没有要走的意思。母亲冲三凿说："你不相信医生，总要相信大伯和伯娘。我们会不会害你？闹事总是一大帮，擦屁股只能自己来。要真闹起来控制不了局面，造成什么后果……你自己有脑壳，你更有自己的脑壳。"

三叔在那边哭，我父离开这边的人群，走过去，好歹将他劝停。两人走过来，站在我母亲两侧。被我母亲一衬托，三叔的站立，就像是耸立。他说："三凿，做事讲道理，做人凭良心。医生还是你伯娘的熟人，认识好多年，今天才肯出手。他凭什么要害双洁？你只要找出一个理由，讲出来。要不然，恩将仇报我不答应。"我一听这措辞，夹杂我父一贯的腔调。

场面一时静默。张医生这时开了腔："我也难过。当然，你们见到一次，我已见过成百次，所以，请原谅我没法和你们一样哭出声来。出于人道，我们医院免去所有抢救费用，马上联系车，免费把人送回家。"

小小的尸体很快包严实，用担架抬上车。我代表我这一家，上车护送。那是阳历七月十五，我清楚记得半路一场疾雨，到村头雨顿住。三叔的院子里已经搭好雨棚，在村尾，而灵车只愿开到村头，不往里开。不少人聚在村头，尤其是女人，相互搀扶，看向进村的路口。乡村的女人，为彻夜长哭，都已蓄力，并找定各自节奏，在夜色中亮出一点就燃的神情。男人大都拎着蓄电池的灯，一笔笔光柱很长，光柱里浮游了蚊虫。有几个男人还是用矿灯，灯在额头前亮起，巨大的电池别在腰间。

我想起我曾将单妮和双洁一手一个，抱在怀中。那时候，她们那样地轻，她们一样地笑，以致我分不清。我问谁是谁。她们挤着一样的眼神，一个说，叔叔你猜；另一个捏着我鼻头，说你可以猜三次。

车已停。我扭头一看，裹紧的尸体，说不出地小。在我另一侧，三凿的老婆秋娥已是休克状。她是她母亲，白发人送黑发人。外面一张张脸，贴向车窗，一时，我从未如此近距离地看清乡村群像，他们暗沉的脸被夜色进一步放大，陡然清晰，马上又漶入无边的模糊。

车的后门一开，几条汉子接住担架顺着光走，司机揪着我说，快点把担架还回来！

3

起初，高级中学是有五人在场：四个老师，两男两女；一个宿舍管理员，当然也是妇女。医院廊道总是深长，墙壁和地面都散漫地反射着顶棚上惨白的灯光。他们本是坐在尽头的条椅上，一时都站起迎接，神情木然、客气、恭谨，有男老师给我们打烟。倒是那个女舍管，姓欧，双手垂膝，在扭头时眼仁忽闪一下，显然浸过泪光。我当时就想，是不是，她觉得这事跟她关系最紧？我看着她时，她身体仍有微颤。

女舍管欧春芳近五点听到女生的尖叫，不敢怠慢，打了电筒，循着声音跟着光晕往前走。看到地上的人，她说她也尖叫一声，脑袋有些发懵。地上躺着一个人，旁边站着两个女孩，这两个女孩并不认识地上的人。稍后，欧春芳向人打听单妮属哪个班。她又不能亮起舍灯，只好一间一间去查。不少女生已经醒来，站在寝室口张望。一刻钟后，得知这女孩是高267班，叫傅单妮，从而拨通班主任宋奎元电话。

"……我当老师十八年，当班主任五年，第一次碰到这种事。"宋奎元瘦高个，是教体育，非主课，本来可以不当班主任，但老婆是半边户，收入捉襟见肘。他反复争取当班主任，多拿津贴。一个体育老师当上了班主任，纵有些励志，又显意外。宋奎元本人表示，班主任的课会让学生格外偏重，他管的班学生身体素质一好，语数外便得到齐头并进的发展。宋奎元本是要讲单妮的事，一岔神便讲起自家事。很快，他发现说话脱题，回头又谈单妮。"……在我印象中，她是个很阳光的女孩，热情开朗，虽然成绩不算很好，但班上同学对她评价都不错。我还想着下次改选班委会，让她来当生活委员非常合适。她腿长，能跳能跑，很快运动会要开，非常需要她。"宋奎元长叹一口气。

不远处的路灯在众人的恍惚间同时熄灭。

那是最大的一间急救室，一溜过去四张床，床头上方密布各种插口，可接各式管线。在妻的科室，我经常见到插满管线的病人，经常误以为，那病人是正待成型的某种工业产品。单妮躺第二张床，其他三张床都放空。一张白色薄被，盖了浑身，却露出左侧的一只手和一只脚，失血蜡黄。一众女眷围在床畔，当然是要哭，一旦哭起，便忍不住要用哭腔念白。土家女人，"哭诉"是一种习惯，特别在乡间，时时处处用得着，会哭的女人往往好嫁。有一戴眼镜护士守在一旁，不断提醒，不要大声，不要影响别的病人。有人恨声说："人都死了……"护士娴熟地答："不要为难我，这是医院。"那表情分明在说，死人了不起？她委实看得太多，也许在她眼里，隔几天没见死人，才是怪事。护士前脚一出门，女眷们哭声骤响。

我在病室站一会，不知能干些什么。这时，有个姓岑的男老师主动过来跟我聊，发烟，我就跟他出去喷几口。他说当年复读，我读文科班，他理科班。他对我有印象。我说原来是你，其实脑里根本翻找不出他当年模样。我俩聊一会，得来却是失望，他没有提供新的信息。他住在学校，被宋奎元拍响门窗，叫他一块去帮忙。他赶到，前面的人已经将单妮弄上一个担架，他帮着抬，一边走，一边听别人纷乱的交谈。

"应是……自己跳下来的。"岑老师看看我，又说，"她是住女生宿区第二栋二楼，却从第五栋的第五层跳下来。女生宿区一共五栋楼，就那个位置，最适合自杀。"刚才，我四下里走，同样的说法已经反复听进耳里。我想问，你怎么判断哪个地方适合自杀。我们眼神碰了一下，他便说："你到地方，看一眼，自然明白。"其实还有诸多问题，比如她为什么到那里去；是她一人，或者还有别人？真相必然要对所有的疑问作出解答。岑老师承认自己知道的都讲，不必藏掖，又说，"现在正在调取监控，监控最能说明问题，到底怎么回事，等下全都清楚。"我点点头。我经常看央视12套的《天网》，看各种案件，早已得知，现在警察破案，十个有九个半要借助摄像头。"天网恢恢"，早已不是形容之词，是每个人身边存在的基本事实。

岑老师能说，又回忆复读时候的事，但我不想听那些。老师总是很能说，或者一个不能说的人当上老师，只好将自己变得能说。我斜眼看向那边，现在我知道她叫欧春芳，是高级中学资深女舍管，工资却非常低，以前靠门卫室一部电话赚外快，打出去按时计价，打进来五毛钱呼叫费（学生管这叫口水钱）。有学生煲电话粥，她便掐着表，每十分钟加收一块，也是理所应当。现在人手一只手机，这项外快也断掉。我一直看她，也不知为的什么。她个挺高，此外并不吸引眼球，何况是在这种情况下，我没有任何理由去鉴赏一个女人的样貌。岑老师发现我并不在听，又递一支烟，咕哝着走开。欧春芳便走了过来，勉强地一笑，说你是傅浩森傅老师，你篮球打得好，以前五一节，我最喜欢看你打球。我一笑。那是十多年前的事，我二十几岁，能弹能跳，靶子准，因打球得以调回县城，平时去城北农贸市场收一收摊位费，主要的工作却是代表单位打球。并不是我打得有多好，小县城扒拉一遍，能找出一堆高个，但身体僵硬，最缺乏能将一支球队盘活的控卫。我打球时，经常会想起一部叫《僵尸肖恩》的电影，我当自己在陪僵尸做游戏。欧春芳还提到曹云丽和蒋薇，看来对我真是有几分了解，作为县里小有名气的控卫，年轻那阵，我也免不了造下几段绯闻。后面NBA不断篇地直播，本地人打球，再也找不来观众。后面我就结了婚。她讲起两人的下落，无非是恋爱并结婚，生下一个小把戏，男人对她们并不好，但也只能将就着把日子过下去。身在小县城，能有什么新鲜活法？我还不是一样？

这时，去回忆往事，显然不是时候。我目光四下游走，看见三凿。他一人站在一个角落，夹一支烟，刚抽进去又吐出来。他是强自镇定，身体却像不断遭到强电流击打，一阵阵抽搐；而他脸上，只是越发地皱，皱纹严实地掩盖了哭。有人向他走近，似要安慰，他便扭头往厕所方向走。他是个闷人，不爱说话，偶尔有了心情，便唱起动听的山歌。

很快，欧春芳跟我聊了半个多小时，准确说是我一直在听。我想着彼此人生中也只这一次交集及交谈，便耐心听，眼一直往那边瞟。这期间三凿连上三个厕所，进去又出来，进去又出来，又进去。

　　三凿人生最辉煌的时刻，是十年前，一个美籍华人音乐家来小城搞音乐会，全县范围搜寻两百来个山歌手，有老有少，有男有女，排好队，密密匝匝地站到江心临时搭建的高脚架台，给一个北京来的民歌手当背景墙，唱几段和声。我当然是要捧场，音乐会散场请他宵夜。他问我听没听到他的歌声，我说听到听到，在两百个声音中，我能精确地搜寻到、接收到并清晰听到他的声音。他的声音和北京来的民歌手珠联璧合，此起彼伏。三凿自是振奋，充满感激，用山歌劝我再猛搞一口。

　　九点刚过，急诊科外一阵喧哗，两男两女四个老师整齐地往外奔，迎接来人。来人是县高级中学教导主任范培宗，岑老师已介绍过，这位是学校五把手，将带来从监控里查看到的情况，是否有别人在场，如何往下跳，都将得到明确解答。我也不知一个学校里领导如何排位，在我看来，是很高冷的知识。来个领导，气氛是有不同，当教导主任被他们簇拥着走入，家属一方，我父、三叔、癫爷还有一帮女眷走出来，自然排成队列。范主任在宋奎元介绍下，一一握手，排序当是有经验，首当其冲应是三凿，可能又去了厕所，下一个便到三叔，再到我父，然后是癫爷……宋奎元不忘用目光找我，我过去，同五把手握一握。走近了，闻见一鼻子男性香水味，很有意外。这教导主任实在是个潮骚的人物，年纪比我大，头上戴的饰帽很像毛主席井冈山时期戴的八角帽，发脚剪至齐耳，外套常见，里面穿的却是V领的海魂衫……还有，裤脚阔大的八分裤。如此穿着，混在一个县城教师队伍中，又被一众人簇拥起，有那么点鹤立鸡群。他长得像某个旧日的影星，达式常郭凯敏那一辈里头的，具体我想不起来。"我对你很有印象，你会后仰跳投，很准。""是嘛，好久以前的事。""我也打球，也司职后卫，但我俩没碰过。""现在打不动了。""是啊，打不动了。"手一握，竟有些唏嘘。他用了"司职"后卫，我没听差，便怀疑是教语文出身，找人一问果然是。

　　他用目光检点在场的人，又四顾一下环境，说我们到外面坐着讲。于是，进来时四五人，这时往外走人头就攒动，他走在最前面，健步，沉稳，显然摆平过很多头疼的事情。地点已经找好，在一丛月桂树下，有花坛，水磨石的坛缘已被屁股磨得溜光，坐下去，冷气幽幽钻入肛门。他一安排，众人皆坐，像是被人按下双肩。他却站着，开口前，目光要在每人脸上刷一遍。

"我刚才迟迟不来，一直在看监控。"范培宗轻咳一声，"多亏现在有监控头，每一层楼都有，有图像，这是我们最可以相信的东西。根据女生二栋二楼监控的记录，傅单妮同学是两点十五分第一次走出来，两点二十三分回宿舍；又于两点四十分再次走出。这两次出门，身上着装不一样，显然是有意识地换了衣服。换到五栋五楼的摄像头记录，傅单妮同学两点五十分进入画面，在楼梯口徘徊一会，三点过七分下楼。有跟踪显示，她下到二楼，又重新往上走。从三点过十分开始，傅单妮同学一直坐在楼梯口，基本一动不动，犹如她上课，也是一动不动，经常受到老师们的普遍好评。楼梯口旁边有个小窗，监控画面无法显示。三点二十分到三点四十二分，傅单妮同学出离监控画面，是走到了窗前。楼下电杆上的摄像头可以看见五栋的侧面，调出查看后，发现她有数次将头探出窗外，朝下面看。同时，她应该是在吸烟……"

"我家单妮从不吸烟！"秋娥听不下去。

"对不起，人在这种状况下，干一些平时没干过的事，并不奇怪。刚才，我们在窗前找见几枚烟蒂，应该可以作为佐证。之后，她又回到楼梯口，一直坐着，可以猜测，这段时间她心里一定想了许多事情。四点十一分，她再次去到窗前，纵身往下跳。经两个监控画面比对，这次她没有犹豫，可以说是……一气呵成地跳下去。整个过程中，只有她一人在场，别无他人。这一点，也可以肯定。"

范培宗说完，目光含有期待，准备答问。现场却是一片枯寂，三凿拿眼睛找我父，之后又找我，希望我们问一些恰切有效的问题。这时，他脑中定然千头万绪，却不知从何问起。

于是我问："你讲的监控画面，家属可不可以看到。"

"这没问题。眼下还要等一等，我们报了案，公安已经介入，不但查看视频监控，还调取傅单妮的手机信息和QQ通话记录。很快会有结果，你们要相信警察，现在他们办案手段专业，效率很高……"

"为什么报案？"一个老乡脱口问出，人却没有站出来。这一问，像是被风从远方吹来的声音。

"问得好！"范培宗表情再度沉重，又说，"因为傅单妮的同学汇报一个情况，引起我们的重视。傅单妮一年前和一名省城的男子进行了网恋……"

"这怎么可能？"

"请听我说，先请听我说……这种事，我绝不可能开口乱说，一定是有根据。事实上，在傅单妮的日记和QQ通话记录中，已经找出相应的证据。这一情况，她身边几位女同学都知道。"

又有个声音，从人群中冒出来："我们单妮，是不是被那个狗杂种祸害了？"

"两人没有发生性关系。这一点，我相信你们都清楚。具体的情况，马上公安局会有人跟大家说明，我也不方便多说……我知道的，暂时就这些！"范培宗将话讲完，还搞一个双手合十。

事实上，我们刚来时，也从医生口中得知单妮的伤情——浑身多处骨折，同时多个脏器破损、衰竭。一并告知的，还有对她阴私处的检查，处女膜完好。急诊科的医生显然有经验，见跳楼者是一位花季少女，不须交待，就进行相关的检查。他们有经验，这必然用得着。这当口，我松了一口气……对的，我竟松了一口气。万一单妮不是处女，事情是否会变得复杂？即使她与网上恋人发生过性关系，这又能说明什么？我如何跟三凿解释，即使她被那个狗杂种祸害了，只要跳楼时那狗杂种不在场，你就没有理由去找他的麻烦。如果我敢这么说，三凿一定用眼神质问：你跟那狗杂种一伙？

我偶尔和他们喝酒——三凿，还有和他一同干活的兄弟姊妹。稍微多喝一些，不免要讲到城里人，嗓门势必抬高，会开骂。有次他们争起来，有的说城里人大多是狗杂种，有的说城里人正好一半是狗杂种，有的说，讲句公道话，在我看来，只有少数个别城里人，算是狗杂种……总之，仿佛这只是个比例问题。说到欢畅，有人一瞥我也在场，就拍拍我肩说："当然，浩淼，我们讲的不包括你。"

4

那戴眼镜的护士隔一阵进来催一次，叫我们把死者挪开，把病室留给层出不穷源源不断前仆后继的病号。后面她也心烦，冲我们喊："有点公德心好不好？医院又不是你们家办的，床位又紧张，你们不能老占着不走。"秋娥跟她哭诉："我没有公德心？我女儿死了，情况还没搞清楚，怎么能挪来挪去？"护士低了声音，又说："又不是我们医院害她，你们要讲道理。"一个女老乡来帮腔："你们抢救一个小时，赚了一万三，人还是死了。借你们地方躺一躺都不行？你们是拦路抢劫？"

"又不是我赚这个钱。"

"那你这么高的工资哪里来？"

"我工资很低……""有多少，你说！"

护士不说。但我知道，收入在本地区真不低，于碧珠因此对我任性使唤。

抢救不到一个小时，就已宣布死亡，抢救费用是一万三。虽然校方已经声明，所有医疗费用都由他们支付，但在乡亲们看来，医院又一次趁火打劫。

隔了一阵，护士用微乎其微的声音说："你们总是要讲道理。"这引发一个男老乡的声音："道理？道理就是，有种你来挪我家侄女试试，有种你挪她半寸试试！"声音不大，字字清晰。

"欺负女人算什么本事？要闹，我们这里有保安。"

"你去叫保安！"

"你们用不着这么欺负人……"护士且说且退，后面再不见进来，亦无保安前来交涉。医院固然不是我们家开的，而保安，也不是她家养的。

后面，一直再没有人催我们腾出病室。

接下来的事情，有点按部就班，快十点，公安局来了一名警察，没睡醒的样子。他带的消息，只不过是将范培宗讲的情况进一步细化。比如说，原讲一年前单妮就与人网恋，现精确到九个月以前。比如说，原讲的省城男人，其实待在省城所辖的一个县城。他讲起单妮曾有一次远行，奔赴省城和那男人私会。一路上，单妮与该男人保持着通话，但当单妮赶到约会的地点，那男人却将手机关闭，不愿见面。警察说："这事对女孩打击很大。怎么说呢？我估计……我们估计，就因为她长得很漂亮，所以根本没想到，自己会碰到'见光死'，毫无心理准备。她毕竟年轻，这种事……"警察还说："现在可以确定，是自杀，用不着立案侦查。"警察用力遮掩，还是打起呵欠。我给他递烟，他不接，坚持抽自己的。

三凿问："那个人，叫什么名字？"

"这个不能说，有规定……他没有犯法，即使犯法，也有我们处理。你们打听到名字也没用。"

三凿嘴在抽，没吭声。

十点半，高级中学校长禹怀山赶到。"前面来的都没用，这个官才是讲话定板的。"在我身畔不远，癞爷跟三凿如此交待，要他打起精神。三凿却依旧恍惚。这几小时下来，他定然无数次暗示自己：这一切都不是真的，不是真的。一晃眼，单妮还好好站在眼前……就这么几小时的事情。过去的事，像一条扭头便看得见的路，却怎么也踩不上去。

禹怀山有备而来，一行好几辆车，到地方，停稳，车里钻出来的人，让我父和三叔都小有意外。我父看见的是江道新，县教育局副局长。

我父一直强调，江道新帮了我家不少忙，彼此关系极好。事实就是，江道新几乎是我父熟人中级别最高，能力最大的一个。我父认定江道新和自己关系最为紧密，但在江道新看来，最好的朋友，只能是另外一些人。此时，江道新下车，我父亲隔老远叫他一声，他装作没听见。待一会，走近一些，他定然又表现出意外的亲热。

伍乡长倒是率先朝这边招手，嘴里叫一声，塔佬！三叔逢人便说，伍乡长是他遇到的贵人，不但让他连任村长，而且提拔他当上优秀村干，去了一趟北京，去了一趟韶山冲以及井冈山。有一次我去到三叔家，正碰上伍乡长下村检查工作，三叔将伍乡长硬生生拽到家里，宰了鸡鹅，一定要请吃酒。三叔酒一喝，一定要给伍乡长唱山歌。伍乡长起先还鼓掌，三叔一唱没个完了。据他自己说，会唱三百多支山歌，调门相同，歌词都不重样。后面伍乡长到底拉下脸说："你再唱一句，老子讲走就走！"三叔这才闭了歌喉。

这一次，这边的农民兄弟已经有了经验，不再迎上去，任一帮领导就那么走过来，每一张脸上皆是平易近人的表情。倒是我父，站起迎住了江道新，两人握手好半天。伍乡长和三叔平时老在一起，上下属关系，也不好显得太亲密。

"……你家里的事情，我刚知道，来晚了，来晚了。"

"不不不，你还亲自……"三叔毫不掩饰感激之情，甚至眼角有些湿润。是的，我看得清楚，而且时日一久，我看得出来，某种程度上这就是他一种技能。去村里次数一多，我就知道，在一群神情麻木的男人当中，表情稍显丰富的那几位，必是能人。

伍乡长搂着三叔的肩，把他往一棵桂花树下面带。而我父，也随了江道新，且说且走，去到墙角垃圾筒旁边。江道新烟瘾大，又身居显位不能乱弹烟灰，所以到一个地方就要找垃圾筒，就像公狗撒尿一定要找电线杆子。而我此时看到这种情势，想到却是打篮球，搞盯人防守。

我提醒自己不要想太多。这是个悲伤的日子。

那边是盯人，这一头的禹怀山，就要面对一大拨人。他摆出体察民情，嘘寒问暖的模样，身形几晃，扎进一堆农民兄弟当中。他个高，估计一米八五，而这帮农民工大都在一米七以下。领导总是要摆平各种状况，若有一副好身板，确也省了很多口舌。一开始，他只是听，还吩咐身边那人，据说是校长助理，姓满，拿出小本子记笔记。三凿本不愿讲话，但这架势摆出来，领导都扯起耳朵，还有人拿了纸笔要记，不敢不讲。他讲家里的状况，当然是突出如何困难；讲在城里打工的不易；接着就讲起自己的儿女。"本来我有三个，两个女儿，一个儿子。八年前死了一个女儿，现在又……"

"八年前死了一个？"

"嗯是。"

"怎么死的？"

"不小心跌下岩坎，就死掉了。"

"哦，那你这两个女儿，哪个大？"

"她俩都是……"

这时，我觉得我应该站出来。我觉得对方是有备而来，而这帮农民兄弟，他们纵是人多，却只能围成一个圈发呆。劳心者治人，劳力者治于人，总是颠扑不破的道理。我把三凿一扯，回答说："这个是大女，前面那个是老二。"

禹怀山睃我一眼，说："我看过你打球。"我正要说谢谢，他脑袋已然偏转，重新面向三凿，接着问："那个是八年前……死的，那时候有几岁？"

"双洁八岁。"

"傅单妮今年十六，那你两个女儿是同岁？是双胞胎？"

"是双胞胎。"

禹怀山就点点头，那边小满笔头飞动。有人说："少记这些没用的，孩子死在你们学校，你们赔多少？"我耳根子一抽，意识到，这是当天头一次扯上了正题。说话的是三凿的小舅，叫老海，年纪比我大，一直未婚，光棍看来要打足这一辈子。禹怀山装作没听见，于是，又有人问他："你们到底赔多少？"他们发现禹怀山在回避这个问题，便要追着不放。他们每个人的声音都不大，但可以像回音一样，将同样的问题一嘴一嘴传下去。

"你们说要赔多少？"禹怀山目光扫视一圈，又说，"我们不是敌对的双方，出了这样的意外，更要团结，要一起商量，妥善地解决处理。现在，死者为大，我奉劝各位都要有大局观，谁要挑起矛盾，谁就是让这孩子不得安宁！"他的声音像是从中置环绕音箱里喷出来，沉甸甸的。场面一时又回复安静，空气中已弥漫起禹怀山的气息。我父和三叔拢过来，江道新和伍乡长仍旧陪在身侧。见人都已到齐，禹怀山就请江道新讲话。江道新讲："我不讲，老禹你讲。"

于是禹怀山接着讲。

"大家都不愿看到的事，到底还是发生了。一个年轻的生命，就这样突然完结，你们家长亲戚痛心，我们做老师的何尝不痛心？你们作为亲人，是第一次，或者是第二次，而我从教几十年，毫不夸张地说，已经历了几十次这样的痛。痛定思痛，这么多年我意识到，这里面有个比例的问题：孩子都是祖国的花朵、家庭的花朵，同样也是老师的花朵，我们给他们阳光，我们总想把最好的都给他们，但是，总有一些花朵，却躲藏在阴影里。自杀的学生，普遍都患有抑郁，你们无暇顾及，我们学校的心理疏导工作，也没得到完善。当然，及时检查，发现学生的心理状况，及时疏导，这在我们整个国家都刚刚起步，落后地区，才刚有这样的概念。而且，今天发生的事情，又是特例，得知你们家两个女儿，双生的姐妹，前后八年相继离去，我心里的悲痛也在翻倍。我能想象这种悲痛之深重，之惨烈，恕我没有资格，像你们亲人一样完全体会这份疼痛。出了这样的事，你们受害，我们学校同样也是受害者，也是意外地卷入其中。这一点上，我们彼此应该予以充分地体谅。老话说，双生共体，同去同归，以前讲是迷信，但我作为一个基层的党员，也不得不说，总有一些事情，在我们理解范围之外。事情已经发生，一定要有个解决。熟悉我的人，都知道我的行事风格：决不逃避责任，在合理的范围内一定兼顾人道，多为对方着想。对于这件事，我表态，虽然事情出于个人情况，发生在深夜，主体责任不在我们学校，但我们负责所有医疗费用、丧葬费用，以及出于人道精神，给予家属一定数额抚恤金！"

他几乎是一气呵成。

具体讲数额，范培宗又站出来，医疗费马上结付，丧葬费付两万，抚恤金四万。那边催家属表态，这边聚一起小声商量。"我觉得少。"三凿说。三叔便问："那要多少？"三凿说不出来。三叔又说："人是自己跳下来，学校没有责任，他们能这么做，对得住人。"三凿便一直沉默。

两边的人再次脸对脸。我父先表态："学校能这么处理，我认为是合情合理，都不容易。"癞爷也跟一句："我也没什么意见。"三叔说："做事讲道理，做人凭良心，学校能这么想、这么做，我也不好有什么意见。"

要三凿表态，他什么都不说。三叔便拍他一下："再怎么，你要说句话。"他便掩面哭泣。

三叔抚着三凿的背，洪亮地说："我是他爸，是单妮的爷爷，我可以说话。就这么办。"

对于校方，事情显然意外地顺利。范培宗跟禹怀山对对眼神，又说："难得你们一家人都这么通情达理。遇到找麻烦的我们不怕，遇到你们这样的，我们着实又不落忍。我们再加五千，不是学校的，是我们在场几个领导的一点意思，聊表哀痛之情。请一定收下！"禹怀山指示小满去弄一份文件，打印出来，将处理意见和责任认定都写明白。小满又往小本子上写字，禹怀山呵斥地说："别记了，赶紧去弄！"

5

"……痛风了？那好，你家保禄能不能来？……跑这么远去？不是说他的腿脚有伤嘛，不要到处乱跑。……你两个儿子两个女儿，至少要来一个嘛。一家人，这时候不来，要等哪时来？"

我父走到桂树底下接大姑电话，他的声音随风吹来。他挂了电话，叹气，脸上涌起重重无奈。接着他又打小姑。小姑家的人来得也不利索，后来小姑父突然想起，大女婿肖石辉正好在市里，马上通知他。打了两个电话，我父感到累，便走过来，说还有个电话你打。他是指联系五叔。我很快打通，耳里泛起五叔闷坛子跑气般的声音，风声也大，好半天才听清他是过了广林县，已进入马坳镇。五叔没耽搁，但接到消息已经快八点。他在相邻的广林县一家苗圃当工，请假，赶了最早的县际班车，到这最快也要十一点。

我父和三叔、癞爷又站一堆，出了大事，少不了几个老汉凑一起拿主意。即使他们处在下风口，我父的口音仍依稀传来，听得出，他们又扯起了五叔。五叔一直是个话题。

我父五兄妹，他居长，两个姑姑居二居四，我叫成大姑小姑，都嫁到远乡穷门薄户，日子一直紧巴。两个叔，就按这生序，叫成三叔五叔。我奶奶旷日持久地生下他们兄妹五人，我父与五叔，一首一尾，差了二十多岁。中间有夭折的兄妹。一次酒后，我父与三叔各执一词，一个说折了七个，一个说折了八个。两人掐指核对，是三叔记得更牢，我爷爷奶奶旷日持久地生过十三个孩子。往下，两人只说一个妹妹，叫桐蛾，七岁时夭折。讲起妹妹走之前般般征兆，临走之时种种细节，再核对一下彼此记忆的出入，两老汉一同滚出浊泪。我父还感叹，当年还好，接二连三地死，都已习惯；换是现在，哪个父母忍受得了？

五叔傅桐光，在我父看来，是个自毁前程的家伙。"本来，他是可以不做农民。"讲到五叔，我父先来这么一句，定下调子。

我对五叔印象深，没别的，小时被他带着玩。八十年代初，我还没上小学，我父便把五叔带到城里读书，指望他混上一份工作，变身城里人。某种层面上，我父是拿这个弟弟当儿子看。那时候我两兄弟还小，若被坏小子欺负，五叔一出手就很重，拿城里小孩当乡下小孩练。我父斥他教训小孩可以，出手太重不行，要赔礼赔钱。五叔说："小心着的，又没见血。"他觉着委屈。打人的事传出去，那些坏小子都说我家忽然多了个大哥。但五叔不是拿来读书的料，高考后哪里都去不了，直接卷铺盖回了苑头村。我父当时在农机公司，跟领导磨了几年，好不容易搞下一个指标，又把五叔送到市农机校读书。按我父规划，两年以后，五叔可以签订用工合同，去乡镇农机站混饭。没想五叔高考失利后，一回到村里，就找个妹子谈起恋爱。去到农机校读书时，两人爱情已然胶着。那妹子生怕五叔哪天变了城里人，说翻脸就翻脸。五叔诅咒发愿，妹子哪里肯听。两人草丛中呢喃时，谷堆里打滚时，妹子一个劲要五叔放弃学业，回村娶她。五叔起初不肯，耐不住妹子恩威并举地要挟，终于一咬牙，再次卷铺盖回了村。"……他还怕我找到，揪他回学校，就去稀树沟烧了半年炭，把自己搞得不人不鬼。"我父每说到此，眼里涌出许多失望。那时候，当城里人绝非易事，若五叔听从安排，两兄弟都进城，总是多有一份照应。

我一直站在急诊科门洞附近想事，抽烟，看往来的人。将五叔回忆一番，突然意识到有些偏题。我也想回忆单妮，才觉有关她的记忆非常有限。

八年前，双洁躺在运尸车中间，我们坐在两边，护送回菟头村。夭折的小孩，尸体不能进入房内。到她家，院里已有帆布遮成了一个雨棚。用四根撑木撑着墙，形成三角，帆布就搭在上面。棚内摆了块门板，下面铺着床单。尸体摆在上面，被人七手八脚地换上新买来的衣服。那衣服布料很差，估计衣裤合起来只三四十块。买了两身，另一身放在旁边，说是换洗用。再在尸体身边摆两个很小的塑胶娃娃，仿芭比造型，但很便宜，五块钱一个。单妮凑过去，看看躺着妹妹，又想拿起其中一个塑胶娃娃，被大声训斥了。此后单妮一直安静地躺在某个角落。乡下小孩爱热闹，这夜，突然这么多人涌入自家院子，比过年还热闹，单妮脸上时不时还浮现出笑，我看在眼里却有一种诡异，说不出的难过。我想，过了今夜，单妮慢慢发觉少了一个姊妹，一个跟自己长相一模一样的人，心会慢慢地痛。这会是长久的事情。但当时，也就这么想想，更让人担心的，是家顺。虽然才五岁，他已将自己哭得一塌糊涂。出了这样的事，没人呵斥他，但他一定意识到，以前被家长不断呵斥，说明犯下的只是小错。对于五岁小孩，这样的意识远远超过感知的范畴。

三凿两口子长期在城里打工，长期租住城北冷风坳。有一年，他们和顾大哥扯皮，闹个不欢而散，此后三凿就带同村的人另立门户，当起工头。纵是当工头，三凿脸上依旧挂着不知所措的表情，可想而知，跟他干的人经常觉着不爽，纷纷投靠别的大哥。多年下来，跟着三凿干的仍然是那几个最亲密，也比他更蔫的老兄弟。我现在很少打球，也没有别的爱好，没事喜欢找人到街边喝几杯烂酒。我父时而提醒："找谁喝都是喝，你多去看看三凿。"于是我经常拎了酒，买一提卤菜，去冷风坳找三凿。冷风坳是个古怪地方，传言说这里有放射性矿物，水和地里种出的蔬菜都不能吃，原来一些住户也纷纷搬离，空下一幢幢宅院租给农民工，价极便宜。我结婚没俩月老婆就跟我闹离婚，原因至今不明，而且旷日持久，给人感觉只是长枚痤疮，却恶化成癌。所以我也去冷风坳租一套房，住了有半年时间。那一阵经常邀了三凿和一众乡亲喝酒，小院宽敞，喝至夜深，月白风清，人也就舒坦过来。聊来聊去，少不了要聊那一对姐弟。自那以后，家顺性情一直孤僻，脾气也暴，喜欢揍班上同学，经常见血。现在不比从前，打架是高消费，三凿辛苦赚来的钱，没少赔出去，还帮家顺转了两个学校（也靠我父走了江道新的门路）。

　　至于单妮，三凿说："我这个女儿，倒是罕见地懂事，见人随时都带微笑，老师个个夸她。"我住冷风坳时，常在院里摆酒菜，三凿两口子来，家顺不来，单妮不时过来陪伴。果然，她的表情阳光、明媚，微笑地看我们喝，听我们说。有时我们喝得来劲，她还配合着，主动斟酒，给我多来一些，给三凿少倒一些。三凿批评她："倒酒最讲规矩，一定要公平！"我就笑他上纲上线，他三两的量，少倒一些原本应该。我还夸这妹子做事心里有底。去年单妮身体忽然抽条，十五岁已经有一米六五。三凿两口子个都不高，显然是隔代遗传了三叔的基因。有一次她跟我说，班主任一定要她代表班级打篮球，但她拍球都会拍死。我说这，要说打篮球，你叔在全县都是狠角。有空我带你打。她说好，脸上又进一步灿烂。但她后面没提，我也把这事忘掉。

　　一年前单妮初中毕业，面临选择。她成绩不好，只想找一家不须考试的职业技术学院，读个三年五年，出来当护士或是幼师。女孩找工作，护士和幼师是最大出路的选择，往往也最安稳。三凿为这事又找我商量，而我也捡了父亲的性格，好当师爷。那次，我俩关着门喝酒。

　　"你要劝单妮读高中。现在不比以往，至少要读个高中。大学来得容易，都在扩招，只要高中混到毕业，大学都有得读。"

　　"她自己不肯。"

　　"你们父母要拿主意，她毕竟太小。其实读什么学校，就是给自己贴一块什么样的招牌。"即使就我俩喝酒，还是咬起耳朵。"凿哥，我跟你往俗了讲，单妮脑袋不是很聪明，读书出不了头，但人脾性很好，长得又高又漂亮。对她来说，以后能改变命运的，就是婚姻……身份这东西，我们小时候不讲，只讲人人平等。当然，现在也这么讲，意思没有错，问题是，你肯信么？事实明摆着的。以后要是有好小伙看上你家单妮，再一看她职院毕业，心里就打鼓。职院毕竟是什么也考不上的学生才去读，这也是明摆着的。你让单妮咬牙坚持几年，只要读到二本，以后谈起恋爱，可以选择的面就一望无际了。"

"一望无际？"

"就是……很好的人家，她也有资格嫁进去。都说知识改变命运，也有这个意思在里头。"

"看你讲的，那我们不就是《流浪者》那个世道？"

"你还以为不是？现在有个名牌大学，专门招一个礼仪班，招一帮德智体美劳全面发展的妹子，都是要备着嫁入大户人家。事情不是你想的这么庸俗，那些大户人家，挑个媳妇，就要比平常的妹子懂事，这才能保证家业兴旺。"

"我听你这话，倒有点像穆仁智，左手一根拐，右手一个筐。"

"你不爱听我也要讲。你也少拿自己当杨白劳，当来当去还真会当上。"

"妈的这世道，喝一个。"

三凿到底是听了劝，一定要单妮读高中。高中课程紧张，单妮考试排名往下掉得厉害，厌学。她跟三凿提过不读书，直接去打工。三凿不允许，单妮便也继续读。现在想起这些，我自问，当初是否瞎建议，那么单妮现在出事……我知道，这就叫矫情了，我哪曾真的把这事牵扯上自己？我只好冷笑。

正无边乱想，忽然，目光被几个人牵动。一个，两个，三个……后面又来一个，都是妇女，她们聚到百米外一个配电室后面，再走出来，就统一着装，换上蓝色护工服，还用长舌帽压住发髻。她们又鱼贯而出，整出一个队列。其中一个斜肩女人呵斥着一个胖女人，胖女人总喜欢把帽舌一撇，像嘻哈歌手一样偏着戴。斜肩女人两次将她帽子扶正，并提醒她"放明白点"，否则"你不想干有的是人"。再近一些，斜肩女人就噤声了。她们从我身边走过，往里走。

既然事情已有处理方案，护士再进来要求腾出床位，这边不好再拖。女眷们商量，由谁去买衣裤，由谁帮着擦洗身体、换衣服。这些都是女人做的事。买衣裤的女人已往外走，她们只知道城南农贸场，那里有数不清的衣裤，看着都像刚上过油漆一样鲜艳，价格也不贵。这时那四个穿护工服的妇女呈队列走进来，又呈扇形散开。

斜肩妇女说："你们不要动，这事我们来弄。你们出去。"

女眷们愕然地看着来人，她们统一着装，都用帽子压住头发，其中两人还戴着蓝色滤纸口罩。那半脸蓝色，给人感觉是刚消过毒的。

"你们可以出去。"斜肩妇女又说一次。

秋娥就问："你们是哪里的?"

"就是医院的。这些事都统一归我们做，你们不要操心，到外面休息就行。"

这个在说话，另三个也不闲，她们围住那张床，用身体形成屏障，将单妮与众人隔开。她们个个戴起医用手套。女眷们看这阵势，看着对方专业的动作，自愧不如，阵列便显出松散迹象，有人准备往外走。

这时，我走过去。我准确抓住一只戴了手套的手，它正要摸向单妮的脑门。

"你们是医院的?"

"我们都穿着工作服。"

"你们是医院的?"

"把我手放开。"

"那你先不要动她，不要随便乱动，这不是开玩笑。"我头一扭，朝那边说，"叫个护士进来，问一问。"护士就进来，还是戴眼镜那个，她倒直来直去，说："不是。"斜肩妇女就冲护士喊一声："小戴!"于是护士又说："她们随时都在我们医院。"说完她就转身离去。

"……我们把这里面的……这种事情，都承包了。"不知什么时候，三叔身边多出一个老者，穿着医生一样的白大褂，但一部胡须把脸挤榨得可有可无。老者又说："事情要讲个专业，我们就是专业处理这种事情，乐意为你们效力，你们用不着操心。"

"我自己的女儿，我不操心要你们操心? 你们凭什么帮我操心?"秋娥说。

"管你们什么事!"三凿简明扼要地发表了意见。

老者习惯了这场面，只说："我们确实已经承包下来。我们就是专业搞这一行，从穿衣洗澡、香火纸钱、入殓化妆到送人回家，我们都能弄好。我们有车，就停在外头，别的车不能送亡人。"

"你们要多少钱?"

三凿示意秋娥不必说话，女人一生气，说话总是不得其要。他问："你们承包了？你敢说，把我女儿也承包了？"

但老者选择秋娥的问题回答："这个你们也不要操心，情况我们都已经了解，钱的事我们直接和校方联系。"

一个女眷说："两万块钱都给你们？"

于是，我又一次开口："你们有什么资格和校方联系？丧葬费是由家属支配，你要是不清楚，我提醒你一下。"

三凿说："你们可以走了。"

老者一怔，一时找不到理由应对。就在这一刹那，女眷们又涌上前去，把那四个穿着护工服的妇女挤到一边。她们不走，只挪到房间一角，在等待，也是窥伺。事到这一步，似乎剩下的口舌之劳都归于老者。她们站成一排，也摘除了口罩，我可以将她们作为一个整体打量，于是，一股诡异的气氛便扑面而来。我是说，这四个女人，身体总有一突出的部分，比如说，斜肩、罗圈腿，或者并非怀孕而凸起的将军肚。如果她们任意一位，走在街上的人流中，也不会如何惹眼，但现在她们并排站到一起……还有，长相纵有差别，神情却意外地统一：虚白脸色，垂塌的眼皮，还有五官七窍处处皆在的呆滞。她们操持的是一份难以示人的职业，习焉不察的日常生活中，我们几乎从未意识到这一类人的存在。

老者很快缓过神，他绝非轻易打发得了的主。显然，在这支队伍当中，他的地位相当于红色娘子军中的洪长青。他沉默一会，准确地走向我这头，拨烟给我父、三叔和癫爷。只有癫爷接过烟，并朝我一指。是丑烟，三块一包的"大鸡"，不接过来便是狗眼看人低。我抽也不是，不抽也不是，说实话我调进城北工商所好烟还是管够，嘴巴抽细了。幸好老者的目标不是我。

"我也是倲城人，我也姓傅。"老者说，"不信可以看我身份证。"

我父说："为什么要看你身份证？"三叔也补一句："随便看人家身份证是非法的，要讲政策！"

老者一笑，把烟喷得一部胡髭满是灰，又说："我们是给医院交了钱财，所以别的灵车进不到里面。我们交得不少，一天要合一百多啊，不容易。今天都到吃中午饭了，才……"

"这跟我们没关系。"

"是没关系，我就这么说说。"老者有了悲哀的眼神，默默抽一会烟。再一开腔，他眼神直勾勾看着三叔。"你们都是有身份的人，这些事，用不着自己做，我们更专业。"

"这些事情有什么专不专业？哪个妇女做不来？"

"你看，现在确实什么都要讲专业，跟以前不一样。就算种田，都有专业的插秧队、锄草队、灌田队和收割队，用不着自己样样动手，花点钱，具体每样事都比自己做得更好。"

癫爷说："要是来一帮男的，有不方便，一定找你们。你看，今天我们也来这么多妇女，一个干两手，事事都妥当。"

"这毕竟是……毕竟不是人人都愿意干的事情。我们先前也不打招呼，闯进来，确实冒犯了你们。但是，就连这种别人厌弃的营生，我们还要想尽办法争取到手。你们看看这几个女的，全是猪不吃狗不要的剩货，她们只要能找到别的事情，哪肯来干这个？天天干这个，你以为男人不嫌弃，儿女出门不丢脸？只是为吃一口饭。"

老者眼巴巴地看着众人。听他所讲，我一想也是，那几个妇女，已经吃上这碗饭，哪里还有别的选择？有的人吃饱饭就去干理想，有的人理想就是吃饱饭，又何苦为难？众人沉默中，老者的目光又一阵搜索，接着他专拣了三叔，叫三叔垂下脑袋，耳语一番，如此这般。两人耳语时的样子引人注目，因为两人都是如此吃力。老者要将开胡须找出嘴，才能清晰地讲话。三叔高老者一头有多，脑袋一勾，背脊就起一柱驼峰。

"三凿，你过来一下。你过来。"三叔朝那头招手。

三人去了卫生间。卫生间比通常的大，空空荡荡，如果外面有护士看守，人就得到里面吸烟。刚进去时，都听见三凿吼了几声，后面便静下来。过一刻钟，卫生间门一敞，三人又都走出。老者走在最后。"现在要换衣服，各位请移步。"老者发话。秋娥一脸的不解，三凿拽紧秋娥，随着人流渐次离开急救室。

6

我们待在门洞处，正吸着烟，五叔身形突然晃入眼皮底下。

我有一年多没见他，这时得见，他高一脚低一脚，竟是有点跛。才想起，三叔先前提过，为让小儿子李李及时结婚，五叔独自一人建了一栋砖瓦房。他性情孤僻从不换工，现在建房找不着人帮忙。下至打基脚挖硬土，上至毡顶加盖钢瓦棚，都他一人完成，磨磨蹭蹭两年多。本来，这两年里也不闪腰不崴脚，算得顺遂，房子建起后，他一只脚竟慢慢见跛。他也不去找医生，说自己一把年纪，任务完成，瘸条腿正好少走山路。其实他五十刚过，已然秃顶，看上去和我父也差不了几年。他现在既当外公又当爷爷，到了该享福的年纪，但有嫁接技术，憋得手痒，又出去找工。

　　同来的还有李李，我最小的堂弟，才二十冒头，一脸不想事的模样。刚才班车一下高速，五叔便下车，李李已经骑了摩托在那等，这样保证最快时间赶到市医院。"我来晚了！"这是五叔第一句话。三叔就答："没有人及时赶到。"三叔走到我父面前，叫一声大哥，仍旧一脸怯生生，仿佛一直寄住我家。我父嗯一声。接下来是癫爷，是三叔，重点是三叔，予以安慰。三叔说："这个我想得通，是个撒（报应）爹的，没有办法。"三叔拍拍五叔的肩，也像是劝慰。

　　"不是这么讲，不是撒爹。她总有原因。"

　　"不这么想，还能怎么想？"

　　"事情弄清楚了？怎么先从单妮身上找原因？"

　　五叔三叔一个村住着，关系却不是太好，前面在处理我爷过世的事情上，就有争执。另外，我觉得跟我父也有关系。虽然都一屋子做兄弟，但关系有亲疏，三叔经常与我父喝酒说话，两家的来往自是更显着亲近。五叔性情孤僻不爱与人往来，加上陈年旧事压在心头，所以老认为我父有所偏袒，遇事说理向着三叔。毕竟一家人，一年总有几次碰头喝酒，说着话，起茬抬杠是常事。

　　但此时此地，三叔就提醒："怎么没弄清楚？这毕竟是我家的事，你刚来，情况慢慢了解，少插言。"癫爷也补一句："警察已经明讲，是自己从楼上跳下来！"

　　"好嘛，你家的事！"五叔仿佛如梦初醒。他左右看看，又问怎么不见三凿。癫爷就指一指不远处的门，说："在里面。已经把人穿戴了，马上要抬出来。"

　　"包好抬出来？抬出来然后呢？然后怎么个弄法？"五叔一着急，讲话就前后黏滞，滚动播出。

"这还能怎么弄，先送回村里再说。"这时，只好是三叔发话。

五叔说："单妮学校来领导了吗？领导来了几个，来了校长吗？你们这么快就把这事解决，那学校都承担什么责任？"

我父说："这个你不用担心，刚才都已讲妥。学校虽然没有责任，出于人道主义，医疗费用、丧葬费用全掏，还要给抚恤金。"

"讲妥是吧？那好，讲妥都给多少？"此时，五叔直直地盯着我父，说话也是发冲，用侔城话说，杵头戳脑。我父一怔。此时，他定然没想到这老五——他曾视为儿子的人，突然在自己面前摆出这样语调。我父调整着自己，回答说："医疗费不少，一万多，丧葬是两万……"

"这些都没用，这些都是花出去的钱。一条人命，他们到底赔多少？"

"……不说赔，抚恤金是四万。"

"不说赔，还是他们打赏的？"

癞爷拽五叔一把："后面又主动加了五千。"

"四万又加五千，我的妈，四万五千。我没说错？"五叔眼皮子一翻，往上面看。此时天空，竟然明媚，一道道阳光洒布下来，但这时节，也生不出暖意。五叔又一个冷笑，并不吭声。"老五，老五！"三叔巨大的身形往这边挪，一手搂着五叔的肩。五叔甩开人，又甩开叔，往病房里走，并叫喊三凿的名字。单妮已摆上担架，那几个穿护工服的妇人正待抬起。五叔抢前几步，一把摁住。

"放回去！"

于是又放回去。

三凿说："怎么了五叔？"

"怎么了？怎么怎么了？"五叔手一指："她是谁？"

没人回答。三叔总是慢一步，但不会闲着。他再次拦住五叔："老五，你刚来，事情还没弄明白，不要多事。"

"我只晓得，一个活人，死在学校。这就够了。"

"你要搞清楚，单妮去了，我们家属是受害人，学校碰到这样的麻烦事，也是受害人。"

"好的，都是受害人，都吃了冤枉，那到底谁在害我们？难道是单妮？"

三凿说："妈逼的刚才我也这样想，学校哪个狗日的再也讲他是受害者，我就我……"下面有人接一句："叫他狗日的也跳楼！"

"哪个敢说是学校害死单妮？哪个站出来这么讲！"我父瞪着五叔，又说，"有事情先商量，你不要一来就把事情闹大。"

五叔又是一个冷笑，他说："闹大就闹大。我可以摆明了说，警察要抓抓我，要死死我。"

三叔说："不要动不动就讲到死。谁要你死了？"

"我们这些乡下人，再不敢死，只好一直被人当大脑壳摆弄。我有儿有女，我德行好，人丁兴旺，死了我也不亏。"

"单妮自己跳的楼，怎么是被人欺负？你把话讲明白。"我父意思还是要摁住五叔脾性，但话音已减小。此时，我父显然意识到，老五变得不一样。只是建了一幢房，怎么人的脾性也变了？乡下倒是有一种说法：娶一门亲，受三年穷；建一幢房，脱三层皮。

"怎么不是欺负？大家讲讲，死的要是城里人的崽，四万五，摆不摆得平？"

五叔竟然搞起互动环节，场面顿时炸开，在场众人马上参与讨论。有的说八万，有的说怕是要十万，有的麻起胆子说要二十万，就像拍卖不断竞价。斜肩妇女插言说："上月永靖县有一个死的学生，也拉到这里，后来学校赔了二十三万。"这就不是猜，是明摆的事实。她们干这个，自然掌握更多的事实，而事实胜于雄辩，于是激发出更多诧异之声。

"二十三万还是打发老实人，要碰到有背景的，四五十万都摆不平。"

五叔的说法引发一片哗声。他口中道出的，显然比大多数人心中估想的数目更大。五叔又说："单妮为什么在学校跳，不是在家里跳？学校不收钱吗？你收了钱，我一个活人送进去，你让人躺着送出来，你还说你是受害者？你没有责任？这还是人话？你们竟然肯信？三凿，尤其是你。"

三凿说："我也是这么想。"

"你也这么想？对啊，你当然这么想。"五叔冲着三凿吼起来，两人默契地愿打愿挨。五叔嘴停不下来："上次双洁就那么死，抬进手术室没一个小时就横着出来，医院竟然又是没责任。要是我在场，绝不会有这种事。"

"当时我在场！"三叔说，"是的，当时是我不准他们闹。双洁是我孙女，我是她爷爷，我会向着哪边讲话？到底医生有没有责任，我看得明白。"

"选你当个村长，你就真的把自己当成领导。向着哪边讲话，你自己其实也有点搞不清楚。"

我父说："老五，你不要把事情越扯越复杂。"

"是的，总是我们乡里人把事情扯复杂，你们城里人就喜欢简单处理。"

"傅桐光，你什么意思？"

我父资深高血压患者，年纪纵有一大把，火气从来压不下去。我们——三叔、癫爷还有我，赶紧将身体拼接成一道屏风，将我父和五叔隔于两侧。我父怒目相向，但也没用力挤过去。五叔则收住嘴，闪入人群稠密之处。他要讲的已讲完。他拆一包烟，一包王芙，交给李李要他见人就发。五叔自己不抽。

高级中学的领导见事情讲定，又讲一堆安慰的话，稍后便有条不紊地离去，留了宋奎元陪同这边。宋奎元刚才还作解释，市教育局就在医院不远，领导要过去一趟，有别的事情着急处理。但是有人问："是去吃早饭了吧？"刚才领导们也请大家出去吃点东西，估计到这时分，所有人都还饿着肚皮。宋奎元面露尴尬，说我也不吃的。

众人摆开等待的架势。宋奎元看一看这情形，便往外面走。有人在后面喊，吃完早饭就带点回来。宋奎元说好好。又有人说，多带一点。宋奎元又说，好好好！走到转拐就将消失的地方，他还扭身朝这边，拱手作了个揖。

等得一会，倒是校长助理小满先过来。他从另一个方向来，医院也有类似商务中心的地方，提供打印服务。他写好了协议，打印成文，一边往这边走，一边还捧起来看看，敝帚自珍的样子。后来知道，二十分钟前他就写好第一稿，禹怀山瞅一眼，这里那里还有那里都不行，骂了他饭桶，要他改过来，再把全文梳理一遍，标点符号都务必标准使用。

后来，不消说，禹怀山为拖延这二十分钟悔青了肠子。

而从宋奎元消失的拐角，范培宗又及时地出现，抢跑几步，和小满走成了并排。然后，两人就到了一堆人眼前。小满不合时宜地笑一个，而范培宗，作为一个领导毕竟训练有素，他的不苟言笑非常适合处理这些突发事件。他从小满手中拿过协议文本，找准三凿，跟他说："这个你先看看，有什么不合适的地方再改。"三凿没接。范培宗似有准备，又转身递给三叔。

这时，三凿冲他说："不合适的地方很多。"

"呃，你讲你讲，小满你都记下来。"范培宗及时回到原处，看着三凿，眼内怀有期待。

"把你领导叫来。"

"我……你跟我讲就行。"

三凿便是一个冷笑，这样的笑，竟有点像五叔。三凿的笑，也像是放出一个信号，乡亲们会意，配合，或者像是捧场，纷纷地笑。且有人说："教导主任，敢把自己当领导。"又有人说："五把手！"激起更多声部的笑。范培宗也陪一个笑，看看情势，还是转身去找三叔。三凿朝他背影提个醒："字是要我签！"

三叔说："三凿，少讲一句要死？"

"我不吭声照样要死。"

范培宗犹豫一下，还是把打印的A4纸递给三凿。于是，正如我与大多数人预料，纸被捏成了球，一个弧线飞向垃圾桶。又是笑，冷不丁地冒出，又悄不觉地戛然而止。范培宗看看情形，嘴里说好的好的，转身往外走。小满也走。有乡亲吹起一声唿哨，我一听是冰暴。冰暴豁牙，吹唿哨有漏气的声音，却霸蛮地钝响。

三叔这时说："三凿，我只问你一句，我讲的话你还听不听？"

"你是我爹，这次事情办完，回去你可以打我。"三凿一指病房的方向，"但我又是她爹，我不帮她申冤，就不是个人。"

"有什么冤情？"

"我冤了八年，双洁死的时候，我一声不吭。现在单妮又走了，我还要一声不吭？我还要等下一次？"他用眼睛在人群中搜寻，家顺还没赶来。

"你这么想，要出事。"

"我回去给你跪，这辈子你是我爹。"

众人又摆出等待的姿态。李李又一次发烟，我也走过去发烟。李李从右往左，我从左往右。人们接过烟，点上火，脚步轻微地挪动，可能每人皆是无意，但一圈烟发下来，再一看有了扇形的队列。不少人面部拉紧，像是要等待一场火拼。跟红白喜事上放的港产电影不一样，即使面部拉紧，也拉不出酷炫狂跐屌的造型。平日他们只是一帮沉默寡言的乡里人。

再过一会，禹怀山领着学校的人，又走进来。他们有十几人，江道新已离开，但伍乡长仍紧密地站在他身侧。有两三人皆拎了便当盒，一盒重一盒。宋奎元端了一只大号铝锅，费力地端着，看样子是将哪家铺子一锅热粥包圆。有人和他搭手，他不要。他是体育老师。

这一头，五叔率先迎了上去，别的人也跟在后头。五叔腿脚不便，走得缓慢，后面的人也有意压住步子，只是跟随。于是，一个跛脚人打头，艰难的步伐，陡生一股凛冽。

7

三老坐在走廊的椅子上。我父、三叔还有癞爷，他们态度明确，没有加入那堆人里头。三叔还念念有词，不该拿的钱，打死我也不拿！癞爷拍拍他，这当口，最好是拿眼睛看，不必叨咕没用的话。我也没有过去，站在门洞，那里高几个台阶，看两伙人渐渐靠拢，视野能有整体效果。不是我不想参与，我清楚，此时我应该跟他们走在一起。但是，必须承认，我只是一个两岁女孩的父亲，突然介入一个十六岁女孩的死亡事件。这个上午，有些事情看上去仿佛明白，再一琢磨又总不得要领。

我不敢轻下判断，因为自己身处当事一方。我清晰记得两年前一件事情，在妻工作的县医院，突发一起医闹事件，闹得很凶。一个八岁小孩，割阑尾意外死亡，院方公布死因是"术中突发恶性高热"，并表示"出于人道主义给予适当补偿"。死者父母，老实巴交的农民，在乡亲簇拥下冲到医院，拉横幅，敲锣打鼓，哭天抢地……这样的事，我主要听我妻的说法，印象中，她也没少说她们医院的坏话，给我一个处事公正的印象。"……死亡原因是要有依据，哪能乱说？只要懂一点医学常识，就不至于闹事。"妻说得铿锵，我仍有疑惑，因为百度了一下。"恶性高热极为罕见，概率极小，全国只有几十例啊。"当时，妻斜乜我一眼说："概率再小，撞上了也是百分之百！"这近乎诡辩，一时又找不出漏洞。我还是偏向于医院的说法，而死者亲属的医闹确实也在变本加厉，后来还不是警察摆平？有志愿人士掏钱，帮这意外死亡的小孩作第三方医疗鉴定。

数月后终于有了结果，这小孩死于"术后猝死"，而医院先前给出的"恶性高热"未获支持。院方须对这起意外死亡事件承担全责，予以经济赔偿。后面县医院赔了一百多万了事，一条人命。

那以后，处于事中，我就会反复告诫自己：不要以为自己懂，不要不懂装懂。其实，你他妈确实不懂！

冰暴和莫生民冲我走来，不由分说，一左一右拽住我，拉我溶进队列。

此时，两拨人已经碰在一起，其情形，既不像井冈山胜利会师，也不像港产黑帮片里的风云际会。面撞面眼瞅眼之时，彼此都有些哑然，毕竟，彼此都不是街面混混，想要发狠，脸上挤不出有威慑的神情。稍后，禹怀山说："你们先吃点东西！"另几个老师便将一个个泡沫饭盒分发过来，殷勤、体贴。我肚皮不争气地叽咕起来，一打开，是两个包子。我闻见添了许多调料的猪肉馅隔着皮喷出的贼香。宋奎元用塑料碗给我们分粥。很快，响起吸溜粥皮的声音。到这钟点，人再硬挺，肚皮已经造反。

三凿两口子没吃，五叔不吃，还有李李不吃。李李来之前吃过了。李李在一片嘈杂的吸溜声中悠然地抽烟，有那么点遗世独立。

趁这工夫，禹怀山指使范培宗跟五叔单独讲一讲情况，范培宗又摆出刚才我们熟悉了的架势，随着讲述，一枚枚手指渐次屈起来。显然，这一阵他将整个事情又作了归纳，有了第一点第二点。五叔耐心地听，不时将头一点。

这帮干活的人吃饭快，饭后大伙自动聚拢到五叔身后，照样是扇形的排列，听范培宗到底要讲什么。

"……情况大概是这样。"范培宗滔滔不绝良久，煞个尾，抿一口自带的茶水。稍后又说："大家都是要讲理的，你也知道，你们死了亲人，我们学校失去了优秀的学生，同样难以接受，同样悲痛欲绝……"

"你们当官的悲痛个鸟，还妈逼欲绝！"是冰暴的声音，就在我耳畔响起。

禹怀山个子最高，威严地说："有这么讲话的么？谁给你骂人的资格？我们不是仇家，我们是一齐商量怎么解决这个事情。"

三凿也说："不要把话题岔开。"

这样，范培宗得以往下讲。"我们学校的安保措施在全县都是做得最好的，晚上有宿舍管理员通夜值班。但女生宿舍上千人，一两个管理员守着，谁又能在三更半夜守着她一个人，盯着她的一举一动？"

五叔不吭声。

"你说是不这个道理？"范培宗说着还把一只手往五叔肩上搭。但五叔就是五叔，他将范培宗的手隔开，并说："不讲明天的事，只讲今天的。人是死在你们学校了，你认不认？"

"这个……这是当然。"

"那我再问你，我侄孙女前天赶到学校时，是活的是死的？"

轮到范培宗一声不吭，他猛然醒悟，刚才那一通苦口婆心，全灌了聋子耳朵。

禹怀山说："刚才已经说好……"

"你们给钱了么？"

范培宗说："你们还没签字，怎么给？一签字马上给钱。是这个程序对不？"

禹怀山马上补充："我们把钱拿来，先给你们。"

"你的意思是，多少？"

"讲好的嘛，六万五，一分不会少。"

"六万五买我家单妮一条命？"

"话不能这样说，老弟。"

"我现在不要钱，我要一个活人！"

"我们都是过来人，不管什么事情，都要讲道理。"

"你有你的道理，我也有我的。我一个活人送到你们学校，现在要你们学校送一个活人回来，天经地义！"

"小兄弟，你的心情我理解，但人死不能复生。"禹怀山摘下眼镜，掏出手绢（一块手绢，而非餐巾纸）擦一擦。他又说："我的情况跟你一样，去年，我儿子也死了，比你这个要大，还在广州读大学……"

"也是跳下来？"

"不，是得病，直肠癌。"

"是死在学校里面？"

"是在医院。"

"那你不要转移话题。"三凿再次强调，"不属于我的，我不会要。我只要一个活人!"

"那好,你说我怎么赔一个活人?你说得出,我就做得到!"禹怀山不比范培宗,一把手有一把手的硬气。副职总是负责委曲求全,正职必须在适当的时候拍案而起。禹怀山把眼睛一鼓,凛然不可冒犯的模样。但在那一刹那,我忽然感觉禹怀山并不是一个难对付的人。

三凿和禹怀山眼对眼脸看脸时,五叔也靠过去,和三凿并排,眼睛也瞪起来。禹怀山一只眼盯一个人,也毫不落下风。他个子和三叔有一比,比五叔高半头,比三凿高几乎一头。他要保持一只眼盯一个人的态势,脑袋少不得略微地一偏。

对峙之后,又是五叔率先打破僵局。"就要赔一个活人!"他的叫喊了无新意,问题是,他一手捏拳,举高了一挥。他那么一喊,有发号施令的意思,后面不少人便跟从,像是某种条件反射。

就要赔一个活人,

就要赔一个活人。

就要赔一个活人!

……

一开始众口不齐,喊声交叠零乱,稍微喊了几声,步调便得整一,声音和声音的重合形成声浪。稍微喊了一会,气势便落下来,声音渐低。五叔再次振臂一呼,后面的人又接上。

禹怀山示意安静,但他两只手做出的手势,比不上五叔一只拳。他喊了几嗓子,被范培宗和一个不知几把手的校领导拉住。五叔往前进一步,这边众人的阵形也整体往前推进一步,那边的人,只好往后退。

那边二老也没法坐安稳,这时已走到核心地带。我父说:"老五,你今天是不是要造反?"我父这么说时,一枚手指当头指了过去。

"人死了都不能喊,还要等到几时才喊?"

"有理不在声高。"

"声音小了,这些聋子耳朵听不见。"

"你跟我走到一边讲。"

"就到这里讲!"

"老五！"我父好歹将声音压住，又说，"你今天最后听我讲一句，明天你认不认我这个哥，就是你的事。"

五叔还待争辩，癞爷一只手已经搭在他肩头，并把他拖向一边。癞爷年纪和五叔差不多，但有这样一个辈分，五叔多少还是要吃他几分脸色。癞爷拽一下没拽动，再次发力。五叔便像一棵小树，禁不住大风，多摇晃几下就松了根基。

与此同时，三叔也将三凿拉到月桂树底下。虽然想离人远点，声音倒听得清晰。三叔无非老调重弹，冤有头，债有主，自己再有痛苦，甚至是有冤情，也不能找不相干人的麻烦。三凿抗声说："怎么不相干？不扯上他们，他们这时会赶过来？"三叔作为多年的村干，讲理也头头是道，把那些领导赶来，讲成是体察民情，嘘寒问暖。又反问："人家赶来你就讲是有责任，就找人麻烦；人家不赶来，你拿石头砸天？"

"他们就是有责任！"

"有什么责任，你跟我一条一条讲清楚。讲不清楚，你还闹，今天你从老子身上踩过去。"

"单妮是死在他们学校。"

"怎么死的？你先讲怎么死的！"

"反正是死在学校。"

"那你讲讲，到底怎么死的重要，还是死在哪里重要？公安破杀人案，是不是根本不要查是谁杀人，只管问死在哪里，死在哪个家里哪个就抵命？"三凿平日只会低头干活，讲理讲不赢，只好承认："你是我爹，我讲不过你的。"

"那好，那就不要闹。"

"……只是，他们给得太少。一条命！"

这时我心口一咯噔，有同感。当范培宗主动表示加五千，那一刻，我便有怀疑，他们给少了。范培宗说这五千是领导的意思，也许是吧，但这钱总是要学校来掏。为什么要主动加这五千？我不惮于往坏处想，这叫做贼心虚。一个中学几千人，每年不是这个死，就是那个死，如禹怀山所说，学生的死就是个概率。他们对处理类似事件早有经验，我们根本没有。今天又摊上这样的事，他们心里面早已拟下了数目，这说明他们的确负有责任。但责任在哪里？我承认这也是很专业的事，超出我的经验范围。我只知道，六万五低于这帮领导心里的数目，说不定，是远远低于，所以，这五千块钱欲盖弥彰。

我已百度不少关键词，没有找出相应的处理措施，稍后又想到老同学钟程。他早几年也在高级中学干过，似乎快混到教主（教导主任）的位置，因为有一阵"教主"是他最新一款绰号。但节骨眼上，高级中学一把手突然换成禹怀山，一朝天子一朝臣，钟程只好滚去县职业中学。电话打去，他不接。他经常半夜看足球，白天来补觉，生物钟都紊乱。有时下午叫他出来喝酒，他惺忪地回，这么早啊？濒临倒闭的职业中学，不点卯不查岗，倒是由了他任性。

在我父和癞爷劝说下，五叔慢慢勾下脑袋，只管听，不吭声。那边也是一样。再怎么说，五叔不能不认大哥，三凿也不能从爹身上跨过——只要爹不死，他就跨不过去，死了也不能跨。他俩都变得安静——他俩都同时变得安静，别的人也不好再起哄。射人先射马，擒贼先擒王，这比喻并不恰当，但事情总是这样。两拨人像学生下课一样站在一起休息，都看向五叔，或者三凿。这样，大概过去半个钟头样子，我父走在前面，癞爷依然攀着五叔的肩，回到人群中心的位置。三凿的情况也是一样。

禹怀山就主动握手，握了我父、癞爷还有三叔。五叔不肯握。

三凿说："我也没这个习惯。"

"那没关系。"禹怀山冲着三叔说，"我和伍乡长已经商量，鉴于你家的特殊情况，我就跟你来个痛快的。十万！"他还配以手势，左右食指在空中交叉。

伍乡长说："老傅，禹校长什么样的人，我清楚。他做事一向都硬扎，讲话从不松口。"

"这个这个，我也来句痛快的……"三叔扭头，又冲三凿说，"十万。"三凿啪啪地嘬一只烟屁股。

"十万。"三叔伸出两根食指，冲五叔交叉成十字架。

五叔回："好多！"

禹怀山叫范培宗和小满赶紧将协议重打一遍，两人忙不迭地走。这一次丝毫不耽搁，转眼就回。三凿和三叔各捏住A4纸一角，一块儿看。

"可以签了不？"

三凿看了半天，抬头又看看五叔。五叔说："这有什么好催的？"

这时，从急诊科走出彪人马，为首的是男医生，一看至少是个科长。后面跟了护士，以及保安，保安有七八个。医生说："已经一点过，我们一号病室你们已经占了几个小时，是不是应该把人先抬出来？"

禹怀山冲三叔说："事情我们两边商量，不要影响医院正常工作。"

三叔一点头，连鬓胡的老者和斜肩妇女便又现面。他们五个人，一直都在，但只要没他们的事，便隐藏在所有人都视而不见的角落。这仿佛是他们必须谨守的职业道德。老者说："还是我们来弄，你们尽管商量。"

三叔对五叔说："说好了，现在不作兴自己动手，要有专业人士弄。他们有车，提供寿木。"

"才十六岁。"五叔说，"哪算是寿木？要叫棺材。"

"你讲了算。"

三叔一挥手，老者就带着四个妇女往里走。一辆依维柯开到台阶口。这车经过专门改造，前面留有两排座椅，后面全部掏空，后门打开，已摆有一具棺材，看上去比通常的要小一号。我知道，被包裹的单妮也会比以往小一号。我记得她细腿长身的样子。今年过年时候三凿问她要买什么，她想了想，说要高跟鞋。三凿不肯买，但他理由不是通常家长会说的"你正长身体，不合适穿"之类。他说："不行，你一穿高跟鞋，就比我还高！"单妮笑一笑，也就放弃。

入殓之前，妇女们又放开了哭，那种满是乡野气息的哭。哭得不久，三叔冲她们说："还没封棺，回去有得哭。先忍一忍。"

一停都停了。

纸和笔再次递到三凿手里。此时，三凿神情有些不一样。他一贯不知所措的模样，这时突然敛起，面部有坚毅的神情。

三叔说："现在总可以签了？"

"我没签过字。"

"你会写字。"

"是不是要用这只手签？"三凿举起右手。

"你又不是左撇。"

"好的。"

三凿就将右手一直这么举着，走向那边花坛，随手就摸起半块砖。城南这些年日新月异地搞建设，哪里都不缺这半块砖。然后三凿蹲下去，将右手铺在地上，左手举起断砖一次一次往下夯。他口中念念有词："看你妈逼敢签字，看你妈逼敢签字!"他砸自己的手，左手砸右手，右手很配合。

秋娥跑过去阻止时，三凿已经砸了自己五六下。

三凿站起来，再次将右手举高，像举起一面红旗。

8

小彤是开着车来的，一辆宝蓝色雪弗兰，后面还跟着一辆丰田霸道。前面是小彤走出来，后面那车下来一个壮实男人，嚼槟榔，抽一支和天下，边嚼边喷。小车下来个娇小女人，SUV下来个壮硕男人，配搭十分妥帖。

我已有好久没见到小彤——三年，或是四年。她是我最小的堂妹，但是这么多年，几乎是几年能见一面，几乎没跟她说过话。在她小时候，我能每年见到。那时我们爷爷奶奶都在，过年要聚一起吃团圆饭，三叔五叔都来，带着各自子女。我父照例要发压岁钱，叫这一帮侄儿侄女排好了队，排队时就不忘应景地教训起来：大的让小的，小的先来。李李是最小的一个，欢天喜地跑过来拿钱。

"我是谁?"

"你是大伯。"

"声音小了，听不见!"我父手搭在耳廓后面。

李李就扯起嗓门喊："大伯!"

"好的，李李听话。接压岁钱时，你要跟大伯讲什么?"

"恭喜发财!"

"你大伯能发什么财，呵呵。拿去，少买鞭炮。"

家族内的小孩发钱，外姓的就发糖果。一过年，乡下小孩都盼着城里亲戚回乡探亲，他们都不会空着手来，他们都是衣锦还乡。我父从不会将钱或者糖果一把塞过去，会将每个小孩都盘问半天，细细打量他们渴望又无奈的脸色。说实话，我在一旁看得难受，我知道乡下小孩想拿到糖果或者一点压岁钱，要付出怎样的心理成本。但没法和我父理论，这可能来自于他本人童年时的经历。从小到大，父亲经常跟我讲起他童年期受过的窘迫，试图让我珍惜眼前的美好生活，但我往往珍惜了数秒钟，生活依旧了无生趣地续杯。

轮到小彤拿钱，她通常见不着人。五叔难为情地说："这妹崽怕生，有钱也不好意思拿。"我父说："叫她来。她人都不来，我怎么给？""我去叫。"很快，屋外响起了五叔的叫唤，从洪亮变了凄厉，还带了愤怒，小彤仍是不露面。最终，我父也没法，将小彤那份递到五叔手里，要他转。其实压岁钱一无例外都是家长代管，小彤大概早已看透。

小彤初中毕业，想出门打工，我父叫五叔死活将小彤劝住。我父："才十五岁，怎么进入得了社会？这是造孽！"五叔说："不怪她，我自己读书都读不上去。"我父说："我帮她找个学校，先拖她几年，拖大了再说。"他又走江道新的关系，让小彤就读市里的商专，学会计。小彤有了会计证，大施手脚，几年之后便在几个公司里面挂职，同时挣好几份工资。二十多岁，小彤就成为兜头村最有出息的年轻人，乡亲夸她，都说："一个妹崽，比她大伯更有能耐。"而我父慢慢看出来，小彤对他并无半分感激。"是条白眼狼。"我父说，"要是没有我帮她，她在外面打几年工，长得又有模样，说不定早被人拖下水了。现在既不来看我，撞了面喊都不喊一声。"我父深深地失望，他印象中，乡下人更善于挤出一脸感恩戴德的表情。我不这么看，乡下人也不能一概而论。小彤显然是条狼人，从小就是。这样的性情，不容易感恩戴德，只会痛恨命运不公。

和眼下的成功女性一样，此时小彤浑然一体民族风，身上有大红大绿的颜色，手上有好几串材质不明的手串，脚上蹬一双尖头的绣鞋。那男人脖子上的土豪金照例肥硕，随时贴在小彤身侧，粗手大脚，却又透着体贴和周到。小彤几时谈了男友，我也从没听闻。我们两家几乎是断了消息。

小彤先是走到五叔面前。五叔言简意赅："单妮死了，他们学校就赔六万五，现在加到十万。"

"加到十万。"

"他们认为十万很多，简直是仁至义尽。"

"仁至义尽。"

"这种事情，你也知道，我们乡里人只要不敢吭声……"

"他们哪个讲了算？"

五叔指一指禹怀山。

"叫什么?"

"禹怀山,高级中学的校长。"

"好大哟。"

小彤冲禹怀山走去,那男人紧紧跟随。刚才我听五叔叫他"三皮",估计牌桌上混来的绰号。显然,刚才五叔用一招缓兵之计,所以三凿一只手光荣地负伤。但这争取到了时间,小彤得以从繁忙事务中抽身,并及时赶到。小彤完全可以当成男人用。

小彤走到禹怀山前面,禹怀山脑袋自动勾了下来。三皮挨近了后,禹怀山的脑袋又抬起来。李李也赶紧往那一堆人里走。这个既是他姐姐,又是现任老板,亲上加亲。三皮和李李左膀右臂一般站在小彤身后。

小彤就开了口:"你自己是哪个学校毕业的?"

"你问这个干什么?"

"老娘要弄明白,哪个学校哪个老师教给你说,一个人死了只值十万。"

"按年龄,我足够当你爸爸。"禹怀山沉痛地说,"你要是来讲道理的,我们就往下谈。"

"你配吗?"小彤笑。

范培宗挤了上来:"小姑娘,我还不知道你是谁,但我们都是你长辈……"

兵来将挡水来土掩,三皮赶紧去用肚皮顶范培宗。小彤一拽三皮的皮带,稍一用力,三皮就往后退,仿佛小彤天生神力。小彤说:"没你什么事,你站远点。"三皮说:"你是个女的。"小彤扬起声音说:"未必哪个敢打我?"三皮闻言点了点头,脖颈后面的肉便一耸一耸。

这边正待热闹,又陆续有人赶到。小彤和禹怀山一撞面就不合拍,正好稍作歇息,看新人闪亮登场。一个骑着野狼摩托的男人,将车停在离人群不能再近的地方。车屁股绑有巨大的酒桶状的东西,其实只是个音箱。可想而知,车主平时也是一路制造噪音。那是小姑的女婿肖石辉,以前见面我俩也打招呼。他叫我森大,我叫他辉哥,英雄相惜的调调。我一直不知他干什么,这么多年,没听人讲他上过班打过工,或是做生意,手头却从不缺钱。人倒是仗义,有时候我遇到个事,他一听到消息主动把电话打来,问我:森大,要不要我帮你喊两车人?

肖石辉一来,场面一时安静。他偏腿下了摩托,个不高,打扮也属平常,但就是引人注目。他眼很凸,却空洞无物,给人感觉随时会干一些意想不到的事。这回他不好造次,被岳母娘吩咐过来,情况并不清楚,要先找人问一问。他看到我,就朝我这边走,问我怎么回事。我怕自己讲不明白,事实也是这样,我一直在看,在想事,就是要搞个明白。我叫他去找别人。于是他去找别人。

经过这次打断,禹怀山有机会坐到花坛子上抽烟。他脸色苍白,范培宗要递烟,要帮他点,也严辞拒绝。他手下人多,一旦交锋,却又变成他一人。像京剧里面的阵仗,两个将军各自带着一彪人马,鼓乐响起,将军搞单挑,属下全在一旁吆喝闲看。

大门处又走入一个矮胖女人。我一眼认出来,是三凿的四姨、单妮的姨婆杨环秀。杨环秀是个能耐人物,四乡八村的人都知道她名头。她家住在水汊口,和菟头山上山下相望。数年前,县城一家化工厂迁至水汊口,排污把鱼虾弄死,连河底卵石都逐个变褐、变黑。是杨环秀起头,联络了水汊口仅有的四五户人家,到县城不断上访,最后是请人在晚报发了文章,将这事情彻底造大,导致化工厂搬迁,去污染更偏僻且没有杨环秀这号"恶人"的地方。那以后,村里人把杨环秀当成杨青天。

杨环秀一来,是有名人效应,人们隔了老远叫她杨总。她没法像平时一样和蔼可亲,一一回应,只是伸手招了几招,气场便远远盖了前面肖石辉。挡在她前面的人自动闪开,辟出一条路,径直延伸向禹怀山。杨环秀离禹怀山还有两三丈,他就站起。杨环秀却不是冲着他,左右看看,随口就问:"单妮在哪?"前面的人又重新让出一条通向依维柯的路。杨环秀脸上涌出许多悲伤。

这时候,又有一个妇女朝这一大堆人靠拢。我还以为又增加了个火力点,一看瘦高身影,只能是舍管员欧春芳。她仍旧一脸忧戚,看上去定是死者家属。

杨环秀的哭声像一顿沉闷的鼓,不是很响,却激起与之不相称的一片声浪,涟漪一般一圈一圈散开,钻进每个人的耳朵眼。虽是初次听她哭,入耳又觉熟悉,先前已听过传闻。她男人雷猛子,性情粗暴,既然娶到一个老婆,本想有事无事打着解闷。杨环秀矮肥,一看就是上好的移动靶。婚后没恩爱几天，雷猛子就拿她开练。杨环秀知道还手会挨更多的打，没用，便哭。哭声起初也不大，没想后劲十足，隔河的朱家和山背后的孤老石老六听得一样清晰。她可以哭上整夜。后面她跟人说："谁打我，我就给他哭丧，越哭越来劲，想停停不了。"雷猛子终于受不了，再听她哭，就往屋外跑。屋外是条河，他一头扎进去，潜进水底，耳朵才消停。雷猛子还跟人解嘲地说："这婆娘哭起来有用，第二天一早，河边总是能捡到一堆死鱼。"后面两口子感情很好，杨环秀要雷猛子抽三块钱的大鸡，他就绝不敢抽五块钱的盖白沙。

在这敲闷鼓般的哭声中，高级中学一干人等都坐不住，站直身子，围作一团，一齐朝着喷发声音的依维柯张望。小彤此时也退到一边，双手交叠在胸前，后背倚着三皮。她是狠人，更是明白人，既然杨环秀出马，就不劳本尊了。

杨环秀的哭声带动了别的妇女一齐哭，既有鼓动，又有胁迫。本来，这帮妇女个个都是哭的好手。当她们都被带动起来，齐声哭泣，杨环秀便将自己哭声打住，下车，由秋娥带领，走向她应该就位的地方。人群又紧了紧，围成圈。

9

三个老汉默默坐到走廊里。杨环秀来时，三叔就皱起眉头说："她来了又要当领导。"这么多年，三叔一直对杨环秀心存忌惮。三叔和三婶结婚数十年，纵然都是老实人，少不了会有龃龉。三叔一张嘴到哪都要聒噪，三婶却是一个闷人，所以一旦闹起矛盾，看上去就是三婶吃委屈。娘家人要给她撑腰，只好这个杨环秀来，指着三叔的鼻头就骂开。三叔一开始还要争辩，慢慢也就由着杨环秀数落。客观地说，三叔两口子这半辈子过去，都还风平浪静，杨环秀功不可没。

刚才在众人簇拥下，杨环秀朝着禹怀山走，别的老师又摆出掠阵的表情，禹怀山只好扔了烟屁股，硬起头皮。三叔就嘀咕："环秀是个人来疯啊，摆起这么个阵势，她都敢咬人。"他毕竟是富有责任心的村干，正嘀咕着，人便往那边走去，拦住杨环秀的去路。

"环秀，事情已经讲清楚……"

杨环秀收住脚："你往一边站。"

"环秀……"

"让开！"

三叔一怔，杨环秀身体看似在滚动，却像一缕风从他身边绕过，走到禹怀山面前。杨环秀和禹怀山对视起来，身高落差加长了目光的距离。杨环秀有几秒钟只是瞪眼，像是突然忘了如何开头。这时三叔拽她一把，正好让她有开口的机会，索性扭头过来冲三叔说："你有什么用？塔佬，你自己说你有什么用？"

"环秀，你跟我讲话怎么能带臊（脏字）？"

"又不是头一次，你自己都搞不清，只好由我当着别人打你脸。"

杨环秀要打三叔的脸，除非跳起来。我相信她跳得很高。

"我怎么不清楚？"三叔喃喃地说，他已习惯性被杨环秀压制。

"孙女都死了，你自己是哪边的人都搞不清楚。你滚一边去。"

"你怎么……"

三叔的话还没说开，癞爷就架起他一条胳膊，另几个乡亲又架起他另一条胳膊，拉着往后走。仿佛是在扯劝，其实有人心向背在里头。三叔哪能不明白，便也不发力，任人拖走。走离人群，便只有癞爷和我扶着三叔。癞爷此时说："你也是不看场面，人家在帮你家争，你自己却还拖后腿。"三叔说："不该拿的钱我绝不拿。"癞爷便说："不该拿的钱？你这一辈子就没拿过钱。"

杨环秀到底是见过世面的人，刚才把架势拉起来（所有人都如此配合着），仿佛一场遭遇战在所难免，其实只是虚晃一招；一转眼，她却和禹怀山摆起交心的样子。禹怀山勾起头，两人不紧不慢摆起道理来。围在旁边的人，慢慢也就散开。双方看似亲切交谈，谈的却是一条人命值多少钱，彼此自是不敢掉以轻心。看这情势，要拖不短的时间。

这当头电话又响起，是碧珠打来。

"怎么了？"

"单妮的病历我拍到了，用彩信发给你。"

手机屏忽闪几下，一页病历纸呈现眼前。平时我认不出医生的字，此时全神贯注，我仿佛无师自通考释甲骨文。是这么写：头部七窍流血，左枕部肿胀；双眼熊猫眼征，左耳后乳突区皮肤有小片状青紫，为颅底骨折的征象；双眼圆睁，瞳孔始见散大，未固定。胸廓严重变形，挤压后可听见骨擦音；腹部皮肤膨降，挤压有振水音，考虑肝脾内脏破裂出血所致；骨盆挤压后有骨擦音，应为骨盆骨折；大腿见假关节形成，为骨折所致。综上应为身体左侧平行着地。心跳紊乱，颈部动脉、腹股沟动脉扪及微弱脉搏……

有些字结合前后文意蒙出来，所有的标号都是一个点，但意思很明显，我一个外行也一眼看出来。我把电话打过去，问碧珠："这么看，送到你们医院，医生一眼就得出结果。"

"必死无疑。"碧珠说，"到市医院竟然还有一口气，他们又多赚了一笔钱。"

"一万多。"

"他们有安保搞得好，敢收治，我们医院不敢。接这样的病人，一般都是惹祸上身。"

"也未必，医疗费是学校出。"

如果死在半路上，市医院就没有理由进行最后的抢救，他们最后要做的，仅仅是让家属看到他们已尽力而为。其实学校何尝不需要这样的场景？这厢已然悲恸，那边却做了一笔不错的生意，一个愿打一个愿挨。

来不及多想，那边的谈判似乎再次陷入僵局。杨环秀的声音陡然高拔，禹怀山也并不镇定，回以咆哮。我赶紧往那边走，人群已重新聚拢。我挤入人堆，见杨环秀已一手拽住禹怀山胸襟的衣服，禹怀山把身板一挺，杨环秀两只脚就得踮起来，但她手上有劲，拽得铁紧。

她说："灵堂就要设在你们操场。"

"操场要上体育课。"

"设在你们学校大门口。"

"你放开！"

"有种你推我一下试试。"

"你就是个泼妇。"

"你们有文化，弄死别人家孩子，还假装自己是受害者……"

也有一个老师试图救驾，想将杨环秀的手掰开。杨环秀冲他喊："你们人多是不是？你们仗着人多是不是？"

禹怀山冤屈地争辩道："到底哪边人多？"

一旁肖石辉冲那救驾老师喊叫："把手拿开，我俩单挑。"

那老师愕然，手却不松，掰得更使劲，几乎掰开，但杨环秀换一只手，又拽起禹怀山的衣襟。那老师继续掰，即使像猴子掰苞谷，也要掰。肖石辉就喊："你妈逼来劲了是吧？"他冲过去揎了那老师一手，老师扔不撒手，肖石辉拳头就挥起来，予以恫吓，似乎开始倒数三个数字。肖石辉手上没轻重，我堂妹两番住院，他事后总是争取一个态度好，跪地上把老婆接回家。我早盯着他，心想着自己也该发挥作用，纵无能力把事情解决，却有义务不让事情变得更糟。以前打球的底子还在，我挤过去，趁肖石辉还没数到三，情绪正持续高涨，出肘自后面勾住他脖子，掰歪，先卸掉他的力气，再将他拽出人群。

"怎么了哥？"他一脸壮志未酬。

"你现在打人，就是打钱。"我给他拨烟。

还有几个老乡围拢，从我这自行拨烟，纷纷表示赞同，并冲肖石辉说这时候不能打架，要打也等到对方赔够了钱。

"赔了钱更不能打。"我提醒他们，"打人就是犯法。"

他们也纷纷表示赞同。

杨环秀仍在和对方力争，不说钱，只说要求死者在高级中学停灵三天，要全校同学参加追悼会。对方当然不同意，反复声明这会影响学校正常的学习安排。双方时不时飙出高音，杨环秀也想继续拉扯对方，但范培宗和另一男老师护在禹怀山身前，杨环秀很难触碰到对方。

"你看好了，"我跟肖石辉说，"说归说，动手是女人的拉扯，人家都有分寸。就你一把年纪，手上还没轻重。"

肖石辉笑，说这些都没鸟用。我问这话怎么说。他说不专业。我问你动手打人很专业？他就不吭声。他一般不服哪个管教，在我面前算得驯顺。他以前看我打篮球的时候还小，没想后面变成我堂妹夫。这是他结婚那天，酒一喝多，趴我肩头上说的。

我拽他走到三老面前。三老一直坐在廊道的排椅上，看着那边，讲着人心不古的话题。肖石辉跟三叔说："三叔，这样搞不行。"

"要怎么搞？"

"环秀姨是有本事，但她一个人闹不出动静。搬尸体都有专人弄，这种事更要找专门的人来弄。在这市里，和医院闹事最厉害的是古塘冲和道井乡两拨人。他们什么都干得出来，敲锣打鼓放炮放铳，还有滚钉板喝农药，医院领导见他们就软脚。"

癫爷说："我也听人讲过，他们是要分成。"

"一般是要四六，有熟人领路，三七开也能行。"肖石辉又说，"他们一闹没有大几十万下不来，分成给他们，到手的也比自己闹要多得多。"

我父说："都成什么社会？"

"小辉！"三叔说，"你是没读过书的人，不要乱出主意。没文化，就晓得滚钉板喝农药，这些人家不怕。"

"我把他们叫过来，你看医院怕不怕。"

"不要叫，千万不要把你那些黑社会还有无赖的朋友找来帮忙。我们丢不起这个脸。我们不涉黑。"

"三叔，电视里面都讲，我们没有黑社会。"

"不要讲了。"三叔说，"当年小娟嫁你我就不同意，果然。只要你不打得小娟住院，就是帮我傅家的忙。"

"……都是过去的事。"既然讲到这份上，肖石辉往下也无话可说。

那边时而激烈时而缓和，杨环秀精力十足，一个人对付好几个。小彤和三皮站在一旁只是掠阵，不敢冲突杨环秀主角的地位。禹怀山、范培宗等主要领导已经坐到桂花树下休息，抽烟，或者凑近了耳语几句。既然是扯皮，免不了会陷入拉锯和僵持当中，双方都要有充足的心理准备。

10

激烈的场面对彼此都是巨大的消耗，稍后便形成僵持，展开漫长的谈判。在这个过程中，谁更沉稳，谁仿佛就有更大的胜面。

杨环秀绝不是个冲动的泼妇，她更擅长与人促膝谈心，她有足够耐性。那边的情况我们都看在眼里：禹怀山和范培宗轮番上阵，杨环秀却是独自担当。有时候，我觉得禹怀山不耐烦了，口渴了或者是想抽支烟了，便故意把声调拔高，范培宗便心领神会，赶紧过来把禹怀山替下。反之，范培宗则不敢拔高嗓门示意换人。禹怀山抽几支烟，屁股在花坛上挪了几个地方，确也无事可做，这才走过去把范培宗替下。肖石辉或者小彤要上前去助阵，杨环秀一无例外挥挥手。事实上，这让杨环秀越来越显得气定神闲。这让我想起小时候听到爷爷的一种说法：老两口推磨，人越推越累，磨越推越转。这是口耳相传的古训，杨环秀肯定打小听过，所以，碰到这样的阵势，她非常知道，怎样将自己变成一盘磨。

小彤发现自己无事可干，坐三皮的车离开，雪弗兰仍留在院内。我估计她是去吃饭。肖石辉也发现自己变成一个闲人，无用武之地，就朝我们这边来。他问我："森大，这事情到底怎么搞？"

"你讲，你讲。"我只有拨烟。

"好像有点僵，看上去收不了场。"

"肯定收得了场。所有的看上去收不了场，都是为了收场。"

"……森大，你讲话总是有道理。"

我敢保证肖石辉搞不懂，因为我自己就没搞懂。

那辆大切诺基开进来，跳下三四个人，朝我们这边走来。我正对医院大门，看得清楚。天已有几层黑，每吸一口，火头蹿动便会在视野里一晃。肖石辉没注意到，但我凭穿着打扮，感觉那几人冲他而来。果然，这几人为首的，在傍晚时分戴墨镜的细高个，走来用鞋尖踢了踢肖石辉的屁股。肖石辉刚要爆粗，扭头一看，将脏话全吞回肚里，叫一声："麻老！"细高个在他们那堆人里头，肯定辈分极高。

麻老说："找你半天，去打牌。"

"有事。"

"有什么事？"

肖石辉不吭声，他定是在考虑麻老为何如此精准地找来此处。此前他又没打他电话。肖石辉脑袋不算好用，但天天在街面混，多少看得出事情，索性不吭声。人们以为沉默是一种难得的动人的品质，我觉得还谈不上，沉默很多时候其实是你确实不知道说什么。场面一时冷寂，麻老以及排列在他身后的三人，都齐刷刷盯着肖石辉。在傍晚的暗光里，他们几个人的眼神都很有神，搅成一股，抽在肖石辉脸上。肖石辉站起来，指着我说："麻老，这就是森大，以前打后卫整个偪城……"

"不闲扯。"麻老说，"我为你的事专门出来跑一趟，桌面上亏了多少牌钱我都不计算了。我带你去认识一个哥，你一定要认识的哥。"麻老拽住肖石辉一只手。麻老的手像女人，细长，指节上套了数个戒指，戒指都很大很厚且有棱角，是否打架的时候能当成拳心用？我搞不清楚，反正偌大一个肖石辉，被个头只他半只的麻老牵走。禹怀山还在花坛上挪屁股。麻老将肖石辉带到禹怀山面前，禹怀山站起来，试图握手，麻老却阻止他俩的手握在一起。他要肖石辉打立正，恭敬地叫一声，禹老或是怀老，总归不能叫山哥。我们听不清楚，只听到昏黑中肖石辉叫了几声，一声比一声大。同时，几步之外，杨环秀声音忽然飙高起来，可能因某事扯不拢，吼骂范培宗，范培宗一味地赔笑。

肖石辉耷着脑袋又走回来，冲我说："森大，家里还有些事……"

"你忙你的。"

他后退几步，一转身快步走出医院大门。

我并不担心肖石辉的离去，但眼皮开始抽起来。我看了看杨环秀，她用不着抽烟喝茶喝咖啡嚼槟榔，精神永远都这么饱满，简直抖擞。毫无疑问，我们这个世界是为精力饱满之人准备的。通过肖石辉的离去，我看出来，高级中学养了那么多老师，解决问题未必拿手，但一定将杨环秀的户籍档案个人经历查了个底朝天。事情如我所料。天色进一步地黑下来，趁着夜色，又有一对退休年龄的夫妻走入，和高级中学的人个个打招呼，接下便一左一右夹着杨环秀说话。他们显然都是熟人，杨环秀变了一副脸色。医院不知几楼的一个大灯洇出的灯光，照亮杨环秀半张脸，我们都看得出这份熟络。

眼下的问题，却是吃饭。我们在市医院的院子里待了整整一天，只在下午吃了些面食和粥。囿于哀伤的气氛，当时谁都是敷衍似地吃几口，此时都已饿得不行。黑暗中，宋奎元以及欧春芳再次出现，每人手中一个大塑料箱，里面装着堆堆叠叠的盒饭。现在商家的品牌意识都增强，盒饭也弄得跟生产线上造出来一样，还用不干胶贴了店名和联系电话。豆腐酸汤密封在印了"烧仙草"字样的塑料杯里，可以倒出来喝，也可以插上吸管像可口可乐一样哧溜。

"都这时候了，先吃饭。"宋奎元发一份饭，将这话重复一次。欧春芳专给女眷发饭，时不时说："只好请你们吃盒饭。"有的女眷还回："挺好挺好。"

花坛和两小块绿地上坐满人，乡下进城做苦力的人，吃起盒饭个个熟练。空气中飘逸着盒饭的味道，浓烈、张扬却也是十足廉价。据说地沟油也是很香，且香得贼腻。饭已吃开，咂嘴声串联了起来，总觉得，还少些什么。我正在考虑这个问题，宋奎元又拎出一袋二两五的酒，稻花香，小批市里买来六七块一瓶。他是个周全的体育老师，走动着发酒，酒瓶在塑料袋内碰撞出很好听的声音。"要吗？要吗？"他拿出酒来在农民兄弟眼前晃动。没有说不要的，大多数人憋住自己，不好说一瓶真是不够。这帮干苦工的汉子，包括一些女人，晚上正是靠一点点酒精舒筋活络，换来些许的轻松畅快。

　　三凿不吃饭，秋娥也不吃。他俩坐在一丛修茸为球状的万年青一侧，神情皆是呆滞。宋奎元拢了过去。"……事情已经这样了，饭总是要吃。"他把盒饭递了过去，又说，"接下来事还很多，整个晚上都是休息不了，你必须吃点饭。你俩已经一整天不吃饭了。"欧春芳也把盒饭递到秋娥眼前。我作为亲戚，也过去劝几句，但心里是想，在这时刻，他两口子简直是不能吃饭。怎么能吃饭呢？吃饭似乎足以说明，人已从悲痛中缓过劲来。这当然不行。

　　他俩不吃是表明态度，劝他俩吃却是我们应尽的义务。很多事都这样矛盾重重地展开着，冰暴过来。"……我知道你想吃的，不要不好意思。天塌下来，饭都要吃。"冰暴还把盒饭打开，饭菜此时依然氤氲着热气，递到三凿面前，还晃几晃。"猪脑壳肉咧。"冰暴继续说。猪头肉的香味，天生像是被下了卤，且被冰暴最大限度地晃出来。三凿悲哀地睃一眼，很快又捋回目光。"冰暴，算了吧。"这动作近乎恶作剧，我看在眼里愈加难过。一计不成又生一计，冰暴拿出酒，拧掉胶盖，递过去。三凿每天都喝酒。酒和饭不一样，再难过的时候，也可以往肚里灌。三凿接过去就喝，似乎想一口将一瓶造完，但他酒量不行，一下子被酒呛了。白酒呛入肺，异常疼痛，三凿抚着胸口喘粗气，好一会喘平，再将剩下的酒一口抹掉。然后他哭起来，声音低沉喑哑，还夹带着肺的疼痛和胃的痉挛。

　　"算了吧算了吧，让他哭一会。"

　　吃盒饭这一会工夫，那边情况也有了变化。除了那一对夫妇，杨环秀身旁还多一个女孩，二十上下的年纪，穿得清爽，背着一个双肩包。我不认识这女孩，去找癞爷打听，他也正好走来。黑暗中我俩碰在一起，退到一处墙角。

"是她女儿。"癞爷往那边一指，指向模糊。我知道他是说杨环秀，顺嘴说："都这么大了？"我对这女孩没有印象。

"……名字像是叫宝英。"癞爷又说，"在广东民办高中教了两年，今年想调回来。那两口子，男的以前是宝英的班主任，正在帮她进高级中学。以前杨环秀还没赚到钱，宝英是贫困生，经常住到班主任家里去。那两口子倒真是好人。"

"明白。"

"没办法的事情。你是杨环秀你怎么办？"

我俩抽烟。我知道，事情只能这样，两边僵持到现在，拆招解招，其实已变成一帮泥腿子和全县最高学府比拼社会关系。高级中学一帮领导的策略很简单，擒贼擒王，对方所有活跃分子，他们皆找得到人搞一对一的防守，严防死守。虽然招式过老，动作难看，但就是管用。

杨环秀难得地沉默，坐在花坛，双手无措，偶尔用拇指食指卷动额头一绺头发。卷到最高处，再一圈圈放开。她女儿显然继承了她很多优良的品质，坐在她身侧滔滔不绝地讲，天生就该站在三尺讲台。稍后，杨环秀朝这边走来，她女儿一定要扶住她的左臂，这样她就显得有些蹒跚。

这对母女径直走到三凿两口子面前。

"三凿，这事情人家也是尽力想帮，学校也不是有钱的单位，你知道。我争了半天，他们答应给十二万。你看怎么样？"

三凿喃喃地说："一条人命。"

三叔也适时走过来，叫声环秀，又叫声宝英，然后说："你们辛苦了！"

"不辛苦，应该的，碰到这样的事。"杨环秀又说，"塔佬，十二万。刚才六万五的时候，你们差点也签字了。"

"我知道。你有事你就先去忙，这里照应的人很多。"

"讲什么话呢？我是单妮的姨婆。"

"你一直还没吃东西，先去吃东西，要有什么事，随时可以打手机。现在有手机，真是很方便。"

"是啊，真是很方便。"

杨环秀母女离开医院大门的时候，禹怀山、范培宗也坐上车走掉。这几个领导毕竟把几块难啃的骨头都啃了下来，现要找个地方补吃晚餐。或者，下属会知冷知暖地建议，是不是搞两盅？或者禹怀山说不了不了，那边叭地一撬，一瓶好酒打开……"想什么哩？"冰暴把一瓶"稻花香"横塞到我手里，咣地一撞，他一口下去空了半瓶。

11

钟程将电话回过来，我看看时间，八点十二分。好家伙，这是他的晨起时分。虽然黑白颠倒，他倒是记得回我电话。

"早啊。"我问候他，并习惯性走出人群，去往僻静之处。

"今天稍微晚了点，几个电话，催命啊？有什么吩咐？"

"高级中学今天凌晨死了个学生，是跳楼。"我再走几步，又说，"是我侄女。"

"亲侄女？"

"这个没有干亲。"

"事情有点大。"他喃喃地说，显然没有完全醒转。他总是要望向窗外，花好一阵分辨晨昏。我提醒他要不要洗把脸，用冷水，再给自己贴两个耳光。他说，你说你说。接后是淅淅沥沥的声音，和冲厕所水流的涡漩之声。我说我等会再打，挂掉。他再打来，一口嗓音已然还阳，且显得低沉。"他们把照片都发出来了，现在学生也个个有手机。这样不好。"他感叹着。微信上的消息错讹太多，我有必要给他梳理整个过程。我尽量真实、客观，我需要他的意见。他是差点就做到教导主任的人，他的意见可以让我一窥当事另一方的态度。

"……范培宗也来了？"

我这时想起来，钟程没有当上"教主"，必是和这人有关。我说："禹怀山都来了，他当然要来。"

"禹怀山这头蠢猪。"他说，"要是用我当教导主任，他根本不用费这个神。"

"那是明摆的事！"

他还是踌躇了一会，可能饿得不支，胡乱用了些早餐。然后他告诉我，整个过程下来，校方行为都合理到位。唯一的漏洞在于，单妮跳楼之前，在楼道里待了近一个小时，且这一个小时的情况，监控画面里都看得到。然后，他说："你明白我的意思吗？"

这时，我忽然想起欧春芳无助的眼神。现在我恍然明了。一切不合常理的情况，都隐藏着你尚不明了的原因。

"你接着说，碰到这事，正常该如何处理。"

"……千万不能跟人说，是我告诉你的。虽然我不在高级中学，毕竟还在教育系统里面混。"钟程这时又清醒了几分。

"放心，我是看《红岩》长大的。我最痛恨的人是甫志高。"

"省城银南中学几月前发生过差不多的事情，是男生，大白天跳下来，银南赔了四十万。当然，两个学校的经济实力不一样，那是贵族学校，收费高，赔的也多。换到平时，县高级中学顶多就赔个十四五万，但现在……不管怎么说，还算时机不错，全省教研教改经验交流会正在市里头开，禹怀山这几天一定是加倍地小心。所以，现在找他闹赔偿，价码肯定比平时高。"

"能到多少？你少跟我兜圈。"

"你家这个事情，我估计赔偿有银南中学的一半，也就差不多了。"

"禹怀山和你想的一样？"

"只要他不老年痴呆。我们干这个工作，心里当然要有数。"

我心里暗骂，一开始只给六万五，还不到三分之一。在我打电话的这一会工夫，小彤已经返回。她换一身运动衣，仿八十年代的梅花牌，胸前缝着"中国"两颗白色的圆体字。三皮也用一身肉瓤将同款男式运动衣撑得格外饱满。因他俩的到来，已沉默许久的五叔，忽然从哪个角落钻出，跟女儿讲刚才的情况——无非是杨环秀、肖石辉都被摆平了，然后高级中学的领导们走掉了。

听着父亲汇报情况，小彤问三皮要一支烟，三皮递上来并负责点上。小彤一边喷着烟雾，一边仰头看向天空。深秋的天空，总是无限高邈，此时，天上已有星辰。她喷出的烟雾轻盈、流畅且丝滑，吧唧两口就往地上扔。然后她就走过来，穿越众人，径直走向三凿。

这一阵我们其实都关注着三凿。他一直坐在花坛发呆，双目焦点渺渺不知看向何处，忽然鼻头一抽，脸皮挤皱成一团，分明就是在哭。他强行抑制自己，咬起牙关，脸皮才又徐徐铺开，回复发呆的模样，如此反复不已。

小彤走过去，似乎要叫一声哥，却又忍住。她坐在他身侧，等了一会，终究拍了拍三凿的肩。

"十二万，你答应吗？"

"什么？"

"我是问你，十二万，你女儿一条命。你咽不咽得下这口气？"

"……你讲，你讲怎么办？"

"不能再等了。他们都搞不过那帮领导，现在只有我和你。我们现必须就闹起来，要是闹不起来，别人也不会把我们当成人看。你要是不敢闹，马上讨了十二万，回家布置灵堂。"

"我听你的！"

"那好，我还有言在先。"

"你讲！"

"先前本来就可以闹，大家你一嘴，我一嘴，各有各的想法，反而闹不起来。从现在起，你谁也不要听，就听我安排。"小彤呼地站起来，又说，"你要下个决心，要闹也就今晚上的事，趁你家单妮……你要搞明白，现在别人反倒不急，我们急。"

三凿咬咬牙，表态："彤妹子，一切你讲了算。"

"不反悔？"

"是！"三凿又说，"到底要怎么搞？"

"你先起来跟我走！"

三凿要起来，蹲了半天又一直没吃东西，腿脚竟发软。小彤扶他，他强自将身板撑起，走路有点瘸。人们呼啦啦跟在后头，看到底什么情况发生，能帮则帮，能劝则劝。小彤领着三凿往依维柯走去。棺材一直放置在车腹，秋娥怕女儿寂寞，独自守在里面。她看见那么多人汹涌而来，一时发懵，两眼又迸出滚圆的泪。三凿爬进车内，坐到秋娥身边，扶住她肩，耳语一番。

小彤站到车尾，一手扶住棺椁翘起的一头，一边大声说："赶快把司机叫来。"

只数秒时间，那络腮胡的老者随叫随到。我不禁感叹，如此兢兢业业，只为吃一碗死人饭，倒真是难为他。

小彤问他："车是你开？"

"随时可以开。"老者说，"五分钟，司机一定到位。"

"那你现在就打电话叫司机来！"

"往哪里开？"

"你管那么多？车子发动起来，我要你往哪里开，就往哪里开。"

老者只是赔笑，又说："妹子，这是拉死人的车，不是想去哪就去哪。你要事先不讲明白，我们是不敢开。"

"你什么意思？生意要不要做了？"

"总要知道去哪里嘛！"老者将一抹无奈的笑隐藏在髭须深处。

小彤迟疑一会，还是说："去佴城高级中学。"

"……那里去不了。"

"给你们加钱。"

"不是钱的问题。"

"给你们加一千，什么话都不要说。"小彤一只手朝着三皮一摊，三皮心领神会，掏出皮夹子数钞票。他把钱一张一张从皮夹里抽出来，毛爷爷一次一次在夜色中微笑。老者接过钱，利索掏出一只老头机，摁一下，按键音便将夜空划破一道缝隙。秃顶的司机仿佛不是被叫来，而是这边一按键他就接收到空气中发颤的信号。

车发动时，车前站了一排人，我父、三叔、癞爷，还有高级中学留守的几位老师，宋奎元当仁不让站到最显眼的位置，车灯照得他浑身透亮。欧春芳则远远站在后头。此刻我已明白了，这事情不处理妥当，她今晚是睡不着的。

"三凿你下来。"我父冲车里说。

三凿坐在车头不动，而小彤，和三凿一同挤在驾驶副座，将门敞开，整个身体探出来。她手一挥，说："你们都不要管。你们管了一天，有什么结果？"我父说："先把车熄火，高级中学不能去。"

"怎么就不能去？"

"到地方九点多，学生刚下晚课……你设身处地想一想，你家小孩要在那里读书，会不会被吓着？全县的高中生都在那读书，这么搞，就是和全县人民过不去。你们年轻人，办事情一定想清楚。"

"本来也不想这么搞，但你们都看着的，高级中学那帮人把我们当人吗？"小彤脚踩在车内，身体完全探出车外。乍然间，我想起《青春之歌》里的林道静。她在学生游行时发表演讲，也是登上一辆车，也是这样的情景，且被拍成经典的电影剧照。而小彤不可能知道林道静是谁。

她接着说："那帮狗杂种，以为摆平了几个人，死一个人也就这么了结。说不定，那些狗官正在哪个地方敲背捶腿。单妮真就白死了么？"

宋奎元说："我们都在这里，这件事高级中学肯定要负责到底。"

"我不是说你。"小彤说，"我是说放屁放得响的那些杂种。"

"领导马上就会来。"

"不，我们不能等了。你们领导，总以为每个人都能摆平。今天要让他们知道，总有些人，除非是死，没人能摆平。"

小彤说话这会，三凿下了车。三凿从小彤身后艰难地挤下车，悄无声息站到车前，"叭噗"一声跪倒在地。

"三凿你给我起来，不能跪。"五叔失声地叫，过去拽三凿。三凿个子小，跪下去像个秤砣。三叔个子大，没将这儿子扶起来，索性伸出两手去将三凿端起来，就像若干年前，三凿还是小把戏，他要给他抽屎抽尿。三叔将三凿整个身体稍微端离地面，自己的老腰便吃受不住。"三叔！""塔叔！"我和冰暴各自叫法，然后一左一右，将他扶到一边。三凿仍稳稳地跪在地上。

"怎么能跪下去？"

"听他讲，他是有话要讲。"

此时，三凿脸上反而有潜沉的神色，等场面安静，这才开口。"没有别的办法，都是他们逼的。这件事最终是我和禹怀山才能讲定的事，跟你们都没有关系。我女儿死了，我两个女儿，今天全都死光了。我遇到这样的事，活成这个样子，已经不好讲自己还是个人，哪有资格给别人当爹？我对不起单妮，对不起双洁，你们投胎给我当女儿，你们倒了八辈子霉。现在，我只求你们让开一条道，让车子出门。我要把单妮带到哪里，是我一个人的事，所有后果我来承担。"

五叔说："三凿，站起来讲话。"

"我这种人，哪有站起来讲话的资格？"三凿苦笑，接着说，"我现在从这地上滚过去，哪个要拦我，哪个就把脚踩到我身上。"

他说完便在地上躺平，将手伸直。他左手还缠有纱布，沁出些血迹。他个不高，双手伸直以后，差不多等同于依维柯的宽度。他身体滚动起来。他很瘦，整个身体扁长如梭，滚动起来很灵活。所有人都往两边退，留出道任他滚下去。他又继续往前滚了十来个圈，依维柯跟在后面，将三凿照得透亮。

三凿滚到医院门口站起，扭头看向我们。小彤打开车门，拽他上去。司机一脚油门，依维柯便出了大门。

在我身侧，宋奎元如梦方醒掏出电话。他调取的呼叫铃音是《两个娃娃打电话》，直到手机唱出"喂喂喂，你在哪里呀？喂喂喂，我在幼儿园……"对方才将电话接通。

我们挤进癫爷的车。我们——我父、我三叔，还有我，来时的那几个人，现在依然挤一辆车。前面有几辆车子紧跟着依维柯，消失在夜色中。

"……快点开，要出大事。"三叔仍是改不了忧心忡忡。

"人都死了，还能出更大的事？"癫爷说，"我们都老了，不要替年轻人着急，该死的死，该活的活，其实我们什么都管不着。"

"是的呵，我们都老了。"我父也深深叹一口气。

"他们会在半道上拦截。这事情总要闹出动静，才会了结。"这话是我说的，不走脑子，脱口而出。

癫爷说："那我们就等一等，再去看看结果。我们三个老东西。"

三叔忽然冲我说："浩淼，你年轻，你要好好活。"

我又不好说，暂时还没有不想活的念头，所以我嗯一声。这时癫爷揪开车载收音机，一个年轻的歌手在歇斯底里地歌颂爱情。他真是蛮有心情，死了都要爱。癫爷调动旋扭，很快换成一个苍老的声音唱起地方戏。

12

如我所料，双方的遭遇战发生在佴城下高速不远，一个叫瓮寨的地方，距县城还有十里地。从市医院上高速口要二十分钟，行走四十七公里，约摸半小时再下高速，那边就有车将载着单妮的依维柯拦住。又过数分钟，禹怀山、范培宗、江道新甚至包括先前昙花一现的伍乡长，悉数赶来。

我们这车下高速时，有个人在等，是莫生民。他上车，坐在我身旁。

"……刚才搞了几仗了。"

"搞了几仗？是打起来了？"

"那倒没有。"莫生民讲话总是一句一句突兀地戳过来，语调又是不急不缓，反倒显得有点耸人听闻。他又说："这个小肜，到市里混几年，现在可以当成男人用。她敢和禹校长搞事，脸对脸地骂架，一点都不惧。禹校长被她骂得一脸血，还被她用手机拍录像。我操，我们茈头能出这样的女人，我为她感到骄傲无比。"

"不叫拍录像，哪时候了，还录像！是拍视频。"

"是拍视频，拍禹校长气急暴跳的样子，那样子像是要吃人，很吓人。但是小肜，现在我是她的粉丝，她一点都不怕。现在我发现，那些领导其实也是没有卵用，并不可怕，你要怕他你就只好缩头缩脑，你不怕他他也不敢咬你一口。"

"刚才到底怎么样了？"

"反正就是吵了几架，两边凑到一起就吵，吵累了歇口气，又走到一起吵。"

"怎么个吵法？"

"七嘴八舌，到底吵点什么我一时讲不清楚。"

"两个人怎么就七嘴八舌？"

"旁边肯定还有很多帮腔的。反正，我们这边一定要把车开到学校，那边一定不让我们走。他们讲要喊警察，小肜表示同意让他们喊警察，但是他们始终没有喊警察。是不是喊警察要钱？"

"不是这个问题，他们不缺这点钱。"我父皱了皱眉头，睃我一眼，示意我给莫生民解释。我发现这很有技术难度，我怎么跟他从源头讲明，此时此刻，禹怀山最不愿意将事情闹大？于是我给他打个比喻，好比两个小孩打架，个头大，手更毒的那个，就想把对方扯到僻静的角落痛扁一顿；而小个子毫无胜算，他只好尽量往显眼的地方走，让大人看见自己被打。

"你懂我的意思吗？"

"这还能不懂？我们小时候都这样。"

说话间我们已到瓮寨，前面灯光骤亮，一溜车停着，车灯都开着。一小块地方，被车灯的光交炽得有了那么点璀璨。我们一路都估计着情况，现在双方交锋大概有五十分钟（我们在依维柯开走三十分钟后发车，在高速公路上一个四星服务区又拖延二十分钟），都会有点累。这一整天下来，每人必然地累。这种累，是来自这种心情，以及这种氛围对每个人的压迫。三凿两口子都坐在依维柯的驾驶副座。当我们走过去，秋娥主动跟我们表白："到这个时候了，这些狗日的根本不把我们当人。我们不跟他们讲钱，一定要把棺材摆到他们学校里面，摆三天！"三凿接着说："他们要报警，我等着他们报警！"

小彤站在车旁抽烟，她很平静。三皮帮她捎了捎肩，像是拳击比赛的回合间，教练深情地呵护着爱徒。

我问小彤现在什么情况，我想只有她能给我最简单且准确的回答。

"三十万，一分钱不能少。丧葬医疗不包括在里面。"她说。

"那边什么反应？"

"我不关心这些，我只想让他们知道，事情越往后拖，越严重，价钱讲不定还要往上涨。他们最好是不要搞得我心焦。"她显得胜券在握。

她的神情使我更为准确地还原了刚才的现场：通过几番交锋，一米五几的小彤搞得一米八有多的禹怀山焦头烂额，狼狈不堪。其实这也没什么奇怪，这两人不是比打，而是比泼，恰好进入小彤的特长领域，就像浪里白条赚得黑旋风下水，那就等着看谁消遣谁。小彤成功营造出"单挑"的情境，那些下属只能在一旁掠阵。小彤嘴巴占了上风，还有闲心，掏出手机抓拍对方的表情。据说禹怀山身心俱疲，索性掏出手机和小彤对拍。一个亮出苹果5S，一个是拿国产老头机；一个仰拍，一个俯拍。肯定有一刹，两人都将手中的手机，想象成一把枪。据说小彤将视频一段一段地发往微信，搞现场直播，而禹怀山只是虚张声势地拍，他不玩微信。我没加小彤的微信，无法从wifi中调取禹怀山的窘态。我想，杨环秀曾经一战而成杨青天，而在乡亲眼里，此时此刻，小彤俨然就是杨环秀的升级换代版。她干的事是在杨环秀悄然溜掉之后。

高级中学那边已将价码抬高，同意给十五万，尚有十五万差距。我朝那边走，同时看看表，十点一刻。此时天色浓黑，满天星斗，公路上很少有车经过，经过的话也会在这团光晕旁稍停，或是减速，看看发生了什么事情。他们当然看不出发生了什么事情。

范培宗引着我去见禹怀山。公路旁边正好有个杂货铺子，里面还摆了两张圆桌，可以宵夜，店里面提供烧烤、卤菜、关东煮和低档的酒水。他们当然没有心情吃宵夜，又不能白占人家的圆桌，就买一大堆饮料，花花绿绿地堆在桌面。我进去，宋奎元就递给我一瓶"东方树叶"。我只喝白水。

我说："都搞到这时候了，一整天，不要再往下拖了。"

"这又不是我能说了算。"禹怀山苦笑。

"你当然能说了算，你是校长。价钱肯定也要加一些，要不然完不了事。你要是答应，我就两边转，把这事情尽快谈下来。"

"我为什么要听你的？"他瞬间变了冷笑。他虽垂头丧气，内置的表情包调取自如。"这个价格也不是我说了算，我们没有责任，只是本着人道主义的原则处理这事，却被你们不断地讹诈。"

"为什么甘心忍受？你们完全可以拍屁股走人。"我抽烟压一压时间，稍后又说："至少，单妮跳楼前，你们的监控视频一直能拍到她，差不多有一个小时。这一个小时内，你们的监视器前面没有人。"

禹怀山迟疑一会。"谁跟你说的？"

"这是明摆着的，我暂时跟谁也不讲。"

"……你先坐下来，坐下来！"他挪了挪他身边的矮凳。

很快，他用一种便秘的神情跟我表态，最多十八万，不能再多。他会顶着天大的压力，凑够这个数。我也不多讲价，我知道这种事免不了要多走几个来回。前面蓄势已久，要收场也不会是转瞬之间。我忽然领悟情报工作的重要。我走出小屋，阴风阵阵。

不久后，我走到依维柯的门边，三凿两口子仍然一齐挤在驾驶副座，一个仰躺着，一个趴着。看不清表情，两人脸上只有一些凌乱的光。

"哥哥嫂嫂！"

他俩扭头看我。

"这件事，还是要有个了结，按习惯，明天天亮以前，是要入土。"

三凿说："事情到了这个地步……"

"不管到哪个地步，都可以收住。事情要闹起来，也必须收得了场，要是等到翻脸成仇，收不了场，对两边都没有好处。人先入土为安。"

"你说怎么收场？"

"……还是要谈一谈价钱。"

"这不是钱的事情，是我单妮一条人命。"秋娥冲我嚷，"这不是钱的事，我不要钱。"

"嫂嫂。"

"我不要钱！"

"我是浩淼，我是单妮的叔叔。"

"哪个驴日的再跟我谈钱。"

嫂嫂骂人从来都骂驴日的。她爱养狗。我只能暂时闭嘴，不远处，小彤和五叔听见秋娥嗓门扯高，一齐走过来。"……这件事要有个了结。"我冲五叔说。"是要有了结。"他同意。我示意他跟着我往偏僻处走几步，离三凿两口子远点。小彤也跟过来，她偶尔瞥我一眼，仿佛我也是敌人。我能理解她，刚才的交锋未免让人红了眼，看谁都想干一仗。我想提醒她，我是她哥，堂哥，我们共有一个爷爷。现在不是时候。我避开她的眼神，继续说："五叔，火要一点就燃，刚才小彤做得不错。但烧到火候，也要随时撤得下，什么事都不能搞得过火。天亮前，单妮是要入土的。"

"你讲怎么办？"

"不管愿不愿意，价钱一定要谈，不会是我们说了算，也不会是他们说了算。这当口，三凿两口子不好谈，我和你可以干这事。谈得下来，他们也不想把事情闹大。"

"道理我都懂。"

小彤看看我，又看她爹，说："一分钱不能少。是他们态度不好，拖到这个时候，不讲价。"

我不得不说："小彤，得饶人处且饶人。"

五叔也强调："他是你哥。"

她依然不看我："今晚谁都不要睡觉，要吵架我一个人够，要打架随时叫人。到市里头，到县里头，随时叫人。"她扭头，拿眼睛去找三皮。三皮瞟一眼就来到跟前。他说："我随时喊几车人过来。"我看看他，他的金链条仍在脖子上晃，被人油浸润着，不再光亮。我难以想象他俩的恋爱如何控制亲密的程度。但现在不适合开小差，我走近他，一手搂住他的肩，劲鼓鼓全是疙瘩肉。我年轻的时候最擅长在一帮肌肉僵尸间闪转腾挪，游弋自如。他的肌肉进一步绷紧。我凑着他耳朵说："你打电话。"

"什么？"

"你现在就打电话。"我说，"不要多，喊两车人就够。"

他摸了摸左边裤兜，我拍拍他右边。他的那块手机贴着我左腿外侧发硬。他掏出手机，他又看看小彤。小彤头往一边撇，由着三皮怎么搞。他翻开通信录，从 A 字头往下翻，几乎都不是人名，而是绰号，"阿佬""兵哥""八喜""宝盖""别老拐"之类，他一屏一屏往下翻，很快翻到 Z 字头。我说："现在可能都睡了。"他说："是啊，今天太晚。"

"……我不管了。"小彤大嚷，"都是些没用的，活该遭人家欺负。"

她说完扯起脚就走，越过路边几辆开着灯的小车，又越过几辆熄了火躺在幽暗中的卡车。于是我交待三皮："你跟过去。那边太黑，附近狗也多。"

"噢！"

当我再次走回依维柯的车头，秋娥看见我条件反射般地捂住双耳。她大叫一声："我不要钱！"

"嫂嫂！"

"我讲了，我不要钱！"

我无奈地看着三凿，示意他能不能让秋娥稍微平静。之后我退开几步，看着这对苦难夫妻在逼仄的车厢内耳语。三凿抱着秋娥，当她暴怒的时候，他就多用一些力气。我退到更远的地方，看着车厢内他俩相依为命的样子。范培宗想走过来，似乎看我们这边进展如何。我用手势示意他别过来。

我确定堂嫂足够平静了，才又走去。"堂嫂，你看着我。"她就呆滞地看我。"我是浩淼，我一定是帮单妮讨个公道，你信不信我？"她终于艰难地点了点头。

"好的，我们都知道你不要钱。但你要替他们考虑一下，他们只有拿钱来解决这个事。他们还能怎么办？"

"我不要钱！"

"现在，我们关着门，不讲没用的……谁都不想要这个钱，但是，怎么说呢？"我吞咽着，脸上相应是万难启齿的表情。"……讲是不要钱，但讲到最后，还是要拿钱。"

"那是一条命。"

"命已回不来，只要我们都是人，最后就只能谈钱。你说是吗？"

她吃惊地看着我。她抑制着自己，还待开口，三凿却已哭出声音。

等他哭停，事情的解决就变得异常地顺利。我和五叔、范培宗在两头穿梭四五趟，这边让点，那边加点，价格最终讲到二十一万。禹怀山嘴上坚认前面讲的十八万，伍乡长主动表态，还有三万由乡里面出。伍乡长说："老傅这好几年都是优秀村干，功不可没。他家出了事，我们不能不管。"当然，谁都知道这只是个策略，只是尽量做出仁至义尽的样子。

双方签字的时候，禹怀山斥责一众手下没用，并在我背后大声说，"学校能有一个傅浩淼，我哪要操这么多心？"

13

那棺材，看似比常规尺寸小，放进车腹又显大。两旁各可以坐两个人。三凿、秋娥坐一边，这边是五叔和我。五叔忽又想起来："上次送双洁回家，也是我们四个。"我记得清楚，但又佯作回忆，然后才说："好像是的。"

"八年了，一对撇爹的崽。"

秋娥抗声说："爹，你不要这么讲。"

"我就要这么讲。"他将自己呛出一片浊泪。

灵车驶出瓮寨，继续往前，我看看表，已近十一点半。我原本估计十一点左右可结束这桩事，一不小心又多用半小时。一些小杂事，会占用计划之外的时间，比如说数钱。数钱就在路边的杂货铺子。买他家那一堆饮料，顶多也就三四十块钱，却要借人家的地方处理死人的事情。店老板甚至不会想到要对此事提出异议。那一堆人民币堆在桌上，店老板的眼睛亮了起来，虽然跟他没有一毛钱关系。他的店里肯定从来不曾出现这么多钱。校方在刚才扯价的时候，已遣人取来这一堆钱，用蛇皮袋装着。有时候，他们效率会忽然提高。

范培宗说："剩下六万，一星期内会派专人送到你家，不必担心。这一点，协议上也写得清清楚楚。"三凿用眼睛找我，我朝他点点头。范培宗又说："那请你们点个数。"

杂货铺内，我们这边五个人：三凿两口子、三叔、五叔、我。他们都把眼睛盯着我，要我干这活。我把钱分成三沓，叫三叔五叔齐上阵，人多力量大。数十五万块钱倒不是累活，但在众目睽睽下一个人数半小时钱，那会让那独自数钱的人觉得自己像在耍猴。每沓是五刀百元纸钞，我数了三刀，他俩各自才数一刀，然后各自掂出两刀码到我面前。我又数了两刀，然后说："不数了吧，都是对的，拿眼睛估也估得出来。刚从银行取出来，哪错得了。"

"不数了。"

"噢好！"

钱又用报纸包紧，放进两个重叠一块的灰色塑料袋内，都是店老板免费提供。袋口拴紧，递到三凿手里。三凿像捧骨灰盒一样把钱捧上车。

进入山路，没有百米是笔直，就一直这么弯来绕去，我对往事的回忆常因颠簸而短暂停顿，但总体还是流畅。十六年前，我二十出头，三凿大我三岁，刚结了婚。更早几年，他一直对杨环秀的大女儿，也就是姨妹子翠婷念念不忘。她傍着河流长大，身材好不说，委实太漂亮。这姨妹子有事无事也喜欢来他家串门，比如新收了老品种的香麦，可到邻居家磨粉，她一定要拿到兜头磨粉擀面。我吃过新麦擀成的面，带着擀面机的热烫马上下锅煮熟，人间至味。她喜欢听三凿唱歌，三凿也是越唱越敢唱。后来，三凿偷偷进城询问我父亲（他总是要见了面再问，即使打电话已经很方便）："大伯，我听说表亲不能结婚，堂亲也不能结婚，那么姨亲行不行？"我父回答："姨亲就是表亲。舅表和姨表，一回事。"

"这样啊。"他还是不死心，"为什么不行呢？"

"近亲结婚，生下来的孩子痴呆傻残，搞不好多颗脑袋少只脚，你说行不行？"

"……那不生小孩可不可以结？"

"为什么不要小孩？你是个农民，你不生小孩，以后老了怎么活？"我父微笑地看他。

后来三凿和秋娥相亲，三叔三婶都要他娶她，说秋娥是个好老婆。我去他家，三凿偷偷叫我去岩洞里喝酒，喝着喝着哭起来。在我印象里，莞头村和我一起玩大的一帮男人反而容易掉泪，没有沾染上城里人矫情的麻木。"秋娥还是丑了点。"他说，"和翠婷没得比。"稍后他又问我："你说我怎么办？"我说："你看着办。"稍后他又无奈地笑起来，跟我说："这餐酒都喂了狗。"

　　秋娥第一次生产的时候，我和父母都赶到乡下，这叫"围喜"，尤其要围头胎的喜，于主家于自己都兆好运。我们在屋外，秋娥在屋内，天断黑屋里亮灯，也点了红蜡烛，是结婚那天剩的。第一声啼哭本已让人惊喜，接生的麻婆忽然又高叫一声："还有一个。"我母亲不免感叹："秋娥肚皮这么大，我们先前怎么都没想到会是双胞胎？"

　　三凿和三叔各抱一个小孩给我们展示，她们脸皮皱着，眼睛没睁开，但她们分明是健旺的。三凿不停地说："赚了，赚了。"他很少有这种难以遏抑的惊喜。这一刻，三凿一定会相信，命里的每一个转折，于他都是馈赠。

　　转眼，两个妹子都已离去。我看见她们生，看见她们死，虽然两次别离时隔八年，但都是在夜色中搭乘灵车赶回村庄。有一刹，我相信其实自己也算活了一把年纪，虽然平常日子中老是浑然不觉，总要由一些突发的状况，激发人对时间长度的体认。

　　进了村，照样有村民来接，打着电筒和矿灯。不同的是，相较八年前，我明显发现这次来的青壮年更少，老弱更多，这使夜色多了一重气息奄奄。三婶在人群的前列，她已经哭过。她很能哭，这一天下来，我们完成了前半截，后半截要以她为主。我害怕听她的哭，她要哭长辈去世，和哭小孩夭折，完全是不同的声调和情态，人在几里外就能听得分明。

　　三叔先下车，问三婶："家顺没来？"

　　"在家里睡。"

　　"怎么能在家里睡？"

　　三婶只是回答等下再说。家顺也在城里的小学寄读，凌晨出了事，三凿两口子没带他去市医院，正好老乡青岗要回莞头，三凿就嘱青岗接了家顺回莞头等着。单妮死的消息传到莞头，家顺在空空的火坭前坐了半个钟头，忽然疯狂地以头撞墙，一下一下，又一下，墙皮嗦嗦地脱落几块。三婶拉扯不住，只好往门外大声呼救，来了两个邻居，一齐将家顺捆紧，不能动弹，再放到床上。家顺挣扎了数小时，体力不支终于沉沉睡去，现在还没醒。

"就剩他一个了。"三叔说。

"一定要看紧！"不知谁嘴里飙出这一句。

灵堂不再设在自家堂屋。这八年里，村里通了路，路的尽头有一块篮球场大小的空坪，不作他用，专门用来停灵。灵棚早已搭好，帆布是有一年救灾队带来的，灰绿色，足够大，看上去也远比蛇皮袋布端庄。这时很冷，烧起两堆篝火，凑近了又很热。响一阵鞭炮，人们便循声赶来，交送赙仪。没有哀乐，只有哭声。三婶哭起来，几个中老年妇女便坐到她身侧，摆好姿势（哭起来怎么才好发音，才好持续，每个人都有着不同经验），择机进入，不久这哭便有了多个声部，丝丝不乱。三婶的哭当是最突出，别的女人，知道不能将自己的声音压了主音。她们配合了许多年月，还将一直这么配合下去。这边围坐火边的男人，侧耳倾听，有的还说："这批女人都死完以后，年轻的妹子就不会哭了。"还有人进一步感叹："她们什么都不会了，但她们日子总归过得更好。"又有人提出了质疑："现在她们日子过得极好，以前要是谁能过上这样的日子，怎么可能想不开？"

我不光是坐着，此时仍有任务。三叔将我叫到一边，说："浩森，你能办事，今天还有最后一个任务。"我心里想，已经是另一天了。我嘴上说："三叔，尽管说。"

"是这样，单妮天亮之前要入土为安，老规矩，不能破。"他嗫嚅着，又说，"坑也必须是三凿来挖，别人替不了。但他一整天没吃东西了，等下挖不动土。你要想办法让他吃点东西。"我说："好办。"

"他也一天没睡了，体力背不起，吃完要让他睡一会。现在是一点钟，他再迟四点半要起来，去挖坑。"

"看情况。"

我路上就已经想到这事，刚才在杂货铺里头花了168元买了一盒瓶子酒。我知道菀头男人们常喝的壶子酒，便宜，所以也是如何地难以下咽。我知道，此时此刻，能有什么东西比酒更易撬开一个酒鬼的嘴，以及肠胃。

"三凿哥，这时候了，要吃点东西。"

"不吃，哪吃得下去？"仿佛是种惯性。

于是我就将瓶子酒拿出来，费力地揭开盖，倒了半碗。我说："那你喝酒。"他说："不喝。"我递过去，他端在手里，嘴皮一启，轻轻一抹。有人送来一碟炒黄豆，我要他先吃点豆。他一把一把抓在手里，往嘴里揉。再喝了两个半碗，我说你多少吃点东西。他没吭声。先是端上来一碗米粉，上面浮了一瓢油汪汪的肉丝。他说现在很腻肉，没胃口。于是我去厨房舀了一碗豆腐。豆腐是新打的，当单妮死亡的消息传到这里，三婶一边哭，一边不忘磨豆腐。这是乡村守灵之夜必不可少的东西。

三凿端起碗，汩汩有声地喝下一碗豆腐。我问他够了不，他摇摇头，脸上又现出悲痛。我又去给他撮一碗。

篝火烧一阵以后，大小就正好合适，一帮男人将火围小了一圈，分享着烟卷和彼此的见闻。不知怎么就比起了狗。每家都养过土狗，有的现在还在养，他们便比起土狗的英勇事迹，这么多年，谁家的狗被自家狗打败过，人人都记得一清二楚。但狗打架是一笔糊涂账，傅庆斌家的狗打赢过莫生民家的麻条，麻条打赢过钟二拐家的三纵，但三纵站在傅庆斌家的堂门口，傅家的狗就绝不敢出门。说着说着，不再说狗打架，转而说起狗扯把（交媾）。一沾上荤腥，男人们的笑声便一点一点多起来。"亲戚或余悲，他人亦已歌。"我看着这夜的浓黑，在这星空下无限广袤的泥土之上，这些吃土啃泥的庄稼汉，只能如此这般将日子打发下去。

我扭头看三凿，他斜躺在靠椅上，已经沉沉地睡了。我这才松了口气，掏出手机，闹钟定到凌晨四点。时间一到，我还要负责喊醒三凿，叫他为自己女儿挖一个坑，尽量挖得深浅适宜，要找土层疏松处，让她钻回里面，就像她最初的时候钻出来。我忽然记起，等到那个时候，距单妮从楼上跳下来，整好一天。

（原载《钟山》2017年第5期）

在豆庄

◎方格子

1

父亲说最近眼皮跳得凶，胸口闷得慌，他担心这都是不祥之兆。豆安试图淡化父亲的焦虑，父亲在电话那边呵斥他：找不着二娃，俺跟你娘死给你看。

父亲第一次放出狠话，豆安觉得很陌生。记忆里，父亲寡言，对事见喜不喜。心惊肉跳挂了电话，眼皮忽然跳了跳，豆安急忙用两个手指把眼皮捏起来，重重地扯了扯。他想起有个晚上给家里打电话，二娃说："哥，你别在杭州住了，俺爸妈清冷，你回阜阳，回合肥，俺们兄弟俩陪着俺爸妈。"

他哽咽，克制着不让自己发出声音。他不是一个脆弱的人，只是敏感。他是记者，他的时评他的深度报道深刻有力，深得读者喜爱，也常被外媒转载。但在远离故土的他乡，"贫困地区"这四个字，像蜗牛的壳，背负在身。

他的家乡，宽阔的平原，干旱，风一吹，到处是灰尘。庄稼在地里，望天吃饭，偶尔下一场雨，家里所有的容器拿出来接水，恨不得张嘴喝饱了水。在家乡人眼里，他豆安算是混出来了，他每次回乡，豆庄人便会凑拢来，跟他打听杭州的工厂工资高不高，还有，他豆安的工资有多少。每一次，他都要想好了才说，他说出的这个数字，尽量不要让庄上人羡慕，但也不能让他们觉得他赚得还不如农民工多。

那一年暴雪封锁铁路，火车站汽车站坐满回不去的农民工，他以记者的身份到火车站采访，听到的多半是乡音，他忍着不让自己说出皖北方言来。等他走出火车站，却又难过，再回去，夹杂在席地而坐的人群中，告诉他们他是外省人，也回不去，在火车站坐了一个晚上。好像唯其如此，才能让心安宁。第二天，罗衫开车把他接回去，他站在温暖的莲蓬下冲澡，恍若隔世。

豆安走得慢，走得艰难，突如其来的胸痛，像在暗示自己从未离开豆庄，他依然是那个容易犯心痛病的豆庄人。他的弟弟失踪了，他想好好流泪，不用酝酿，情绪已经突奔而来。但很快，川流的人群碰他一下，又碰一下，他才回过神来，这里是杭州。杭州人不会明白他的羞愧，他们照样不会明白这样一个干干净净的有为青年，为何哭了。

谁知道你会胸口疼？除了罗衫。

一想到罗衫，豆安慢慢站起来，他不想让罗衫看到他的不堪。

心慌，眼皮跳胸口疼，这些在老家视为不祥预兆的症状，千山万水跟着他从皖北来到江南。他拨打二娃的手机，提示音说，您拨打的电话已停机。

傍晚，收拾完办公室，走出报社大楼，一辆车停下，车门打开，罗衫下车。

豆安惊讶地看着罗衫，以为做梦。罗衫去北京大学进修三个月，还有四天才结束。

罗衫笑眯眯走过来，站在豆安面前，说，请允许我邀请大记者共进晚餐。

豆安一时恍惚，想说什么，却又不知从哪说起，只张开双臂，拥紧罗衫。

罗衫不由分说把豆安拉进车里，秋天的西湖，安静，弥漫着温情，暖。

这样的气氛，似乎不太适合说一桩亲人离家出走的事。甜点，咖啡，音乐，烛光，豆安有片刻忘记了二娃。

还是没忍住，豆安说，罗衫，我弟不见了。

豆安已经买了火车票，11个小时，明天上午八点半到阜阳火车站，倒两趟大巴，下午就可以到家。罗衫心疼，说飞机只要一个半小时，你何苦这样折腾自己。争执未果，豆安带着猝不及防的慌乱，离开杭州。

2

不知道火车为什么永远这么拥挤，狼狈。有一次，父亲跟豆安说，俺们庄户人家，能坐个火车出去看看世界，是大福分。离家这些年，豆安时常想回家，他现在有能力坐软卧，坐飞机。但一想到父母在家料理那些永远也收不完的玉米，便觉得自己的想法太奢侈，甚至羞愧。

车门打开，他刚跨下火车，一双手从旁边伸过来把行李箱拎过去，回头一看，是韩进。

看到韩进，豆安鼻子发酸，眼眶湿润。他喏喏地喊了声，哥。

韩进把豆安的肩膀搂过来，紧了紧说，回家。

豆安还想说什么，韩进已经拉着箱子往前走去。

那一年，豆安考上大学，家中拮据，想放弃上大学。庄上人只觉得可惜，也都只是说说，各家都有困难，七八千块钱学费，对庄户人家来说，太庞大，家中最值钱的是一台玉米脱粒机。

考上名牌大学的好消息着实把父母给吓晕了，儿子成绩好他们知道，但哪想到会考上浙江最好的大学？豆安父亲不知哪里听来，说县城有人在收购血浆。夫妇俩起早，赶到县医院，打算卖血，谁知还没找到地方，钱被偷。身无分文，实在没办法，沿街乞讨了大半天，凑够车费，才饿着肚皮回到豆庄。

这件事传到在外打工的韩进耳里，他连夜坐火车赶回县城，又搭便车回家，塞给豆安一千块钱。

韩进跟他爹在石家庄工地打工，常常不能按时拿到工资。韩进的热心肠让豆安意外，豆安跟韩进没这么深的情分。母亲收下钱，煮一碗鸡蛋给韩进，韩进稀里哗啦吃光鸡蛋说，豆安你给我听好，你要不上这个大学，就甭想在庄上待着，我见一次打一顿。想去外面打工，别让我知道你在哪，我找到一回揍一次。

晚上，豆安拆掉塑料袋子，撕去旧报纸，揭开水泥纸，是一只破旧的袜子。一千块钱，塞在袜子里。豆安一张一张扯出来，面额最小的是二十张一角的纸币，这一堆纸币组成了一千块钱。

杭州求学四年，韩进找过他，那时韩进已经起家，在杭州有自己的建筑工程，来杭州时专程到学校给豆安送钱。那是一笔从天而降的财富，是韩进设立的奖学金基金，奖给考上大学的豆庄人。

过去五年，韩进好像变了一些。沉默，不苟言笑。

豆安说，哥，二娃他……

韩进边走边拍拍豆安的肩，回家说吧。

豆安注意到韩进的西装，浅灰色，白色的衬衣袖子露出一小截。衣领处也露出一截，恰到好处衬出他修得干干净净的脖子。豆安看来，韩进似乎太干净了，不像豆庄人。

上了车，豆安又说二娃的事。

韩进说他也好久没见过二娃，这孩子什么时候性子变野了。

豆安说二娃他不会有事吧。

韩进沉默了一会儿说只要不落到那窠里，就没事。这个地方，贩毒的人很多。

豆安听了跳起来说，二娃贩毒？

韩进说，他不敢。

3

罗衫在大学认识糖糖，他们在同一个大学不同学院就读，糖糖学新闻，罗衫学教育。糖糖是《城市晚报》总编，豆安是晚报记者，罗衫跟豆安的相识，是通过豆安的一系列深度新闻。糖糖说，这个豆安，看起来像一株蚕豆，文字却是一座山。罗衫记住了豆安。后来，糖糖得知罗衫跟豆安恋爱，竭力反对，说杭州城里那么多优秀青年，你怎么偏偏挑了豆安？

豆安上了火车，罗衫心神不宁，打电话给糖糖，说心里难过。约了在西湖边喝咖啡。

糖糖一见罗衫就叹苦说现在新闻不好做。就在罗衫给糖糖打电话前半个钟头，一个年轻人，戴着太阳镜，翻墙进小区时被监控拍到，两个保安把他掀翻在地。年轻人一颗门牙被水泥地磕掉，满嘴是血。小偷被围困后拿出一个黑乎乎的东西，保安认为"那个不是手机，是炸弹"。保安跟糖糖解释。

年轻人垂着头，一根粗壮的麻绳把他两手反绑在铁门上，衣服前襟血渍斑斑。解开绳子，手腕被勒出血印，小偷两手交叉着抚摸手腕，皮掉了一块。嘴角的血还在流，糖糖递过去一张纸巾。小偷愣了愣，盯着糖糖看，糖糖别过头去。小区有车出门，门岗保安立正敬礼，面带微笑。他们有良好的职业素养，经过专业培训，需要怎样立正怎样敬礼，几分微笑，懂得如何彰显别墅品质。他们绝不姑息小偷以及试图侵犯贵宾权益的行为。

警察做现场笔录。原来年轻人的女友在此做钟点，临走忘拿走外套，再回来取，保安不给进，只得让男友翻墙而入。翻墙而入的外来人员，一律被定为小偷。

叫什么名字？

豆二娃。

糖糖笑笑问，在家排行第二？

年轻人点点头说，我不是贼。

警察用警棍指着豆二娃说，滚。

豆二娃撒腿就跑。糖糖抓住他的衣袖，问，谁教你这一招的？

豆二娃问，哪一招？

糖糖说，打电话给报社说爆料。

豆二娃吐了一口血水，怨愤地看着糖糖，说，你想怎样？

糖糖松开手，豆二娃迅速消失在夜色中。

罗衫看过豆安家的照片，爸爸妈妈豆安和他弟弟豆二娃。那是五年前，豆安要坐火车远赴杭州，爸爸妈妈弟弟送他到县城，路过照相馆，就拍了个全家福。

有一次，豆安拿出全家福，五年前的豆安看起来更青涩。豆安单纯朴素诚实，这些在城里人看来拙拙的气息，罗衫却喜欢。她跟豆安坐在阳台，安全，宁静，偶尔传来的汽车鸣叫，也不觉得难以忍受了。

照片上的豆二娃，眼神紧张，羞怯。照片夹在豆安的皮夹里，透过透明的塑料夹层，他们一家人的脸像被蒙着一层纱，模糊，不甚清晰。

罗衫跟糖糖在大街上转悠，大半个杭州城找遍。糖糖认为罗衫神经质，中国有多少个姓豆的叫二娃的，难不成都是豆安的弟弟？

罗衫猛踩急刹车，说糖糖你是记者神通广大，帮我找到豆二娃，说不定他真是豆安弟弟。

4

进教室，整洁，干净。坐在前排的两个学生叽叽喳喳还在议论，一个说十一长假他们全家去了澳大利亚，那里的袋鼠好可爱。还有一个说，他们去了马尔代夫旅行，时间太短，打算寒假再去。

下课时，糖糖打来电话，说有眉目了。

"你那个豆二娃，在火车站。"糖糖说。

罗衫赶到火车站。空荡荡的售票大厅，一个男孩，坐在角落，身子靠墙壁，歪着头玩手机，身边一个牛仔大包。罗衫费力回忆照片上胖嘟嘟的豆二娃，她慢慢地往前，想看得清楚一些。男孩专注地玩手机，左脸淤青，额头贴了两张创可贴，右手套着护腕。

男孩的眼睛大大的，左眼角肿起来，罗衫感觉有点像，又不太像。她不能确定这个豆二娃是不是豆安的弟弟。

"你要是看到一个胖墩墩的小子，高我一个头，左耳下方一块指甲盖大的黑斑，说一口皖北方言，说不定就是我弟。他叫豆二娃。"豆安曾经描述过弟弟。

罗衫想给豆安打电话，问问是否有他弟弟的消息。但男孩抬起头来，看到了罗衫。

罗衫笑了笑，问，你是豆二娃？

男孩惊讶地站起来，问，你是谁？

罗衫说，你是豆安弟弟吗？

男孩摇摇头说不是。又问，你怎么认识我？

罗衫说，你是豆庄人？

豆二娃抓起包裹就跑，说，我不是小偷！

他边说边回头，狠狠地瞪一眼罗衫，说，你们欺负人！

豆二娃转眼跑出售票大厅。

罗衫刚回到校门口，糖糖打来电话问发生什么事了，那个叫豆二娃的，在火车站附近被出租车撞了，司机送他去医院，开到半路，豆二娃说想吐，下了车，却逃走了。

挂了手机，罗衫呆呆站着。回到家，母亲问起豆安弟弟的事，罗衫一时间不知道怎么回答。母亲说，你们分开一段时间也好。

罗衫父亲是大学教授，母亲被誉为"外科一把刀"，这样优越的条件，女儿放弃留校任教的机会去当了小学美术老师，父母深受打击，家庭一度出现冷战。后来，罗衫的美术装置作品在全国获奖，父亲才转变态度，罗家重新恢复温情。然而，好境况没有维持多久，罗衫又一次打破平静——她爱上一个外省男青年。

父母追问男友是哪里人，罗衫谎称上海郊区的。

第一次带豆安见母亲，是在西湖边一家西餐馆，这是罗衫母亲特意安排的。豆安不懂如何用西餐刀叉，罗衫教他几次，豆安依然无法得心应手。餐后，罗衫要了三杯咖啡，豆安喝一口，这一口喝猛了，咖啡太烫无法下咽，又不能吐出来，忍受一番还是吞下去。

这是一次尴尬的经历，尽管豆安表现得一团糟，还是给母亲留下不错的印象。说到底是受过高等教育的，懂得如何掩饰窘迫。虽然是上海郊区的，总归受了大上海的影响，风度还是有的。

隐瞒一段时间，罗衫不得不坦白，豆安来自安徽最北面的一个平原小村，离县城两个半小时车程。

罗衫少女时代，母亲就灌输爱情婚姻要素，也给她几条限令，外省的不谈，单亲家庭的不交，父母有不良嗜好的少往来。

大半年时间，罗家经历了史上最煎熬的时光。

冷战一段时间，气氛缓和下来。有一次，父亲问，你那个男朋友，会不会下棋？

罗衫当即报了棋类培训班，让豆安速成围棋入门，再带豆安回家。罗父说，下盘棋如何。豆安谦逊地说，伯父指教。

再后来，保姆烧菜时父亲提醒放点辣椒，说罗衫男朋友喜欢吃辣。豆安来做客，保姆去菜市场，母亲提醒她买一把荆芥，说安徽人喜欢吃这个。算是默认了这种恋爱关系。

5

七岁那年，韩进妈妈得病过世，父亲到邻村给人做瓦工，奶奶料理他跟姐姐。有个晚上停电，奶奶带韩进去两里路外的姑姑家串门，把孙女锁在房间，交待孙女早点睡觉。孙女点蜡烛在床边看书，又困又乏倒在床上，蜡烛把蚊帐烧着。

等奶奶带着韩进回村时，家里大火还在蔓延，庄上壮劳力少，天干物燥，几只水桶接来的水根本不顶事。奶奶说孙女还在屋里。韩进看着姐姐的房间蹿出浓烟，旺火，他跑过去，咬了奶奶一口。大哭着说，奶奶坏。

大火还没扑灭，奶奶一根绳子吊在门口杨树上，走了个干净。

房子烧完，奶奶也没了，韩进在家不再说话。

韩进上学晚，九岁那年，父亲买来一个书包，把他送进学校。长时间不说话，韩进一张嘴就紧张，口吃得厉害。

到三年级时，韩进才慢慢恢复正常，他识字快，门门功课都不错。有一次写作文，老师让同学们写一个亲人。人家写妈妈写爸爸，写爷爷写奶奶，韩进歪歪扭扭写姐姐。有的字不会写，用拼音代替，他一边写一边哭，写写停停，把一个作文写完了。

家访时，老师把韩进写的作文说了一下，说这孩子感情充沛，内心世界丰富。老师同情地说，没想到韩进的姐姐是被火烧死的。

女儿的死，对韩进爸爸来说，是深藏心底的痛，他从不敢轻易碰触。这回，老师提到烧成灰的女儿，他第一次勃然大怒，赶走老师，又把韩进结结实实打一顿。韩进不再踏进校门。

十三岁那年，韩进跟父亲外出打工。

第一次回豆庄，是十年以后，韩进送一千块钱学费到豆安家。那年，豆安19岁，韩进23岁。豆庄大批人出去谋生找钱，村子空空荡荡，老人妇女和孩子与一些牲畜，独守着村庄。再后来，女人也跟着出去打工，留下老人孩子。原来兴旺的庄子，只剩下一千多户。

韩进第二次回豆庄，已经拥有自己的工程和一笔丰厚的存款，他买下一间牛舍，把旁边一块荒地整合起来，新建一间平房，九个单间。辟出一间开一个小卖部，最大的那间屋子，摆二十五台电子游戏机。豆庄孩子何曾见过那样的游戏房，一时间，游戏房挤满小孩。他们节约下每分钱，利用好每分钟，跑到游戏房，他们的生活一下子丰富起来。

慢慢地，几个老人预感到了什么，他们站在游戏房门口，阻拦孩子。有个老人，带了一把椅子，坐在路口，见到孩子兴冲冲前来，拦住他们。孩子们厌烦老人多管闲事，推了一把，老人倒地中风。老支书豆全福到韩进家，韩进递烟泡茶，恭恭敬敬问老支书有什么吩咐。豆全福提醒韩进不能糟蹋豆庄的孩子。

韩进把打游戏的好处一一道来，在韩进看来，游戏房是豆庄孩子与世界联系的一个通道，增强孩子自信心。他没有花过从游戏房赚来的一分钱，他设立奖学金，奖励品学兼优的豆庄学子。

隔一年，一场罕见的暴雨致使校舍倒塌过半，压伤师生。学校打报告给上面，要求补助，上面批复，要求村委解决部分资金尽快修葺校舍。

豆庄集体经济连年赤字，无力筹措。协商后，由中心学校担保，以豆庄小学和村委的名义向韩进个人借贷资金用以修缮校舍。韩进以一分利息放贷给学校，学校基建得以进行。学生集中到几间教室，学校成了半个工地，教学秩序混乱。

与学校基建同时进行的，是韩进的另外一幢楼房。韩进的楼房建在豆庄村子边沿，那是一个三角地带，"一脚跨三省，鸡鸣听四县"。建造到三层时，传出风声，韩进砸大把的钱建高楼，是为了赚大把的钱回来。

这一年，上面拨款修葺校舍，韩进适时收回借款。学校基建停工，即便这样，学校依然亏欠韩进一笔巨款。

与此同时，韩进的三层楼开始招收孩子，成为全省首家私立学校，校名"韩家私学"。韩进想把危房里的学生迁到"韩家私学"。他动员豆庄小学与村委会促成此事，未得同意。他组织一次春游，让豆庄孩子参观他的新校舍。韩进介绍新的校舍，新式教学。豆庄人第一次为教育而激动，他们从未奢望有此好时光，只要村委会同意，豆庄每个孩子都能进新教室。新的课桌椅子，供应中餐，午休不必再趴在长条凳子上，路远的学生可以在午休室睡觉。参观时，韩家私学分发福利，免费试读一学期，前提是必须办理豆庄小学的退学手续。

当即有二十多人退学去了韩家私学，豆庄学校生源流失。

6

韩进的私立学校一直没有审批文本，尽管他一直都在招生，广告贴到各县各乡的公立学校门口。有所公立学校出了一点事，班队课学生自习，老师外出办事，他把班上两个最捣蛋的学生关进资料间，让班长管着班级纪律。等放学时班长去开门，那两个孩子黏合在一起，三个小时，足够少男少女把青春互相奉献，不是过家家——他们一个十五岁，一个十三岁。

老师被辞退，家长联名状告学校，到教育局门口静坐示威。

韩进随即派老师去学校门口分发广告，跟家长签订意向书，半个月时间，便有五十多个家长愿意在下学期把孩子送到韩家私学。学校出钱雇用保安在校门外驱赶韩家私学的老师，几次发生冲突。韩进有过一次牢狱之灾，领会过生死况味，他反复交待老师，宁愿被打趴在地，也别跟这帮喝血的对着干。

事实上，韩进一直希望私立学校走上正轨，他的韩家私学，从校舍到师资配备，遥遥领先于他所在县的所有公立小学，但因没有正规的手续，不能像公立学校一样列入教育系统招生序列。那段时间，总有人找他，今天说他的师资不够学校标准，明天来人测量房屋建筑面积是否超标。韩进慢慢摸出门道，要做事，就得有各路人马相助，黑猫白猫都得伺候落位。韩进早已学会跟那些人周旋，随后一一成为兄弟。

庄上有人传二娃失踪，手机停机，杳无音讯。有一次韩进在一条弄堂看到二娃低头走路，韩进按汽车喇叭，二娃看到韩进撒腿就跑。韩进追上二娃，二娃说他不想回豆庄。

韩进在小饭店跟二娃对饮。

二娃谈过一次恋爱，女孩是隔壁曹庄一女孩。二娃开着收割机到曹庄替人收割麦子，雇主家女儿给二娃送饭，送了两天。二娃回来的那个傍晚，女孩跟他到了豆庄。

二娃把收割机开到一个大草垛旁边，牵着女孩的手，跳到草垛上。月亮高挂，夜空清朗，广袤的平原。他们互相依偎着看乡村的天空。天微微亮时，二娃把女孩送回曹庄。二娃跟女孩约定，晚上他再来接她。曹庄多杨树，女孩在杨树间穿梭，奔跑，消失在晨雾中。

傍晚，二娃忙完田里的活儿，开着他的大收割机去了曹庄，还没到女孩家门口，却听到哭声。

女孩跟二娃分手后，穿过杨树林回家时，被庄上一个醉鬼抓住。醉鬼跟妻子外出打工时，妻子带着两个娃跟人跑了，他独自回到老家，从此酗酒，偷盗。曾因强暴妇女获刑，上半年刚从监狱出来。醉鬼把女孩拖进草棚子，等被人发现，女孩已被折磨得不成人形。好心人把女孩送回家，爹打女儿两个耳光，责怪她没有烧早饭。

女孩跑出门，跳进曹河。

有一度，二娃短暂性失忆，他忘记是否真的在月明风清的夜晚跟女孩相拥，互相倚靠着，看夜色，看平原上突兀的枯树。他所有的记忆，只停留在那一刻，女孩在杨树间穿梭的身影。

他在家躺了两天，给豆安发短信，说他需要一点钱。从邮局取出钱后，二娃便忘了回家的路。经过一个小店，看到小店里一个女孩抱着女娃在说故事。便住下了。

韩进给二娃斟满一杯，自己也满上。什么也不说，两人吃菜碰杯喝酒，结账走出酒店。韩进从包里掏出一叠钱，塞给二娃说，好好睡一觉，醒了就回庄上。

二娃说哥我不回了，就这么过也挺好的。

这些，韩进还没打算跟豆安说。

韩进把豆安从火车站接回来，刚到豆安家平房门口，豆安父母从屋里跌撞出来，手拢在袖管里，弓着背。豆安没承想父母老得这么快。

电视台开始连轴播放寻人启事，报纸上也登了一条，字太小，基本可以忽略。世界那么大，人那么多，都那么忙，谁关心一个叫豆二娃的。除了豆庄，还到邻村，邻县，陈集，县上大街，合肥，阜阳城，到处贴满寻人启事。这一切都是韩进出的钱。

一周后，韩进把二娃喊出来，他拿着报纸，问二娃醒了没。

二娃看着报纸上自己的头像，挠挠头皮说，哥这不是浪费钱吗。

韩进说你要不回去我继续烧钱。挂在你哥账上算是他欠我的。

二娃答应韩进想一想，韩进说明天傍晚我来接你。

二娃说，不想让俺哥知道。

韩进说，就烂在俺哥俩肚里吧。

韩进把韩家私学的事跟豆安说了，他让豆安放心，把鞋底跑穿了，他也要把手续办齐了。豆安迅速看完材料，问韩进该有的手续都有了，也符合要求，他们为啥不给批？

韩进叹气说庄户人办事从来都难。

韩进顺利拿到许可证，他知道，这全都因为豆安。

韩进说的教育局那个分管领导是豆安的同学，韩进早已经摸准这一点，他把豆安直接带进分管领导办公室。豆安在杭州上大学，又是记者，女友家境好有背景。这些是盘旋在豆安头顶的光环，单就这些光环，就足以让他家乡的人敬他三分。他目前的身份地位，不用多说话，就可以帮到韩进。

同学请豆安吃饭，豆安哪有心情，但为了韩进的事，豆安不得不完成一场言不由衷的应酬。

午夜，韩进把二娃带回豆庄。二娃家的平房，黑乎乎的饱受委屈的样子。韩进拍拍二娃的肩，说，进去陪陪你哥，他疼你。

7

豆全福祖上曾经是望族，院落内三十多间平房，有酱油作坊、豆腐作坊、蚕房，靠东面一间宽阔的屋子，是私塾。豆家祖上种地，到豆锦仑接过家谱时，豆家已经改天换地，是书香门第。

豆锦仑育有三个女儿一个儿子，豆夫人生儿子豆全福时失血而死，豆锦仑没再续弦。三个女儿均许配给门户相当人家。小儿子豆全福，家人视为天赐，倍加呵护。豆全福会捏筷子开始，豆锦仑便请了先生教他识字，捏毛笔写字。为了让小儿学有伴，办了私塾"启智学堂"，最多时有三百多人在私塾识字。

豆家在庄上深得人心。有一年荒年，青黄不接，庄上人饿得不行，集聚几百人，要求豆锦仑家开仓放粮广济乡邻。豆锦仑让九岁小儿豆全福在私塾放风，他家三十亩蚕豆已可摘，又说第二日晚上全家去县城。隔天晚上，豆家蚕豆地里，黑压压的人，一炷香工夫，蚕豆被清扫一空。

一茬蚕豆救了豆庄千人。

事实上，不久前一个月黑风高之夜，一队人马潜入豆庄，他们直门直路到豆家院落。他们走时，马背上，马车上，装满麻袋子。他们来无声，去无息。庄上人不知道，豆家粮仓已空。

风声紧起来的那段时间，父亲天天盼下雨，雨夜跑路万般艰难，但最艰难的是避人耳目。平原少雨，夜晚，天空总有星星或月亮。有个晚上，父亲给豆全福一套长工穿的衣衫，陈旧，打满补丁。"我们今天夜里就走，能跑多远就跑多远。"豆全福看父亲，眉眼整洁，依然长衫，镜片闪亮。他说，爹，我不穿这衣服。

父亲说，它能救你命。

长工早已替老爷少爷开了大门，父亲牵着他的手，走过长长的回廊，红纱灯笼映照下，荷塘生机盎然。他说，爹，俺带本书。

父亲说书里有的，人世有；书里没的，人世也有。往前走，你会识得世间全部。

他朦胧知道，所有这一切，荷塘，杨树林，"启智学堂"，读书写字的日子，已经不再有。

父亲牵着他的手等候在广东一个轮船码头，他看到一艘大轮船缓缓地来了，父亲的手冰凉，颤抖着。当他听到汽笛响起时，身后的声音也响了起来：豆锦仑，哪里跑！

在南粤之地猛听到皖北乡音，让他心惊胆战。

豆全福被人押着看父亲被批斗，跪石子。父亲儒雅，即便衣衫被撕，头发被剪，依然沉稳。有个晚上，父亲被放回，豆全福看着父亲伤痕累累的身子，说爹我们去死吧。

父亲打了儿子耳光，他的一颗门牙掉落，他落泪。父亲捡起牙齿，抓在手里。说，活着。

他擦干泪水，看着父亲。父亲又说，读书识字。

父子俩在牛栏坐到天明。第二天，父亲被五花大绑去了庄外。有人硬拉着他去现场看地主的下场，他拉着人家的衣袖，说，我不看，我爹他早就死了。

那人给了他一个耳光，说，没心肝的畜生！

父亲的一套血衣由人带回，丢在他脚边，说，不用收尸了。

11岁的他，整齐地叠起血衣。到晚上，他爬进自家院子，在院子中间的枣子树下挖坑。他把绳子绑在枣树根，另一头系在身上，跳进坑里。不够深，再挖，他比画着坑的深度以及父亲的身高，当他觉得父亲可以站着入睡时，才把血衣放到坑里，埋了。

这是一个大院落，前后左右平房厢房，大柱子，大天井。院落左侧是一个池塘，荷花月里，蛙声连成一片。父亲说，这个荷塘曾经安抚过村里很多人，哪家娃儿有病痛，就来荷塘摘几根莲花叶子，煮水喝，肚子就通畅了。莲蓬熟透，差人摘了分发给庄上各家。这十八亩荷塘，枯水期有水，水井的水浅了，这荷塘依然还有满满的亮晶晶的水。

埋了父亲，他隐姓埋名远走他乡，历经生死之所以活着，是因为父亲的嘱托，"豆家族谱上不能在你这一代断了血脉"。二十多年后，他重返故乡，回到这座院落。三十多间平房，原来那些上好的木头门窗早已不见，能看得见荷塘的有着冰裂纹美丽图案的学堂窗门，已经被塑料薄膜替代。风雨侵袭，平房倒塌过半，荷塘早已不见踪影，杨树也被砍光。那株枣树，却依然在风里站着，枝干粗壮，枝叶间，新芽已经钻出来。让他备感欣慰的是，这里已经是一所学校。恍惚间，他觉得父亲依然站着，站在这个已经不属于豆家的大院落里。

他留在学校，心里觉得留在了家里。在学校传达室，他分发报纸转送书信，为某个生病的孩子买一包药。他拿着最少的工分，心底却欢喜。世界腥风血雨，学校却安然无恙，他感恩上苍给予的一切。然而，事实并非像他想的，学校出现了第一张大字报，密密麻麻的字，质疑他消失在人们视野的那23年。

他第一次被揪上台是冬天，寒风吹彻。枣树光秃秃的细枝条，被吹得低头弯腰，他跪在凳子上被无数的巴掌扇得东倒西歪。想起儒雅的父亲，父亲神色平静，不惊不喜不忧不惧。想着想着，他内心暖和起来，一件被撕破的薄汗背心，有不为人知的暖。那一刻，他觉得异常的安静，安宁。

父亲成为他的一部分。

豆全福在广东赚到第一笔钱时，豆庄人还在打井取水抗旱。

数年后，豆庄人开始大规模外出，他们去广州，上北京，到浙江。他们赚钱回家，在豆庄建起簇新的平房。韩进跟父亲在工地上挥汗如雨时，豆全福再一次回到豆庄，他重新坐在传达室，分发报纸，转送信件。一砖一瓦，他开始修缮校舍。那时，他身上那件与成分有关的外套已经脱下，他跟所有豆庄人一样，是豆庄普通的一个村民，而不是豆庄大地主的儿子。

他有过恨。他恨世界的方式只有一种，好好地盯着世界然后成为世界的一部分。他入党后迅速被任命为豆庄的支部书记兼任村长。那一年，豆安四岁，韩进七岁。韩进的姐姐被大火吞噬后，豆全福独自一人在枣树下痛哭，他自认为是豆庄的家长，他从心底呵护村里的每个人。过去十年，又十年，他连续担任三十年村支书。一直到他六十五岁才卸任书记。豆庄所有人喊他老支书。

村里和学校向韩进个人借贷时，他竭力反对，他深知资本蚕食方式。他把赚来的每一分钱都用在修缮平房，那些完全倒塌只剩屋基的荒地，他慢慢地用破砖头砌起来。他希望有生之年，只做一件事，恢复豆家院落，让豆庄的学子在此安心读书。

他老了，但不糊涂。他明白韩进的眼睛正盯着这片浸着他们豆家血脉的土地，当年，韩进的太爷爷是农委主任，是他把豆锦仑父子从广东押回豆庄，又用铁斧砸开那把大锁，说你们看看大地主剥削了我们穷人多少血汗。他老了，但他明白，在韩进的身后，站着一堵墙，墙外是层层叠叠的力量。

他没有婚配，无子嗣没有亲眷，独自活在世上，是个年近八十的老人。他无法用残存的力气抵御这匆忙的杂乱的脚步，但他不希望这个回荡着古书气息的院落被践踏。学校基建做到半途而废，他勉力维修，但豆家院落依然呈现出破败的迹象。

有人算过一笔账，学校欠韩进的钱，刚够买下豆家院落。韩进要求村里和学校限期还钱，在豆庄小学待了一辈子的老校长，多次跑上面要求解决。老校长去银行，要求用儿子新造的房子做抵押贷款，银行告诉他，农村自建房屋，不列入信贷。

等还钱期限一到，韩进手拿借贷协议，暗示村里可以用学校场地抵债，遭到村里老人反对。不久，一根铁链三把大锁，锁住铁门。豆全福与前来锁门的年轻人冲突，目击者说，七十多岁的老支书轻而易举把那个莽撞的年轻人的手腕给捏住了，他们还没明白过来怎么回事，便听到咔嚓一声，年轻人倒地昏死过去。

豆全福因故意伤害将被判刑。学校恳请韩进撤诉，韩进应允。条件是，要求学校和村委会在出让豆家院落协议书上签字。老支书得知，说他宁愿死，也不要把学校转让。随后获刑。

老支书刑满回到学校，却不能从学校大门进入。

当年，老支书被公安带走，校门即刻被锁上。从事发到终审，历时两年，豆庄学校被锁两年。三把锁，咔嚓咔嚓咔嚓，连续三声，铁门不再打开。有个在外做电焊的回来，看不过去，用电焊割开链子敞开铁门。当天晚上，电焊工被吊到杨树枝上喊救命。后来，锁住校门的锁不再巨大，而是市场上最小的弹子锁，只需一榔头便可砸开——再没人敢砸锁。

老校长在全校师生大会上，情绪激昂地说总有一天天会大亮。他用杨树木钉了两把梯子，铁门内外各放了一把。开始半年，进出校门，师生从梯子上下。也有从铁门底下钻进去的，被喊作狗。老师个子高，钻铁门费劲，年轻老师钻起来灵活，年龄大的老师弯腰费力，请假以示抗议。时间一长，上面传话来，让老教师提前办理退休手续，工资对折领取。有个老教师气得当场吐血，被板车拉回家没几天就过世了。

老支书给韩进下跪。韩进扶起他，痛哭流泪，把所有在外遭受过的委屈，一股脑儿倒给了老支书。

老支书有一瞬间被打动，他知道农民进城谋生的艰辛。自己在南粤那些年，睡桥洞，在火车站被殴打，因忘带暂住证被收容。

韩进说他痛恨钱。但他今生唯一的目标是赚钱。

老支书说娃儿，那可是学校，豆庄代代有学堂，辈辈识大体。

韩进说，豆庄人要体面，要尊严。除了钱，谁也给不了我们这些。

8

早晨一醒来，见二娃靠在床边的椅子上，豆安从床上跳起来，抓住二娃的手，语无伦次一大堆话。二娃只淡淡地说哥你回来就好。

这一说，倒让豆安尴尬，好像失踪的是他，而不是二娃。两人各自把眼光往别处放，便再也无话。母亲端了两碗面条进来，两个金黄的荷包蛋卧在上面，二娃端一碗递给豆安，豆安接住，放到床头柜上。

二娃把另一碗面条端过来，抓起筷子稀里哗啦地吃。

母亲坐在床沿，让豆安趁热吃面条，豆安下床，要去屋外，母亲问他找什么。

豆安说我刷牙。

母亲顿一顿说我家娃儿出息，你看都跟城里人一样，吃东西要刷牙了。

二娃说哥我不金贵，犯不着让韩进花钱上电视上报纸找我。

豆安说哥欠你太多。

二娃说这话不像跟兄弟说的。

豆安家屋子的左侧是一间小披屋，堆放柴火农具。两面泥坯墙，一面芦苇席子，用玉米秆子编制起来的门，挡不住风。夏天过后，父亲念叨芦苇席子太旧，要重新编织。二娃离开豆庄前，曾打算割芦苇来晒干，等秋闲时跟父亲一起编好，他还想把披屋顶上的芦苇席子也翻新一下。

二娃吃完面条出来，抓过三轮车坐上去，父亲往拖斗里丢了一把砍刀，说，砍点老的，管用。豆安抓住三轮车车斗跳上去。杨树纷纷飘落，偶有一片落在二娃肩上，豆安给拨拉掉。兄弟俩不说话，穿过杨树林，拐一个弯，上堤坝。堤坝窄窄的，刚够小三轮过去，堤坝下，干涸的河床。河床上，枯树枝，泡沫，塑料编织袋，一只高帮雨鞋，玻璃瓶子，成堆的建筑垃圾。

豆安想象不出，这条河里，曾经有过清澈的水流，有鱼，有虾，还有丰茂的水草。每个夏季，庄上的孩子，光了屁股扑通扑通跳进河里，个个识得水性。

有一回，豆安跳进河里，腿脚抽筋被水流冲出去好远，二娃奋力往下游去，拉着哥哥游到岸边。二娃背着哥哥回家，摔倒了起来，再摔倒再起来，等回到家门口时，哥哥清醒过来，二娃却倒地昏过去。

再以后，任凭哥哥如何鼓动，二娃再没跳进河里畅游。豆安每一次喊二娃去河里，二娃都说，哥，我怕。

后来，豆安也没再去河里。

第二年暑假到来前，兄弟俩在河边的歪脖子樟树上搭建一个小木棚子，杨树杆做的围栏，屋顶盖上玉米秆。兄弟俩喜欢在木棚子里读书，发呆。

二娃每年都要修一修木棚子，那一年，豆安考上大学，二娃没再去读书，兄弟俩最后一次爬上歪脖子树，看着越来越浅已经见了底的河流，在木棚子里说了一夜话。

豆庄人饱尝干渴。原先一口井能供应几十户人家饮用，慢慢地井水枯竭。再往地下挖，再挖，地下水位迅降，豆庄像一个不规则的大盘子，凹下去。

二娃曾经拍了河流的照片，拍了歪脖子树的照片，彩信发给豆安。

有一年，南方普降大雨，部分省市洪灾，部分山区山洪暴发，淹没农田，民房倒塌。豆安实地采访，灾民被迁往高处安全地带，直升机救援，"所幸无人员伤亡"。豆安写新闻稿时，二娃的彩信过来，河床裸露，几条泛白的小鱼，很多人在捡鱼虾，淤泥沾满豆庄人的裤腿。

看着这些图片，豆安有些恍惚。给二娃打电话问家里怎么样。二娃把手机给父亲，父亲说安娃家里都好。母亲说娃儿你那边水多，可着劲儿喝吧别渴着了。

后来，二娃发来短信，哥，你那边水灾，上面开了直升机来救，我们庄上孙田婆婆渴死了，没人管。你说俺们找谁要水，才能要到？

兄弟俩重新坐到木棚子里，往下看，河床龟裂，遍布枯枝败叶。灰蒙蒙的平原，没着没落地远。秋风飒飒，吹得人心落寞。

电话响起来，罗衫在电话里问他，什么时候回杭州，豆安说快了。挂了手机，二娃说哥我送你，这就回去吧。

这是他的家，他刚回来一周，却总是被庄上人问到，多久回去，多久回杭州。就像他是偶尔来豆庄串门的客人。豆安心底一阵悲凉，考上大学那年，全庄上的人获得了一份共同的喜悦，这份喜悦是豆安带给他们的。那时，路上地里坡上水井旁边，他们欢喜地谈论豆安。他们说，俺们豆庄光荣，俺们豆庄人出息，俺们豆庄人上名牌大学了。过去五年，他们发现，豆安的出息并没有给他们带来长久的荣耀，干旱照旧，耕牛一样会被偷去杀掉，村子照旧冷清，或者更加冷清，外出打工的人并没有因为豆安是名牌大学学生而沾光。

他们偶尔谈到豆安，说豆安现在是杭州一个报纸的记者，记者很吃香，无形中给他们壮了胆。他们怀抱一厢情愿建立起来的胆魄，去杭州打工。但他们很快发现，即便豆安是记者，豆庄人仍然没有更多实惠。到杭州打工去找他叙旧，他也只是在逼仄的小餐馆请他们吃个饭吃个面。他们不能大声说话，不能用粗糙的手拍豆安的肩膀，甚至不能用家乡话逗趣。更让他们憋屈的是，因为豆安，他们反而要比平时更加小心翼翼，他们不想因自己的不慎与不良行为，给豆安脸上抹黑。

9

十年了，常常地，他也会想起曾经的求学之所，小学，初中，高中，直到大学。除了西子湖畔的高等学府，最让他怀念的还是小学校园。那时，传达室的豆全福大叔爱唱戏，每天早上进校门，大叔总是一边打扫校园一边哼唱皖北小调。

一句两句三句。

小学六年，不知道豆全福唱了多少拉魂腔。

校门紧闭，铁链在铁门的空当间穿过，一把弹子锁扣着。铁门外，一张粗糙的杨树木钉成的梯子靠在铁门上，老支书颤巍巍地爬上梯子，从梯子顶端跨到里面的梯子上，又颤颤巍巍地下去。进到里面，老支书招招手，进来。

豆安疑惑地爬上梯子，学着老支书的样进到学校。

从教室传来读书声，原来里面在上课，他还以为是周末。

老支书说进屋去喝杯水。

老支书说的屋子，其实就是传达室，从豆安有记忆开始，老支书就在传达室待着，就好像他本来就是传达室的一部分。

桌上一只塑料袋子，打开来，是整齐的钱。一叠两叠三叠。

三万块钱。老支书想了想，把塑料袋子挂在墙上。

手机响起，豆安站起来接电话，边走出门去。

电话是糖糖打来的，糖糖说，浙北地区有个事件，需要深度采访报道。豆安想了想说，我后天能到。

糖糖说我让办公室给你订机票。

豆安说我坐火车。

糖糖说你得学会坐飞机。

豆安沉默。

糖糖说，我从湖南来，到杭州十八年没有回去过一次。视而不见听而不闻，你才能往前。总有一天，你的家人会追赶着时代前来。

豆安惊讶，他从不知道糖糖是湖南的，她一口流利的杭州话，完全像个土著。她了解杭州人的喜好，对宋室南迁的细枝末节了如指掌，熟悉杭州整个城市发展脉络，她知道杭州所有美食，以及杭州周边县市的好去处。对杭州的一切，她甚至比罗衫更熟稔。

豆安默默地挂了电话。

打铃，放学。校园热闹起来，三三两两的学生背着书包，蹦蹦跳跳地从教室出来，追赶着，嬉闹着，从枣树下走过，从豆安身边走过，从铁门下钻出去。

就像原本就该这样，就该像狗一样弯腰从铁门下钻进来再钻出去。豆安看得惊讶，紧跑几步，走过去拉铁门，铁链发出铿铿锵锵的声音。有个学生指指梯子，说，从这里走。

小孩刚上一年级，铁门被锁时，他还没上学，从他第一天到学校，就从梯子上下学。他说爸爸不让钻铁门，说狗才钻铁门。

豆安跑进传达室，老支书默默站在窗前，看铁门下进进出出的学生。

豆安问老支书怎么回事。

老支书说你是记者，你给县里省里的人说说，就算俺豆庄是要饭的吧，要了这么些年，也该给一碗饭吃了。

豆庄小学修缮资金作为借贷还给了韩进之后，上面再没有把此项工作列入议事日程。这些年来，每一任领导到岗，都到豆庄小学实地走访，开现场会，村委和学校都把跟韩进的借贷协议拿出来，请领导酌情安排资金，尽快还贷，尽早解决公办学校危房修建。

事情极为简单，只要上面拨给资金，学校还清韩进的借贷，学校不再欠债，韩进也不能锁住校门。更重要的是，学生不用再在危房读书。

有一回，上面新到岗一位领导，他在现场会上讲话，说着说着就动了情。他说孩子的教育关乎于国家的未来，应该作为头等大事来抓。让孩子在危房里读书，简直是犯罪。这位领导责令豆庄小学限期把危房里的学生迁移到韩家私学，费用方面这样安排：上级下发的人头经费补助给韩家私学，不足部分由村委会解决。

韩家私学的收费标准参考经济发达地区的私立学校，其中营养餐参考贵族学校收费，每一学期每个孩子交费8600元。上面补助的人头经费，每个学生每学期为1300元，多出部分5500元由村委会和家长平均分担。

至于危房，应立即夷为平地，由村委会自行转让或退房还田。

通知一出，豆庄炸了锅，在外面已经赚了钱的家长，还能勉强支付学费，赤贫家庭根本无力承担高额学费。有的家长到学校，痛骂校长无能，拿石块砸办公桌。

豆安没想到自己曾经心心念念的母校，被遗弃，被倒卖，被冷落。他抓起老支书倚靠在凳子上的铁锤，冲出去，上梯子，来不及一档一档走，他纵身一跃跳到地上，抡起铁锤砸开弹子锁。

铁门嘎嘎嘎地开了，豆安推倒梯子，挥着手对师生喊，走啊从大门走啊。几个老师兴奋地跑出去，又跑进来，说好久没有自由自在地进出校门了。有个叫王静的女教师，大眼睛，童花头，站在铁门里面不往外面走。她站了一会儿，却把铁门关上，把梯子拉过来，靠在铁门上，她慢慢地爬上梯子，又慢慢地从梯子下去。

有几个学生一直站在铁门边，等王静把梯子架起来，他们才敢走过去，爬上梯子，又从梯子上下去。

豆安大喊不要爬梯子啊走大门啊。

铁门外韩进站着。

韩进神色平静，他走进来说豆安也在啊。

豆安胸口又刺痛起来，他用手捂着胸口，问，哥，为什么？

韩进笑笑说，我跟老支书说点事，俺哥俩回头聊。

豆安冲过去挡在韩进前面问为什么。

韩进站着看看校舍，说，你没看出来俺这是为豆庄好？

豆安说，豆庄荒地多空地多你随便找个地方建你的商城，别打搅学校。

老支书出来，把钱拿给韩进说娃儿你不能把人往死路上逼。

韩进说，俺没别的意思，七十岁以上可以一次性补交养老金，您去交了这钱以后每月都能领到退休金了。

老支书说没想过要活一百岁，七十八岁比俺爹多活了十六年。

韩进说你看看这学校破成啥样了？等我商城建好了，豆庄人都可以到我的商城去工作，不用再外出打工。

韩进喜欢这个院落，破落的回廊，干涸的荷塘，树墩，还有那断壁残垣，都曾经是他的天堂。赚钱回到豆庄，打算造一幢新房子时，他曾想跟豆家院落一样的设计。学校向他借贷时，他还没想到要打搅这里。

但学校迟迟没有还他钱，甚至上面也终止了对学校危房的资金补助，让他萌生了买下豆家院落的想法。他想在这片曾经书声琅琅的土地上，建一个全县最大的商城，超市，歌厅，舞场，最高档的麻将机，健身房，他要把这个三角地带创建成为新的经济增长区块。

韩进说这危房随时都要塌，俺们别等压死人了再后悔。

这天，学校铁门一直开着，可除了韩进、豆安、老支书，再没人从大门进出，他们照旧在梯子上下，从铁门下面钻进钻出。

豆安一脚端翻了梯子。

当天晚上，大门又上了锁，梯子被拆卸烧了火，几个人站着正在烤火，他们都是豆庄人，在外打工赚了钱回来。他们现在都是韩进的合伙人。

韩进说豆安回去吧，你还当你杭州的记者，俺做俺豆庄的事。我们互不打搅。

豆安再一次去砸门，那几个烤火的过来，拉开豆安。有个豆安的同学，上了一年学就跟着父母外出，后来在外地开了个汽车修理铺赚了钱。他递烟给豆安，豆安没接。

那同学说，你就算把铁门给卸了也没用。真的，别白费力气了。实话跟你说了吧，韩哥他后面有人，你斗不过的。

豆安说，好歹也是你读过书的地方。

同学说，俺他妈的幸亏才上了一年学，早早出去才赚了钱，要真读十几二十年书，还不是废物一个？

第二天傍晚，豆安等同学接他去火车站。二娃说，哥，能跑多远就多远，眼不见心不烦。

豆安说，二娃俺们带爹娘一起走吧。

二娃打断豆安：俺不走。

二娃说，俺恨豆庄。

豆安说，一起走。

二娃说，哥，俺跟你不一样，俺离开豆庄，啥也不是，猪狗不如。

有个人气喘吁吁跑来说，出事了。

老支书叫一帮人，头上绑了白布条，黑墨写三个大字，"不惧怕"。深秋天寒，他们光着身子，在学校围墙凿出一个大口子，正在装门。

老支书见豆安来了，挥手让豆安离开。豆安看着老支书，看着这些正在凿开黑夜的人，他们大都体力羸弱，无力外出打工赚钱，他们在村里饱受轻慢。

这会儿，他们个个是勇士，拿命相抵，只为开出一扇供人直立行走的门。二娃比他迅捷，脱去上衣抓过铁镐凿墙。豆安从老支书手里拿过铁锹，用力敲动砖头。

很快来了另一拨人，他们手拿铁棍铁锹冲过来。几乎就在三分钟之内，那拨人就被放倒在地。豆安从不知道他弟弟如此勇猛又蛮狠。

午夜时分，一扇新的门安起来了。韩进在远处看着，他先是站着，后来索性坐在石块上，点一根烟，安静地坐着。就像一个负责任的监工。

10

罗衫去豆庄，是临时决定的。

罗衫所在的小学，是湖畔教育集团旗下的公立学校。教育集团所属有高中、初中、小学以及幼稚园。每个学段各有一所公立学校一所私立学校，面向全省招生，独立出试题，独立完成面试。新世纪初建立以来，年年招生火爆，家长学生趋之若鹜。当初，教育集团的招生口号是：儿孙不如我，要钱有何用？儿孙超过我，要钱有何用？

这句简单直白的招生口号，触动了所有人的神经。

私立学校的收入是公立学校的两倍，还有一个诱人的条件，教师一旦被聘用进入私立学校，学校当即安排一套一百三十平方米的住房，只要你在私立学校任教满十年，这套住房便属于你个人所有，可以上市交易。

而学生在私立学校受到的教育，在与公立学校相等同的模式之外，增加了金融、国际形势、人类的终极诉求等等方面的学科。

要上这个教育集团下属的任何一所学校，两条路可以走：第一是你的成绩出众凭奖学金完成学业；第二你家有钱，学校可以把你培养成为有学养的人。

学校招聘教师秉承两点：第一你是出众的教育工作者；第二点，你具有深刻的慈悲心。

曾经有权贵质疑这类办学模式，认为重赏之下的勇夫，好生源好师资都集中到教育集团，对于整个社会群体来说，是教育不公。相对于经济欠发达地区，这样的做法，是对落后地区的藐视。

也有社会人士提出，这个社会优胜劣汰，看似不公，实则公平。不要硬扯上贫富差距、分配不均，出此言论者，暴露的是自身能力的欠缺。

大讨论之后，教育集团拿出一笔巨款，设立基金，助学经济欠发达地区。

助学行动落到罗衫所在的小学，校领导决定，助学行动与教师的职称挂钩，要评职称的教师，必须到贫困地区助学，才有资格申报职称评选。罗衫那时正在筹备结婚事宜，无暇顾及。她何尝不知教育不公，但又有何用？只有感叹。去北大进修时，专家教授针对中国教育均等问题，也做过深刻剖析。

剖析归剖析，不是没有触动，但谁都知道，积重难返，破冰不易。

罗衫为建设自己的小家庭热情澎湃。她每天都要给豆安打电话，一算时间，豆安回家居然已有半个月。

每回给豆安打电话，豆安都说，快了，快了。

那晚，凿开校园围墙安门，双方有不同程度的受伤。二娃挥动铁镐，把一个人的脚踝打肿了，如果认定是轻伤，二娃就得跟老支书一样获刑。

罗衫的声音通过看不见的电波传到豆安这里时，豆安觉得很不真实。罗衫问他什么时候回去。豆安说，很快。

罗衫告诉他新房添了什么添了什么，豆安听着听着，说，罗衫，我晚点儿给你电话。

便挂了。

罗衫呆呆地看着手机，重新拨打，豆安那边掐了。

罗衫给豆安发短信问豆安出了什么事。

豆安不想让罗衫担心，但又不想瞒着她。他回复说是二娃的事。想了想，又发过去一条：村里有点事需要处理。等我处理好了就回去。

韩进让豆安放心，他不会让二娃坐牢。校舍的事可以慢慢商量，但学生必须悉数搬到韩家私学。

村里不同意，他们担心学生一搬走，韩进就会推倒校舍。一旦老房子倒塌，便不再属于个人，学校也不复存在。

相持不下这些，豆安跟罗衫只言片语说了个大概。

罗衫听得气愤难当，那些乡村恶霸正是阻碍中国农村前进的绊脚石。糖糖问她打算怎么办，罗衫说要去找豆安，她不信那个恶霸能一手遮天。罗衫说她绝不会让豆安的亲人受到伤害。

罗衫跟学校申请助学名额，她把助学点放到豆庄。她得在豆庄助教一个月，要有教学计划、实施方案、过程、成果预测，审核通过后，教育集团的30万元助学基金就打到豆庄小学账户。

不消说，父母亲友包括校领导都不赞成罗衫去皖北，而罗衫去意已定，只身去火车站，进到火车站，想到豆安就是从这里回故乡，便觉亲切。现在，她要乘坐豆安坐过的这班火车，去往恋人的家乡。罗衫这才发现，自己有多么地爱豆安。

她从没有乘坐火车的经验，车票是糖糖替她在网上买的，糖糖说，带他回来。

刚到火车站，手机响了，她从牛仔裤袋子里掏出手机接电话，是豆安。

听到豆安的声音，罗衫有种想哭的感觉。豆安问她明天几点的航班，罗衫想了想说大概明天上午九点左右。豆安说你把航班信息发给我，我去接你。罗衫说我登机时给你发信息。

挂了手机，罗衫找到个座位坐下，再找火车票，却发现火车票丢了。一定是刚才掏手机时带出来了，她拖着庞大的行李箱，回去找。候车大厅寻遍，又循着来时的路找。她确定火车票丢了。到窗口挂失补票，被告知火车票前三分钟已经改签不能再挂失。

辗转回到窗口，买了一张第二天的火车票，K8500，杭州—阜阳。相对于刚才的束手无策，这样的改变已经给她安慰。值班站长拿出一个章盖上去，又用水笔写上日期。

"站票。"值班站长说，"你有助学介绍信，我们才给你补票。"

进车厢，根本没有落脚之地，歪着身子朝里看，车厢连接处站了11个乘客，车厢过道上呆立着17个乘客。

在车厢来回地走，寻找可以让她席地而坐的空处，没有。想起自己曾经跟豆安说，豆安你是记者，你得摒弃农民习性，不要动不动就往地上一坐——罗衫脸红起来。在一个过道里，好不容易从别人的行李中间挤进去，歪着身子打盹儿。不知过了多久，她被热醒，重新寻找地方安顿，笨重的行李像个巨大的包袱，她对自己的行为感到匪夷所思，开始后悔。跟乘务员打听下一站是哪里，周边是否有机场，乘务员说下一站是过路小站，停靠两分钟。

必须坐下来，席地而坐，哪怕能蹲在一处空位也可以。可是，车厢连接处座无隙地，过道上全都站满了人。

有一次，报社有采访任务，豆安出差长春，糖糖让办公室给豆安订了机票，豆安说他已买火车票，还是硬座。那件事成为一个事件，在晚报被反复提及。罗衫事后听到，问豆安为什么要这样。豆安笑笑说豆庄没有人坐过飞机。又说很多年很多年，从他有记忆开始，庄上人出行，都是站着出门站着回家的。

终于看到餐车跟另一节车厢间的一条狭长过道上有空的地方，走过去看，过道上也坐满了人，身子扭曲。过道大约一米宽，也许80厘米，她坐下后，只能用膝盖顶住下巴，才能容下自己的身子。一个年轻男子，估计是爸爸，抱着一个孩子，三四岁样子，额头盖了一块毛巾，一会儿翻个面，一会儿又用自己的额头跟孩子的额头碰碰——大约孩子正发热。爸爸蜷曲的脚边，一个五岁左右的女孩沉沉睡着，身子扭曲头枕在爸爸脚上。女孩皱着眉，极度的不适让她时不时惊醒过来，想伸直身子，却被脚边的姐姐推回去。姐姐大约七岁左右，蜷曲着身子靠在车厢上，头发蓬乱，不时被往来的鞋子惊扰。

女孩身边有个空位，罗衫蹲下来问，这边没人吧。女孩的爸爸犹豫一下，想说什么又没有说出来。女孩只是看看罗衫，她还处在完全的睡眠之中，不知醒着还是梦里。罗衫刚坐下眯上眼睛，便听到一个声音在斥责：你个没用的娃连个座位都看不住嘛——分明是豆安老家的方言。罗衫惊厥，跳起来，原来是女孩的妈在训斥女孩，还拿手在女孩头上敲了一下——在这列车上，这样一个肮脏的沾满污秽的屁股大的一片空地，显得如此珍贵。他们也许好不容易才找到能容纳一家五口这么个地方。罗衫坐的这个空地儿，是女孩妈妈坐的，她刚才去厕所了。

罗衫赶紧起身让给她。

这一路，罗衫只想着豆安。她的豆安。这五年多，从家乡到杭州，来来回回，基本是硬座。有时坐着，见脚边蹲着年迈的老人，困顿疲乏，不停地靠到他腿上，他就站起来把座位让给老人——偶尔地，豆安会跟罗衫描述他的旅途见闻。

不停看时间，有时以为过了很久很久，一看手机，才十多分钟，十几个小时的旅程，罗衫看了三十多次时间——天色渐明。她靠在车厢过道处，刚迷糊入睡又被推搡醒来。

广播提示下一站终点站阜阳到了。

11

豆安拦了几辆出租车都不去豆庄，说那地方太偏了。罗衫建议倒大巴去豆庄。豆安哪里忍心，说再等等。韩进的车停在他们面前。

韩进从车里出来，不由分说从豆安手里接过箱子，放到后备厢，坐进车里招呼豆安罗衫上车。

罗衫看看豆安，豆安说韩进。

罗衫吃惊地看着豆安，豆安默默打开车门，罗衫想拒绝都来不及，只得坐进去。

等三个人都坐稳了，韩进才转过身来，跟罗衫打招呼，说罗老师欢迎您。

一路尘土飞扬，一路无话。车直接开进乡政府大院。乡政府大院宽阔，地上干干净净，像是刚刚打扫过，浅浅的灰尘还在地面荡漾。地上，三排整齐的白色的石灰印，每个石灰印间隔一米左右。院里两株大柿子树，黄叶稀疏，柿子零散地挂着。整个院子安静，整洁，左右两排灰砖平房，黑瓦，屋檐露出陈旧的燕子窝。

罗衫跟着豆安往左侧一条小巷走，小巷是宿舍院。一个院子挨着一个院子，有的开了半扇木门，有的上了锁。还有个院子，只有一扇门，另一扇像是被火烧了，户枢有隐隐的烟熏火燎的痕迹。

豆安把罗衫带进院子，红砖平房，琉璃瓦，磨砂玻璃。小水井边上傍着一口大水缸，塑料水瓢浮在上面。豆安回身关上院门，两人拥抱，谁也不说话只静静地站着。一直到韩进敲响院门催促豆安，他们才分开，罗衫才想起寻找豆安的嘴唇，踮起脚尖吻了吻，豆安情不自禁再一次拥住罗衫，居然有劫后余生之感。

豆安要去处理二娃的事，罗衫在招待所一直昏睡到傍晚，中途食堂服务员端来一碗面条，罗衫半梦半醒中说不吃，又问豆安什么时候回来，没等到回答又沉沉睡去。

等她忽然惊醒才发现屋子里漆黑一片，院里一盏昏暗的路灯散发出无力的光。打豆安的手机，过了好久豆安才接听。罗衫觉得委屈，说豆安你在哪？

豆安还在派出所。

手机忽然听不清，罗衫一直喊豆安，一阵嘈杂之后，没了声音。再拨打过去，听到的是移动女声：您拨打的电话暂时无人接听，请稍后再拨。

服务员进来，端来一盆温水让罗衫洗把脸，说豆记者晚上会过来。

罗老师，您睡了七个小时。服务员说。

不知过了多久，豆安进门，带起的风差点把蜡烛都吹灭。罗衫跳起来抱住豆安，豆安疲惫地坐下，有个声音从门外传来，豆安快带罗老师来吃饭。

大桌子坐满了人，他们的头顶是一个高高的烛台，一根巨大的蜡烛正在燃烧。光影晃动，看不清他们的面容，待坐下却发现韩进就坐在对面。

一个个介绍，派出所的，教育的，规划的，扶贫的，农办的，团委的，乡政府的，罗衫却只记住了韩进。

整个晚餐过程，罗衫都处在迷糊状态，虽然已经睡过一个囫囵觉，但一天没吃东西，她疲乏，劳顿。

豆安时不时给罗衫夹菜，倒水，又给她挡酒。说，罗衫不喝。

大家便又起哄，说两人太恩爱太排场，要用恩爱击毙大家。罗衫抓过酒杯一口喝了。这期间，罗衫发现韩进一直在盯着她看，她想不出这样一个男人，怎么心狠手辣到那地步。他们的目光数次相遇罗衫都闪开了，韩进彬彬有礼，给领导敬酒为他们续茶。

教育局的又敬酒，说感谢罗老师为俺们贫困地区送经传宝。

罗衫连喝两杯，想吐，她轻声说豆安扶我，我要出去。

转过去却看见豆安低着头，脖子后根的筋都爆出来一跳一跳。罗衫往门外走，韩进过来扶住她摇摆的身子，罗衫迷离地看看这个男人，他有一张干净的脸，坚毅，却又有着些许的慌张。

走出门，清亮的月光铺满院子，罗衫步履艰难恍若梦境。再走两步，她哇哇地呕吐起来。韩进递过来一块手帕。

豆安之前用的都是纸巾，甚至最开始他什么也不用，擦嘴用手掌擦脸用袖口。后来罗衫去棉麻小店买回来一叠手帕放在他书房，他才一天一块地更换着用。

罗衫拿过手帕擦眼泪擦嘴巴，酸腐的味道熏得难受。

韩进打开车门扶罗衫进车里，罗衫趴在车门上，韩进小跑着进食堂。不一会儿豆安出来，豆安好像忽然清醒，快走几步坐进车里。罗衫把头靠在豆安肩上，有她熟悉的味道。她问豆安去哪里。

豆安说回家。

罗衫感觉到韩进在后视镜看，他们的目光在后视镜相遇，罗衫闭上眼把头窝在豆安怀里。

迷糊中，豆安说到家了。

罗衫看窗外，空旷的夜，一间平房，草顶披屋，院子，一辆破旧的三轮车。罗衫不禁倒吸一口冷气。

豆安下车，从后备厢拿出箱子走过来，替罗衫打开车门，罗衫对韩进说声谢谢就下了车。

平房的灯亮了，门打开，几个身影出来。

院门忽然打开，二娃出来，手里拿了一只簸箕，直直地朝韩进砸来。韩进躲闪，簸箕砸到罗衫头上。

二娃对着夜色大吼：滚！

12

门开了，王静进来，端来一碗面条放到矮凳子上。罗衫头痛欲裂挣扎着起来，透过蚊帐看房间，紧闭的房门背后，是一件烟灰色T恤，不知是谁的衣服。房间宽阔，杂物堆满角落，一辆自行车斜靠在墙壁。白色的蚊帐，经年未曾洗的样子，懒散地罩在床上。掀开蚊帐，床边的矮凳子上放着一杯水一张字条。豆安的字，说他今天要去县城办事，让罗衫在房间待着，王静老师会来陪她吃饭。

昨晚，二娃拿一把刀割手腕，被韩进送去县城医院了。

罗衫问王静哪里可以充电，王静说办公室。老校长一早就来看过您，见您还在休息就回办公室等您了。

王静是豆庄小学的老师，家在外县，离这里两百多里地，一个月回家一趟，坐绿皮火车。罗衫昨晚睡在王静的宿舍。

穿过狭长的弄堂，路过一家小卖部，小卖部出售各种东西，口香糖、辣条、山楂片、旺旺雪饼、薯条、作业本、铅笔、颜料。铝合金架子上杂乱无章，地上，撒满了纸屑、本子封面、雪饼塑料袋子、瓜子壳。小卖部是个垃圾场。

店里一个老汉坐着，神情木然看着罗衫跟王静从门前走过，王静招呼说叔今天没打牌啊。

手气不好净输钱。老汉懒散地说。

到校园门口，铁门紧锁。王静熟练地从梯子上去又从梯子下了地。罗衫惊惧，她想起豆安说的一切。看着铁链、弹子锁，罗衫对王静说，王老师，我们把锁砸了吧。

王静慌忙摇手，不不！罗老师，别这样！

见罗衫呆站着，王静来不及上梯子，直接从铁门下边钻出来，一把拉住罗衫，恳请罗衫跟她从走梯子。

传达室的门关着，再往里走，是一扇小门，小门没有门，直通校门外。罗衫问王静为什么不从小门走，王静愣了愣说，走梯子习惯了。

豆庄小学。七个教室，分别安置一到六年级的学生，另有一个宽大的仓库似的教室，摆放着21张单人桌子。学前班孩子在此学习。

遇见张老师一个人在打篮球，操场像废弃的垃圾场，他只把篮球往篮筐里抛然后接住，重复这个动作，有些寥落。王静招呼一声，张老师转过身来，高高瘦瘦，一双眼睛闪烁，跟罗衫握手。

抬头，高大的杨树树叶纷纷飘落。十二月的皖北，空气里弥漫着清寒。罗衫从没想象过这样一个场景，树叶遍地，一间平房的墙倒塌，没有一扇教室门是完整的。最不忍看的一扇门，一个小洞，看着不像是被踢破的，走过去看，里面钻出个男孩，拖着鼻涕仓皇地逃开去。

罗衫紧紧衣衫，看那个男孩的背影说穿得这么少。两个老师没有接她的话。

操场边上的厕所，屋顶用油毛毡子盖着，落满杨树叶子、可乐瓶子、石块，一只破旧的书包。厕所边上两排平房，门窗都用木条钉死，罗衫凑近窗户看，其中一间矮房子里，是一捆一捆的书。

就这样一个场所，在老支书眼里却是世界。也是学校的全部。罗衫顿感不可思议，她想着接下来的一个月，要在这个校园度过，心底猛地生出无奈来。

老校长对罗衫表示了热烈的欢迎，陪罗衫在校园走一圈，介绍学校的历史，介绍豆庄，闭口不谈校门被锁的事。罗衫忍不住问起跟韩进的纠纷，老校长叹气说，俺当校长几十年，早该退休，没人来顶上这个空缺，只得留着。

豆庄小学解放前创立，先在祠堂办学，解放后搬到豆家院落。从豆庄走出去的学子数千，有考上大学继续接受教育的，也有小学没毕业就在家里种地的。老校长说，的确缺钱，可俺豆庄不光缺钱，像一艘船沉了，沉到底了，不是钱能扛起来的。老校长说，俺这四十年校长，学生走了一茬又一茬，豆庄还跟四十年前一样。

出息？你出息了跟豆庄有啥关系？他不上进不出息的回来，一镢头一镐子下去，都是俺们豆庄土地上，可出息的呢？

老校长说，俺宁愿都不要出息，一个个的都在俺们豆庄的土地上，那样土地不抛荒人不会学坏。可俺吃的这碗饭，俺得对得起良心。

晚上，豆安回来了，要带罗衫回去，罗衫说，还是住在学校吧。豆安依了罗衫。

豆安父母去县城陪着二娃。豆安在传达室后门的披屋里做饭，电灯线不知从哪里牵过来，挂在铁钉上，灯泡紧挨着煤气灶，罗衫担心要被烧爆。灯泡挂得太低，人一走动，巨大的阴影在房间游动。罗衫问豆安二娃的情况，豆安说我饿了，先吃饭吧罗衫。王静跟张老师进来，各自端了一碗饭，一碗菜。张老师的菜是炒南瓜，王静煮的薯条，豆安正在炒青菜，韭菜炒鸡蛋摆在破旧的课桌上，一条腿断了用杨树杆子接起来。

罗衫几次想跟豆安说话，见豆安专注地烧菜，只得咽下万千言语。

门被风推开，刚才逃跑的男孩进来，豆安盛了两碗饭夹菜递给他。男孩好奇地打量罗衫，罗衫从随身带的包里翻出两包核桃塞给他，男孩摇摇头没有接。昏暗的灯光下，男孩看起来很瘦小，短袖T恤外面套一个汗背心，短裤拖鞋。两包核桃没处放，豆安找出塑料袋子，罗衫又抓了一个苹果塞进去。男孩端了饭碗出门去。男孩叫三宝，就住在学校边上。

坐下来吃饭。张老师打开三瓶啤酒，他们三人各自一瓶抓在手里仰起头来喝一口。豆安看看罗衫说吃吧吃吧，吃饱了再说。就好像罗衫已经在他面前站了三年。

晚餐吃得很沉闷，王静时不时跟罗衫搭讪一句，说杭州的天气说西湖的水，说南山路上的梧桐叶秋天最好看。罗衫心不在此，淡淡地应几句都觉无趣。一瓶酒快喝完时，豆安忽然说一会儿去三宝家把那两包核桃给要回来。

罗衫问为什么。

豆安说他们不懂吃。

忽地，罗衫一阵反胃，捂着嘴冲出去，蹲在墙角想吐又吐不出。

豆安出来安抚。屋子里，王静和张老师还在低声说话。空中，有月亮，看不清边沿，浑浊。

事实上，自从跟罗衫恋爱，豆安从来都有心事，只是他不说。很多次，他想带罗衫回家乡，让父母乡亲知道他混出个人样了，准备好了行李，他又都放弃。罗衫问为什么，他不知道怎么回答。在他心里，家乡贫穷，落后，灰尘在空中飞扬。这些，是他的痛，也是他羞愧的地方，他不想让罗衫看到。

夜晚，罗衫跟王静挤在一个被窝，王静很快睡去。罗衫睁着眼看天花板，认真梳理她这次皖北之行。关于小别重逢，罗衫有过诸多想象：紧紧相拥诉说离情别绪相思之苦，她会把准备好的礼物送给豆安父母和弟弟。她会跟豆安形影不离，豆安带她去见所有的亲戚，等罗衫助教结束后，他们带着豆安父母和他弟弟去杭州。

事实推翻她所有的想象，二娃性情突变搅乱了一切。罗衫明显感到豆安与她有些许的生疏。令她吃惊的是，这种生疏并非单方面，而是互相——罗衫惊恐地发现，当她靠在豆安胸前时，即便那样熟悉的一个人，她依然嗅到了另一种气息，遥远的陌生的气息。

不敢翻身，担心吵着王静，这个女孩梳了一个童花头，皮肤略黄却干净。临睡前，就着昏暗的灯光看书，她笑着告诉罗衫是豆安借她看的。

第二天，迷糊中听到豆安跟王静说话，三宝爷爷奶奶昨晚过世了。打不通三宝爸妈电话，他们说着出了房间。罗衫胡乱穿衣服，来不及系鞋带赶上豆安。豆安回身，拉着罗衫回到宿舍说罗衫我不知道会发生这么多事。

罗衫说，我想去看看二娃。

豆安一愣，说，他连我都不见。

罗衫说豆安我想回杭州了，你跟我回去吧。

豆安沉默，过一会儿，豆安说罗衫对不起。

罗衫问什么时候回杭州。

豆安抿嘴，艰难地说不知道。

13

三宝家难得热闹起来，四邻八乡的来奔丧，但终因没有亲人锥骨的哭，丧事显得凄清。没有联系上三宝父母，韩进出钱庄上出面给三宝爷爷奶奶料理后事。三宝没来上课，他三岁时跟爷爷奶奶过。七岁那年，爷爷去田里做活儿，奶奶卧病在床，三宝学会煮面条。第一次端面条给奶奶吃，手一松，滚烫的面汤洒在手腕手臂大腿脚背，他硬是撑着把面条端到床前。如今，那些被烫伤的疤痕依然留在他身上。这样的日子过了三年。

有一天，王静端了饭菜到他们家里才知这一家三口的生活。自那之后老少三人的饭菜便由王静跟几个老师供应。爷爷奶奶的眼睛先后失明，每天，三宝端着碗到一墙之隔的教师宿舍，要了饭菜端回去跟爷爷奶奶一起吃。

三宝虽然跟爷爷奶奶过了这么多年，但也嫌老人脏，说身上发臭不愿住在家里。晚上，他从学校铁门底下钻进来，睡在教室课桌上，教室门上那个破洞是三宝拿菜刀剁出来的。

老人生前不言不语，故去之后乐器替代他们发言，阵阵喧闹之声从门缝钻进来，一种恓惶。

豆安又去县城看二娃，罗衫还是留在学校。第一天上课，罗衫让每个孩子都说一说自己的理想。四年级一个班55个同学，32个同学的理想是快快长大，长大了去打工。11个同学的理想是到大城市去赚钱。另外有三个说，理想都是假的，实现不了的。

罗衫的教学笔记本上，除了这些数据再无其他。

夜晚罗衫还是跟王静睡。王静开始还跟罗衫保持一些距离，这会儿她侧身过去，紧紧抱住罗衫的右臂。三年来，教师工资从未按期支付，本月工资会延期到下个月15号才发放。她说她热爱工作，但是，满眼看到憋屈和无奈。很多次想离开豆庄去别的学校谋职。

　　王静合肥师范学院毕业，留在合肥找工作，花完她假期打工积攒起来的积蓄后回到家。正好赶上教师定向录用计划，她跟同学一起报名，不久接到通知。在一个大食堂吃完中餐便有一辆中巴车来接他们，报到名字的上车。颠簸着拉到火车站，有人接应上火车，坐一个半小时后下火车，再由中巴车接到豆庄。

　　一眼看到这个学校，心凉，想着过一个晚上第二天无论如何要离开，哪怕去广东跟两个姐姐到流水线上挣钱。电话打过去跟母亲表达意思，母亲跟她列数家境难处，光培养她读大学就欠了五万。现在有工作了再难也要留下来。

　　"这三年，我看自己一天天地在老，真的，姐。"她喊罗衫姐。罗衫侧过身抱住了她。才发现王静哭了好久，衣襟枕头被角全是泪水。

　　"我没有勇气。"每回想到老校长扼腕叹息的样子就不忍离开。好多孩子，一个个的，父母出去多久都不会回来关心他们。王静说，想到老支书额头绑着的白布条和白布条上那三个字就辛酸，他都那么大年纪了，倾家荡产，就为开一扇门让孩子们不至于像狗一样从铁门底下爬……她不忍。

　　罗衫说可你还是从梯子走。

　　王静说开始她不敢从小门走，怕那个人会来找麻烦，后来她常常忘记还有这小门。

　　豆安的到来是一盏灯，虽非光芒万丈却给她力量。"一心一意留下来，豆记者放弃杭州，放弃好前程——他在豆庄，我们就真的不惧怕了。"王静说。

　　罗衫不说破，她知道豆安很快要离开豆庄去杭州，他的事业在杭州。

　　但到底心里不安，罗衫开门出去打电话给豆安。

　　豆安说二娃要转院，正在联系同学帮忙。豆安让罗衫别担心，他明天一早就回来。

　　罗衫穿过弄堂，从小门进去到校园，站着抬头看，杨树在风中唰唰地响。老支书从传达室出来，罗衫跟老支书进传达室。

老支书刚从三宝家回来，丧事还在继续。老支书哽咽着：老铁匠俩，走得冤，走得冤。

夜色凝重，弄堂过于幽暗，看不清什么。等走出弄堂，满眼的宽阔，只是空旷荒凉。起风了，哗啦啦地响，白杨树的叶子被吹得无所适从，发出令人心颤的声音。

近些年，三宝父母从未有消息。他们的行踪有时作为传说存在，偶有人说，早几年在广东那边出了事故，尸骨未见。隔一段时间，有人回豆庄时说好像有一帮人被车拉去河南煤矿干活了。"这么多年的不回家，八成被埋地下了。"豆庄有人猜测。

第二天晚上，罗衫去看三宝，三宝被安顿到传达室跟老支书住。他已经钻进被窝。在黑暗中说了几句，三宝忽然喊，罗老师。罗衫问他什么事，他说你明天到教室来看看我。

罗衫说，我们不是天天见的吗？

三宝说我要他们看看。

罗衫问，他们是谁？

三宝说他们打我。

罗衫在老支书对面坐下，看他喝酒。一只小盅一包鱼皮花生，像喝了一百年。

他顾自喝酒，罗衫看着他，难以想象布满皱纹的额头，扎了一块白布条是什么样子。

您真不怕吗？罗衫问。

老支书一愣，呛起来，猛烈地咳嗽，像要把五脏六腑咳出来，听得人心惊肉跳。半晌他才平息下来，抬起头，他刀刻一般的抬头纹瞬间把那三个字挤在了一起。

怕……我怕。他说。

怕什么？罗衫问。

他停了筷子，沉吟片刻说没人支持我们，像打仗，我们没有枪只有身子，虽然朝前冲心里是慌的。

罗衫问，怕韩进？

老支书猛地把酒杯一顿，清亮的酒溅出来，掉落在地，在灰尘中陷入，迅速被湮没。他抿一口说我怕变了的世道。

大门锁了两年多，上面的人没长眼的吗？老支书说，国家真穷得连俺们一个学校的房子都修不起了？你说他们开着车来开着车走，就没见着那把锁？我就觉得这不是个理儿，心里慌的怕的是这世道这人心。娃儿，这世道就这样了？

罗衫沉默。

老支书沉吟片刻，说："怕。"抬头看看天，说："你看白天太阳那么亮，晚上月亮也很圆……"他指指墙角，"那里，亮光照不到。"

回房间时，在弄堂口遇见豆安，豆安忽然抱住罗衫，罗衫你知道我多疼二娃，我多疼他。

罗衫抱着豆安，她担心自己一松手豆安就垮了。

罗衫说豆安我们回家。

豆安说回杭州吗？

罗衫说我还没去过你家。

豆安说罗衫我怕。我不回那屋子。

两人回到王静房间，张老师也进来了，让豆安晚上跟他住。几个人坐着都不说话。

二娃手腕伤得不严重，他烦躁，又哭又笑，砸破医院玻璃门，医院请人会诊，把二娃送到位于县城郊外的第七人民医院。那个医院有个别称，"睡眠障碍康复医院"。医院不用人陪护，规定时间探视。因病人有袭击他人倾向且偶有自残，在医生确认康复之前，不予办理出院手续。

14

糖糖来电问罗衫支教情况怎么样。罗衫喊了一声糖糖就说不出话，糖糖问豆安的情况，罗衫不知从何说起，她不想跟糖糖说二娃的事。只说都好都好，只等助学结束跟豆安回杭州。糖糖说我给豆安续了假期，一周。一周必须到岗。

罗衫问要超过时间呢？

糖糖说别让我为难。

罗衫说，求你了糖糖。

糖糖说，你是真没感觉还是装？

罗衫问什么意思？

糖糖说豆安更适合豆庄。

罗衫心里装了很多事，二娃的事，豆安的弱，老支书的怕，三宝父母生死不明。这种种，齐刷刷地在罗衫心头堆积。她知道，这些事无一例外的是豆安的心事，大心事。

罗衫跟豆安说，她还是想去看看二娃。豆安忽然发脾气说你想看到什么？我这个破落的家，荒村，还是二娃情绪失控的样子？

罗衫提醒豆安，她支教快结束了。

豆安说给我点时间，给我点时间处理好一切。

一切？豆庄那么多事，你要处理到什么时候？一辈子吗？罗衫说。

你看到的听到的这些，在豆庄是日常。庄稼人就在这样的日常里活下来，往前走，每一步都得付出想象不到的代价。

罗衫说我理解。既然是日常每天都得这么过，你在和不在豆庄都得这样往前走。

夜半，罗衫被吵醒，老支书砸门，结结巴巴地在诉说什么。罗衫翻身起床开门出去，豆安在前面奔跑，罗衫跟了去。传达室纷乱，三宝床上空空的，被子凌乱，仿佛有过一场搏斗。

罗衫跟王静在房间等，连日来的担惊受怕，罗衫感到莫名的疲惫，几次昏睡过去，醒来却发现王静一直坐在床边。罗衫说你怎么不睡。王静说我等豆安。

罗衫忽然发现，她的突然闯入显得仓促突兀。有一瞬间，她想也许真正适合豆安的……是王静。

这个念头一起，罗衫吓一跳，内心里怎么也不愿承认这点。然而几天来的所见所闻，偏偏又在提醒她，她跟豆庄格格不入。那天经过小卖部，听里面的人说，豆安媳妇真排场，可太排场了，不像俺们庄户人的媳妇。

想到自己或许真的要失去豆安，心底涌上来阵阵酸楚。忍不住终于找糖糖，糖糖显然还不曾入睡。在杭州，晚上十点夜生活刚刚开始。而豆庄却已万籁俱寂。糖糖没再问罗衫在豆庄的生活，只跟她拉家常，凤起路新开了一家棉麻服饰都是长袍，等罗衫回去陪她去看看。西湖里的荷花快谢了，残荷还是比新荷有意境一些。她办公室新换了一台飞利浦牌咖啡机，意式家用全自动，她已经学会了如何使用。

闻到香了吧，我正喝着呢。糖糖说。

就是这样的家常，日常，像一场漫天的风，带着乡愁席卷而来。曾经跟豆安走过的街道，小巷，梧桐，这一刻忽然想起，仿若听见凤阳树叶子在阳光下脆响。都市的繁华的小资的生活，曾经为罗衫所拥有，因她暂离，似乎都远离了。

胸口骤然疼痛，像有千百只蚂蚁在撕咬，看不见血但剜心地痛，凌迟一般。汗水汹涌而下，流进眼里涩涩地疼。罗衫再也支撑不住栽倒在地。

迷糊中，纷乱的脚步声响起，张老师在说什么，王静在喊豆安，老支书难以辨认的话语。罗衫听到大风猛烈地吹打窗户的声音。

不知睡了多久，醒来时豆安坐在床前握着她的手，罗衫酸楚难过，好像她已经失去了豆安。豆安说三宝去了他爷爷奶奶的坟地，他用双手挖坑，豆安找到他时，他的指甲里全是泥土。这孩子想挖出一个坑道往里面钻，说只要铺上麦秆，会很暖和。三宝说，冬天奶奶在床上铺了厚厚的麦秆，他跟爷爷躺在上面软绵绵的。三宝说他喜欢闻麦草的味道，这味道就是爷爷奶奶的味道。可是后来爷爷奶奶的眼睛都看不见了，他们只能每天躺在硬床上。

又过了两天，罗衫跟豆安说想去教室看看三宝。三宝读三年级。

罗衫拿起语文课本，进三年级教室，没有任何开场白，直接说今天上十一课《秋天的雨》。罗衫打开课本。"是谁像一把神奇的钥匙，打开了秋天的大门。是谁吹起了金色的小喇叭，告诉我们秋天的到来。是谁给柿子、苹果、菠萝穿上了美丽的衣裳。啊！是绵绵的秋雨，是凉爽的秋风。"

罗衫不喜欢这篇课文，这些看起来抒情的文字，在一个乡村孤儿面前，虚假不切实际。她把课本往桌上一丢，对三宝笑笑。三宝紧张地看着罗衫。罗衫站在讲台边，一下子想不出说些什么，她想跟孩子们说杭州说西湖。或者说说豆庄。她一张嘴，却说，听，火车的鸣笛。

孩子们好奇地看着她，几个孩子开始屏息倾听，你看看我我看看你。有个女孩站起来，轻声说老师我坐过火车。

罗衫张开双臂说，来，同学们，我们一起成为一列火车好吗？跟我一样，张开双臂排起来，来——就这样，呜——呜——呜。我们请三宝同学当火车头。三宝，来。

罗衫第一次看到三宝露出笑容，羞怯，兴奋，好奇，热切，他嘴里学着火车的声音，呜——呜——呜——。有个女生趴在桌上哭着说她想妈妈了。

排成长队，真的像一列火车轰隆隆地开过来又开过去。觉得不过瘾，罗衫打开门，让三宝把火车带出教室。穿越走廊路过杨树到操场从紧锁的校门边开过。

火车来啦。火车来啦。

老支书打开小门，他们从小门出去，穿过弄堂开过小卖部，穿过村庄越过田野，一条宽阔的大路展现在眼前。火车满载欢乐，疾驰在豆庄宽阔的大路上。

15

第二天，罗衫带着孩子们在大路玩开火车，一辆车停在前面。韩进探出窗口。

罗衫想起那晚扶了她一把的双手。

韩进说一直想请罗老师吃饭，事情太多。

罗衫说不必客气，我也很忙。

豆庄十四个村你都去了？韩进下车，伸出手来，他们礼节性地碰了下掌心，都没有诚意，罗衫却记住那种感觉，粗糙，坚硬，蛮狠。

罗衫说我来支教不是来走村串户的。

有个女学生拉拉罗衫的手，罗衫俯下身，女孩附在罗衫耳边说，韩黑鬼是坏人。他把我们学校锁住了。

韩进说罗老师哪天喝杯茶？

罗衫脱口而出：韩老板是让我从铁门底下爬出来赴约？

韩进一怔，说本周五下午三点我来接您。

罗衫没有搭腔。他上车，关门，车轻轻地往前滑了出去。

下课时，罗衫跟豆安说了今天碰到韩进的事。

窗外有学生在喊豆安，豆安父母来学校了。之前，罗衫看过他们的全家福，屋门口，老人端坐在一张长凳子上，两个儿子站在他们身边。他们身后是一株石榴树，结满石榴。

来之前，罗衫给二老带了礼物，帽子，围巾，两件厚厚的羊绒衫。

罗衫几次想象怎么见豆安父母，从未想到是这样。罗衫想躲起来。连续几天，她没有睡过安稳觉，脸色蜡黄，嘴唇失去光泽，头发变得粗糙——惊讶地发现自己已然像个豆庄女人，周身弥漫着的是粗粝。

她是被宠大的，从不缺钱。四季衣衫更替频繁，虽说没有山珍海味，但三餐调匀讲究营养。16岁开始，母亲便让她喝红枣银耳莲子羹，喝了十多年。她的手从未在洗衣粉里浸泡，每晚都用玫瑰花泡脚。

就在那一刻，罗衫忽然冒出一个念头：以后真的要跟这两个陌生的老人一起生活吗？

医院打电话来，说二娃不吃不喝不说话。豆安赶去医院。

教育集团来电话，让罗衫提供豆庄小学银行账号和法人代表身份证，等她支教结束，就把助学基金打过来。

罗衫有片刻的窃喜，终于有机会为豆庄小学做一件事，那30万元，应该足够把豆庄小学修葺一新——她想跟韩进说说借款的事，她自认为韩进会看在她的面上，善待豆庄小学。

传来唱诗的声音，罗衫让王静带她去看看。

16

一间小屋子，三角形屋顶，长方形屋子里，摆满长条靠背椅子，椅子的空隙间加了一些长凳子。

院门敞开。两侧是一副对联："为要拯救罪人，基督耶稣降世。"右边墙上，挂着一大幅宣传招贴："反邪教宣传警示墙。"左右两侧分别是两行字，左侧："依靠科学身康体健，远离邪教幸福永远。"右侧："根除邪教刻不容缓，人人参与净我家园。"入内，宽阔的院子里，高矮不一的凳子上，全都是人。一眼看过去，大都是老人孩子妇女，罗衫用心数了数，大约坐着一百五十来个妇女，七八十个男子。男子看上去年龄参差，有六七十岁的，有五十来岁的，还有三十来岁的。右边厢房里，四五个孩子坐在桌上玩游戏。院子左边是厨房，灶台上安了两口大锅。地上堆放着十多个冬瓜，还有绿葱和两篮子豆腐。

院子里搭起一个台子，搁一台电视机，电视机里有人讲道。一个年轻的声音生动地讲述着什么，有浓重的地方口音，电视屏幕模糊，看不清他的脸。但能听清楚他在说：把你的悲伤全部说出来，说给主，不隐瞒……

院子里，信徒默默无语，他们低头祷告。罗衫穿过院子，从边门进到里间，满满的一屋子人。他们站立，祷告。台上，一个年轻男子正低头祷告——电视里那个模糊的影子，是张老师。

两个女孩穿行在过道，一个女孩穿连衣裙，胖嘟嘟的，刘海用粉色的夹子往头顶夹起来，浑身透着洋气。另一个女孩明显消瘦，脸上有零星雀斑，白色的上衣，衣襟处小片淡黄的污渍。三宝夹杂在他们中间，他手里捏着一包辣条，罗衫在小卖部看到过这零食。

七八分钟的样子，祷告结束，他们齐刷刷坐下，罗衫跟王静杵在教堂中间。王静指指右手边长椅，豆安父母钉子一样钉在椅子上，虔诚，坦白，孩童般的天真。王静说，他们在祈祷上帝保佑二娃。

张老师走过来跟罗衫说愿主保佑你。罗衫惊恐地跑出教堂，迎面撞上了韩进。

韩进的车停在屋子外面，两盏车前灯亮着，强烈的光柱直直地射到远方。后备厢开着，韩进往外拎东西，两壶油，一箱酱油，两袋米，一袋面粉。

韩进说帮个忙把这些吃的提进去。像早就约好了要做点什么，罗衫王静帮着把东西搬进去。王静进屋子去祷告，罗衫回房。

安静的夜，罗衫跟豆安相对而坐。到豆庄十来天，难得有这样一刻，不被打搅。豆安可以不理会豆庄的事，只是罗衫的恋人。罗衫坐在床沿，豆安搬个椅子坐下，椅子低矮，他仿佛蹲在她面前。豆安握住罗衫的手，把头倚靠在她腿上。

恍惚之间，仿佛在杭州。豆安像是入睡，罗衫也有些昏沉。忽然，豆安抬起头说，想咖啡的味道了。

烧水，豆安只有一个水杯，罗衫把刷牙口杯洗干净，从包里拿出咖啡凑合着冲了两杯，简陋的房间即刻弥漫起咖啡的浓香，两人捧着热乎乎的杯子，一小口一小口地喝。

罗衫问苦不苦。豆安说苦但是喜欢。

毫无睡意，咖啡营造出来的浪漫让他们迫不及待相拥在一起。有太多情感要表达，身体的精神的。炽热的欲望要宣泄，慌乱地寻找对方，熟悉又陌生。他们知道，双方都需要享用这难得的不期而至的情爱。

门被敲响。

老支书拿着一叠申诉状。

韩进买走豆庄学校，校舍连同学生。

罗衫问，助学基金呢？

豆安说，不知道。

为学校的事，两年多来，豆庄从未停止申诉。

厚厚一叠申诉状，25份。每一份都是对韩进恶行的控诉：霸占村里教堂；霸占学校财产，导致老教师含恨而亡；贿赂上面，勾结权贵；私立学校不交税……桩桩件件，证据确凿，看起来足够把韩进枪毙一百次，可罗衫怎么也不能把这些罪孽跟那个有着干净面孔的男子联系起来。偶尔两三次晤面，他给她一种错觉，他不属于这里。他太干净。除了握手时他松树皮一样粗糙坚硬的掌心，罗衫看不出他跟豆庄跟乡村有什么冤仇。罗衫第一眼看到他就觉得他可怜。他羞怯，自大，自卑。罗衫猛然想到，这些特性，豆庄人身上一样存在，所以他们浑然不觉。在豆庄人眼里，他神通广大，无所不能。

坦白说，罗衫不认为私立学校有什么不妥，杭州早就有私立学校，做得风生水起。为什么到了这里却举步维艰？

上访曾经直至省会，无果，庄户人凑钱去北京被当地劝回，答应会妥善处理。学校财产归属问题，公办与私立学校管理权限，生源问题，教师何去何从以及最基本的工资待遇问题，千头万绪。每一次上访，到最后均是纸上谈兵。诉状最后附了一张白纸，写满名字，家长、学生、教师，密密麻麻的手印像滴滴鲜血。

关于学校去留，校产的归属，韩进那边做出一个完整的方案：学生悉数入籍"韩家私学"。

老支书把申诉材料递给豆安，说安娃你是记者，只有你能帮到豆庄了。

豆安没有接，说，叔我要回杭州了。

老支书把申诉材料往地上一摔，走到门口，又回来吼一句，娃儿啊，你读十多年书有啥用嘛。

门砰一下关上，因为用力太猛，门框被震开一个口子，房门往里撞开来，晃动一下忽然啪的一声倒在地上。

17

周五下午，罗衫还是坐上韩进的车。车上，罗衫不说一句话，有些赌气的意思。罗衫赴约不过是希望他放弃购买豆庄小学，把豆庄小学还给孩子们。

路过一座桥，车子颠簸着忽然停下，有个老汉跟韩进挥手，韩进下车打开后备厢，他接过那人手里的两大捆麦草秆，塞满后备厢。罗衫闻到一股气息，是农田的氨水的味道，又像是被火烧后散发出来，有些呛人。

老汉坐进车里，唠叨着说不让烧麦秆，烂在田里可惜，搬回家又没有力气。韩进不说话，十多分钟后车停下，韩进下车帮老人拿下麦秆，两人没有多余的话。待他上车，罗衫忍不住问，韩老板亲戚？

他忽然踩油门，车速有些快，后视镜里的他面带愠色。罗衫不再说话，窗外，田野开阔，偶尔看到一堆正在燃烧的麦秆，熊熊大火，夹杂着浓烟，在空中弥漫出一个巨大的烟圈。

罗衫问我们去哪里？

韩进说，我们一直在豆庄，你来豆庄，却不知道豆庄是什么样说不过去。

罗衫打断说我不感兴趣。

韩进低声道，你跟豆庄男人恋爱，却对他的生活他的出生地毫无兴趣。你来做什么？

像是一次突然袭击，罗衫毫无预兆败下阵来，急忙辩白说不是这个意思。

他一踩油门说别以为自己是救世主。

罗衫觉得被侮辱，要他停车。

所有人都以为自己才是掌握真理的一方。可笑。韩进声音低沉，叹口气，豆安不会告诉你真相。

真相是什么？罗衫有些歇斯底里，我看到的真相是，老支书拿命相抵才有一扇小门，师生才能像人一样进出校园。你买下豆庄学校，企图转为私有……你锁住教室，不让孩子们看书，你把操场变成自己堆放杂物的私有场所一学期8600元，这样赚庄户人的血汗钱，晚上不会做噩梦？

韩进没有搭腔，他专心地开车，穿过一大片杨树林，车子停在一个广阔的操场边上。他下车为罗衫打开车门。

下车。语气不容置疑。

罗衫瞪他一眼，跟在他身后往前走。大门左侧挂一块牌子，"韩家私学"。过一扇铁门，整齐的校舍出现在眼前，新修的跑道，篮球场，乒乓球台子，花圃。

铃声响起，校园热闹起来，学生们三三两两出来，玩跳远的，打乒乓球的。整齐的校服，红领巾在胸前十分醒目。围墙的玻璃橱窗里，是学生生活的点滴，运动会现场，诗歌朗诵，劳动竞赛，军训记录。操场司令台的铁杆上，五星红旗迎风飘扬。

韩进说，你不觉得这里更有生机？

庄户人外出打工，他们辛苦赚来的钱，够交学费吗？罗衫讥讽道。

韩进上车，说，孩子们在我的私立学校，安全，不会饿着冻着，不会被拐卖，老人一周过来一次跟孩子相处。父母在外能安心赚钱，孩子们能得到最好的教育，他们的生活跟城里孩子差不多少。他们懂礼节，明白将来自己要做什么。

罗衫说最新的问卷显示，豆庄一百多个学生，不超过三分之一有继续上学的能力与意向，三分之二的学生选择休学或去往他乡上学。

"步行的继续走路往前，骑马的飞奔远去，这错了吗？具备什么能力，就做与他能力相当的选择。"韩进说。

罗衫说你剥夺孩子们正常接受教育的权利，他们本来有机会完成九年义务教育。你斩断了他们的前程。

孩子们住危房，教师从不备课，你以为这样的教育，前程似锦？

罗衫说无论多少理由，你昧着良心赚学生的钱是事实。

韩进不说话，很快到了镇上。

请你喝杯茶吧。韩进说。

我喝咖啡。这里有咖啡吗？罗衫挑衅。

我拼了25年，才有机会到省城喝一杯咖啡……韩进顿了顿，说，可是，我要教会豆庄的孩子，活着不止是为了咖啡，我希望他们能唾弃你认为的好咖啡。

罗衫还是跟韩进走进一间茶室，狭小的店面，桌子油腻，杯口茶渍斑斑，茶叶有股闷味，难以下咽。坐了十分钟，两人没说一句话。

韩进说，我带你去见一个人。

罗衫问，谁？

罗衫在县城郊外的睡眠障碍康复医院，见到了豆安的弟弟豆二娃。二娃面孔浮肿，眼神涣散，茫然。罗衫远远地从铁门往里看，病员们排着队领药，到护士跟前，护士问，叫什么名字？病员说，张小根。护士说，张小根，三颗，拿着。张小根接过药。护士说，放到嘴里。张小根把药放到嘴里。护士说，来，喝水，吞药。张小根接过塑料杯子，仰起脖子喝水。护士说，张嘴。张小根张嘴，啊，啊。护士查看张小根的嘴说，嗯，张小根好样的。下一个。

下一个是豆二娃。护士问，叫什么名字？豆二娃不回答。护士再问，豆二娃说，滚！

护士一杯水泼到豆二娃脸上，再问，叫什么名字？豆二娃说，滚！

护士按铃，两个医生过来，左右两边把豆二娃架进房间，二娃大喊：滚！滚！

这是豆安的弟弟。豆安的弟弟怎么变成这个样子了？

罗衫站在铁门外，泪水滴落。

手机响起，是豆安，罗衫按掉。再响，再按掉。

韩进拍拍罗衫的肩，我们走吧。

父亲来电话：你真打算在那扎根了？

手机音量大，罗衫不想让韩进听见，转过身去接：爸……

马上回来。父亲说。

从杭州传来的家人的声音，带着强烈的都市气息，像一道神秘的指令，催促罗衫回到之前的生活。罗衫回头再看铁门内，病员依然排着队，一个接一个。

罗衫给豆安打电话，语无伦次告诉豆安她要回杭州了。

豆安问怎么了？

罗衫说，豆安对不起。

韩进发动车子，罗衫上车说拜托你帮我带些东西回去。

找到一家文具店，书包文具字典作业本双语作文漫画图册，这些东西，无一例外蒙着厚厚的一层灰。又要了水果衣服鞋子围巾。

韩进掏钱买了一大包红领巾，说，豆庄小学多少年没看到红领巾了。

罗衫说，谢谢。

韩进说，其实他们不需要这些。不过，也许现在不一样了……因为你来过。

你这是在夸我？

气氛融洽起来，就像两个熟稔的朋友。罗衫伸出手说再见。

韩进打开车门，上车吧送你去机场。这会儿去还赶得上航班，午夜前你能回到家。

罗衫说，不用了，我等豆安。

韩进几乎把罗衫塞进车里。

韩进把罗衫送到机场，一路上，韩进没有再说什么。直到下车，他才说，拿你身份证去换登机牌，十二点四十分的航班，还来得及。抱歉，没有机会招待你吃一餐好的。

罗衫掏出钱包问机票多少钱。

韩进问你包里的申诉状多少钱，我买下。

罗衫说，你果然心虚。

好吧。我不要了。韩进随即放弃。

你什么时候买的机票？

韩进说，手机订票没人在意我的出身，不分地位没有贫穷。

罗衫说，言过了吧。

韩进看着罗衫，认真地说，曾经希望他们赢过我。

罗衫说，别跟我装，材料我会带走。

韩进往后退了几步，说，他们是从前的我，愤懑，热情，满怀希望……

罗衫说，助学基金也落进你口袋了吧？

韩进说，他们也分了一点给我。

罗衫问，他们是谁？

韩进说，你以为我有这么大能耐？你高看我了。但是，你知道，这对豆庄并非是坏事，豆庄要朝前走，总得有人牺牲。韩进说。

"那晚坐在乡政府一起吃饭的，都有份儿的吧。"罗衫恍然大悟。果真如此，韩进只是一枚棋子，却背负了所有的罪名。

这个世界，要先下手为强。他说。

罗衫说，一群流氓。

韩进泪水滴落，说，我希望庄户人能跟城里人一样，体面，不用蹲在火车厕所门口回家……

罗衫心里一酸，不知说什么好。

罗衫进机场，韩进的声音还回响着：我13岁跟我爸出去打拼，在工地搬砖，搅拌泥沙。我的第一场架是为我爸打的，那个管工地的王八蛋说我爸偷了钢筋。我把那人打残了，我爸带我连夜逃离工地，我们扒火车，坐煤车，几天几夜，我们没有吃上一口饭。到石家庄，我爸掏出一叠钱，告诉我说这些全是偷的钢筋卖了得来的。他说那个工头从不按时付工资，做人要先下手为强……

罗衫开始奔跑，偌大的机场，韩进的声音跟着她，固执地在她身边打转，嘤嘤嗡嗡地响。

<h1 style="text-align:center">18</h1>

隔几天，一个巨大的包裹出现在罗衫面前，打开来，没有任何意外，那个庞大的旅行箱。时尚杂志，新潮衣服，美食，咖啡罐子，这些散发着都市小资气息的物品，跟随罗衫一路去了皖北一个叫豆庄的村子。现在，它们又回到都市回到罗衫身边，只是多了一些内容，她买的那些学习用品，工具书，给娇娇的书包，张春燕的衣服，郭纪龙的双语作文手册，——都在箱子里。

豆安没有片言只语。

回到学校上班，收到一封信，郭纪龙上六年级，明年暑假小学毕业后就不再上初中。"俺爷俺奶不让上学了，家里地多，俺爸没了，俺妈不回来了。"信上说，"同学们戴上红领巾了，有红领巾的感觉可好了。俺同桌说红领巾是韩黑鬼买的，俺才不信，跟他打了一架。红领巾明明是罗老师买的，对吗？

又隔些日子，糖糖约喝咖啡。

罗衫拿出厚厚的申诉材料，递给她。糖糖掂量一下，说，很沉。

过一会儿，糖糖递给罗衫一张名片，说，也许用得着。

罗衫看名片，心理咨询师，她丢在桌上说你真以为我有病？有病的不是我……

是谁？糖糖问。

罗衫无语。

糖糖打开一份申诉材料，看着看着，放到一边。再打开一份，上面有豆安的手印，也有罗衫的——罗衫用口红把手指染红，在豆安的手印边上按了个拇指印。他们的手印叠加在一起。

糖糖说，这是你跟豆安的吧。你看，叠加在一起，一样稀薄无力。

糖糖点燃第一份材料，罗衫用脚去踩，那些纸写着密密麻麻的字，已经陈旧，易燃，很快，纸片泛黄变黑又变成灰烬。

罗衫骂糖糖，你个披着人皮的狼。

罗衫一边哭，一边帮糖糖点火，不一会儿，屋里弥漫起浓烈的焦煳味道，很快盖过咖啡的浓香。

春节时，罗衫给豆安打电话。手机里都是鞭炮的声音，广袤的平原，空中闪烁着烟火。豆安问罗衫好不好，罗衫问豆安好不好。都笑了——罗衫很高兴听到豆安笑。

豆安，唱个歌吧。

拉魂腔？

想听张学友。

恼春风

我心因何恼春风

说不出

借酒相送

一屋子都是豆安的声音。

过了三年。春节，罗衫照例给豆安电话，提示音说，您拨打的电话是空号。

罗衫约糖糖喝茶，糖糖抱女儿赴约，女孩两岁了，嘟嘟嘴唇喊罗衫阿姨。罗衫逗她，她咯咯地笑。

豆安出事了。罗衫说。

听说有二三十个马仔。糖糖抱着女儿站起来，慢慢地走两步，说，还在医院？

罗衫摇头，说，你说那些都是什么人嘛，豆安怎么会跟他们结怨？

糖糖抽一张纸巾给罗衫。罗衫摆手：我爱他。

糖糖沉默。过一会儿，糖糖说，二娃死了。

罗衫用手捂住嘴。

安静得像要爆炸。

糖糖说，你说豆安他为什么不来杭州？在杭州，有个三长两短，好歹有我，有你。

沉默。过一会儿，糖糖说，豆安的性格不适合混江湖，你说，车轮子碾过一次，再碾一次……豆安他……

罗衫抱紧自己，说，得多疼啊。

糖糖说，像电影里放的旧上海。

罗衫说，他想给豆庄杀出一条血路。

说话间，女孩吵着闹着，糖糖说，你看这孩子闹的。

汽车喇叭的声音，糖糖抓起孩子的帽子给她戴上，用围巾把小女孩的半个脸包起来，说，得走了，记得那胖墩吗？也要结婚了，居然要嫁一个搞音乐的，什么事嘛？完全两个世界的人嘛，怎么就要结婚了。唉……

出门时，糖糖又回转身子，定定地看罗衫，说，找个人嫁了吧。

打开窗，没有风，寒意浓重，罗衫看到糖糖抱着女儿，钻进车里，车门砰一声关上。关了窗，罗衫端起茶杯，喝一口，只觉得茶凉了。

手机滴滴响两声，罗衫拿出来看。

王静的短信：罗衫姐，豆安走了。

（原载《作家》2017年第8期）

敬　告

　　由于编选时间仓促、工作量大，未及与所选作者一一取得联系，请见谅。

　　现仍有部分作者地址不详，为及时奉上稿酬和样书，请有关作者与责任编辑赵维宁联系。

地址：沈阳市和平区十一纬路25号

邮编：110003

电话：024—23284306

E-mail：249972579@qq.com

微信号：zhaoweining10

辽宁人民出版社

2018年1月